# MEURTRES ET TRAHISON

HAZARD ET SOMERSET - 1

www.editionsbookmark.com

GREGORY ASHE

# MEURTRES ET TRAHISON

## HAZARD ET SOMERSET - 1

Traduit de l'anglais par

KALAAN TSUCKBELL

Reines-Beaux est un label appartenant aux éditions Bookmark.



Edition originale américaine parue sous le titre : Pretty Pretty Boys


Traduction © Kalaan Tsuckbell
Suivi éditorial © Margaux Villa
Correction © Relis-tes-ratures
Maquette © Gabe Reyes
Illustration de la couverture © Christian

ISBN: 9791038116955
Existe en format numérique



www.editionsbookmark.com

Attention, ce texte comporte des scènes violentes et des propos pouvant heurter la sensibilité de certain•e•s lecteur•ice•s.

# CHAPITRE UN

*Lundi 24 octobre*
*7 h*

Emery Hazard s'éveilla à l'aube dans sa chambre d'hôtel. Son réveil était en grande partie dû à la lumière qui pointait à travers les rideaux. Ils avaient probablement été installés à l'époque de Hoover et s'étaient transformés en une sorte de gaze grise avec le temps. Le *Bridal Veil Motor Court*, un motel en ruine dans le style Art Déco aux fenêtres en brique de verre et aux lignes simples, qui étaient peut-être passées pour modernes cent ans auparavant, n'offrait pas de café, mais il n'en avait pas besoin. La conscience de sa situation lui mit un uppercut dès qu'il ouvrit les yeux, comme cela avait été le cas chaque jour depuis la semaine précédente. Chaque jour depuis qu'il avait été éjecté de son poste ainsi que de sa maison et envoyé, comme on envoie balader un chien, au milieu de nulle part ; ou plus précisément à Wahredua, dans le Missouri.

Et comme il l'avait fait chaque jour depuis la semaine précédente, il s'allongea, les yeux grands ouverts, et lutta pour avoir les idées claires. Ce n'était pas un cauchemar. Ce n'était pas une erreur. C'était sa réalité pour la journée qui commençait et cela le resterait jusqu'à la fin de sa vie. Il se leva parce qu'il s'était rendu compte que cela allait mieux quand il était debout et qu'il bougeait.

Cela l'empêchait de trop penser. Le tapis, tout plat et graisseux sous ses pieds, l'aidait aussi. Même dans ses cauchemars, il n'avait jamais imaginé un aussi piètre tapis.

*Non*, se dit-il en approchant lentement de la fenêtre pour ouvrir d'un coup sec le rideau aussi fin que du papier à cigarette. Le quotidien, la réalité d'être de retour à Wahredua provoquait une décharge plus forte qu'une boîte entière de capsules de caféine concentrée. La climatisation soufflait péniblement à hauteur de genoux et charriait un air à peine frais sentant comme l'intérieur d'un sac de sport. Le soleil s'abattit sur sa poitrine sous la forme de rayons brûlants et agressifs ; on était encore en octobre, mais il faisait toujours très chaud et moite dans cette partie du monde. Entre les marques de coups de soleil, le miroir lui renvoyait sa vieille cicatrice gravée juste sous le sternum : trois traits courts et brillants qui auraient pu former un C, le début d'un E, d'un 6 ou encore d'un G. De l'autre côté de la fenêtre, depuis le deuxième étage du *Bridal Veil Motor Court*, il voyait Wahredua. Cela n'avait pas changé. C'était la première déception d'une longue série à venir au cours de la semaine. Il était arrivé la veille, vanné, et avait rampé jusqu'à son lit avec la promesse peut-être qu'on ne saurait comment, la petite ville étouffante du comté d'Ozark se transformerait en autre chose au cours de la nuit. Mais non.

En elle-même, la ville était une étendue de briques et de béton où brillait parfois la lueur de l'acier, bâtie sur une bande d'eau connue (un peu pompeusement) sous le nom de Grand Rivere et qui se prolongeait comme une cuite de trois jours. Les rails du *Missouri Pacific Railroad* dessinaient une courbe de l'autre côté de la ville, corset de maintien sur ce paysage urbain distendu. Les trains de ce qu'on appelait couramment le MP ne passaient plus depuis des siècles, mais le nom demeurait en dépit du nombre de fois où le réseau avait changé de mains. L'éclat du verre et le boulevard verdoyant marquaient le centre-ville, lequel consistait en une portion d'autoroute d'État de cinq kilomètres où la limitation de vitesse tombait à trente kilomètres-heure.

Et là, les cheminées de la centrale *Tegula* crachaient encore trois colonnes de fumée blanche, blocs de nuages compacts épinglés sur cet horizon de feuilles rouges. Elles ressemblaient aux points d'exclamation à la fin d'une mauvaise blague. Cette mauvaise blague, pensa-t-il, qui se terminait par son retour à Wahredua. *Enfin bon. Fait chier.*

Il s'habilla pour son nouvel emploi : pantalon de costume, harnais d'épaules, veste. Être enquêteur à la police de Wahredua signifiait… Eh bien, il ne savait pas trop. Quel genre de travail était-ce ? Retrouver des vaches volées ? Récupérer des gamins en fugue ? Chasser des clochards ? Aider madame Gorse à repousser les poules de son voisin ? Saint Louis n'était pas une ville très grande, mais elle avait une certaine consistance, une sorte de rugosité, et surtout, le crime y habitait. Le genre de chose qui l'avait attiré dans les forces de l'ordre. Attaques, viols, meurtres. C'était sa chance de faire d'un monde brisé un lieu meilleur, même s'il n'avait pu le faire qu'à la suite d'un événement pire encore. *Doux Jésus*, songea-t-il. À Wahredua, il resterait quarante ans en service et s'estimerait chanceux s'il mettait un jour une amende pour excès de vitesse.

*Mais*, pensa-t-il encore en nouant sa cravate noire avant de vérifier dans le miroir, *je vais faire mon boulot.* Et comment, qu'il le ferait. Il était revenu ici pour une raison. Peut-être que pour tout le monde, pour Billy, pour leurs amis, pour les flics qu'il avait laissés, il avait l'air d'être revenu en rampant dans sa ville natale parce qu'il n'avait pas eu d'autre option. Mais en vérité, il aurait pu aller n'importe où ; à mille autres endroits s'il s'était penché sur la question. Pourtant, il ne l'avait pas fait. Il était revenu à Wahredua parce qu'une espèce d'horloge interne tournait depuis un moment et que les deux aiguilles s'étaient alignées sur minuit, alors il avait su qu'il était temps. Il était temps de revenir, de trouver des réponses à des questions difficiles, de savoir la vérité sur ce qui était arrivé à Jeff Langham.

Et une fois qu'il aurait ces réponses – une fois que l'horloge se remettrait en mouvement, dans un an ou dans cinq – et une fois que les affaires se seraient calmées à Saint Louis, il y retournerait. Et si elles ne se calmaient pas, il y avait un tas d'endroits où aller. Chicago, New York, Los Angeles. Ils avaient bien besoin de flics à San Francisco, non ? Et Billy adorait cette ville. Mais d'abord, Emery Hazard allait découvrir la vérité concernant cette nuit où Jeff Langham avait mis le canon d'une arme dans sa bouche.

Comme à point nommé, son téléphone se mit à sonner, interrompant ainsi ses pensées, et le nom de Billy apparut à l'écran.

— Tu es levé de bonne heure, lança-t-il en décrochant.

— *Je n'arrive pas à dormir sans toi. Le lit est froid.*

— Tu parles. Tu es resté debout toute la nuit. Tu n'es jamais allé te coucher après la représentation.

— *Peut-être*, avoua Billy en riant. *Mais le lit est froid.*

— Comment ça s'est passé ?

— *On a fait un tabac.*

— Évidemment.

— *Tom réunit tout le monde pour un petit-déjeuner, donc je devrais y aller dans une minute. Je voulais te souhaiter bonne chance.*

— Merci.

— *Ils ont déjà essayé de te brûler vif ?*

— Aucun villageois en colère pour le moment.

— *Ben dis donc, qu'est-ce qu'il faut qu'un pédé fasse pour se faire tuer ?*

— Probablement se pointer à son boulot.

— *Je déconnais. Ils vont t'adorer. Tu vas cartonner, dans ce patelin. Un enquêteur venu d'une grande ville au palmarès remarquable… ils vont te manger dans la main.*

— C'est la plus grosse connerie que j'ai entendue aujourd'hui.

— *Ben, il est encore tôt. Em, ils vont vraiment t'adorer. Les temps sont différents.* Tu *es différent.*

— Ouais. Tu ferais mieux d'y aller.

— *Tom peut attendre. Tu as l'air contrarié, et tu…*

— Tom sera complètement bourré aux mimosas si tu ne te dépêches pas.

Billy soupira et ce son était si familier, si agaçant et en même temps si réconfortant… C'était un petit bout de la vie qu'il avait laissée derrière lui, même s'il lui donnait justement envie de serrer les dents.

— *Je viendrai dans quelques semaines, dès que le spectacle sera fini. Tu seras installé. Tu pourras me montrer tous tes endroits préférés de l'époque où tu étais enfant. Tu pourras présenter ton petit ami gay comme un phoque à tes collègues. Ce sera super.*

Billy parla d'une voix étouffée à quelqu'un à côté de lui et reprit.

— *Tom te dit bonjour.*

Hazard poussa un grognement… Il n'avait pas d'endroit préféré de l'époque où il était enfant. Celui qu'il aimait le plus avait toujours été l'autoroute menant à la sortie de la ville. Et il avait le pressentiment que cela ne changerait pas de sitôt.

— Dis-lui que je n'aime pas trop qu'il invite mon petit copain à prendre un petit-déjeuner.

— *Envoie-moi un message pour dire comment ça se passe*, se contenta de répondre Billy en riant. *Même si c'est une vraie cata. Surtout si c'est une vraie cata.*

— Je ne plaisantais pas au sujet de Tom. Dis-lui de garder ses distances.

— *Bye, Em*, conclut Billy avec un autre soupir exagéré.

L'appel fut coupé et Hazard se retrouva à contempler l'écran de son téléphone. Tom Gerard. Cet enfoiré avait déjà commencé alors qu'il n'était parti que depuis une semaine. Mesdames et messieurs, un peu de respect pour les morts, s'il vous plaît.

Il donna un dernier coup à sa cravate pour la réajuster et quitta l'hôtel de routiers. Il prit un café au *Casey* ; Wahredua, pour autant qu'il s'en souvenait, n'avait pas de *Starbucks*.

Il y avait une boulangerie et elle était autrefois très bonne, mais elle appartenait à Bab Grames, mère de Michael Grames, la pire brute de Wahredua du CE2 à la terminale; et d'après ce qu'il en savait, encore actuellement. Il n'avait pas vraiment hâte de le croiser, ou quiconque appartenant à cette période de sa vie, alors la supérette *Casey* semblait être le plan le plus sûr.

Sauf bien sûr qu'il se trompait, car Michael Grames y travaillait comme caissier. Par réflexe, il continua d'avancer. Il avait survécu aussi longtemps grâce à sa capacité à balayer toute surprise et continuer de marcher ou discuter comme si tout était normal, même quand quelqu'un venait de poser un seau de merde sur la table. C'est ce que lui évoquait cette situation : un seau d'excréments fumants largué juste devant lui. Mais il continua d'avancer, passa à côté de la caisse et ses présentoirs emplis de Juicy Fruit, d'Orbit et de Sour Patch Kids, à côté des paquets de Marlboro, de Virginia Slims et de Lucky Strikes scellés; à côté des machines à granités aux parfums Coca, cerise et un truc nommé Explosion hawaïenne, avant d'arriver aux cafés. Dieu, qu'il avait besoin d'un café.

Il prit deux donuts dans la boîte et ne put repousser la chose plus longtemps : il fallait qu'il regarde Mikey Grames. Cela faisait quinze ans qu'il ne l'avait pas vu et on aurait dit que celui-ci les avait passés à dévaler la pente glissante de l'alcool fort, des drogues dures et, probablement, des femmes difficiles. Ça l'avait rongé jusqu'à la moelle. Ses yeux étaient injectés de sang, cernés, son visage gonflé avait ce teint cireux qu'on associe aux alcooliques et ses mains tremblaient quand il passa le café et les donuts.

Mais c'était toujours Mikey. Même son badge indiquait «Mikey». Ce fut pourtant son visage qui choqua Hazard autant que s'il s'était relié à un câble électrique le ramenant directement quinze ans auparavant. Même sous les joues rougeaudes et la peau grêlée de cicatrices, c'était toujours le visage d'un homme qui prenait son pied à être mauvais, et pire il était, plus il s'éclatait.

Hazard dut mobiliser toutes ses forces pour ne pas lever la main et la passer sur la cicatrice sur sa poitrine. Trois traits courts et brillants qui étaient le début d'un G… pour Grames. À l'époque, Hugo Perry et John-Henry Somerset lui avaient tenu les bras pendant que leur pote Mikey Grames gravait ces lignes avec un couteau suisse. Puis Hugo Perry avait pris la couleur du fromage blanc, livide, et finissant par craquer, s'était enfui, ce qui avait gâché le plaisir de Grames et Somerset. Ils avaient donc laissé Hazard sanguinolent et torse nu au bord de la falaise d'argile. Et cela ne s'était pas arrêté là. Cela n'avait été que le début. Cet été-là, quand ils s'y étaient vraiment mis, quand ils s'en étaient pris à Jeff…

— Trois soixante-dix-neuf, dit Grames avec un regard bref.

Hazard lâcha un billet de cinq dollars sur le comptoir, prit son café, ses donuts, et se dirigea vers la porte.

— Hé, monsieur…

Jeff Langham. Hazard avait l'impression qu'il tremblait, vibrant sous l'effort pour garder prisonnière une chose en lui. Il ne se retourna pas. Il était conscient de tenir trop fermement son café, conscient que le couvercle était sur le point de sauter et d'arroser de liquide brûlant tout ce qui se trouvait autour, conscient qu'il venait déjà de couper un donut en deux en le tenant entre ses doigts, mais tout cela était secondaire. Le principal, c'était ce couteau suisse émoussé qui s'enfonçait dans sa peau. Le principal, c'était ce désir qu'il reconnaissait très distinctement de retourner dans le *Casey* et d'éclater le crâne de Mikey Grames. Tout simplement le fendre en deux. *Bam*, *bam*, *bam* sur le comptoir stratifié jusqu'à ce que la boîte crânienne s'ouvre. Ce serait comme faire tomber un melon bien mûr. Facile…

Le couvercle sauta et le café chaud se renversa sur sa main. Avec un juron, il posa le gobelet et les donuts sur le toit de sa voiture et secoua la main en arrosant la nouvelle chemise bleue à carreaux que Billy lui avait achetée avant qu'il parte.

*Et merde*, avait-il sur le bout de la langue. *Merde*. Il pouvait être agent de sécurité. Il pouvait même retourner en cours. Être avocat, docteur, ou tout ce qui lui faisait envie. Il pouvait aller n'importe où… sans être obligé de se retrouver coincé au milieu de nulle part.

L'entêtement le fit pourtant refermer son café et monter dans la voiture. D'abord, il mangea le donut coupé. Il était enquêteur. Un sacré bon enquêteur. Et il ne balancerait pas tout cela par la fenêtre parce que les choses partaient de travers. Il tiendrait bon. Il ferait son temps. Et quand les emmerdes retomberaient, il sortirait de là et trouverait un vrai boulot. San Francisco. Billy adorait San Francisco et là-bas, il pourrait se produire dans un vrai théâtre, pas le boui-boui de Saint Louis.

Et puis, en mâchant sauvagement la dernière bouchée de son donut, Hazard songea que tant qu'il serait là, il en profiterait pour autre chose. Une main glissa vers sa chemise bleue, retraçant les lignes courtes sur sa poitrine. Pendant qu'il serait là, il prendrait des nouvelles de vieux amis. C'était sans grande surprise que Grames avait sombré dans une vie sans avenir, faite de drogue et d'alcool. Qu'était-il arrivé à Hugo Perry et John-Henry Somerset ? Probablement la même chose. Même pire, espéra-t-il. Grames lui avait entaillé la poitrine. John-Henry Somerset l'avait traité de tapette devant toute l'école. Oui, Hazard espérait qu'il était arrivé bien pire à John-Henry.

La police de Wahredua occupait un bâtiment qui avait autrefois fait partie de l'école catholique. La structure avait l'austérité sévère associée à ce genre d'établissements dans l'esprit du grand public : des briques rouges formant des lignes cassées et des fenêtres minuscules aux carreaux sombres. Quand la ville avait repris le bâtiment, elle avait retiré autant d'iconographies religieuses qu'elle avait pu : anges sculptés, saints et gargouilles avaient été démolis. Hazard se souvenait (il avait peut-être douze ans quand c'était arrivé) qu'il avait regardé les ouvriers les détruire à coups de marteau et de burin sans le moindre égard pour le travail qu'ils réduisaient en poussière.

Tout cela avait cependant cessé quand Mary Wilke, seule femme de toute l'équipe, était tombée de l'échafaudage et s'était cassé la cheville. La ville avait décidé qu'il y en avait assez et le sursaut iconoclaste avait rapidement pris fin. La maçonnerie au-dessus de la porte représentait toujours un ange débraillé qui avait perdu la moitié du visage à cause d'un burin et un démon. Le premier essayait de transpercer le second, mais dans la démolition, la lance avait été brisée et cela ne ressemblait désormais plus qu'à un ange qui pointait une règle en bois sur un diable. Face à cette situation, ce dernier se tordait de rire et toute cette histoire semblait magnifiquement convenir pour le commissariat de Wahredua. Même Dieu savait que c'était une vaste plaisanterie.

Hazard se gara derrière le bâtiment, loin des Chevrolet Impala fraîchement repeintes avec le logo du commissariat, et but d'une traite ce qu'il restait de son café. Cela ne serait pas facile. Non, ce serait une horreur. Mais il devait y aller. Le premier jour serait le pire, ensuite, cela irait mieux. Il le fallait.

Quand il entra, une bourrasque d'air frais l'accueillit. L'endroit sentait le linoléum neuf, un peu comme une odeur de caoutchouc, le café et ce parfum typique des bureaux d'administration qui lui rappelait les crayons fraîchement taillés. Le graphite, voilà. Il se tenait dans une petite pièce où un agent de service était assis derrière un bureau.

— Je peux vous aider ?

L'homme devait avoir presque quatre-vingts ans et les poils de son nez lui tombaient jusque sur le menton. Il devait déjà faire partie des forces de l'ordre quand Hazard était enfant, mais celui-ci ne s'en souvenait pas. On aurait dit que quelqu'un avait sorti son badge de l'Arche d'alliance (probablement du fond de celle-ci) et qu'il y était inscrit : J. Murray.

— Emery Hazard. Je suis nouveau, je commence aujourd'hui.

Le vieil homme dodelina de la tête, ce qui eut pour effet de faire trembler les poils de son nez, et leva le pouce.

— Tout droit derrière, le bureau de la chef. Elle vous attend.

Hazard acquiesça et commença à arpenter le couloir. Il passa les cellules, puis l'endroit où les classes avaient été abattues pour créer un vaste espace de travail ouvert. Au moins une douzaine de bureaux occupaient les lieux et les photocopieurs, fax et divers classeurs avaient été calés partout où il restait de la place. Une poignée d'hommes et de femmes en uniforme travaillaient en silence ; le reste, supposa Hazard, devait être de repos ou en patrouille.

Le bureau de la chef était clairement indiqué après l'open space : *Martha Cravens, Chef de la Police*, écrit en majuscule sur la porte en verre. Le bureau avait pourtant servi à autre chose autrefois, et sur le montant au-dessus de la porte, le bois légèrement plus clair montrait où des lettres avaient été peintes. Hazard réussissait à lire ce qui s'y était trouvé : *Mère supérieure.* Ce n'était probablement pas très éloigné de la réalité.

Après avoir frappé, une voix l'invita à entrer. Il pénétra alors dans une pièce spacieuse. Ses yeux balayèrent le grand bureau au plateau de verre, l'équipement informatique moderne, la carte de la ville accrochée au mur avec des punaises rouges et bleues, et la femme derrière le bureau. Martha Cravens avait fait partie des visages familiers durant son enfance, la seule femme dans la police de Wahredua. Mais ce n'était pas elle qui retint son attention. Pour la deuxième fois ce jour-là, il saisit ce câble électrique qui le ramenait dans son passé, mais c'était un fil galvanisé qui le laissa incapable de bouger, cligner des yeux ou respirer.

Assis en face du bureau de Cravens, il était blond, bien bâti et très, très beau. Le genre de beauté qui créait des bouchons sur plus d'un kilomètre et dans toutes les directions. Ses yeux bleus étaient plissés d'amusement et il offrit un large sourire en se levant pour lui tendre une main. Hazard ne pouvait ni bouger, ni cligner des yeux, ni respirer.

Il n'aurait pas pu prendre la main de cet homme même si la terre s'était dérobée sous ses pieds. Il entendait à peine ce que Cravens disait.

— … heureux de vous avoir, monsieur Hazard. Et voici votre nouveau coéquipier. Vous êtes allés à l'école ensemble, je crois. Vous vous souvenez…

— John-Henry, réussit-il à articuler.

John-Henry Somerset qui l'avait poussé du haut des seuls escaliers du lycée de Wahredua en disant que c'était ce que méritaient les tapettes.

Le sourire de John Henry faiblit, comme s'il avait perçu quelque chose d'incertain dans son expression, mais il s'affirma de nouveau. Il s'avança brusquement, prit sa main et la secoua vigoureusement comme s'ils étaient amis dans une sitcom des années 50 ; de vieux amis qui se retrouvaient après longtemps.

— Salut, Emery. C'est super de te revoir.

# CHAPITRE DEUX

*Lundi 24 octobre*
*8 h 3*

John-Henry Somerset, qui s'était fait appeler Somers depuis son premier jour à Mizzou, secoua une dernière fois la main d'Emery Hazard. Il attendait quelque chose. Un sourire, un hochement de tête, un clignement des yeux… On aurait dit que l'autre homme avait avalé une grenouille; ou peut-être un pain de dynamite. Il avait une drôle de respiration et son visage était devenu pâle et luisant. Somers commençait à penser qu'il faisait une attaque.

— Ça va ? demanda-t-il.

Avec un étrange hochement de tête qui aurait aussi bien pu vouloir dire oui que non, Hazard lui reprit sa main et tourna son attention vers Cravens. Somers se rassit sur la chaise pour observer, car on pouvait en apprendre beaucoup de cette simple manière. Alors il étudia Hazard pendant que Cravens donnait ses instructions.

Il avait changé. Et c'était l'euphémisme de l'année… peut-être même de la décennie. Disparu, le maigrichon à la tignasse brune qui lui retombait toujours dans les yeux. Ce garçon que Somers avait connu à l'école, ce gamin à la carrure et aux yeux d'épouvantail, avait disparu pour se fondre dans… des pectoraux. Emery Hazard était une bête. Il n'y avait pas d'autre mot.

La chemise bleue aux taches de café (avait-il été nerveux ? ou simplement pressé ?) était tirée sur ses épaules et révélait des bras massifs. Ses cheveux bruns ne lui tombaient plus dans les yeux ; ils étaient longs, surtout pour un officier de police, mais toujours coupés et coiffés à la façon des bonnes familles. Les yeux, cependant, étaient toujours ceux d'un épouvantail, de la couleur de la paille à la fin de l'été, presque comme le miel, mais durs. Durs comme s'ils pouvaient rompre l'univers s'il s'aventurait un peu trop près.

Et Hazard ne le regardait pas. Ce n'était pas non plus que son attention était dirigée sur Cravens, Somers n'était même pas certain qu'il pouvait l'entendre. C'était qu'il ne le regardait *pas* ; pas activement du moins, mais il avait le sentiment qu'il aurait pu s'asperger d'essence et sauter à travers un cerceau de feu et que Hazard n'aurait pas quitté Cravens des yeux, avec cette expression douloureusement inflexible qui montrait à quel point il luttait pour ne pas le regarder.

*Vraiment*, avait-il envie de dire, *c'est si terrible que ça ?*

Il n'avait pas oublié le lycée. Il n'avait pas oublié avoir rempli le casier de Hazard de mousse à raser, il n'avait pas oublié avoir recouvert sa maison de papier toilette, ni avoir volé ses manuels pour les jeter dans le Grand Rivere. Il était très loin d'avoir oublié le jour où il avait tenu un de ses bras pendant qu'Hugo tenait l'autre et que ce taré de Mikey Grames lui découpait la poitrine. Somers n'avait pas oublié sa rencontre avec Hazard, dans les coulisses après un concert de Guys and Dolls et il n'avait pas oublié l'avoir poussé dans les escaliers avec ces mots : « Je voulais juste voir si le cou d'une tapette se cassait comme les autres ».

Il savait que son visage s'empourprait, cela allait de pair avec sa peau claire. Il n'avait rien oublié de tout cela, rien de toutes les saloperies qu'il avait faites. Pourtant, quand il avait appris qu'Emery Hazard allait être son coéquipier, il avait espéré, contre toute vraisemblance, que lui aurait un peu oublié. À en juger par la raideur avec laquelle il se tenait, à sa pâleur, à la façon dont il regardait Cravens, comme si elle était la seule personne dans la pièce, lui non plus n'avait rien oublié.

La route serait longue et difficile pour se sortir de tout ça, décida-t-il. Mais il le ferait. D'une manière ou d'une autre, il pouvait y arriver.

— C'est tout ce que vous avez besoin que je vous dise, annonça Cravens.

Elle était comme ça, elle s'arrêtait là, elle ne se laissait pas envahir par l'orgueil que lui apportait sa place.

— Somers ici présent a proposé de vous faire visiter le commissariat, et vous avez du pain sur la planche, tous les deux.

Au nom de Somers, les yeux de Hazard vinrent se poser sur lui durant une fraction de seconde. La réaction était involontaire, Somers le vit, et il les ramena sur Cravens aussi vite qu'il le put. Somers avait néanmoins vu ce qu'il s'était attendu à y trouver : haine, rage et dégoût. *D'accord*, se dit-il, et cela eut mentalement le même effet qu'un boxeur qui roule les épaules. *D'accord, je le mérite.*

— Qui ? demanda Hazard.

Cravens, qui s'enfonçait déjà dans son fauteuil derrière le plateau de verre, releva les yeux, comme surprise de les voir encore ici.

— Qui va me faire visiter ? répéta Hazard.

Sa voix s'était affermie, brusque et neutre, mais intense, comme si les jauges tournaient au rouge et que la pression montait.

— Somers, répéta Cravens, manifestement confuse, en dépliant une main pour indiquer l'autre côté de son bureau. Je pensais que tous les deux…

— Oui, intervint Somers en se relevant d'un bond pour désigner la porte d'un signe de tête. On m'appelait John-Henry à l'époque. Un nom à coucher dehors. Maintenant c'est juste Somers. Viens.

Les yeux de Hazard s'arrêtèrent à mi-chemin entre Cravens et lui, n'atteignant ainsi jamais tout à fait son visage, puis il hocha la tête et Somers le fit sortir du bureau. Dieu merci, il n'y avait plus personne dans l'open space, à l'exception de deux officiers en uniforme que Somers présenta.

— Voici Miranda Carmichael. Elle s'occupe de la moitié des prunes pour excès de vitesse à elle toute seule. Chaque fois que tu la verras, elle sera occupée à traiter un paquet de paperasse. Là, poursuivit-il en désignant l'autre agent qui était vautré dans un fauteuil derrière un journal et les pieds sur le bureau, c'est George Orear, qui est en charge de la flotte ; du moins sur le papier. Il arrive ici à huit heures, il repart à dix-sept heures et il ne bouge de ce bureau que quand il doit aller aux chiottes.

La lèvre supérieure de Hazard se contracta, mais il ne dit rien.

— Donc voilà l'open space, comme tu le vois. Ces quatre bureaux dans le coin, là-bas, c'est les nôtres. Les enquêteurs : toi, moi, Swinney, Lender. Upchurch a pris ses jours de congés et je ne crois pas qu'il ait rangé son bureau avant de partir, mais on va t'arranger ça.

Toujours rien.

— Car a déjà rassemblé tout ce dont on aura besoin… Upchurch et moi avons tout préparé nickel. Tu veux aller récupérer quelque chose aux Demandes ?

Hazard secoua la tête.

— Alors je vais te montrer où c'est et on y va.

Somers attendit, et comme aucune réponse ne vint, il se tourna pour les mener plus profond dans le commissariat. Le silence lui pesait et il se surprit à parler pour le briser.

— Et donc Orear, tu sais, le type là-bas, c'est un cas intéressant. En 2003, Chas Elder l'a accusé de l'avoir attaqué à un stop. Même si Chas Elder pesait presque cent-quarante kilos et qu'il le dépassait d'une trentaine de centimètres. Tu connais Chas ?

Et toujours ce maudit silence. C'était comme des sables mouvants. Somers avait l'impression de s'y enfoncer.

— Enfin bref, ils ont retiré son arme et son badge à Orear et ils l'ont envoyé moisir à la gestion de la flotte. Il s'est avéré que Chas lui avait collé un coup de poing. C'est un costaud, hein, une fois je peux jurer l'avoir vu réduire une courge en purée juste avec quelques coups. Enfin, Orear a été disculpé, mais le pire c'est que même après toute cette histoire, il est resté où il était. Il a dit qu'il avait des cors au pied ou je ne sais pas quoi. Bon, j'ai mal aux pieds à la fin de la journée, moi, mais je préférerais être dehors à battre le pavé plutôt que de m'enterrer vivant, non ?

— Tu veux vraiment parler de mes pieds ?

— Quoi ? Non, non. Ce que je veux dire, c'est qu'Orear, c'est comme un exemple. Ça montre comment ces trucs-là peuvent te bousiller.

Mais Hazard était retombé dans le silence et Somers savait qu'il devait, à ce stade-là, avoir les joues écarlates. Il montra les toilettes, les vestiaires, le bureau des demandes, celui des preuves, et les cellules au fond du bâtiment.

— Trois suites grand luxe, commenta-t-il.

Les mots sortaient tout seuls de sa bouche. Il savait qu'il fallait qu'il arrête, mais n'y arrivait pas.

— En général, on a que des bourrés ici, il y en a un ou deux qui préfèrent ça plutôt qu'être chez eux. Parfois je me dis que je ne peux pas leur en vouloir. Le type qui a besoin d'être au calme, tranquille, tu vois bien, quoi ?

— Tu as fini ?

— Euh, ouais.

— Avec Upchurch, vous avez quoi ?

— Comme affaires, tu veux dire ? Oh, du très lourd tu sais, répondit Somers en s'essayant à un large sourire. Des parrains de la mafia, des cellules terroristes dormantes, des meurtres de masse, ce joyeux bordel, quoi. Hé, attends, tu vas où ?

Il attrapa la manche de Hazard quand celui-ci se retourna avant de repousser sa main.

— Qu'est-ce que t'as dit à Cravens ?

— Quoi ? Rien.

— Elle parlait de nous comme si on était…

Il semblait chercher un mot qui refusait de venir.

— … potes, réussit-il enfin à dire. Je vais être clair. Je travaillerai avec Swinney ou Lender, mais hors de question…

— Fais pas ça, allez, soupira Somers en se précipitant devant Hazard pour lui bloquer le passage, songeant un instant que celui-ci ne s'arrêterait pas. D'accord, je lui ai dit qu'on était amis. À l'époque, je veux dire. Je lui ai dit qu'on avait perdu le contact et je…

— Pourquoi ?

— Écoute, je…

— T'attends quoi de moi ?

— Rien. J'ai juste…

— Enlève-toi de mon chemin. Je me barre.

Hazard passa de force et Somers réussit à articuler à ce moment-là :

— C'est l'affaire.

Hazard se figea et se retourna.

— Quoi ?

— C'est l'affaire. Enfin, c'est beaucoup de choses. Je me sens vraiment minable pour la façon dont je t'ai traité au lycée et je voulais arranger les choses.

Hazard ne dit rien, se contentant de le regarder avec ses yeux d'épouvantail.

— Je sais que j'ai été un connard, mais j'étais gamin et j'étais… Écoute, j'ai été complètement con, d'accord ? Enfin bref, j'ai lu ta candidature et je sais tout sur le genre de trucs que tu as faits à Saint Louis. T'es un vrai flic. *Et* je veux travailler avec les vrais flics. Upchurch est sympa, mais il est… Je sais pas, tu verras. C'est Upchurch.

En secouant la tête, dégoûté, Hazard commença à se retourner une nouvelle fois.

— Swinney et Lender ne prennent que les affaires de drogue.

Hazard s'immobilisa, dos à lui, et après un moment Somers continua :

— Des affaires de meth, surtout, même s'il y a d'autres trucs. Mais c'est barbant, c'est toujours la même rengaine, encore et encore. Upchurch et moi – *toi* et moi – on récupère tout le reste. Homicides, kidnappings, viols, tout. Et c'est toi le vrai flic, comme je l'ai dit, et…

— Cette affaire ?

— Ouais. C'est… La maison a rencontré quelques problèmes, ces derniers temps. Des histoires liées aux relations publiques surtout, rien de valable, mais le genre de mauvaise réputation qui s'en va pas comme ça, et ça menace la place de Cravens.

Lentement, Hazard se tourna. Ses yeux couleur paille brûlée se rivèrent aux siens et, à nouveau, il eut l'impression que cet homme bouillonnait, que toutes ses jauges étaient au rouge et qu'un mot de travers pouvait tout faire exploser.

— Quel genre de problèmes ?

— Avec la communauté LGBT.

Une contraction, sous l'effet d'une émotion que Somers ne réussit pas à définir mais en tout cas assassine, passa sur le visage de Hazard puis s'envola, laissant l'éternel air de brutalité intense retrouver sa place. Un rire tranquille qui dénotait avec son expression s'échappa de sa bouche, mais ce son n'avait rien de joyeux.

— Donc, on m'engage pour les relations publiques.

— Je voulais…

— Boucle-la.

Hazard sembla réfléchir une minute et dit enfin :

— Qu'est-ce qu'on fait ? Pour l'affaire, je veux dire.

— On a un interrogatoire, ce matin.

— On y va. J'en ai marre de ces conneries. Et sur le chemin, tu vas me répéter chaque mot qu'il y a eu entre toi et Cravens. D'accord ?

— D'accord, acquiesça Somers en déglutissant.

Il avait l'impression que la route pour se sortir de tout ça serait bien plus difficile qu'il ne l'avait pensé.

# CHAPITRE TROIS

*Lundi 24 octobre.*
*9 h 12*

Ils roulaient dans une Impala sable aux sièges en tissu et au désodorisant senteur pin collé à l'aération centrale. Aucun d'entre eux ne parlait et Hazard profita de ce silence pour se recentrer. Il avait perdu son sang-froid dès que Somers avait ouvert la bouche. Non, pire que cela. Il avait perdu le contrôle. C'était comme s'il s'était retrouvé hors de sa tête, à observer, incapable de s'arrêter tandis que la colère grandissait. Chacun des mots qu'avait dits Somers avait ressemblé à de l'huile qu'on jette sur le feu.

Et sa désinvolture n'aidait pas. Il semblait détendu, calme et pondéré dans tout ce qu'il disait ou faisait, comme s'il se fichait pas mal de tout et de tout le monde. Malgré sa détermination à ne pas le regarder, Hazard étudia cet homme. John-Henry Somerset n'avait pas changé. Bien sûr, ses cheveux blonds étaient plus courts, soigneusement coiffés et il avait pris quelques kilos de muscle élégamment répartis. Mais le principal était resté identique. Il avait toujours cette allure BCBG : le bronzage doré délicat, les yeux d'un vert évoquant un lagon, la mâchoire aussi nette qu'une lame de rasoir. Il avait toujours cette façon de marcher, les épaules en arrière, la tête haute, comme si cette ville et la suivante lui appartenaient et qu'il estimait que tout le monde devait le savoir.

*Parfait.* Le mot apparut d'un coup dans l'esprit de Hazard. John-Henry était toujours foutrement parfait.

Somers bougea, comme sentant son regard, et ajusta sa prise sur le volant. Sa manche glissa légèrement, révélant un poignet marqué d'une encre sombre. *Eh bien*, pensa Hazard, *voilà qui est très intéressant.* Le petit prodige avait un tatouage ; peut-être que John-Henry avait un peu changé.

— Ce type qu'on va voir, il est étudiant. Il s'appelle Rosendo, je crois. Je l'ai fait noter quelque part. Il a signalé un acte de vandalisme ce matin, et une patrouille est passée. Ils nous ont transféré l'affaire.

— Parce que c'est de ça qu'il s'agit ? Ces conneries de relations publiques ?

— En quelque sorte, répondit Somers avec un haussement d'épaules. Il y a eu pas mal de cas similaires, ces derniers temps.

— De vandalisme ? C'est de ça qu'on s'occupe ?

— On s'occupe du fait le plus intéressant qu'on ait eu de l'année. Et ce n'est pas juste du vandalisme. C'est un crime de haine, ou en tout cas ça y ressemble. La communauté LGBT est la cible dans la plupart des cas, même si ce n'est pas la seule.

— Et moi, je suis le pansement ?

— Ce n'est pas ce que je voulais dire.

— Oh que si. Qu'est-ce qu'ils comptaient faire ? M'engager et me faire défiler dans toute la ville pour montrer à tout le monde que c'est une police progressiste, et puis… quoi ? Me coller dans un coin à faire de la paperasse ?

Somers ne répondit pas.

Après un moment, Hazard se mit à rire.

— La communauté LGBT, hein ? Quoi ? Vous avez assez d'homos pour pouvoir appeler ça une *communauté* ? Je suppose que les choses ont changé.

— Ils ont… Il y a toujours eu une communauté, ici. Tu sais, via la fac. Mais tu as raison, les choses ont changé.

À la façon dont Somers dit cela, avec ce ton sérieux et ses airs de Boy Scout, le sens de ses mots était sans appel : il voulait dire qu'il avait changé, que Wahredua avait changé ; que le monde avait changé.

Un beau ramassis de conneries, du point de vue de Hazard.

— Wroxall ? Mais il y a deux salles de cours et une cafétéria, à tout casser.

— Il y a vingt ans, peut-être. Elle s'est agrandie. Et pas qu'un peu. Les frais d'inscription sont autour de quinze mille dollars par an.

— Quinze mille ? Tu déconnes ?

— Non. Et Wahredua a dû s'agrandir aussi. La population dépasse quatre-vingt-dix mille. On est officiellement une ville, tu sais, sans l'adjectif *petite*. Et l'université a amené le vote démocrate. Tous les vieux hippies, les agriculteurs bio, les musiciens, les traîne-patins. C'est différent.

Hazard poussa un grognement. Il y croirait quand il le verrait.

— Parle-moi de Cravens.

— Elle est bien. C'est une politicienne, mais seulement parce que son poste le demande. Elle te soutiendra, la plupart du temps. Elle fait des cupcakes excellents et les amène le vendredi.

— Qu'est-ce que tu as dû lui dire pour qu'elle m'engage ?

— Elle voulait le faire. Je n'ai rien eu à dire.

— Qu'est-ce que tu as dit ?

— Elle pensait que tu ferais une bonne image pour la maison. Tu vois le genre, l'enquêteur à l'air menaçant avec des épaules massives et un cul qui déchire. Tu pourrais…

Hazard sentit encore cet incendie brûler au plus profond de lui.

— Qu'est-ce que t'as dit ?

— C'était une blague, c'est bon, détends-toi.

— Nom de Dieu, t'as vraiment pas changé, hein ? OK. On va mettre les choses à plat. Oui, je suis gay. J'aime me taper des mecs. C'est clair ?

Somers secouait la tête, les yeux rivés à la route.

— Je t'ai posé une question.

— Ouais.

— D'accord. Tu trouves ça drôle, bizarre ou dégueu. Très bien. Tu veux m'emmerder avec ça. Pas de problème. Tu veux faire de ma vie un enfer. Parfait. Je ne suis plus le gamin que tu poussais dans les escaliers. J'ai déjà eu droit à tout ce petit cinéma. Si tu crois avoir en réserve quelque chose que les gars de Saint Louis n'ont pas déjà essayé, tu vas devoir y repenser. Ça a pas marché avec eux, et ça risque pas de marcher avec toi. Je vais pas…

— C'est pas vrai…, gronda Somers.

Son sang-froid lui faisait défaut pour la première fois depuis que Hazard l'avait revu. Il tourna d'un coup sec le volant à droite et les pneus frottèrent contre le trottoir. Ils s'arrêtèrent à l'angle d'une rue et Somers déboucla sa ceinture.

— Descends de la voiture. Tout de suite.

Sans attendre de réponse, il donna un coup de pied dans sa portière pour l'ouvrir et vint sur le trottoir.

Hazard n'hésita qu'une fraction de seconde. Il avait son .38, et s'ils en venaient là, il n'hésiterait pas à loger une balle dans le bronzage impeccable de John-Henry. Mais selon toute probabilité, Somers allait essayer de le cogner. Il était droitier, musclé, mais fin, un peu comme les coureurs… Il n'avait pas sa carrure. Hazard savait comment faire dans cette situation. Il intercepterait le coup de poing, le prenant dans l'épaule ou le bras plutôt que la mâchoire et en décocherait un qui enverrait Somers dans le comté voisin.

Quand il descendit sur le trottoir, cependant, Somers se contenta de faire glisser sa veste de ses épaules, la plier et la lui tendre.

Hazard la regarda et haussa un sourcil.

— Tiens-la-moi, insista Somers. Et tant qu'à faire, pourquoi est-ce que tu ne me briserais pas la mâchoire ou le nez ou tout ce qui te fait manifestement envie, pour qu'on puisse reprendre le fil de notre journée ?

Hazard hésita à nouveau. Était-ce une ruse ? Somers s'élancerait-il dès qu'il tendrait le bras pour prendre la veste ?

— Nom d'un chien, marmonna Somers avant de laisser tomber sa veste sur le trottoir et faire un pas en avant, la tête penchée en arrière pour présenter sa mâchoire. J'ai déconné, au lycée, j'ai compris. Profite de l'occasion.

— Ouais, c'est ça, et je me fais virer le premier jour. Je ne suis pas débile à ce point.

— Tu veux m'enregistrer ? Tu veux qu'il y ait une trace ? Je dirai ce que tu veux. Tu as ma permission de m'arracher la tête, alors vas-y, fais-le. J'ai déconné alors réglons ça une bonne fois pour toutes.

La chaleur de la journée, même à cette heure matinale, picotait Hazard au niveau de la nuque, la sueur perlait de ses aisselles et au creux de ses reins. On ne savait comment, encore une fois, Somers l'avait désarçonné et Hazard semblait incapable de tenir sa position.

Somers avança d'un autre pas. Ils étaient désormais assez proches pour que Hazard sente la chaleur qui émanait de son corps, il pouvait sentir l'odeur de son déodorant et voir les poils ras et blonds presque invisibles sur sa mâchoire.

— Tu vas le faire, oui ou non ? Soit tu me frappes maintenant, aussi fort que tu le peux, autant de fois que tu le veux, pour évacuer ça un bon coup, soit tu laisses tomber ce que tu trimballes et on va faire cet interrogatoire. Je ne sais pas toi, mais moi, j'ai envie de faire mon boulot.

— Va te faire foutre.

Somers attendit une minute entière, les yeux rivés à ceux de Hazard, avant que celui-ci détourne finalement le regard. Somers grogna et remonta dans l'Impala. Après un moment, Hazard le suivit. Puis il s'arrêta, se retourna et ramassa la veste. Il l'épousseta et prit place sur le siège passager. Sans un mot, il la lança à Somers.

— Merci.

— Soyons clairs sur une chose, fit-il, les yeux sur le tableau de bord. Je travaillerai avec toi. Je suis ton coéquipier. J'assure tes arrières en cas de besoin, et tu peux compter sur moi pour tout ce qui concerne le boulot.

Mais si tu crois que je vais te pardonner et tout oublier parce que tu es allé à la fac et que tu te crois ouvert d'esprit, que tu penses pouvoir faire des vannes avec ton pote la tapette, tu te trompes. Je te connais. Je sais quelle petite merde tu es. Même si personne d'autre ne le sait, même si tu as réussi à tous les avoir, moi je sais.

Il tapota sa poitrine à l'endroit où trois lignes brillantes étaient encore visibles, mais intérieurement, il pensait à ce que Mikey Grames, Hugo Perry et John-Henry Somerset avaient fait à Jeff cet été où ils l'avaient tailladé ; à ce qu'ils avaient fait à Jeff quand ils s'y étaient vraiment mis.

— Vous vous êtes assurés que je ne puisse jamais oublier.

Somers pâlit en prenant sa veste. Il la tint gauchement, comme s'il ne savait pas ce qu'il devait faire ensuite et la laissa tomber sur ses cuisses. Puis il glissa maladroitement la clé dans l'allumage, fit démarrer le véhicule et, le visage baissé vers le plancher, il répondit :

— Je sais que j'ai merdé. Mais je suis différent. Tout ce que je te demande, c'est de me donner une chance.

Hazard ne répondit pas, il avait dit tout ce qu'il avait à dire.

Un débat interne se lisait sur le visage de Somerset et tandis qu'il mettait le véhicule en mouvement, il ajouta :

— Et ce n'était pas une vanne, je n'essayais pas d'être drôle. Tu as vraiment un cul qui déchire. Alors va te faire foutre.

Et, alors qu'ils s'éloignaient du trottoir, Hazard décida que cela rendait la chose officielle : le monde entier avait perdu les pédales.

# CHAPITRE QUATRE

*Lundi 24 octobre*
*9 h 45*

*Ça aurait pu être pire*, se répéta Somers pour la centième fois tandis qu'ils continuaient de rouler. *Ça aurait pu être bien pire*. Le problème cependant était qu'il ne savait pas trop comment cela aurait pu être pire. Cela l'aurait soulagé, d'une certaine manière, que Hazard le frappe. Cela aurait… compensé… mis au grand jour un peu de cette hostilité. Mais Hazard ne l'avait pas frappé et avait, encore une fois, défié ses attentes. Et cela ne faisait qu'empirer la façon dont il se sentait.

*Et puis pourquoi il a fallu que tu lui dises qu'il avait un super cul ?* se demanda-t-il.

Hazard semblait désormais ressasser ses pensées, le regard fixe, tourné vers la fenêtre, refusant de répondre à ses tentatives de conversation. Il ne le blâmait pas. Cela l'avait à nouveau frappé quand Hazard avait touché sa poitrine… la cicatrice que Grames lui avait laissée, cette stupide cicatrice ; et lui avait été présent, il avait tenu son bras. *Nom de Dieu*, se demanda-t-il, *pourquoi tu étais si con à l'époque ?*

Dieu ne lui offrit aucun éclairage concernant cette question, alors il se résolut à regarder devant lui, à travers le pare-brise, en essayant de rouler vers leur destination. Wahredua avait été bâtie selon plusieurs zones : il y avait d'abord eu la partie de la ville longeant la rivière, quand le trafic fluvial était encore dense.

Puis, au moment où le commerce sur le Grand Rivere avait commencé à disparaître, le *Missouri Pacific Railroad* était arrivé. La ville avait été étendue au nord pour raccorder les voies. Malgré la fréquentation ferroviaire constante, la ville avait stagné jusqu'à deux décennies plus tôt. Somers et Hazard étaient au lycée quand un des anciens étudiants les plus fameux de Wroxall (un baron du thon autoproclamé ayant pour réputation de décimer la faune marine) avait fait don de plusieurs millions de dollars à l'établissement. Presque en une seule nuit, l'université était devenue une force dominant la vie politique de Wahredua et son pouvoir n'avait cessé de croître à mesure qu'elle s'était élevée dans les classements, attirant des élèves plus brillants, plus performants – et en plus grand nombre – provenant de la planète entière.

Somers songea que Wahredua avait changé avec Wroxall, même si Hazard ne semblait pas le voir. La nouvelle zone, qu'ils traversaient à ce moment-là, avait grandi pour accueillir l'université croissante. Des traiteurs vietnamiens, des buffets indiens et des kebabs avaient ouvert à côté des pubs, stands à pizzas et des *Subway*. Des personnes venant de partout étaient arrivées à Wahredua et avaient amené le monde avec eux. Vingt ans auparavant, quand Hazard et Somers avaient côtoyé les bancs du lycée, la ville avait peut-être été un lieu reculé, provincial, à l'esprit étriqué et toutes les tares qui vont avec. Mais même si Hazard ne le voyait pas, Somers savait qu'elle avait changé. Et il était heureux qu'elle l'ait fait pour le mieux.

Contrairement aux bâtiments qui peuplaient les bords du fleuve ou au mélange de pierre des champs et de bois vieillissant qui couraient au nord en direction de la voie ferrée, cette partie de la ville était un patchwork de styles et de matériaux : verre, bois industriel, métaux, ciment, stuc, pierre… un conglomérat des styles du vingt-et-unième siècle. Les rues étaient plus larges et tout était disposé en blocs aux délimitations claires, complétés par des immeubles résidentiels, des espaces verts et des garages.

On aurait pu prélever cette partie de la ville pour la mettre dans Chicago, peut-être près de Wicker Park, et personne n'aurait remarqué la différence.

— C'est quoi ça ? demanda Hazard en reniflant.

Somers fit de même ; l'air charriait un fort parfum de beurre.

— De la k*olache*.

— Quoi ?

— De la k*olache*.

Au regard perplexe de Hazard, Somers répondit en désignant de la tête la boulangerie devant laquelle ils passaient.

— C'est une pâtisserie. Ils mettent de la viande dedans, ou des fruits. Enfin plein de trucs, quoi. Tu en veux une ?

Hazard ignora la question.

— Tu as pris un petit-déjeuner ? Tu dors où ?

Apparemment, l'homme muet décida qu'une de ces questions méritait qu'on y réponde puisqu'il déclara :

— Le routier.

Il fallut quelques secondes pour que Somers comprenne ce qu'il lui disait.

— *Bridal Veil* ? Alors ça ! Cet endroit a dans les cent ans. Tu as de la chance qu'il ne se soit pas effondré pendant que tu dormais.

— C'est correct.

— Il y a des punaises de lit. Ou des poux. Ou Dieu seul sait quoi. Tu ne peux pas rester là-bas.

— J'y dors déjà donc je suppose que si.

— Écoute, j'ai une chambre en plus. Tu peux l'occuper le temps de te trouver un autre endroit. Qu'est-ce que tu cherches ? Cette partie de la ville est très vivante. Il y a des clubs, des bars, des coins super où manger, expliqua Somers en lui jetant un coup d'œil. Mais on dirait que tu as plutôt envie de calme. Je suis sur les berges. Un des anciens entrepôts. Ils en ont converti quelques-uns en lofts, il y a une dizaine d'années. Je pourrais demander s'ils en ont de disponibles.

— Non.

— Non, quoi ? Non tu ne veux pas que je demande ? Ou non tu n'as pas besoin d'un endroit où vivre ?

— Non, c'est tout. Ça ne concerne pas le boulot. Si tu veux parler, on parle boulot.

Somers réprima l'envie de se passer une main dans les cheveux et peut-être de grogner de frustration.

— On est partenaires. Il faut qu'on se connaisse.

— C'est le cas. On se connaît super bien.

Somers ignora le commentaire et poursuivit.

— Par exemple, tu vois quelqu'un ? Tu es marié ? Tu as des gosses ? Moi, je…

— Je m'en fiche. Si ça ne concerne pas le boulot, je n'ai pas envie de l'entendre.

Cette fois, Somers grogna. Un peu. Pas longtemps.

— D'accord. OK. Le boulot.

— Tu as commencé à me parler de cette affaire. Il y a eu des actes de vandalisme contre les homosexuels ?

— Ouais. La communauté est plutôt grosse, surtout étant donné la taille et l'emplacement de la ville. Très soudée, des liens étroits avec la fac.

— Et la fac est le sujet dont personne ne veut parler, acheva Hazard. Donc la colère gronde là-bas…

— Et en un rien de temps, tout le monde se met à espérer qu'on satisfasse le monde universitaire.

— Cravens m'embauche pour faire bonne figure.

— Upchurch avait déjà décidé de partir pour la police d'État et tu étais de loin le candidat le plus qualifié pour le poste, acquiesça Somers avant de marquer une pause. Pourquoi tu as postulé ici, d'ailleurs ? Tu aurais pu aller n'importe où.

Hazard l'ignora.

— C'est une question concernant le boulot. Si on travaille ensemble, je mérite une réponse.

— Je…

Hazard s'interrompit, modifiant manifestement ce qu'il s'était apprêté à répondre.

— Je n'avais pas vraiment le choix.

— Pourquoi ?

— Il y a eu un paquet d'emmerdes au commissariat. Je suppose que tu appellerais ça de la politique. Le capitaine connaissait Cravens et savait qu'une place allait se libérer. Il m'a dit que j'avais le choix : je faisais mes bagages et je rentrais chez moi ou…

— Ou quoi ?

— Ou je pouvais passer le reste de ma vie à classer des papiers.

— Qu'est-ce qui s'est passé ?

— Comme je te l'ai dit : question de politique.

Ce n'était pas une réponse, mais Somers savait qu'il ne valait mieux pas insister. Du moins pour le moment.

— Alors, cette affaire ?

— Oui, l'université met la pression à Cravens pour découvrir qui est derrière le vandalisme, et cetera. C'était calme depuis un moment, donc ça attire beaucoup l'attention.

— Quel genre de vandalisme ?

— Fenêtres cassées, pneus crevés. Quelqu'un a jeté un cocktail Molotov artisanal sur la maison d'une femme. Ça n'a pas explosé, juste brûlé, et les types qui sont venus ont réussi à ne pas trop l'ébruiter. La plupart des gens pensent que c'était juste un sac de merde de chien enflammé ou un truc du genre.

— Un cocktail Molotov ? Ça ressemble à beaucoup plus que du vandalisme.

— Ouais. Deux femmes ont été attaquées devant un club il y a quelques semaines. Un type blanc, une grosse trentaine ou la quarantaine. Il en a attrapé une par les cheveux et l'a balancée contre un mur en brique. Et puis il a dit à l'autre fille qu'il allait lui montrer ce que *vous ratez, les gouines*. Il a essayé de la violer, mais elle s'est enfuie.

— Tu l'as retrouvé ?

— Aucune des deux femmes ne pouvait me le décrire plus précisément et il y a beaucoup de gars correspondant à cette description.

— Ça ressemble à un de ces fous du genre à faire des milices. Elles sont encore dans le coin ?

Somers acquiesça en mettant le clignotant pour tourner dans une ruelle calme adjacente.

— Les Volunteers d'Ozark. Tu te souviens d'eux ?

— Difficile à oublier quand ils ont traversé la ville avec un écriteau disant que *Dieu déteste les pédés* alors qu'on est le seul homo à cent bornes à la ronde.

— Ils le font toujours. Ils l'ont encore fait il y a quelques semaines.

— Il y a quelques semaines ?

— Au moment où tout ça commençait, acquiesça Somers.

Les Volunteers d'Ozark, ou par leur nom entier, La Justification suprême de Dieu auprès des citoyens volontaires d'Ozark, avait enquiquiné chaque habitant un tant soit peu décent dans le comté de Dore au cours des quarante dernières années. Ils n'étaient pas directement liés au Ku Klux Klan, à la milice du Montana ou à une de ces églises fondamentalistes complètement folles, mais partageaient certaines de leurs caractéristiques. Ils vivaient la plupart du temps dans la zone du comté ne possédant aucune personnalité juridique, à l'extérieur des limites de Wahredua, et passaient leur temps libre à boire de la bière, tirer sur des bouteilles et cuisiner de la meth ou en consommer, en fonction des besoins.

Au cours des derniers mois, ils avaient trouvé un nouveau meneur, militant radicalisé qui avait sorti l'organisation de son isolement pour l'amener au cœur de Wahredua, où ils organisaient marches publiques et manifestations *anti-pédés*, *libéraux*, *athées*, *putains*, ou quoi (ou qui) que ce soit qui ne leur revenait pas.

— Ils t'ont fait peur ? demanda Somers, voyant la question glisser de sa bouche avant qu'il ne puisse la retenir. Les Volunteers, quand tu étais gamin ?

Le véhicule s'arrêta devant une rangée de maisons de ville couleur taupe. Hazard pouffa de rire et, l'espace d'un instant, Somers pensa qu'il ignorerait la question.

Mais il répondit, la tête inclinée vers les logements qui s'étiraient devant lui.

— J'étais mort de trouille.

C'était la première chose qu'il disait qui ne charriait pas de rage sous-jacente et il parut, à la surprise de Somers, presque vulnérable.

Puis, d'une voix forte, il déclara :

— Tu m'as convaincu.

— Quoi ?

— Je marche. Allons démolir ces connards de *rednecks*.

Somers se fendit du premier véritable sourire de la journée.

# CHAPITRE CINQ

*Lundi 24 octobre*
*10 h 2*

Il fallut à Hazard faire appel à toute sa volonté pour ne pas rendre son sourire à Somers. Il y voyait quelque chose de sincère, quelque chose de véritablement radieux qui lui fit oublier, l'espace d'un instant, à quel point il détestait cette enflure. *D'accord*, se dit-il en descendant de l'Impala. Il travaillerait avec Somers pour cette affaire. Que cela lui plaise ou non, elle lui parlait. Elle appuyait sur tous les boutons qu'il fallait : des brutes imbéciles, des victimes LGBT et une chance de botter le derrière d'un vieux démon du passé. Il ne pouvait pas tourner les talons. Il aurait bien été impossible de lui faire faire demi-tour. Et si cela impliquait de travailler avec Somers, il travaillerait avec Somers. Pour l'instant.

Cette partie de Wahredua était parfaitement nouvelle pour lui. Elle avait de toute évidence été construite en réponse à l'expansion rapide de l'université, mais présentait des signes d'un projet savamment réfléchi et réalisé. Cette rue tranquille, par exemple, était déjà bordée de grands arbres sur les trottoirs et les maisons de ville de couleur taupe étaient de bonne facture et entretenues. Une grande étendue de pelouse, complétée par des jeux pour enfants, formait un point final à l'endroit.

L'odeur de pâtisseries (de *kolache* ?) s'était effacée et Hazard sentait désormais les carrés de goudron chaud de la route et le paillis brouillé du parc pour enfants. Des parfums d'été, en somme, et il fut étonné que cela lui rappelle là d'où il venait ainsi que – plus étonnant, encore – des jours heureux.

Malgré la joie que ses souvenirs renfermaient, ils se dissipèrent quand il étudia le pavillon devant lui. Deux étages, un parterre de fleurs impeccable, une haie taillée et un garage attenant. On aurait pu se croire dans n'importe quelle ville des États-Unis, exception faite d'une chose : en face de la porte de garage, peint à la bombe avec des lettres d'une trentaine de centimètres, les mots «*Crève Pédé !*». Quelqu'un avait de toute évidence essayé de gratter l'inscription, laissant le *e* de *crève* légèrement estompé, mais la personne avait manifestement renoncé à l'effort que cela représentait.

— Qui vit ici ?

Somers vérifia sur son carnet.

— Rosendo Cruz Cervantes est le propriétaire, d'après la patrouille qui est venue, mais ce n'était pas lui qui a appelé.

— Qui l'a fait ?

— Le nom que j'ai, c'est Nicholas. Nicholas Flores.

— Allons parler à monsieur Flores.

Somers le laissa ouvrir la marche et il suivit alors l'allée menant à la porte d'entrée. Il leva une main pour frapper, mais avant d'en avoir le temps, celle-ci s'ouvrit à la volée et quelqu'un (un homme) sortit en trombe. Hazard se tourna et, davantage par réflexe que par choix conscient, il attrapa le tee-shirt de l'homme. Celui-ci trébucha et un carton s'envola de ses bras pour retomber sur la pelouse en répandant des vêtements dans tous les sens.

— Ça va p…

L'individu fixa Hazard, sous le choc, et son expression se durcit pour prendre les traits de la colère. Il plaqua les deux mains sur la poitrine de Hazard et se dégagea de sa prise.

— T'es qui, toi ?

— La police, répondit Somers. Agent Somers.

— Agent Hazard.

Il marqua une pause pour observer la situation en détail : l'homme qui était devant lui était jeune – vingt-deux ans ; peut-être vingt-trois – et très beau. Il avait une peau couleur cuivrée et une épaisse chevelure noire ondulée. Grand et fin, il avait la carrure d'un danseur et chacun de ses mouvements révélait les lignes parfaites de son corps. Peu importait le tee-shirt miteux et troué et le jogging distendu qu'il portait, cela ne le rendait que plus beau. Hazard essaya de se rappeler ce qu'il s'était apprêté à dire.

— Nous avons reçu un appel, fit Somers pour l'encourager.

— C'est ça. Du vandalisme. Nous sommes venus parler à…

Bon sang. Il avait oublié le nom. Il lança à Somers un regard implorant.

Celui-ci, de son côté, gardait une expression douce.

— Nicholas Flores.

— Nico.

Le jeune homme croisa les bras sur sa poitrine. Une poitrine très bien définie, remarqua Hazard à travers le coton fin.

— C'est moi.

Hazard décida qu'il devait se jeter à l'eau et commencer à parler sous peine de risquer d'avaler sa langue.

— Vous pouvez nous dire ce qui s'est passé ?

— Ce matin, je me suis réveillé, je suis sorti et j'ai trouvé ça…, expliqua-t-il en pointant le pouce vers la porte de garage. J'ai essayé de frotter et je me suis rendu compte que c'était stupide. J'ai appelé la police. Et maintenant, vous êtes là. Voilà, c'est à peu près tout.

— Monsieur Flores, pourrions-nous entrer pour discuter un instant ?

Nico eut comme un rire contenu.

— Hors de question que je retourne là-dedans à moins que ce soit pour reprendre mes affaires.

— Un problème ? demanda Somers.

— Ouais. Je vis avec une sale ordure de menteur infidèle. Depuis huit mois. Huit mois. Ça vous semble être un problème, à vous ?

— Vous parlez de… du propriétaire ? devina Somers en consultant son carnet. Monsieur Cervantes ?

— Chendo. Ouais. C'est lui l'effroyable fourbe sans cœur qui…

— Monsieur Cervantes est là ?

— S'il était là, je serais trop occupé à lui arracher les couilles pour vous parler.

— Monsieur Flores, fit Hazard, ce n'est pas dans votre intérêt de dire de telles choses. Surtout quand vous parlez à la police.

— Pourquoi ?

Nico passa devant lui; près, au point même que son bras frôla la poitrine de Hazard, et il se pencha pour ramasser les vêtements tombés et les remettre dans le carton.

— C'est la vérité. J'encastrerais cette tête de con à travers un pare-brise si j'en avais l'occasion.

— Vous et monsieur Cervantes aviez une relation ?

Nico rit amèrement en mettant un autre tee-shirt dans le carton.

— Monsieur Flores ?

Se redressant de toute sa hauteur, le regard de Nico croisa celui de Hazard.

— Non. Je ne dirais pas que nous avions une relation. On ne peut pas en avoir une avec un type qui couche avec tout ce qui respire, n'est-ce pas ?

— Mais vous étiez sentimentalement lié à lui ?

— Qu'est-ce que ça peut vous faire ? Vous êtes intéressé ? demanda Nico avec un sourire suggestif.

Hazard sentit son visage s'empourprer et Somers intervint :

— Nous essayons d'établir les faits, monsieur Flores.

— Oh, on cuit, ici. Et puis merde, j'ai changé d'avis. Rentrons boire les dernières bières de Chendo.

Sans attendre de réponse, il laissa le carton sous le porche et disparut à l'intérieur de la maison. Hazard vit du coin de l'œil Somers qui essayait, et échouait, à cacher son sourire.

— La ferme, lui dit-il avant de suivre Nico.

L'intérieur était assorti à l'extérieur : un parquet en bois sombre teinté, des meubles et une palette de couleurs ultra modernes, beaucoup de verre, d'acier et de blanc. Sur un mur était accrochée une série de photos, beaucoup d'entre elles représentant Nico et un autre jeune homme, latino, qui s'enlaçaient. D'autres photos montraient Nico, seul et à différents stades de nudité. Avant que Hazard et Somers puissent aller plus loin dans la maison, celui-ci revint en portant trois bières par le goulot. Il en prit une et offrit les deux autres.

Hazard et Somers secouèrent la tête.

— D'accord, mais vous me devez un verre, répondit-il, les yeux rivés à Hazard, le sourire toujours espiègle en voyant les joues de celui-ci assez brûlantes pour déclencher un feu.

Puis, son expression repassant à la colère, il déclara :

— Je suppose que je vais laisser celles-là pour Chendo.

Et il balança les bouteilles sur la série de photos. Le verre éclata et la bière se répandit partout. Les photos produisirent un cliquetis en tombant et davantage de verre se brisa. L'odeur de levure emplit la petite entrée.

— Vous devez vous calmer, monsieur Flores, dit Somers. À moins que vous ne préfériez avoir cette conversation au poste.

— Comme vous voudrez, monsieur l'agent.

Nico prit une autre bouteille et montra le canapé et les chaises d'un signe de tête.

— Vous voulez vous asseoir pour parler, asseyons-nous. Vous voulez me passer les menottes, vous pouvez faire ce que vous voulez, poursuivit-il avec un large sourire avant d'ajouter à l'intention de Hazard : vous aussi. Vous, vous pouvez me faire tout ce que vous voulez.

— Savez-vous où se trouve monsieur Cervantes ? demanda Somers.

— Avec le premier cul qu'il aura trouvé en sortant.

— Depuis combien de temps est-il sorti ?

— Quelques jours.

— Combien, exactement ? demanda Hazard.

— Je ne l'ai pas vu depuis vendredi soir. On s'est disputés. Il est sorti pour souffler un peu. Je pensais qu'il reviendrait et qu'on se réconcilierait. Au lieu de ça…

Nico s'interrompit en riant et but une autre gorgée de bière.

— Qu'est-ce qui s'est passé ?

— Il m'envoyait des messages. Il prenait des nouvelles. Vraiment gentil, vous trouvez pas ? lança-t-il en sortant un téléphone de son survêtement pour l'envoyer à Hazard.

Sur l'écran, une conversation était ouverte avec *Chendo Cervantes*. Les messages récents venaient de lui sur une période couvrant les deux derniers jours, en commençant par vendredi soir, puis régulièrement au cours de la matinée du lundi. Le plus récent ne datait que de quelques heures : *C'est agréable de se réveiller à côté d'un homme qui sait comment s'occuper de mes besoins. Je regrette de ne pas pouvoir en dire autant à ton sujet.* Les autres messages étaient du même acabit : provocations, fanfaronnades concernant des exploits sexuels et liste humiliante des défauts de Nico.

Quand Hazard eut fini de lire les textos les plus récents, Nico avait terminé sa bière. Avec le même regard dur de colère, celui-ci balança la bouteille sur le mur de photos. Une autre volée de cadres s'écrasa au sol.

— Oups. Désolé.

Hazard passa le téléphone à Somers qui y jeta un rapide coup d'œil et le passa à Nico.

— Monsieur Flores, vous comprenez que je dois vous poser la question. Avez-vous écrit ces mots sur le garage ? Peut-être à cause de votre dispute avec monsieur Cervantes ?

— Non. Pourquoi je ferais ça en appelant la police ensuite ?

— Vous savez qui a fait cela ? demanda Hazard.

— Non.

— Aucune idée ? Personne avec qui monsieur Cervantes aurait pu avoir une altercation ? Personne qui lui en veuille ?

— Pourquoi pas les trois mille *rednecks* qui vivent dans le coin ? Tous ces types qui disent que Dieu déteste les pédés ? Vous savez de qui je parle. Enfin quoi, ça dure depuis des mois. C'était qu'une question de temps.

— Vous pensez que ce n'était qu'une question de temps avant que quelqu'un s'en prenne à monsieur Cervantes ?

— Chendo a une grande gueule. Et un gros ego, aussi. Il se voit comme un activiste.

— Pourquoi l'avoir signalé ? demanda Somers. Si vous le détestez autant, pourquoi ne pas simplement laisser ça là et partir ?

— Parce que personne ne devrait pouvoir faire ça et s'en tirer. Je me fous que ça concerne Chendo, moi ou n'importe qui d'autre. C'est mal.

— Êtes-vous un activiste ? demanda Hazard.

— Je suis étudiant, monsieur l'agent, répondit Nico en décochant une nouvelle fois son sourire provocateur. Vous voulez m'emmener à l'école ?

— Je crois que c'est tout ce dont nous avons besoin de votre part, monsieur Flores.

L'expression de Nico resta bien en place.

— Nous allons prendre quelques photos, expliqua Somers, relever des empreintes, jeter un œil dans le coin.

— Oui, pas de problème, acquiesça Nico, mais ses yeux ne quittèrent pas le visage de Hazard. Moi j'en ai fini de cet endroit. Faites ce que vous voulez.

— Avez-vous un numéro de téléphone ? demanda Hazard. Une adresse où on peut vous contacter ?

Nico ne dit rien, mais l'éclat moqueur dans son regard chauffa une nouvelle fois les joues de Hazard. Il gribouilla quelque chose au dos d'une enveloppe qu'il y avait sur la table basse et la lança sur les cuisses de Hazard.

Celui-ci y jeta un œil et chiffonna le papier dans son poing, mais pas avant que Somers n'ait le temps de lire.

Il y avait un numéro de téléphone et quelques mots : *N'oubliez pas que vous me devez un verre.*

— Voilà ma carte, déclara Somers, et Hazard crut percevoir dans sa voix un amusement contenu. Si vous pensez à autre chose.

Hazard ouvrit la marche pour sortir de la maison. Nico les suivit jusqu'à la porte et leur lança :

— Chendo refera surface dans un jour ou deux. Il vous appellera sûrement pour piquer une crise à propos de ça. Dites-lui de ma part que c'est mérité.

— Merci de votre aide aujourd'hui, monsieur Flores, fit Somers.

Nico ne répondit pas, mais il les regarda se diriger vers le garage où Somers commença à prendre des photos avec son téléphone.

— Il te fait de l'œil, lança celui-ci à voix basse en prenant les photos.

— La ferme.

— Une fois qu'on aura bouclé cette affaire, tu ferais bien de l'appeler, poursuivit-il en souriant désormais largement.

— Tu te fous de moi ? C'est un gosse.

— Il est sexy. Ne me regarde pas comme ça. Je suis hétéro, mais même moi je le vois.

— S'il te plaît, tais-toi, grogna Hazard, avant que je te frappe à la gorge.

Il ne put l'entendre, mais il savait que cela fit rire Somers.

# CHAPITRE SIX

*Lundi 24 octobre*
*17 h 7*

Le reste de la journée était passé dans un enchaînement indistinct de tâches : sceller la porte du garage, examiner les lieux en quête d'indices physiques, interroger les voisins de Cervantes, puis retour au commissariat pour la paperasse et les coups de téléphone. Ils ne trouvèrent rien. Personne ne savait rien. Les recherches se terminaient toujours rapidement et infructueuses. Plusieurs fois, Hazard essaya d'appeler sur le téléphone portable de Cervantes, mais impossible de le contacter. Alors il laissa deux messages : une longue explication et une courte relance. Quand il décida de jeter un œil aux actes de vandalisme similaires et aux attaques, il se rendit compte que Somers rangeait sa chaise.

— Viens, lança celui-ci.

— Je vais rester. J'ai encore quelques heures pour être à jour.

— Non, fit Somers en souriant pour adoucir son refus. Hors de question. Tu viens avec moi.

— Ah ouais ?

— Oui. On va se saouler avec le reste de l'équipe.

— Je ne vais pas…

Somers vint se percher sur le bord de son bureau, si près de lui qu'il pouvait sentir une odeur mêlant sueur et adoucissant textile.

— Ce n'est pas en option, d'accord ? On est dans une petite ville. Dans un petit commissariat. Et à l'intérieur de ce commissariat, on forme une unité encore plus petite. On est que cinq… quatre, une fois qu'Upchurch sera parti. On forme une équipe.

— Je fais partie de l'équipe. Je te l'ai déjà dit. Ça ne veut pas dire que je vais venir boire des coups avec vous.

— Tu ne comprends pas. On n'est pas à Saint Louis, ici. Tu ne peux pas séparer vie privée et vie professionnelle. On est à Wahredua, c'est un truc de petite ville, ça. Les affaires de tout le monde regardent tout le monde. C'est comme ça, c'est tout. Et puis, je me suis mouillé pour te faire venir. Je ne vais pas te laisser nuire à mon image.

— C'est ridicule.

— C'est comme ça et pas autrement. Tu veux pouvoir compter sur ces types, alors tu dois faire les choses comme il faut. Si tu veux repartir d'ici un jour, avec les recommandations de Cravens je veux dire, passe du temps avec les autres agents. Alors enfile ta veste et on y va.

— C'est complètement ridicule, marmonna Hazard en prenant toutefois sa veste avant de se lever.

— Ce qui est ridicule, reprit Somers à voix basse et d'un ton sec, c'est tout ce cirque du type ténébreux et dangereux que tu nous fais.

Avant que Hazard ne puisse répondre, Somers fondait déjà sur les portes en sifflotant.

Il le rattrapa à l'extérieur du commissariat, mais quand il tourna à l'angle du parking, son coéquipier le siffla pour lui montrer la direction d'un signe de tête.

— Par ici, mon grand. On y va à pied.

— Il fait chaud.

Un euphémisme étant donné que l'air lourd collait à sa peau, lui donnant l'impression de nager plutôt que de marcher.

— Tu survivras.

Ils traversèrent quelques rues en direction du sud et purent apercevoir le fleuve. Le Grand Rivere déferlait dans son lit large. La lumière du jour se reflétait en grandes plaques orange, jaunes et blanches, ondulant avec le courant. L'odeur de boue et de bois mouillé flottait dans l'air. Entre eux et l'eau, Market Street serpentait en suivant le cours de celle-ci et les véhicules formaient un flot allant dans les deux sens. Le grondement des moteurs engloutissait les éventuels clapotis de l'eau.

— Swinney est une dure à cuire, lança Somers en rompant le silence qu'il y avait entre eux. Ce n'est pas la plus maligne, mais elle travaille comme une forcenée. C'est la première enquêtrice depuis Cravens. C'est pas un boulot facile, surtout ici.

Il regarda Hazard comme s'il attendait une réponse, mais celui-ci se contenta d'un grognement. Il ne se laisserait pas embarquer dans les ragots aussi vite.

— Son coéquipier, c'est Lender. Un nerveux. Des tonnes d'énergie, il ne tient pas en place, mais on dirait pas au premier abord. Dans un premier temps, tout ce qu'on voit, c'est ses grandes lunettes. Une fois, j'étais assis à mon bureau, je venais de commencer comme enquêteur, et je me suis dit que c'était un petit rat ennuyeux. Je ne le remarquais même pas vraiment, tu vois ce que je veux dire, parce que j'avais des trucs plein la tête et qu'il semblait si calme et si petit. Il était assis là, moi là, et il a dit qu'il devait me montrer quelque chose dans le bureau des preuves. Il a dit que c'était de la coke et quand j'ai voulu la descendre des étagères, ça s'est renversé sur moi. Quelqu'un, de toute évidence Lender, avait percé un trou dans le plastique. Bien sûr, je ne m'en suis pas rendu compte. J'ai fait un bond de trois mètres ; j'avais tellement envie de me tirer de là. Et puis je ne sais comment, il m'a persuadé que je devais me déshabiller et filer jusqu'aux vestiaires pour me doucher, qu'il mettrait mes vêtements dans un sac en guise de preuve. Moi je paniquais parce que je croyais que j'avais merdé en beauté. Alors je l'ai fait.

Malgré lui, Hazard souriait.

— Et ?

— Et toute l'équipe de service était alignée dans le couloir pour me saluer quand je suis passé en courant. J'avais encore tellement peur que j'ai continué de courir, même si quelque part je savais que c'était un coup monté, et Anthony Lee – le type le plus costaud et le plus noir de la maison – s'est écrié qu'il n'avait jamais vu un blanc-bec versé dans la coke courir aussi vite. Quand je suis arrivé aux douches, je pensais que j'étais un homme mort, si ce n'était pas à cause de la coke, parce que je venais de courir à poil dans un bâtiment gouvernemental. Alors j'ai baissé les yeux et je me suis rendu compte que ce n'était pas de la coke.

— C'était de la farine.

— Oh que oui, c'était de la farine.

— Qu'est-ce que tu as fait ?

— Je savais que je devais faire quelque chose alors j'ai fait demi-tour, je suis sorti des vestiaires, et Lender était là à se poiler comme un singe. Il a dit un truc du genre « *Bah dis donc Somers, on dirait que le bon Dieu t'a raccourci la matraque de quelques centimètres* ».

— Oh mon Dieu, maugréa Hazard. Les hétéros, c'est vraiment tous les mêmes.

Somers commença à rire.

— Alors ? Qu'est-ce qui s'est passé ?

— Je me suis tourné vers Anthony Lee et j'ai dit « *Tu pourrais me prêter ton manteau ? Je sens comme un courant d'air* ». Et tout le monde a éclaté de rire.

— Je l'aurais tué.

— Nan, Lender est un bon gars. Mais il est comme ça : calme à l'extérieur, mais déchaîné à l'intérieur. Demande-lui de te parler de la fois où je l'ai branché avec une amie à moi.

Hazard s'efforça de ne pas lever les yeux au ciel. Les hétéros étaient vraiment tous les mêmes.

— Et Upchurch ?

Il avait posé la question sans même s'en rendre compte, surpris de voir avec quelle facilité Somers l'avait attiré sur le terrain de la conversation.

— Upchurch, répéta Somers en faisant durer ce nom avec hésitation avant de marquer un silence. Il est… bon dans son boulot. Et c'est le pote de tout le monde, tu vois ? Je pourrais l'appeler à n'importe quelle heure, il m'aiderait à me sortir du pétrin. C'est le genre de type que tu veux avoir dans les soirées parce qu'il sait raconter les bonnes histoires tout en s'assurant que tout le monde ait à boire.

— Mais ?

— Je ne sais pas comment dire. C'est un arriviste. De temps en temps, on peut apercevoir son côté calculateur, stratège, il prend les décisions qu'il estime utiles pour l'aider à monter en grade.

— Plutôt merdique.

— Non. C'est juste qu'il essaie toujours d'être le numéro un. Même une fois qu'il est ton pote. Même quand il vient te chercher au bar parce que tu es trop bourré pour conduire. Même quand il passe les menottes à quelqu'un. Je n'aurais pas dû dire ça, souffla Somers en secouant la tête. C'est vraiment un type bien et il mérite son nouveau poste. Police d'État, je te l'avais dit ?

— J'en ai entendu parler.

— Ben, il le mérite vraiment. Il fera du super boulot.

Somers arrêta de parler et son silence semblait pressant, même s'il savait qu'il en avait déjà trop dit et qu'il essayait de contrebalancer. Il mena Hazard sur Market Street et celui-ci vit désormais pourquoi ils marchaient. La rue était bondée. Pas seulement à cause de la circulation, même si les voitures formaient une procession régulière de chaque côté de la route, mais les boutiques et leurs devantures s'alignaient elles aussi de toutes parts et les clients se rassemblaient sous les auvents en mangeant et buvant à une dizaine de bars et de restaurants qui donnaient sur la rivière. La rue calme à faible activité commerciale et aux fenêtres condamnées que Hazard avait connue dans sa jeunesse avait disparu, remplacée par une rue vivante ; branchée, même.

— Le *Saint Taffy*, lança Somers en désignant un pub devant eux qui avait une enseigne représentant une colombe blanche aux ailes déployées sur un fond vert. Le bar à flics de Wahredua.

À l'intérieur, l'endroit était agréablement sombre et frais. Trois marches menaient à un sol élégant en béton. Un miroir était accroché derrière le bar, patiné par le temps, reflétant ainsi gérants et bouteilles en une masse floue en mouvement. Il semblait bien le résumer : c'était un lieu où l'on pouvait s'effacer, disparaître de soi-même, n'était-ce que pour quelques heures. L'odeur d'oignons frits et de houblon fit gargouiller l'estomac de Hazard qui avait travaillé durant l'heure du déjeuner en ignorant l'invitation de Somers à sortir chercher un sandwich. Billy aurait insisté pour qu'il prenne une salade et une bière allégée, mais Billy était à l'autre bout de l'État et Hazard prendrait donc un burger, à point, et la bière pression la plus corsée que le *Saint Taffy* servait.

Somers le conduisit à une table au fond, derrière un billard et un lustre un peu kitsch au verre teinté. Une femme et un homme étaient déjà assis. La femme avait les cheveux ras à l'exception de quelques mèches d'un blond vénitien sur le devant. Elle était au début de la cinquantaine, mais Hazard pouvait déjà dire que ses vieux jours déménageraient. Ce devait être Swinney. Il déduisit que l'homme était Lender. Il paraissait compact, comme s'il avait été replié sur lui-même pour pouvoir loger dans une poche et possédait une énorme moustache et des lunettes à la monture en plastique jaune et épaisse.

— Swinney, fit Somers en désignant la femme de la tête. Et Lender.

Lender murmura un bonjour, Swinney agita le bras de Hazard comme si elle essayait de le tirer de sa tombe.

— Un plaisir de t'avoir avec nous, dit-elle d'une voix de basse. J'ai entendu dire que t'étais un sacré enquêteur. Somers a pas arrêté de parler de toi.

— Vous savez ce que c'est, le boulot, répondit Hazard en haussant les épaules. Beaucoup de chance.

— Il faut bosser pour avoir de la chance, fit Lender.

— Comment il se débrouille, Somers ? demanda Swinney qui avait acquiescé. Il est à la hauteur de tes rêves de fan ?

À la grande surprise de Hazard, Somers rougit et lança à Swinney un regard noir. Elle se contenta de rire et, quand Lender se joignit à elle, elle fit tinter son verre contre celui de son coéquipier. Hazard devina que tous deux aimaient se moquer de Somers, même si c'était de toute évidence avec bienveillance.

— Où est Upchurch ? demanda Somers.

— Tu le connais, répondit Swinney.

— En retard à son propre enterrement, poursuivit Lender.

Ils rirent à nouveau et entrechoquèrent une nouvelle fois leurs verres.

Somers et Hazard commandèrent à boire et après la première Guinness, Hazard sentit la tension dans son dos se relâcher un peu. Swinney et Lender appréciaient manifestement Somers même s'ils aimaient également lui mener la vie dure, et il était évident que tous les trois étaient amis. Après quelques questions préliminaires à Hazard concernant son emménagement et le travail – des questions volontairement polies évitant tout sujet trop personnel, remarqua-t-il – les trois amis reprirent leurs potins habituels agrémentés de plaisanteries à propos de collègues et d'habitants de la ville. Hazard, de son côté, écouta, assis. C'était une habitude chez lui, il adoptait un comportement de surface. Cela avait toujours été ainsi : gamin, à Saint Louis, et de nouveau ici. Deux fois, Somers essaya de l'inviter dans la conversation, mais les deux tentatives échouèrent. Il aimait cette posture et Swinney et Lender acceptaient de le laisser tranquille. Les deux coéquipiers et lui cantonnèrent leur consommation d'alcool au minimum, mais Somers semblait déterminé à finir minable le plus rapidement possible.

La conversation fut interrompue par une voix tonitruante :

— C'est quoi tout ce grabuge, ce soir ?

C'était une voix autoritaire et joviale qui évoqua à Hazard celle d'un géant, et il fut étonné de voir qu'elle venait d'un homme de taille moyenne aux cheveux clairsemés sur le sommet du crâne, au ventre légèrement rond retombant par-dessus sa ceinture et aux taches de rousseur qui avaient probablement fait l'objet de plaisanteries durant sa jeunesse.

— Renard Upchurch, se présenta l'homme en prenant la main de Hazard. Dis donc, t'es bâti comme une armoire à glace, toi ! Qu'est-ce que tu fais pour t'amuser ? Tu jongles avec des wagons ?

— Hazard. Content de te rencontrer.

— Eh ben, la maison ne fait pas les choses à moitié, hein ? lança Upchurch en riant volontiers de sa plaisanterie. Tu vas faire passer ces branleurs-là pour des cons, tu crois pas ? On va avoir l'air de bouseux, non ?

Et il éclata à nouveau de rire. Hazard songea que cela faisait l'effet d'un ouragan lâché dans les oreilles.

— Je fais juste mon travail.

— La meilleure décision que la maison ait jamais prise, fit Somers.

Deux lignes brillantes soulignaient ses pommettes et son regard était vitreux. Il en était à sa quatrième bière et semblait bien parti pour continuer comme ça sans s'arrêter.

— L'embaucher, c'est le meilleur truc qu'ait jamais fait Cravens. C'est un crack. Un putain de crack, tu le sais, ça ?

Il essaya de passer un bras autour de Hazard et celui-ci se dégagea instinctivement. Somers tomba à moitié, se rattrapant à la table, et pouffa d'un rire alcoolisé.

— Doucement, fit Upchurch en l'aidant à se rasseoir.

Ses yeux pétillaient d'amusement et il dit à Hazard :

— Somers que voici a quelques soucis avec la boisson. C'est pas vrai, Somers ?

— Que dalle, répondit ce dernier sans cesser de rire. C'est des bobards.

— Vous passez dans la police d'État ? demanda Hazard.

— Un copain m'a dit qu'il y avait une place, je me suis dit que j'allais tenter, répondit Upchurch en haussant les épaules. Je m'étais jamais imaginé qu'ils se pencheraient sur mon cas, et encore moins qu'ils me voudraient pour le poste.

— À quel poste ?

— Les portés disparus. Ils ont leur propre unité et servent de bureau d'information pour tout l'État. Un paquet de trucs leur passent entre les mains.

— Sans qu'ils se préoccupent de l'ancienneté, ajouta Lender. Tu seras tout en bas de l'échelle, c'est ça ?

Upchurch haussa de nouveau les épaules.

— Ma femme, Eldora, précisa-t-il en regardant Hazard, elle a sa famille à Jeff City. Ça fait un moment qu'elle me tanne, je crois qu'elle en avait plus envie que moi. Enfin bon, on s'y plaira très bien. Et toi, Hazard ? Tu amènes quelqu'un avec toi ? Une copine ?

Somers se remit à rire.

— Non, répondit-il en posant une main sur l'épaule de Hazard.

Celui-ci se dégagea et l'autre tomba encore, au sol cette fois. De l'endroit où il était, Somers ajouta en continuant de rire :

— Il a pas amené de copine.

Lender et Swinney échangèrent un regard gêné et Hazard lutta pour ne pas se tortiller sur sa chaise. *C'était juste une question*, se dit-il. *Et Somers est un con. C'est tout.*

— Mon petit ami est resté à Saint Louis.

Avec un hochement de tête, Upchurch acquiesça.

— Relation longue distance, hein ? C'est dur.

— Je suis sortie avec type qui habitait loin, lança Swinney en roulant des épaules avec détachement. Ça s'est pas mal passé. Et il se trouve qu'il me plaisait d'autant plus qu'on se voyait à peu près qu'une fois par mois. Du coup, les galipettes étaient intenses, vous voyez ?

— Intenses ? grogna Lender, fixant sa bière. C'est comment ? Ce qu'on connaît de plus intense, ma femme et moi, c'est quand on reste tous les deux réveillés jusqu'au bout.

Tout le monde rit, même Hazard, puis ils commencèrent à parler d'autre chose. Pourtant, intérieurement, Hazard s'émerveilla de ce qui venait d'arriver. Aucune insulte, aucun sarcasme, aucun silence gêné. Il but une autre gorgée de bière et sentit un autre point de tension se délier. Peut-être qu'il s'était trompé sur son retour.

Somers finit par se relever et interrompit la conversation (ils parlaient des diverses tentatives de Lender pour trouver des exonérations d'impôts légales et Hazard fut reconnaissant de cette interruption) en chancelant contre leur table pour annoncer, assez fort pour qu'on l'entende à l'autre bout de la pièce, qu'il avait besoin d'aller pisser. Puis il tituba en direction des toilettes.

Upchurch leva les yeux au ciel et but une longue gorgée.

— Ne commence pas, l'avertit Swinney.

— Moi ? C'est à moi que tu dis ça ? Alors que ce trou du cul peut pas rester sobre cinq minutes après avoir quitté le boulot ?

— Laisse tomber, répondit Swinney, les joues roses.

— Lender, soutiens-moi, lança Upchurch.

Celui-ci secoua la tête en fixant le fond de son verre.

— Il y a quelque chose que je devrais savoir ? demanda Hazard.

— Non, répondit Swinney en reposant sa pinte d'un coup sonore.

— Oh que si, tu devrais le savoir.

Swinney ouvrit la bouche, mais Upchurch continua :

— S'il bosse avec Somers, il mérite de savoir.

— Savoir quoi ?

— Que c'est un ivrogne. Que tu peux pas lui faire confiance pour le boulot.

— C'est pas vrai, protesta Swinney.

— C'est moi qu'il a laissé tout seul, rétorqua Upchurch. J'ai failli me faire planter pendant une émeute parce que le petit prodige dégueulait dans un buisson.

— Il était malade, répliqua Swinney, mais sa voix avait perdu en fermeté, et elle ne regardait plus Hazard dans les yeux.

— Il avait la gueule de bois. Et la seule raison qui fait que je chie pas dans une poche, c'est parce que le couteau s'est pris dans ma ceinture, lâcha Upchurch en secouant la tête. Écoute, Hazard, Somers est un type bien. Vraiment. Mais tu ferais mieux de pas miser toutes tes billes sur lui. Tu as sûrement dû en connaître des gars comme ça, hein ? À Saint Louis, tu as sûrement connu des mecs qui foutaient leurs partenaires dans la merde comme ça, non ?

— Voilà ce que je sais, lança Hazard en repoussant son verre sur le côté avant de se lever. Somers est mon coéquipier. Et pour moi, c'est tout ce qui compte. Donc soit tu fais un rapport pour rendre ça officiel, soit tu arrêtes de baver sur lui. Ou alors, tu peux continuer et je te brise la mâchoire.

Swinney écarquilla les yeux, Lender venait d'enfoncer son nez dans son verre et Upchurch virait à l'écarlate.

— Content de t'avoir rencontré, conclut-il en apercevant Somers qui s'envoyait des shots au bar.

Il lui fit signe de la tête, paya sa pression et partit.

Alors qu'il sortait dans la nuit estivale humide, une main lui attrapa le bras.

— T'as foutu…

Somers marqua une pause pour s'éclaircir la voix, essayant manifestement de mettre de l'ordre dans ses mots.

— T'as vraiment foutu Upchurch en boule. Qu'est-ce qui s'est passé ?

— Rien.

— Allez, qu'est-ce que t'as dit ?

— Peu importe ce que j'ai pu dire, ça ne te concernait pas.

Somers l'observa un instant, le regard fatigué et le corps chancelant, comme s'il affrontait un vent puissant. Puis il hocha la tête.

— Ouais, déclara-t-il, comme s'ils avaient convenu de quelque chose. J'suis… Je ferais mieux de rentrer chez moi.

Il fit un pas, tituba et renversa une table pliante et des chaises qui se trouvaient devant le *Saint Taffy*. Empêtré dans celles-ci, il lutta pour se dégager, mais ne réussit qu'à se cogner le menton et s'effondrer.

— C'est pas vrai, marmonna Hazard en l'attrapant par la ceinture et la veste. Debout.

Ensemble ils réussirent à le relever, puis Hazard remit en place les chaises et la table tout en le tenant par sa veste. Swinney était apparue sur le pas de la porte et les regardait. Ce n'était pas une belle femme, mais elle avait de jolis yeux et elle se contenta de les observer un moment.

— Tu veux que je m'occupe de lui ?

— Je suis son partenaire, non ?

— Ouais, s'exclama gaiement Somers. C'est mon partenaire !

— Somers, tu lui dis ce qui se passe ? demanda Swinney.

La bonne humeur de celui-ci s'évapora et son visage se transforma en une moue morose.

— J'ai rien à dire à personne.

— Tu lui dis ou quelqu'un le fera à ta place, répliqua-t-elle avant d'ajouter à l'intention de Hazard : désolée pour tout ça.

Hazard haussa les épaules, sans trop savoir quoi dire, alors il secoua un peu Somers et lui demanda :

— C'est par où ?

Somers, les sourcils encore froncés, tendit un doigt vers le bout de la rue.

— Bonne nuit, leur lança Swinney.

Et Hazard lui répondit par un geste de la main.

Ils marchèrent dans cette direction un moment.

Le soleil s'attardait à l'horizon, énorme et rouge, et même si la température avait baissé et qu'une brise montait depuis la rivière, les vêtements de Hazard se plaquaient toujours à sa peau comme s'ils avaient été collés. L'odeur de la rivière devenait de plus en plus forte à mesure qu'ils progressaient sur Market Street, bien qu'encore ponctuée de temps à autre d'effluves urbains tels que la poussière sèche de la route, les bouffées de pots d'échappement ou les restes alimentaires malodorants provenant des poubelles. Des immeubles d'appartements comblaient les espaces entre les vitrines et les restaurants dans des bâtiments sans ascenseurs, des hôtels et des entrepôts.

C'était vers l'un de ceux-là que l'emmenait Somers. Ses épaules étaient maintenant voûtées et son visage avait perdu son habituelle bonne humeur. Enfin, pendant qu'ils approchaient d'un bâtiment, le Crofter's Mark, Somers demanda :

— Qu'est-ce qu'Upchurch t'a dit ?

— Rien.

— Je suis bourré, pas débile, marmonna Somers avec colère. Il a dit quelque chose. C'était quoi ?

— Qu'est-ce que ça peut foutre ? Où sont tes clés ?

— Je sais pas, répondit Somers en tâtant ses poches.

— Nom de Dieu.

— Tu lui as dit quelque chose ?

— Oui, je lui ai dit que j'aimais pas ramener des mecs bourrés chez eux.

Somers s'immobilisa, les yeux levés vers le visage de Hazard, manifestement confus pendant qu'il essayait de comprendre s'il plaisantait.

— Les clés, répéta celui-ci. Allez.

Mais Somers ne bougeait plus.

— T'as un petit copain.

— Ouais, et alors ? Il va falloir que je fouille moi-même dans tes poches ou quoi ?

Somers fit un pas en arrière et plaqua ses mains sur ses poches dans un geste défensif.

— Comment il s'appelle ?

En grommelant, Hazard fit un pas en avant, mais Somers recula de nouveau.

— Peu importe. Ouvre cette foutue porte pour que je puisse te déposer dans ton appartement et rentrer chez moi.

— T'as pas de chez-toi. Tu dors dans un motel.

— Pour que je puisse rentrer au motel, alors. Les clés, Somers. Tout de suite.

— Non.

Hazard fit un autre pas et Somers leva un doigt en signe d'avertissement.

— Pas tant que tu m'auras pas dit son nom.

— Son nom ?

— Le nom de ton petit copain.

Hazard observa son coéquipier. Les traits de celui-ci étaient rougis dans un mélange d'entêtement et d'ébriété, mais il y avait quelque chose d'étonnamment fragile également, comme si la question renfermait un sens pour lui.

— Billy. Il s'appelle Billy, ça te va ? Tu vas retrouver tes clés, maintenant, oui ?

— Tu l'aimes ?

— OK, j'en ai marre. Rentre chez toi, conclut-il avant de tourner les talons.

Somers l'attrapa et essaya de le faire se retourner, mais au lieu de cela, il s'écroula sur lui et son poids les entraîna tous les deux contre le mur de brique. Pendant un instant, Somers resta allongé sur Hazard, son souffle chaud contre sa nuque.

— Il t'a dit pour ma femme ? marmonna-t-il.

Fronçant le nez à cause des relents d'alcool, Hazard mit la main dans une des poches de son partenaire et en sortit les clés. Il attrapa ensuite son coude et le poussa en direction de la porte. Avec des gestes rapides, économes, il ouvrit la porte, traversa l'entrée et appuya sur le bouton de l'ascenseur. La sonnerie de celui-ci tinta, les portes s'ouvrirent et Hazard guida Somers à l'intérieur de la cabine.

— 4F, dit ce dernier.

Il s'avachit, la tête sur son épaule, et le miroir sur les portes leur renvoya cette image : lui, brun, large et musclé, et Somers, blond, longiligne et appuyé sur lui. L'image était déroutante pour Hazard, comme dans un étrange palais des glaces : fausse, mais d'une manière terriblement pénible.

— Elle m'a foutu dehors, dit Somers en articulant si peu que cela frôlait l'incompréhensible. J'peux plus voir Evie, j'peux même plus la voir, elle.

— Allez, réussit seulement à répondre Hazard quand les portes s'ouvrirent.

Il porta et traîna à moitié son coéquipier jusqu'à la porte du 4F. Il introduisit la clé dans la serrure et poussa la porte avec son talon. C'était un petit deux pièces un peu vide : aucune décoration, une pile d'assiettes dans l'évier et deux sacs poubelle noirs qui débordaient près de la porte. Il emmena Somers à l'autre bout de l'appartement, dans la chambre la plus proche. Le seul mobilier qu'il y avait était un matelas au sol, sans même un sommier.

Avec autant de soin qu'il le put, il fit glisser Somers sur le lit. Celui-ci lui attrapa le col des deux mains et l'espace d'un instant, ils se regardèrent fixement, les yeux ivres parcourant le visage de Hazard.

— Tu y penses, parfois ? chuchota Somers.

Les doigts de sa main droite s'ouvrirent pour venir chatouiller la mâchoire de Hazard. Tremblant, prêt à partir sur-le-champ, celui-ci demeura pourtant incapable de se dégager.

— À cette fois… au vestiaire. Moi, j'y pense.

L'évocation du passé suffit à tirer Hazard de sa transe. Il retira d'un coup sec la main sur son col.

— Dors, dit-il en regrettant l'impression que sa voix donnait d'avoir été limée jusqu'à l'os.

— Tu me détestes ? demanda Somers.

Il secoua la tête, ne se croyant pas capable de parler.

— Ben, moi, je me déteste vraiment, parfois.

Alors, parce que les mots vinrent tout seuls et non parce qu'ils revêtaient un quelconque sens pour lui ou parce qu'il s'en souciait d'une quelconque façon, il s'entendit dire :

— Ça ira mieux demain matin.

Il ne savait pas trop si Somers l'avait entendu ; ses yeux étaient fermés et sa respiration s'était faite régulière. Il se secoua, comme pour essayer de se débarrasser du toucher de Somers, de son haleine ou d'autre chose, d'une marque invisible, et sortit de l'appartement. Il emporta les deux sacs poubelle jusqu'à la benne et s'entendit émettre un bruit du fond de la gorge, sans savoir ce qu'il signifiait mais simplement conscient qu'il était douloureux, et que c'était une douleur ancienne qui redescendait. Il donna un coup de poing dans le mur en brique, retrouvant ensuite le contrôle. Alors il retourna au motel, se banda la main et alla se coucher.

# CHAPITRE SEPT

*Mardi 25 octobre*
*0 h 1*

Son téléphone portable réveilla Hazard et il remarqua en premier sa main douloureuse. Puis, le reste lui revint d'un coup : le pub avec les autres policiers, Upchurch, et quand il avait ramené Somers à son appartement. Il soupira de frustration et repoussa toute cette histoire au fond de son esprit. Il avait essayé d'appeler Billy avant d'aller se coucher, mais personne n'avait répondu. Peut-être que c'était lui qui rappelait. Il appuya violemment sur l'écran de l'appareil et décrocha.

— Ouais ?

— *On a trouvé quelque chose.*

C'était la voix de Somers et il semblait bien piteux. Il débita une adresse et conclut :

— *On se retrouve là-bas.*

Hazard ne s'était pas déshabillé, à l'exception de ses chaussures, sa veste et sa cravate, alors il remit chaussures et veste, monta en voiture et traversa la ville. Un repère orange lointain indiquait sa destination.

La nuit, les changements intervenus dans Wahredua étaient autrement visibles. Les lumières, par exemple. Hazard se souvenait des longues nuits noires de la ville quand il était enfant.

Une fois, après s'être enfui de la maison, il avait arpenté les voies ferrées de nuit, et il faisait alors si noir qu'il ne voyait pas sa main devant son visage. Et puis une unique lumière était apparue au loin, suivie d'un tremblement sous ses pieds, et il avait bondi des rails juste avant que le train passe à toute vitesse. Dès que la lumière avait disparu, l'obscurité était revenue, seulement fendue par les roues étincelantes suivant les rails. Cette nuit-là, il avait su qu'il était seul dans l'univers, il avait compris que lui, Emery Hazard, était seul responsable de lui-même. Il était le seul à pouvoir s'empêcher de se faire écraser par un train, par exemple.

Désormais, Wahredua semblait pourtant baignée d'une semi-clarté permanente, dans la lueur de centaines de lampadaires à vapeur de sodium combinée aux projecteurs de surveillance, aux feux de la circulation et aux lumières des perrons repoussant la nuit aux frontières d'une bulle indistincte. Au loin, Wroxall College, à peine visible de jour, luisait désormais comme un château de Disney. Même la vieille usine *Tegula* formait trois points blancs lumineux dans le ciel. Tout était plus lumineux, plus vibrant, plus vivant. Même cette étincelle qui brûlait au loin.

Hazard suivit les rues sinueuses et enchevêtrées à travers le quartier connu sous le nom de Smithfield. Dans son enfance, ce quartier était un no man's land, un Grand Ouest sauvage tassé au bord de la voie ferrée. Les hommes et les femmes erraient dans Smithfield, s'installant dans des bâtiments abandonnés, se prostituant ou vendant de la drogue. Quand Hazard avait quatorze ans, Hollace Walker – un garçon avec un père noir et une mère blanche, presque aussi paria que lui, la pédale de la ville – l'avait mis au défi de voler quelque chose dans une maison de Smithfield connue sous le nom du Bordel. C'était un vieux bâtiment victorien en bordure du quartier et tous les garçons de Wahredua connaissaient la réputation du lieu selon laquelle il avait un jour servi de maison de passe de la ville.

Hollace avait attendu du côté sûr de la rue pendant que Hazard traversait pour s'approcher de la bâtisse qui s'effritait. Alors qu'il s'avançait, une vieille femme – il savait désormais qu'elle ne devait alors pas dépasser la trentaine, mais une vie rude la faisait paraître plus âgée, sans compter que trente ans, c'était déjà vieux pour un garçon qui en avait quatorze – était sortie du Bordel. Elle portait des collants violets, un soutien-gorge violet et rien d'autre. Sa poitrine lui avait semblé énorme, tombante, et le sillon entre ses cuisses était alors licencieusement voyant. Elle portait deux cartons de pizza et une lampe cassée et s'était arrêtée sur les marches pour offrir à Hazard de le sucer pour vingt *cents*. Quand il avait secoué la tête, sans un mot, elle avait haussé les épaules, laissé tomber les cartons de pizza et la lampe sur le trottoir et était rentrée d'un pas nonchalant à l'intérieur de la maison. Dès qu'elle avait disparu de son champ de vision, Hazard était revenu à toutes jambes de l'autre côté de la route et s'était presque fait renverser par une camionnette de plombier.

Désormais, alors qu'il regardait à travers les yeux d'un enquêteur chevronné, il était choqué de ce qu'il voyait. Le reste de Wahredua avait prospéré et grandi durant son absence. Smithfield n'avait fait qu'empirer. Il passa à côté du Bordel, qui penchait maintenant du côté de la route comme une demi-molle grotesque, et vit plusieurs travailleurs du sexe (hommes et femmes) faire le trottoir. Des feux brûlaient dans les jardins en friche ou leur lumière se reflétait à l'intérieur de bâtiments abandonnés. Un homme en haillons boitait d'un côté de la route pendant que de l'autre, deux garçons étaient assis sur une volée de marches usées en béton. Hazard ne réussit pas à voir leur cachette, mais il aurait pu parier que ces deux-là travaillaient pour un dealer.

Quand il s'approcha de l'adresse que Somers lui avait donnée, la lumière orange devint plus prononcée. La lumière d'un feu, réalisa-t-il, qui vacillait et s'étirait sur le ciel nocturne.

Et il pouvait maintenant le sentir : une odeur infecte et grasse de caoutchouc, de poils grillés et de viande. Mêlée à celle-là, si discrète qu'il n'en perçut que quelques émanations, une odeur chimique. Quand il atteignit la rue suivante, il vit le cordon de police et quelques véhicules (de patrouille et banalisés) garés en travers de la route. Un camion de pompier était garé devant le feu et des hommes déroulaient une lance à eau et l'attachaient à une bouche d'incendie.

Swinney et Lender se tenaient côte à côte de l'autre côté du cordon. Quand l'agent en uniforme lui fit signe de passer, Hazard s'approcha des deux enquêteurs. Lender la salua d'un signe de tête. Swinney ne dit rien, mais elle avait un regard critique.

— Qu'est-ce qu'on a ?

— Incendie, répondit Lender en pointant un doigt en direction du brasier.

Hazard se rendit compte que c'était un mobile home ; cette rue était un mélange de maisons individuelles et de caravanes de différentes tailles. Celle-ci brûlait de flammes immenses et ravageuses, si bien que la chaleur assaillait Hazard et le faisait larmoyer. Le feu avait consumé le toit, les fenêtres et léchait joyeusement l'air de la nuit.

— Quelqu'un à l'intérieur ?

— Les pompiers n'arrivent pas à entrer, répondit Lender en haussant les épaules. C'est beaucoup trop chaud.

— Incendie criminel.

Les pompiers avaient fini d'attacher la lance et un jet d'eau régulier était désormais dirigé sur le brasier.

— Il est pour Somers et moi ?

— Si c'est un labo de meth qui a explosé, on prend l'affaire, répondit Swinney en haussant les épaules. Ou si on relie ça à un trafic de drogue. Peut-être qu'un dealer en a tué un autre, ce genre de truc. Sinon, elle vous revient.

— Qui habite ici ?

— Personne, en théorie, c'est la propriété d'une société d'investissement, mais ces raclures…

— Messieurs dames.

La voix de Cravens interrompit la réponse de Swinney. La chef s'avança pour les rejoindre et Hazard la regarda véritablement pour la première fois depuis qu'il était revenu à Wahredua. Il l'avait déjà vue, bien sûr, il avait grandi en sachant qui était Martha Cravens, la seule femme de la police, mais il avait tant été déstabilisé de revoir Somers qu'il avait été à peine capable d'accorder la moindre attention à la chef de la police.

C'était une femme solidement bâtie : large d'épaules et de hanches, une silhouette en forme de sablier sans pour autant paraître grosse. Ses cheveux étaient plus longs qu'il ne l'avait pensé et d'un gris élégant qui n'essayait pas de cacher son âge, alors que son visage n'avait encore aucune ride. Elle ne semblait pas du genre à sourire souvent, mais à être une femme en qui on pouvait avoir confiance. Il était facile de voir pourquoi le maire l'avait nommée chef.

— Vous disiez quelque chose à propos d'*InnovateMidwest*, agent Swinney ?

— Non, chef.

Le visage de Swinney aurait pu être rouge comme pas du tout, difficile à dire avec l'incendie.

— Vous êtes sûre ?

La voix de Cravens était faussement douce ; si douce que Hazard se pencha un peu pour l'entendre malgré les flammes.

— *InnovateMidwest*, l'entreprise d'investissement qui compte le maire parmi ses principaux actionnaires. Le même maire qui nomme, entre autres attributions, un chef de police selon son bon vouloir. Vous n'aviez rien à dire les concernant ?

Les joues de Swinney étaient rouges. Et elle secoua la tête.

— Délabré, dit Lender.

— Je vous demande pardon ?

— C'est le mot pour des endroits comme celui-là. Délabré. Il y a beaucoup de propriétés abandonnées à Smithfield et ce mobile home en faisait partie. En hiver, les squatteurs et les vagabonds s'en servent. Il y en a beaucoup qui sont pleins à craquer de saletés ; une partie que les squatteurs ramènent, une autre qui semble apparaître comme ça. Pour un endroit de ce genre, facile de prendre feu.

— Vous avez vu quelqu'un à l'intérieur ? demanda Cravens.

Lender secoua la tête, mais avant qu'il ne puisse en dire davantage, Somers arriva en trottant. Il ressemblait à un zombie. Non, rectification. Il ressemblait à un zombie qui avait été tiré derrière un wagon de marchandises sur plusieurs kilomètres. Sa chemise était déboutonnée, son col retourné et sa cravate pendouillait à moitié sur sa poitrine. Il avait deux chaussures qui n'étaient pas assorties.

— C'est pas vrai, souffla Swinney en détournant le regard.

— Agent Somerset, lança Cravens en jaugeant l'accoutrement de Somers d'un simple coup d'œil. Faut-il que nous ayons une conversation concernant la tenue exigée pour les enquêteurs et l'importance de notre image publique ?

Somers était pâle et il gardait les lèvres serrées. Il secoua la tête et réussit à répondre.

— Non, chef.

— Êtes-vous malade, Somers ?

Il secoua une nouvelle fois la tête, mais ne put cette fois rien dire.

— Somers, il me semble vraiment…

— Chef, intervint Hazard, Somers et moi devrions parler à quelques-uns des hommes en patrouille, voir ce qu'ils ont trouvé.

Cravens le fixa un long moment. Elle n'était pas stupide, Hazard le savait. Mais elle sembla d'accord, du moins cette fois, pour le laisser s'en tirer ainsi. Avec un hochement de tête, elle les autorisa à disposer.

— Qu'est-ce qui tourne pas rond chez toi ? demanda-t-il dès que Somers et lui eurent mis quelques mètres entre la chef et eux.

— Ça va, je vais bien, répondit Somers avant de refermer aussitôt la bouche, les jambes flageolantes.

— Non, tu ne vas pas bien. Tu es sur le point de dégueuler sur une scène de crime. Et on dirait que tu ressors d'une maison de passe minable. Oh et tu en as même l'odeur.

Somers le foudroya du regard.

— Écoute, tu es un alcoolo. D'accord. J'ai compris. Mais les alcoolos que je connais savent quand même encore plus ou moins se tenir. Toi… tu es comme un ado. Comme un gamin qui sait tout simplement pas quand s'arrêter, mais qui croit qu'il gère jusqu'à ce qu'il se retrouve à dégobiller dans les chaussures de son père.

— J'ai dit que ça allait, réussit à articuler Somers entre ses dents.

— D'accord. Tu foires, tu te débrouilles. Tu m'as compris ?

Somers hocha la tête avec raideur.

Hazard grogna et se tourna vers les agents en uniforme, près du cordon.

— Hazard ?

— Quoi ?

— Merci. Pour tout à l'heure.

Il ne prit pas la peine de répondre.

L'agent à côté du cordon était jeune, noir et avait une allure décontractée plaisante. Quand il les vit approcher, il les salua d'un signe de tête.

— Messieurs.

— Voilà Moraes, fit Somers en essuyant la sueur sur son front. Moraes, voilà Hazard.

— Oui, j'ai entendu parler de vous.

— Moraes ?

— Ma mère. Brésilienne. Je suis venu ici pour les études et je ne suis jamais reparti. Mon prénom, c'est Joao, mais la plupart des gars m'appellent Jonny, expliqua le jeune homme en tendant une main que Hazard serra.

— Vous avez reçu un appel ?

— Nan, répondit Moraes en souriant, c'est nous qui l'avons vu.

— Les gens de Smithfield se pisseraient même pas les uns sur les autres pour éteindre un feu. Alors appeler quelqu'un… fit Somers qui semblait presque verdâtre à la lumière du brasier. Je vais voir si les secours auraient pas un sac dans lequel je peux vomir.

— Faut lui pardonner, dit Moraes quand Somers se pressa de rejoindre l'ambulance. Il s'est passé pas mal de trucs pour lui ces derniers temps, mais c'est un type bien.

— Donc vous avez vu l'incendie ? poursuivit Hazard en haussant les épaules.

— Je suis le coéquipier de Patrick Foley, le gros Irlandais, là-bas, expliqua le garçon avec un geste vers l'autre bout du cordon où un roux massif se tenait les bras croisés. On est de patrouille de nuit sur Smithfield, donc en passant, on l'a vu. Tout était déjà en train de brûler et de s'effondrer le temps qu'on appelle, alors il n'y avait pas grand-chose à faire à part s'asseoir et regarder.

— Quelqu'un à l'intérieur ?

— Je pourrais pas vous dire, répondit Moraes.

— Vous avez déjà entendu parler d'*InnovateMidwest* ?

— C'est aussi à eux ? Ils sont propriétaires de la moitié de la ville, on dirait, mais il ne se passe jamais rien.

— Le maire s'en occupe ?

— S'occuper de quoi ? Ils ne font rien. Ils achètent des bouts de propriété, en général que personne ne veut, et ils se contentent de la maintenance minimum pour que les bâtiments ne tombent pas en poussière. Je veux dire littéralement. La première année qu'ils sont arrivés à Wahredua, un vieux bâtiment en brique dont ils étaient proprio s'est écroulé. Personne n'a été blessé, mais tu peux être sûr que ça les a réveillés.

— Et ils se contentent d'attendre ? Ils achètent toutes ces propriétés et ils n'en font rien ?

— Non, rien. Il y a quelques années, il y avait des panneaux d'affichage dans toute la ville. *InnovateMidwest, le futur arrive*. Des trucs du genre. Et puis… disparus, conclut-il avec un geste rapide de la main avant de le jauger. Somers m'a dit que vous aviez grandi ici. Vous étiez copains de classe.

— Quelque chose dans ce goût-là. Je peux vous demander quelque chose ?

Moraes haussa les épaules.

— Ça vous plaît de vivre ici ?

— Parce que je suis noir ? devina Moraes avec un sourire en coin. Je suppose que vous savez tout au sujet des Volunteers d'Ozark.

— Des bouseux beaucoup trop armés. S'ils n'étaient pas aussi occupés à mettre enceintes leurs sœurs et fumer de la meth, ils pourraient faire des dégâts.

— Il y a dix ans, peut-être. Allez, peut-être même deux.

— Qu'est-ce que vous voulez dire ?

— Un type s'est pointé, un pro, et il a commencé à les entraîner dans une espèce de frénésie. Ils font des assemblées pacifiques, si tant est qu'on puisse qualifier de *pacifiques* les discours haineux et inspirant la peur. Ils défilent en ville. Avec les autorisations, tout est fait dans les règles. Et le week-end, ils partent dans les collines pour s'entraîner aux formations, tirer sur des mannequins en uniforme de police et faire tout ce qu'ils peuvent pour démarrer une guerre civile.

— C'est tout ? Ils défilent et ils s'entraînent au tir ?

— J'ai eu deux croix enflammées dans mon jardin, cette année. *Deux*, et l'année n'est pas finie. Je ne pense pas qu'ils en viendront aux violences physiques, surtout sur un flic, mais j'ai des gosses. Ça fout la trouille, ces trucs-là. Les gamins ne se sont pas réveillés les deux fois, mais ma femme oui. Et quand on entend parler de ce qui se passe, toutes ces histoires avec les homos… Ça va empirer.

— Comment ça se fait ?

— Je ne sais pas. Mais c'est comme ça. Bientôt, ce ne sera plus possible de faire passer ça pour des bagarres ou des vilaines blagues. Ce sera sombre, comme essayer de nager dans une piscine de merde. Et du côté public, il n'y a pas non plus de quoi rire. Cette femme, Bruer, c'est une des pires. Du genre à part, survivaliste, mais ça ne l'a jamais empêchée de se pointer dans des débats publics pour l'ouvrir sur tous les sujets, de l'eau qu'on boit à la couleur des plaques de rue. Vous savez qu'elle a dit qu'elles devraient être blanches ? Pas vertes. Il y a des plaques vertes partout où je suis allé, mais Bruer affirme qu'elles devraient être blanches. Ça représente la pureté. Et ne me lancez pas sur l'eau à boire.

— Vous avez eu un accrochage avec elle ? demanda Hazard avec un large sourire.

— Non, pas personnellement. Mais on ferait mieux de prier pour qu'il n'y ait pas de corps blancs à l'intérieur de ce mobile home.

— Les Volunteers en feraient une montagne, acquiesça Hazard. *Les honnêtes citoyens ne sont plus en sécurité chez eux*, et toutes ces conneries. Ils rendraient l'affaire politique.

— Les honnêtes citoyens *blancs*, reprit Moraes. Vous pouvez me croire, le shérif et la chef devront danser bien vite si cette merde commence à monter.

— On est sur une mauvaise pente.

— Hazard, appela Somers en lui faisant signe de le rejoindre avec Cravens et les autres enquêteurs.

— Merci, conclut-il alors.

— Bon courage.

Hazard rejoignit Somers à petites foulées et fut surpris de voir qu'Upchurch était arrivé.

— Qu'est-ce qu'il fait là ? Je croyais qu'il s'était retiré.

— La ville est petite, répondit Somers.

Il semblait aller un peu mieux, il avait reboutonné sa chemise et son visage avait repris des couleurs.

— Et puis, c'est dur de raccrocher. Il a travaillé ici pendant longtemps.

Cravens parlait à un homme corpulent aux cheveux blonds et Somers les désigna d'un signe de tête.

— Le chef des pompiers, McClinckie.

Cravens, dont l'expression s'était durcie, balaya la rue sombre du regard et leur fit signe de la rejoindre.

— Les garçons, lança-t-elle, c'est pour vous.

Hazard hocha la tête, mais étonnamment, le visage de Somers se plissa sous l'effet de la colère.

— C'est Smithfield. C'était sûrement un labo et Swinney et Lender prennent toutes les affaires de drogue.

— Waouh, s'exclama Swinney en faisant irruption dans la conversation. Chef, on ne peut pas la prendre. On sait déjà plus où donner de la tête. Deux labos ont explosé cette semaine, sans parler de tout ce qui n'est pas encore classé. C'est un incendie criminel, ni plus ni moins. C'est pour Hazard et Somers.

— On a un scandale à retardement qu'on essaie de désamorcer, rétorqua Somers. Ça devrait être notre priorité, on ne devrait pas avoir à s'inquiéter d'un mobile home abandonné.

Cravens regarda successivement Swinney et Somers et secoua la tête.

— Elle est pour vous, dit-elle à ce dernier. Vous n'arrêtez pas de me dire qu'on a engagé le meilleur enquêteur qu'on ait eu depuis Pinkerton. Voyons voir ce qu'il peut faire.

— C'est peut-être un accident, insista Somers. Un branchement défectueux, quelque chose dans ce goût-là. Enfin quoi, regardez, c'était un taudis.

— Lender a dit que ces trucs étaient bourrés de saloperies, dit Hazard. Un endroit comme ça peut facilement prendre feu, non ?

— C'est vrai, concéda Cravens. Ron ?

Le chef des pompiers parla pour la première fois depuis que Hazard s'était approché.

— On ne pourra pas savoir avant que le feu soit éteint et que tout ait refroidi, expliqua-t-il en désignant d'un signe de tête les hommes qui manipulaient la lance et le camion, mais ça ne ressemble pas à un accident.

Désormais, un puissant jet d'eau continu arrosait le mobile home en feu, mais semblait n'avoir que peu d'effet.

— Il y a de l'accélérant, là-dedans, c'est sûr et certain. Ça rend le feu très chaud et on va devoir attendre qu'il meure tout seul, à peu près.

— Et…, l'encouragea Cravens. Dis-leur la suite.

McClinckie lui jeta un regard agacé.

— Il n'y a rien de définitif, comme on ne peut rien voir.

Cravens croisa les bras et attendit, alors après un moment, McClinckie soupira.

— Vous sentez ça ? demanda-t-il avec un geste vague de la main.

— Un diluant pour peinture, je dirais. Et probablement en quantité. Et avec la fumée un peu marron, ça me fait dire que c'est suspect.

— C'est le moins qu'on puisse en dire, commenta Cravens. Continue.

— Et, ajouta McClinckie avec un nouveau soupir, à l'odeur, on dirait qu'il y a quelqu'un à l'intérieur. Ce n'est pas officiel, mais je fais ce métier depuis un moment, et on n'oublie pas cette odeur.

Hazard en eut l'estomac retourné. L'odeur pestilentielle semblait omniprésente, s'accrochant aux vêtements, à la peau, aux cheveux. Il avait déjà vu la mort. Il avait même déjà vu des corps brûlés. Mais l'odeur ; cette odeur de viande brûlée…

— Si Ron découvre que c'était un labo, conclut Cravens, on verra pour envoyer ça chez Swinney et Lender. Sinon, tous les deux, vous pourriez avoir un meurtre sur les bras.

# CHAPITRE HUIT

*Mardi 25 octobre*
*6 h 30*

Somers fit un petit somme dans sa voiture banalisée, ne supportant pas l'idée de retourner dans son appartement vide. L'alarme de son téléphone le réveilla à six heures trente avec un torticolis, la tête comme un marteau-piqueur et la certitude qu'il serait bien plus facile de ramper sous un train en marche que de se lever pour affronter la journée.

Après l'annonce de Cravens, Hazard et lui avaient fait de leur mieux pour surveiller les environs, alors qu'ils étaient au beau milieu de la nuit et que les résidents ordinaires de Smithfield s'étaient volatilisés quand la police était arrivée, comme des rats se glissant dans une bouche d'égout. Les pompiers s'étaient occupés du mobile home en feu et quand Hazard et lui étaient repartis, les flammes avaient baissé et ne représentaient plus qu'un nuage de fumée épaisse et grasse. Et puis, il n'y avait plus rien eu à faire jusqu'à ce que McClinckie en finisse avec l'incendie.

Hazard était retourné au motel après un au revoir inexpressif, et même froid. Somers savait ce qu'il pensait, même si son partenaire avait la décence de ne rien dire. Il pensait qu'on l'avait affecté avec le roi des minables. Pas seulement un connard de petite frappe venu de son passé.

Cela ne suffisait pas. C'était un incapable, en plus. Somers avait envie de se réfugier dans une bouteille, mais les bars et boutiques de spiritueux étaient fermés et il n'y avait rien dans son appartement.

Sous la lumière matinale de l'été, tout prenait une teinte légèrement bleutée et Wahredua semblait inhabituellement paisible quand il roula jusqu'à son appartement. Il ouvrit la porte, prit l'ascenseur et entra. Pas de canapé, pas de chaises, pas de télévision. Même les sacs poubelle avaient disparu… Quelqu'un avait-il volé ses poubelles ? Ou alors – pitié, non – Hazard les aurait-il emmenées en ressortant ? Il sentit ses joues s'empourprer, il n'arrivait pas à croire qu'il avait laissé Hazard voir cet endroit.

Il prit une douche et se changea. Il avait un vieux 10x15, sans cadre, sur le bord de la fenêtre. Le soleil commençait à blanchir les couleurs et il décida, pour la millième fois, qu'il devrait déplacer la photo dans un endroit plus sûr. Mais il ne le fit pas. Il la laissa où elle était, à la clarté matinale, teintée du même bleu que le reste du monde : une photo de sa fille de deux ans, Evie, et sa femme, Cora. Son ex-femme, se rappela-t-il. Son ex-femme qui refusait de le laisser entrer dans la maison, qui ne répondait pas à ses appels, qui ne le laissait pas voir sa propre fille.

Il aurait dû dire la vérité à Hazard, ou au moins une partie. Mais c'était si embarrassant. Non, c'était humiliant. Et une partie de lui-même savait que c'était encore pire qu'il s'agisse de Hazard, entre tous. Il remontait déjà une pente ardue à essayer de recoller les morceaux avec lui pour tenter de réparer le passé. Il savait qu'il aurait autant de chances de réussir qu'une boule de neige en enfer si Hazard découvrait le reste sur sa vie.

Alors il se coiffa et but de l'eau jusqu'à être ballonné. Il but un café en plus de cela, quelques cachets d'aspirine, et conduisit jusqu'au commissariat. Le bâtiment de l'ancienne école semblait immaculé avec cette lumière ; le soleil levant découpait sa silhouette tandis que toutes les vieilles fissures dans la brique et le mortier se trouvaient effacées. À peine s'était-il installé à son bureau en commençant à se sentir de nouveau à demi humain que Hazard apparut.

En portant deux cafés, il traversa l'open space et vint se placer devant le bureau de Somers. Il l'observa un moment et annonça :

— Il faut qu'on parle.

Somers acquiesça. Il se leva et suivit celui qui portait encore les deux cafés en direction d'une porte sur le côté du bâtiment. Ils sortirent dans cette lumière matinale. Une odeur de pelouse fraîchement coupée suivait le bourdonnement d'une tondeuse, à une ou deux rues de là, et il sentit le tabac froid émanant de la caisse en plastique où tout le monde jetait son mégot après une pause. Hazard lui passa un café.

*Nous y voilà*, songea-t-il. C'était le moment où Hazard allait dire que cela ne fonctionnait pas et qu'il allait demander son transfert à Cravens. Et il ne lui en voudrait pas. Enfin quoi, ça avait été un rêve de gamin, de toute façon… L'idée de pouvoir se rattraper d'avoir été un petit vicelard au lycée… L'idée qu'il puisse se rattraper de son passé, tout court.

— Tu dessaoules plutôt vite, lança Hazard. Pour un alcoolique, je veux dire. J'aurais pas dit. Je ne l'ai pas vu, hier.

— Euh, c'est un peu nouveau. Ça fait pas très longtemps. Je sais qu'il faut que je me reprenne et je veux que tu saches que je vais…

— Reprenons depuis le début, l'interrompit Hazard.

Ses yeux d'épouvantail se braquèrent sur Somers et semblèrent le clouer sur place. Ils étaient si intenses, à la lueur du matin, pleins d'un feu doré.

— Je suis nul pour ces trucs-là. Pour parler, je veux dire. Mais disons qu'on recommence depuis le début, OK ?

— Ouais. OK.

Somers se tut, essayant de trouver comment poser discrètement la question qui allait suivre, mais il ne trouva pas. Il se prépara alors à lâcher :

— Pourquoi ?

— Parce qu'on a un boulot à faire et qu'on ne peut pas le faire comme ça. Ça ne marchera pas.

— Je veux que tu saches que je suis désolé…

— Non. Tu t'excuses et je te brise la nuque, OK ? Je ne veux pas entendre d'excuses. On oublie ça. On passe à autre chose. D'accord ?

Somers acquiesça, mais au fond de lui, il savait que cela n'allait pas. Le passé ne vous quittait pas. C'était comme un poison, un poison qui s'accumulait en vous, comme du plomb dans l'eau du robinet, jusqu'à vous tuer. C'était bien beau de dire qu'ils oubliaient, mais il savait que Hazard ne le pourrait pas ; pas avec une lettre taillée sur la poitrine. Les gens ne pouvaient pas oublier les choses terribles, pas vraiment. Ils portaient leur passé sur eux, l'aiguisaient comme un couteau, et quand on ne regardait pas, quand on s'y attendait le moins, ils vous tranchaient le cœur. N'était-ce pas ce que Cora lui avait appris ?

— Tu as sorti mes poubelles ? demanda-t-il, la question sortant de sa bouche avant qu'il n'ait le temps d'y penser.

À sa grande surprise, Hazard détourna le regard.

— C'était une porcherie, répondit-il laconiquement. Donc oui, j'ai sorti tes poubelles.

— Oh. Merci. Qu'est-ce qui est arrivé à ta main ?

— Je suis tombé, répondit Hazard d'une voix qui devint dangereusement grave.

— Pendant que tu sortais mes poubelles ?

— Somers ?

— Ouais ?

— Tu ferais mieux de laisser tomber.

Alors il acquiesça et attrapa la porte.

— Mais, une chose…

— Ouais ?

— Ce café est dégueu. Si jamais tu passes…

— Si tu dis *à la boulangerie de Grames*, je crois que je t'abats.

— Oh, ce n'est pas la boulangerie de Grames. Sa mère l'a vendue. Mais j'allais dire le *Caribou Coffee*, c'est sur Market Street. Tu as déjà goûté ?

— Non.

— Demain. Fais-moi confiance.

Hazard se contenta d'un grognement.

Quand ils retournèrent à leurs bureaux, Cravens ouvrit la porte du sien et les appela. Somers ne fut pas étonné de voir Ron McClinckie assis en face d'elle. Il portait encore son uniforme de la veille et ses cheveux blonds clairsemés étaient recouverts de suie.

— Vous êtes dans un sale état.

*Ce bon vieux Hazard*, pensa Somers, *tout en tact.*

McClinckie se tâta le visage, comme s'il cherchait que ce Hazard y avait vu, et répondit :

— Et c'est pas qu'une apparence.

— Ron a des nouvelles pour nous, fit Cravens.

Somers dut serrer les dents pour se retenir de parler. Il ne voulait pas de l'affaire. D'une manière ou d'une autre, elle remonterait à la drogue, qu'il s'agisse d'un labo ou d'un squatteur qui s'en servait et avait oublié d'éteindre une bougie… ce qui voulait dire que Swinney et Lender auraient dû l'avoir. Et puis, il voulait se concentrer sur le vandalisme et les agressions. C'était la seule chose qui avait aidé Hazard à s'ouvrir jusqu'à présent, et il voulait profiter au maximum de cette occasion.

— C'était volontaire, annonça McClinckie. Du diluant partout. Le feu a commencé dans la cuisine. On pense que c'est là que le type l'a allumé, parce qu'elle est près de la porte, facile de sortir une fois que le feu est lancé. Il y a de fortes chances pour qu'il ait pris aux alentours de vingt-trois heures trente, même si ça a aurait aussi pu être un peu plus tard.

— Le type ? demanda Hazard.

— Le type, la nana…, reprit McClinckie en agitant une main velue. Le meurtrier, quoi.

— Nom de Dieu, souffla Somers.

— Ils ont trouvé un corps, expliqua Cravens. Réduit en poussière, si vous arrivez à le croire.

— Adulte de sexe masculin, compléta McClinckie.

— Son identité ? demanda Somers.

— Impossible à dire, répondit McClinckie. Nous, en tout cas, on ne peut pas. Mais voilà ce que je peux dire : celui qui a fait ça savait ce qu'il faisait. Un feu ne peut pas se débarrasser d'un corps comme ça, même dans l'incendie d'une maison. Ce type a pris toutes les précautions : beaucoup d'accélérant, beaucoup d'essence, beaucoup d'oxygène. Ça fait un sacré bûcher funéraire.

Hazard ouvrit la bouche, mais Somers le devança.

— Le rapport dentaire ?

— Le docteur Kamp est en train de le faire, mais…

— Mais sans aucune piste, même hypothétique, c'est comme chercher une aiguille dans une meule de foin, l'interrompit Hazard.

Cravens acquiesça en ne semblant toutefois pas trop aimer se faire couper la parole.

Somers grogna. Il savait que Hazard avait raison : il n'existait aucune base de données regroupant les dossiers dentaires, aucun outil informatique permettant de rechercher des correspondances. Ce serait à l'ancienne, il leur faudrait un nom, et seulement alors pourraient-ils commencer à chercher des correspondances… et uniquement s'ils arrivaient à obtenir un dossier dentaire. La plupart des habitants de Smithfield n'en avaient pas. Mais ce qui le fit grogner, c'était Kamp. Enfin, ça, et que Hazard interrompe la chef.

— Problème ? demanda celui-ci.

— Je t'expliquerai plus tard, fit Somers en espérant que sa frustration ne transparaîtrait pas dans sa voix. Donc vous me dites que je dois m'occuper du meurtre d'un parfait inconnu ? Je suis sur la trace des Volunteers pour l'affaire de vandalisme, vous le savez, chef. Avec ça par-dessus, comme il l'a dit, c'est une aiguille dans une botte de foin.

— Alors sortez votre loupe. Quelque chose à ajouter ? lança-t-elle à Hazard.

— Ça passe au second plan, lâcha ce dernier comme s'il demandait si quelqu'un avait amené une salade au poulet pour le déjeuner. On a plus urgent à traiter.

— Je vous demande pardon ?

— D'après ce que je comprends, vous avez une série d'actes de vandalisme et d'attaques avec des motivations haineuses. Le meurtre d'un inconnu à Smithfield ? Oui, d'accord, enquêtons, mais voyons les choses autrement.

— Je vais vous accorder le cadeau de faire comme si vous n'aviez rien dit, décida Cravens d'une voix mesurée. C'est un cadeau unique, agent Hazard. Il serait préférable pour vous de ne jamais repenser ou redire une telle chose à l'avenir. Pas dans mon commissariat. Est-ce bien clair ? Pour un meurtre, il n'y a qu'une seule façon de voir les choses.

— Je ne comprends pas, fit Hazard, les sourcils froncés. Vous avez le maire sur le dos avec cette affaire. La fac cherche probablement une raison de débarquer et vous dégager de votre bureau. Vous nous mettez la pression pour qu'on résolve le crime de haine, mais maintenant vous voulez qu'on fasse comme si l'affaire de cet inconnu avait autant de poids, alors qu'on sait tous les deux…

— Nom d'un chien, chuchota Somers en prenant Hazard par le bras. Ferme-la.

— Somerset, trancha Cravens, rouge de colère, c'est ainsi que vous voyez les choses ?

— Chef, il est nouveau. Et laissez-moi vous dire que c'est un malentendu. Jamais mon coéquipier et moi ne…

— L'agent Hazard peut s'exprimer tout seul. Alors ?

Hazard haussa les épaules. Il sentait la colère de Cravens l'ensevelir comme une avalanche, mais il s'en fichait. On était à Wahredua, pas à la police de New York.

— Je suis un pragmatique. Vous voulez qu'une chose soit faite, vous nous le dites. Mais je ne vais pas faire semblant…

— Assez. Soyons parfaitement clairs, agent Hazard : personne ne feint l'importance de l'affaire de l'inconnu. Elle *est* importante. En fait, elle vient de devenir la chose la plus importante de toute votre vie. Je veux que vous me donniez des nouvelles de cette affaire chaque jour. Non, deux fois par jour. Et j'aimerais beaucoup que vos rapports reflètent votre sincère compréhension de l'importance de cette affaire, et toutes les autres que vous aurez. Sinon, et c'est valable pour tous les deux, j'ai des agents de patrouille qui comprendront que j'attende autant d'attention et de diligence pour toutes les affaires.

À ce stade, Ron McClinckie s'était enfoncé dans sa chaise et se tapotait le sommet de son crâne clairsemé. Ses mains laissaient des traces de suie sur le côté de sa tête et il ressemblait à un homme prêt à se creuser un tunnel s'il ne pouvait atteindre la porte autrement.

— Ce que vous dites…, commença Hazard.

— Ce que vous dites, l'interrompit Somers en le coupant, est tout à fait exact, chef. Nous comprenons. Message reçu cinq sur cinq. Deux rapports par jour. C'est important, nous prenons tout au sérieux. La nuit a été longue, simplement, vous savez, et…

— Ça suffit, Somers.

— Oui, chef. On va s'y mettre tout de suite, chef. Tout de suite. On vous informera dans l'après-midi.

— Je ne vais pas…, essaya de dire Hazard, mais Somers l'avait poussé dans l'open space et claqua la porte.

Derrière eux, il entendait déjà Cravens s'excuser devant McClinckie.

— Bouge, chuchota-t-il à son partenaire.

— Quoi ?

— Maintenant, insista-t-il en le tirant vers la porte.

Quelques minutes plus tard, ils avaient quitté le bâtiment, mais Somers ne ralentit pas avant qu'ils se retrouvent au volant de l'Impala banalisée. Alors il poussa Hazard en s'exclamant :

— Est-ce que t'es débile ?

— C'est quoi, le problème ? demanda Hazard en pliant son énorme bras, donnant ainsi l'impression que ses manches risquaient dangereusement de se déchirer. Je n'aime pas qu'on me touche.

— T'aimes pas ça, hein ? Et qu'est-ce que tu dirais que je te botte le cul ? Tu veux te retrouver aux patrouilles ? Ou au chômage ?

— Parce que j'ai dit ce que tout le monde pensait ?

— Parce que tu as dit quelque chose qui était tout sauf éthique, et je ne te parle pas de l'impolitesse et de la bêtise de tes propos, s'exclama Somers avant de prendre une grande inspiration pour essayer de se reprendre. Il faut que tu fasses attention à ce que tu dis.

Hazard grogna et détourna le regard par la fenêtre.

— Je suis sérieux, insista Somers.

Pas de réponse.

— Tu as déjà entendu parler de la politique ?

— Je ne suis pas crétin.

— Alors ne te comporte pas comme tel. Le chef de la police est assis dans la pièce et tu sors ta bite pour la comparer à la sienne ?

— J'ai dit ce que tout le monde pensait. Même McClinckie…

— Peu importe. Même si Jésus Christ en personne s'était trouvé dans cette pièce à penser ça, ça n'aurait rien changé. Tu ne peux pas dire ça.

— À cause de la politique ?

— À cause de…

Somers prit une nouvelle inspiration et essaya d'expirer lentement. Leur nouveau départ ne semblait plus si vierge que cela.

— Tu ne comprends vraiment pas ? Ou tu me rends juste la tâche impossible ?

— Je comprends, répondit Hazard en sortant pour transpercer une nouvelle fois Somers de son regard d'épouvantail. Mais j'en ai rien à foutre.

— D'accord, marmonna Somers. Tu joues avec ta place.

— Ouais, acquiesça Hazard sans le regarder. C'est ma place.

— Alors peut-être que tu pourrais penser à moi ? Moi aussi je passe pour un con avec ce genre de comportement.

Hazard fit un bruit avec sa gorge, un bruit discret, mais qui ressemblait à un rire.

Il était trop tôt pour une discussion démoralisante, alors Somers balaya ce rire et tourna en direction de *Newton Mortuary*. L'affaire familiale qui était à Wahredua depuis trois générations et qui était désormais en concurrence avec une entreprise funéraire prénommée *Dear Departed* opérant dans tous les États-Unis, se trouvait à quelques rues au nord des bureaux de police. En temps normal, il s'y serait probablement rendu à pied, mais aujourd'hui, il s'était tellement dépêché de se débarrasser de Cravens qu'il avait pris la voiture sans même y penser.

— Des pompes funèbres ? demanda Hazard pendant qu'ils se garaient sur le parking récemment refait.

L'odeur d'asphalte remontait par les ventilations du véhicule et quand Somers ouvrit la portière, elle s'y engouffra avec force.

— Le légiste a son bureau ici, l'ancien commissariat était trop petit pour un labo complet et un endroit de stockage, et puis on n'a de toute façon pas les moyens. Une fois que le docteur Kamp s'était installé, il n'y avait pas vraiment d'intérêt à le relocaliser, surtout dans la mesure où ça aurait coûté une fortune de tout redéménager.

— C'est quoi le truc avec Kamp ? Même Cravens semblait avoir une dent contre lui.

— Tu verras.

— Pourquoi tu me le dis pas, tout simplement ?

— Parce que j'ai un mal de crâne carabiné et que j'ai déjà sauvé tes fesses une fois aujourd'hui.

— Je n'ai pas besoin que tu…

Somers n'attendit pas qu'il finisse ; il passa les jambes hors du véhicule et se dirigea vers la morgue. Hazard le rattrapa devant la porte.

— J'ai dit que je n'avais pas besoin que tu…

Somers l'ouvrit, laissant un courant d'air frais mêlé à un effluve citronné de désinfectant s'échapper.

Sa peau le picotait, comme elle le faisait toujours quand il sentait cette odeur et la douce fraîcheur de la morgue. C'était simplement la climatisation, il le savait, mais cela lui rappelait… eh bien, la mort. Cela lui rappelait son oncle Sal et sa tante Vera, Harriet Strauders, sa professeure de collège, et Jeff Langham, qui s'était tué en première et qui avait été le seul de leur classe – le seul en quatre ans – à mourir. Cela avait été étrange, vraiment étrange, la façon dont il allait pourtant bien avant cela… très bien. Tout le monde l'appréciait. Non, tout le monde l'adorait. Enfin quoi, il avait même été ami avec Hazard, et au lycée, ce n'était vraiment pas rien. Et puis un jour, Somers retirait ses chaussettes après un match de baseball en pensant que c'était fini pour son équipe (il avait glissé chez lui et s'était fait une déchirure au mollet) et avait levé les yeux pour découvrir sa mère appuyée sur la carrosserie en faux bois de leur Chrysler LeBaron, la tête dans les mains, sanglotant, parce qu'elle venait d'apprendre sa mort. Cela s'était répandu comme un feu de forêt dans les tribunes. Pendant le match, tout le monde avait semblé prendre connaissance de la nouvelle exactement au même instant, celle que Jeff Langham s'était fait sauter la cervelle au bout de la route gravillonnée qui passait à côté de la ferme Bouche et se terminait sur la falaise surplombant le Grand Rivere.

Somers se rendit compte qu'il retenait son souffle, alors il relâcha de l'air et aspira une autre bouffée de désinfectant au citron. Sa peau le picotait encore. Chaque enterrement qu'il avait connu au cours de sa vie s'était tenu ici, alors sa peau ressemblait à un vrai cactus.

— Tu vas encore vomir ? Tu es tout pâle, tu as la chair de poule et tu…

— Je ne vais pas vomir, répondit-il avant de s'interrompre pour repousser un frisson léger. Hé, je veux juste qu'on soit clairs sur un point. Ce qui est arrivé dans le bureau de Cravens, ça ne peut pas se reproduire. Si tu ne veux pas jouer le jeu, au moins laisse-moi faire. Il faut que tu m'écoutes, OK ? Pour ton propre bien, je veux dire.

— Il faut rien du tout, Somers, on ne me force pas la main, à moi. Tu ferais mieux de t'en souvenir.

— Laisse tomber, soupira-t-il en secouant la tête.

Il chercha quelque chose pour briser la tension ; pour essayer, une fois de plus, d'établir un lien avec Hazard, bâtir la confiance dont ils avaient besoin en tant que coéquipiers. Quelque chose provenant du passé, peut-être. Quelque chose qui n'impliquerait pas la façon minable dont il l'avait traité. Quelque chose qu'ils avaient partagé à l'époque, la seule tragédie qui avait frappé leur classe au lycée. Il laissa passer quelques secondes, assez pour que la bulle de tension émerge de ce silence, puis il frappa l'épaule de Hazard et désigna la maison funéraire.

— Hé, ça t'arrive de penser à Jeff Langham ?

Hazard se figea, comme s'il avait été collé sur place. Puis sa tête se tourna vers Somers.

— Est-ce que c'est une blague ?

Somers le dévisagea, choqué par la rage cristallisée sur le visage de son partenaire.

Avant qu'il puisse répondre, une voix s'adressa à eux depuis l'autre bout de l'entrée.

— Fermez la porte. Vous laissez filer la clim.

C'était madame Newton, si vieille, si voûtée et si desséchée qu'elle ressemblait trait pour trait au balai qu'elle tenait.

— Qu'est-ce que j'ai…

— Tu…, l'interrompit Hazard, que sa rage étranglait vraisemblablement, alors il secoua la tête. Tu sais quoi ? Oublie. Tout ce que j'ai dit à propos d'un nouveau départ. Laisse tomber. Toujours le même John-Henry.

Il traversa l'entrée à grandes foulées, aboya une question à madame Newton et suivit le doigt qu'elle pointait en direction du bureau du médecin légiste. Somers le regarda en essayant de comprendre ce qui venait de se passer.

# CHAPITRE NEUF

*Mardi 25 octobre*
*9 h 17*

Hazard savait qu'il marchait, mais il n'en avait pas la sensation. C'était comme s'il nageait. Ou qu'il flottait. Dans cette brume rouge bouillante. Ou peut-être sous l'eau. Peut-être que c'était pour cette raison qu'il n'entendait rien du tout, à cause de la pression dans ses oreilles. Peut-être que c'était pour cette raison qu'il avait l'impression que sa poitrine se recourbait vers l'intérieur, comme si ses côtes s'apprêtaient à se briser et l'embrocher. C'était peut-être même pour ça qu'il avait l'impression de se noyer.

Il savait qu'il marchait, toutefois, et il savait qu'il ne se noyait pas. Ce n'était pas rien, car on peut avoir la sensation de se noyer ou d'être sur le point d'être écrasé tant que l'on sait qu'il s'agit simplement d'une impression. Si vous savez que ce n'est qu'une impression, vous pouvez continuer à faire ce que vous faites. Enfin, le plus souvent. Parce que c'était bigrement difficile – impression ou pas impression – de ne pas se retourner à cet instant et en coller une à Somers. Mais cela ne s'arrêterait pas là, Hazard le savait. S'il commençait, il ne s'arrêterait peut-être pas.

— Hé.

La voix lui parvint de très loin et elle était étouffée par la pression sous-marine dans ses oreilles.

Il continua d'avancer dans un couloir étroit au sol en vinyle en lambeaux qui sentait… non, qui *dégageait* le goût de quelque chose de pourri dans sa bouche. Il sentait, oui, son nez sentait sa propre sueur, la sueur et sa veste d'été en laine. Ah, il avait envie d'avoir la nausée.

— Hé.

Une main l'attrapa.

C'était Somers. Et il ne prit même pas le temps d'y réfléchir : il était plus grand que lui, plus fort, et bien plus méchant, en substance. Le coup ressembla davantage au geste pour chasser un insecte qu'à un coup de poing. Le dos de sa main frappa la poitrine de Somers, repoussant cet homme blond de quelques pas et écartant la main de celui-ci de son épaule. Il regarda une nouvelle fois au bout du couloir, et c'en était trop, la pression dans ses oreilles, l'impression que son crâne allait se fendre… alors il fit volte-face.

En saisissant Somers par le col, il avança de deux pas et plaqua son coéquipier contre le lambris bon marché qui se courba sous son poids, et son visage se tordit aussi, le choc déformant son joli minois. Un bourreau des cœurs, mesdames, un véritable bourreau des cœurs. En cet instant, il semblait pourtant terrifié.

Hazard sentit ses joues chauffer et le piquer comme s'il avait fourré sa tête dans une ruche. Allait-il pleurer ? Non. Hors de question. Il n'avait pas pleuré depuis dix ans. Il n'avait pas pleuré depuis l'université, la nuit où Alec LaTourneau, qui était franco-canadien, et son premier petit ami ivre l'avaient frappé dans tout l'appartement, d'abord avec la main, puis avec sa ceinture parce qu'il aimait faire sursauter ce corps imposant. Cela avait été la dernière fois. Hazard s'était juré qu'il en serait ainsi.

— Tu me touches encore une fois, lança-t-il d'une voix qui oscillait comme un bateau qui prend l'eau, tu me serres la main, tu attrapes ma manche, ou même tu me rentres dedans dans le couloir, je m'en fous, je te tue. Tu m'as compris ?

— Parle-moi. Qu'est-ce que j'ai dit ? C'était…

S'il disait le nom de Jeff, même s'il le mimait sur ses lèvres, Hazard ne savait pas ce qu'il lui ferait. Alors il le secoua encore une fois, assez violemment pour qu'une couture de sa veste lâche.

— Arrête de parler. C'est fini, les conversations qui ne concernent pas le boulot.

La transformation sur le visage de Somers eut lieu en quelques instants : d'abord, il y eut une véritable douleur, mêlée à une frustration on ne peut plus évidente. C'était une expression qui laissa Hazard songeur l'espace d'un instant, et qui le fit réfléchir à son attitude. Puis la douleur et la frustration se changèrent en une confiance en soi chaude, convaincu qu'il ne s'agissait que d'un gros malentendu.

— Ouais, acquiesça-t-il avant de hausser les épaules pour se débarrasser des mains de Hazard. Ouais. Je suis désolé. Vraiment.

Hazard continua à le fixer encore un moment, mais finit par détourner le regard en premier. Qu'est-ce qu'il avait bien pu voir dans les yeux de Somers ? Était-il sincèrement désolé ? Il avait presque semblé… surpris, ou même perdu, mais c'était impossible. Somers savait ce qui était arrivé à Jeff Langham. Son commentaire était-il destiné à n'être qu'une saillie cruelle ? Ou avait-il mentionné le nom de Jeff comme une menace pour envoyer un message présageant ce qu'il pourrait lui arriver à lui ? Sans trop savoir quoi faire ensuite, Hazard s'éloigna à pas lourds dans le couloir. Il avait besoin de mettre de la distance entre son partenaire et lui.

Le truc, au fond, ce qui lui raidissait la colonne vertébrale et l'enrageait profondément, c'était qu'il savait que Somers n'était pas sans savoir ce qui était arrivé à Jeff. Il avait effectué quelques recherches dès qu'il était devenu enquêteur. Il avait demandé le dossier de la police de Wahredua en inventant un truc à propos de circonstances similaires à Saint Louis. Le dossier qui lui était revenu faisait une page.

Une seule page ! C'était tout ce qu'ils avaient fait pour Jeff. Mais cette page avait renfermé une information capitale : la femme d'un primeur, Ophelia Moree, avait vu trois garçons parler à Jeff Langham, en fin d'après-midi, avant qu'il se suicide. Aucun nom n'était cité, mais Hazard avait reconnu les descriptions : il avait dû s'agir de Mikey Grames, Hugo Perry et John-Henry Somerset.

Alors il savait que Somers était impliqué, de la même manière qu'il avait tenu son bras quand Mikey Grames avait gravé ce G sur sa poitrine. De la même manière que – dans les vestiaires, au coucher du soleil, une lueur étincelante illuminant ses bras dorés – il l'avait poussé dans les seuls escaliers du lycée en disant que c'était tout ce que méritaient les tapettes. Personne n'avait rien dit à propos de Jeff. Le légiste avait conclu au suicide, et on n'en avait plus parlé. Mais Jeff ne se serait jamais tué, il ne l'aurait pas abandonné, pas à moins qu'une chose terrible se soit produite. Alors il avait besoin de savoir. C'était pour cette raison qu'il était revenu. C'était pour cette raison qu'il était là. Qu'était-il arrivé à Jeff Langham, qui avait été son petit ami durant deux brèves semaines, en première ? Deux petites semaines avant que Jeff ne se tire une balle.

Il pensait qu'il savait… ou du moins, il pensait qu'il pouvait le deviner. Quelqu'un avait découvert la vérité sur Jeff. Quelqu'un l'avait répété à quelqu'un d'autre. Et sous la surface placide du lycée de Wahredua, l'humiliation, la persécution et la torture avaient conduit Jeff à mettre fin à ses jours.

Somers faisait-il allusion à cela ? Qu'il savait quelque chose ? Que Hazard courait peut-être un danger similaire ? Il n'était pas sûr, tout s'était assombri à l'époque de la mort de Jeff. Il avait fallu à Hazard toutes ses forces pour ne pas suivre la même voie brutale pour sortir de Wahredua. Alors il était certain qu'il avait manqué certaines choses, les indices essentiels permettant de lui apprendre ce qui était arrivé.

Quand il était revenu d'entre ces ténèbres – le vestiaire, la sueur perlant sur la clavicule de Somers, puis la chute de ces maudits escaliers – tout avait changé, et personne ne lui avait plus jamais reparlé de Jeff Langham. Personne ne lui avait plus jamais reparlé.

Mais le pire, ce qui nourrissait un hurlement au fond de sa gorge, le faisant enfler jusqu'à lui donner l'impression d'étouffer, jusqu'à ce qu'il arrache sa cravate et son col de chemise en lui faisant songer que c'était peut-être à cela que ressemblait une crise de panique, le pire, c'était qu'il avait presque oublié. Il s'était presque fait avoir par le petit jeu de Somers : cette amabilité feinte, le mensonge de sa fragilité, de son changement, de ses efforts pour se rattraper de son passé, ce mensonge selon lequel il serait finalement différent de ce John-Henry – dans le vestiaire, à quelques centimètres de lui, si chaud qu'il fumait, que de la vapeur se dégageait de la douche, les volutes s'élevant de sa peau bronzée, de ses muscles toniques – qui l'avait poussé dans les escaliers en disant que c'était ce que méritaient les tapettes. Mais il ne se laisserait pas berner, il avait reçu un rappel aujourd'hui; un instant plus tôt. Dès qu'il s'était rebiffé contre l'autorité de Somers, dès qu'il avait refusé de jouer à son jeu, celui-ci s'était dressé contre lui avec la chose la plus terrible qu'il pouvait trouver : Jeff Langham. Il n'était pas stupide, il savait reconnaître une menace quand il en entendait une.

Il réalisa tout d'un coup qu'il avait atteint le bout du couloir et qu'il se trouvait devant une porte blindée. Il essaya la poignée – verrouillée – et vit le clavier fixé au mur. Somers arriva derrière lui et Hazard remarqua que malgré son apparente nonchalance, il veillait à garder ses distances.

— Il faut que tu rentres le code, dit-il.

Et la façon dont il dit cela, comme s'ils étaient amis, comme si ce qui venait d'arriver dans le couloir n'était rien de plus qu'un accrochage et qu'il était déjà prêt à lui taper dans la main pour redevenir potes, le fit sérieusement hésiter à l'attaquer là, sur-le-champ.

— C'est le même pour tout le monde. Le top de la sécurité, ici, poursuivit-il en tentant un sourire ironique. Essaie de t'en souvenir. Ou si tu veux, je peux l'écrire.

Son sourire s'élargit et il composa le code 1-2-3-4.

La serrure cliqueta et Hazard ouvrit la porte en bousculant Somers. De l'autre côté, il découvrit une pièce qui ne ressemblait à aucun bureau de légiste qu'il lui avait été donné de visiter. Il était petit, des carreaux octogonaux noirs et blancs recouvraient le sol et les trois-quarts des murs. Ils étaient ternes, probablement personne ne les avait frottés depuis leur installation, et Hazard devina que ce ne serait pas le cas avant qu'un hiver nucléaire l'impose. Il y avait une table d'autopsie en acier qui semblait plus vieille que Calvin Coolidge ; pas en acier inoxydable, remarqua-t-il, une autre matière, avec une tache brun-roux qui s'étendait à l'angle le plus proche de lui et un émail turquoise craquelé qui devait probablement le protéger à l'origine. Les cellules réfrigérantes étaient alignées contre le mur. L'une d'elles était ouverte et sur le plateau en métal à l'intérieur se trouvait une collection de bouteilles de vodka plus ou moins vides. Cela expliquait en partie l'odeur de la pièce : un mélange d'alcool, de vomi et de fumée.

Pour compléter le tableau, un homme avachi sur un bureau fait maison : une planche de contreplaqué posée sur deux tréteaux de différentes tailles, l'écran d'ordinateur perché dessus penchant ainsi dangereusement. Tout ce que Hazard pouvait voir de cet homme qui avait la tête au creux de son coude se résumait à trois choses : caucasien, des cheveux touffus en désordre, un peu comme Einstein, et un corps complètement nu sous sa blouse blanche.

— C'est le légiste ?

Sous le choc, il en oublia sa détermination à ne plus parler à Somers.

— Docteur Kamp, lança celui-ci à un volume normal, bien que l'homme fût de toute évidence endormi.

— Est-ce qu'on devrait pas… revenir plus tard ?

— Il va bien.

Somers dut remarquer son incrédulité, car il rit tranquillement, un son assez juste, bien que peu naturel, mais il était manifestement déterminé à faire comme si leur échange dans le couloir n'était jamais arrivé.

— Regarde.

Il frappa des mains et cria :

— Au feu, il y a le feu, sauve qui peut !

Kamp grogna, sa main eut un geste brusque et poussa une bouteille de tequila qui se renversa, roula et se brisa sur les carreaux déjà sales. Puis il ne bougea plus.

— Nom de Dieu, et c'est le légiste, ça ?

Somers haussa les épaules en s'avançant vers le bureau avant de fouiller dans les papiers tout en parlant.

— Kamp est de la vieille école, mais il est bon. Probablement un génie. Un gars du coin. C'est un peu une vedette.

— Un ivrogne à poil ? Je suppose que c'est la fine fleur de Wahredua, soupira Hazard en haussant les épaules.

Sans lever les yeux, Somers désigna le mur derrière le bureau du légiste. Hazard examina les diplômes encadrés. Plusieurs maîtrises venant de Harvard, de l'Université de Chicago, et de Johns-Hopkins.

— Ce type était neurochirurgien ?

— Il a travaillé à Los Angeles pendant une éternité, poursuivit Somers avant de brandir un dossier taché avec une exclamation triomphante. Il est revenu ici quand il a commencé à perdre la précision nécessaire à la chirurgie. Ça l'a brisé, je crois. Il est devenu alcoolique.

— Et tu en sais quelque chose, je suppose.

Somers rougit et continua d'une voix légèrement moins assurée :

— Quand il est sobre, il est bon. Très bon. Il est capable de jeter un œil à tout ce que tu peux lui apporter et te dire ce dont tu as besoin.

— Alors, qu'est-ce qu'il nous dit ? C'est le rapport ?

Avec un hochement de tête, Somers ouvrit le dossier et passa la paperasse. Puis il jura et le laissa sur le bureau.

— Quoi ?

— Tout ce qu'il a, c'est la date, l'heure, et *Inconnu.* Rien. Il n'a rien fait.

Alors Somers se pencha sur le bureau incliné et attrapa Kamp par l'épaule.

— On se réveille, le vieux clochard. On se réveille et on fait son travail.

Kamp imita le bruit d'une gifle et enfouit sa tête plus profondément dans son bras.

— Laisse tomber, soupira Somers qui décida d'abandonner. Hé, qu'est-ce que…

Hazard l'ignora, passa devant les cellules réfrigérantes et les ouvrit une par une, en laissant celle qui contenait la vodka. Quand il trouva celle qu'il voulait, il sortit le plateau. Le sac noir était fermé, mais l'odeur de viande fumée provenant de l'incendie de la veille réussissait tout de même à percer cette couche.

— Tu ne peux pas…, commença Somers.

Hazard fit glisser la fermeture à glissière et ouvrit le sac.

Des os. Pas même un squelette, la chaleur terrible qui avait brûlé la chair et les tissus s'en était occupée. Ce qu'il trouva, c'était un sac d'os rassemblés en désordre. Même le crâne était en pièces détachées et en fouillant le sac, il trouva la mâchoire inférieure qui avait glissé dans les décombres.

— Pas grand-chose à voir, lança Somers en le rejoignant.

Devant la mort, sa colère recula ; au fond de son esprit le feu déclina. Il examina les os et laissa son cerveau se mettre en branle. Il aimait son travail. Oh, pas que les gens doivent mourir, et il n'aimait pas – pour la plupart – les personnes avec qui il travaillait, mais il appréciait les énigmes et mettre à l'épreuve son intellect et sa volonté face à l'insoluble apparent. Et la justice. Il aurait aimé, il y a cent ans, voir ses prises au bout d'une corde.

— Ça va être mission impossible, celle-là, grogna Somers. Et grâce à toi, on a deux rapports à faire par jour. Combien de temps tu peux mettre pour écrire un rapport qui dit qu'on n'a rien trouvé et rien fait ?

— Arrête de faire le bébé.
— Pardon ?
— Tu m'as très bien entendu. Tu te comportes comme un enfant. Tu es enquêteur, non ?
Il ne vérifia pas, mais il pouvait sentir le regard noir de son partenaire.
— Alors ?
— Oui, je suis enquêteur, merde.
— Alors commence donc à te comporter en tant que tel.
Somers marmonna quelque chose.
— Tu peux répéter ?
— Ne me cherche pas, Hazard. Tu t'es peut-être fait ces gros muscles depuis le lycée, et t'adores porter ces chemises qui donnent l'impression que tu vas faire sauter les boutons, mais au fond, tu n'as pas tant changé.
— Ça veut dire quoi, ça ?
— Ça veut dire que je sais que t'es pas une brute, alors arrête de faire semblant.
Hazard cligna des yeux en essayant de dissimuler sa surprise.
— Bon, conclut Somers en se grattant l'arrière de la tête. On retourne à Smithfield. On jette un œil au mobile home, ou ce qu'il en reste, et on commence à interroger des gens. Ça fait cinq ans que je travaille dans ce quartier, je connais du monde.
Hazard examina les os. Il n'était pas docteur et n'avait aucune formation en anatomie, physiologie ou médecine, mais il faisait ce boulot depuis assez longtemps pour savoir quelques trucs.
— Pourquoi tuer quelqu'un et le brûler ?
— On ne sait pas s'il était mort avant le feu. Ni même si c'est un homme.
— C'est le cas. La taille des os. Et le bassin, ici, regarde.
— Ben dis donc, lâcha Somers avec amertume. Il y a quelque chose que tu ne sais pas ? En dehors de comment parler à ton supérieur hiérarchique ?
Hazard ignora la remarque.

— Pourquoi on brûle un corps, qu'il soit mort avant ou pas ?

— Le torturer.

— Avec autant d'accélérant ? Avec autant de préparation pour s'assurer qu'il n'en reste que les os ?

— Parce qu'on ne veut pas qu'il soit possible d'identifier le corps.

— Exactement, acquiesça Hazard.

— Alors on va chercher chez les portés disparus, décida Somers en se grattant une nouvelle fois la tête. Il y a deux problèmes.

— Lesquels ?

— Si c'est un type d'Ozark – et je ne parle pas simplement des Volunteers, mais de tous ceux qui se trouvent en campagne – il est possible qu'ils n'aient pas signalé la disparition. Même si je me pointais devant leur porte en leur posant des questions sur une personne précise, ils pourraient ne pas me répondre. Non, laisse-moi reformuler : c'est sûr qu'ils ne me répondraient pas. On devrait parler à Upchurch, aussi. Il a des contacts chez les Volunteers, il pourra peut-être nous dire quelque chose via les réseaux parallèles.

— C'est quoi l'autre problème ?

— Les gens de Smithfield, pour la plupart, n'ont personne pour signaler leur disparition. Les tueurs en série prennent ce genre d'individus pour cibles, non ? Des gens qui disparaissent sans inquiéter personne. C'est tout Smithfield, ça. Je vais parler à mes contacts, comme je l'ai dit, mais ils n'auront personne à me signaler, et il se pourrait qu'ils refusent de me le dire si c'était le cas.

— Tu ne voulais même pas de cette affaire et maintenant tu en fais un meurtre en série ?

— J'expliquais le problème.

Hazard hocha la tête. À l'intérieur de son cocon frais dédié au travail, il devait reconnaître que Somers marquait un point. Il connaissait le quartier, il connaissait ses habitants et, plus important, il savait comment parler aux gens.

Toutes les compétences nécessaires à un enquêteur… et toutes celles que lui ne possédait pas. Il se trouva forcé de l'admettre intérieurement, il allait avoir besoin de son coéquipier. Et quelque part il regretta de ne pas l'avoir écouté au commissariat. *Pourquoi je finis toujours par un être connard quand c'est sérieux ?* se demanda-t-il pour la millième fois.

Alors pour l'instant, il se servirait de Somers… jusqu'au moment où il pourrait quitter le navire et obtenir un transfert.

— Allons à Smithfield, décida-t-il.

# CHAPITRE DIX

*Mardi 25 octobre*
*10 h 45*

Somers ramena la voiture dans Smithfield. Il se donnait un air détendu, du moins aussi détendu qu'il le pouvait avec un mal de crâne si puissant qu'il songeait que son cerveau allait s'écouler par ses oreilles, et il essaya de garder une ambiance légère. Il avait gaffé en mentionnant Jeff Langham. Il avait mis Hazard dans une colère noire. Sur n'importe qui d'autre, il aurait appelé cela une rage meurtrière.

Une panique sombre vacilla en lui, comme une bougie sur le point de s'éteindre. Pourquoi cette réaction ? Hazard connaissait-il la vérité ? Si oui, savait-il tout ? Somers avait beau y réfléchir, il ne trouvait pas de réponse. Il n'y avait que cette unique page dans le rapport rangé aux archives, et il n'était fait mention d'aucun nom, mais il savait que cela n'avait pas d'importance. Hazard était intelligent. Très intelligent. S'il creusait suffisamment… Somers secoua mentalement la tête pour repousser ces pensées dangereuses. Cela s'était produit longtemps auparavant et tout avait été tu concernant le suicide ; enterré avec Jeff Langham. Cet épisode de sa vie était terminé et il ne le laisserait pas le contrôler. Et pourquoi était-ce si important pour Hazard ? Étaient-ils… sortis ensemble… lui et Jeff ?

Alors que la ville changeait de visage autour d'eux, les bâtiments en brique rouge se muant en maisonnettes de bois, les jardins aux pelouses taillées faisant place aux grillages rouillés, aux trottoirs recouverts de mauvaises herbes et aux poubelles entassées le long de la route comme de glorieux monuments, Somers essaya de faire la conversation, mais Hazard refusa obstinément. Plus il essayait, plus celui-ci semblait se fermer. Sa colère se cristallisait, l'enfermant dans une coquille glaciale. Son regard sombre et taciturne était fixé sur l'extérieur. Une mèche de ses longs cheveux avait glissé sur son front et pendait devant ses yeux.

Et pour la centième fois depuis deux jours, Somers se demanda pourquoi il faisait tant d'efforts. En quoi était-ce important qu'Emery Hazard le déteste ? Pourquoi se souciait-il de savoir si cet homme le voyait encore comme la petite ordure qu'il avait été au lycée ? Il ne l'avait pas vu depuis quatorze ou quinze ans. Il était allé à l'université, il était devenu adulte. Il avait vu un monde plus vaste, avec des opinions plus larges et meilleures, il était revenu et avait vu Wahredua grandir et s'améliorer, elle aussi. Il avait été un sale gosse, mais n'était désormais plus cet enfant.

Cela faisait partie de la réponse. Une autre partie était qu'il aimait les gens et qu'il voulait que ceux-ci l'aiment en retour. Il savait, juste sous la surface de ses pensées conscientes, qu'il était drôle, sympathique et beau garçon. Il s'attendait à ce qu'on l'apprécie, c'était normal, naturel, c'était comme ça, et puis voilà. Tout le monde l'aimait… Tout le monde, sauf Emery Hazard. Cela l'avait énervé, au lycée, et il commençait à se rendre compte que c'était toujours le cas. Cela n'avait pas de sens, surtout maintenant qu'il se pliait en quatre pour être aimable.

Mais au fond, la part de lui qui apparaissait la nuit et le fixait, droit dans les yeux, quand il n'arrivait plus à dormir au petit matin lui disait que le reste ne valait pas grand-chose, que la seule raison pour laquelle Emery Hazard avait une importance pour lui, c'était parce qu'il représentait une façon de prouver qu'il avait changé ; que l'on pouvait se racheter de son passé.

L'équation était assez simple, même s'il s'autorisait rarement à l'exprimer clairement : s'il était capable d'arranger les choses avec Hazard, s'il était capable de prouver qu'il pouvait se racheter du passé avec le gamin qu'il avait torturé au lycée – de sa main sur le cou d'Emery, dans le vestiaire ; de ce garçon maigre et nerveux au pouls rapide d'un colibri sous sa paume, sentant les gouttelettes de condensation sur sa peau et une chose dangereuse et agitée dans sa propre poitrine, comme si le monde avait basculé et tout renversé –, si John-Henry arrivait à faire cela, il pourrait alors aussi tout arranger avec Cora. Du moins, c'était ce qu'il se répétait à ses heures les plus sombres.

— Tu as travaillé dans ce quartier ? demanda Hazard de sa voix grave et brutale, rompant le fil de ses pensées.

— Ouais.

— Un coin difficile.

Il haussa les épaules.

— C'est comme ça que tu es devenu enquêteur ?

— En partie.

Son partenaire hocha la tête, ses sourcils bruns froncés par la colère, la réflexion ou quelque autre émotion grave caractéristique de la personnalité d'Emery Hazard. La mèche de cheveux – presque trop longue pour un agent de police – était toujours en travers de son front. Elle dénotait avec le reste de son apparence impeccablement contrôlée. Elle lui donnait presque un côté enfantin.

— Qu'est-ce qui te fait sourire ? demanda-t-il d'une voix menaçante.

— Rien. On commence au mobile home ? demanda Somers avec un signe de tête.

Hazard acquiesça.

De jour, la rue Villanova ressemblait à n'importe quelle autre rue de Smithfield. D'un côté de la route, deux bâtiments en brique se dressaient comme des serre-livres. La façade de l'un s'était effondrée vers l'intérieur, laissant un unique mur debout, tandis que l'autre semblait plus ou moins intact. Le reste de la rue était fait de préfabriqués et de caravanes, le tout à divers stades de délabrement.

Une couche de détritus et de mauvaises herbes pêle-mêle avait envahi le trottoir. Somers arrêta la voiture et sortit.

Le cordon de police était toujours en place, et l'espace d'un instant, il pensa que la scène avait été abandonnée. Quand Hazard et lui s'approchèrent cependant, ils virent un homme au cou de taureau avancer à grands pas sur le côté du mobile home. Il portait un tee-shirt bleu des pompiers de Wahredua et un jean. Somers le connaissait, ce type avait trois ans de plus que lui au lycée et avait fait de la lutte à un niveau d'État. Redgie Moseby changea de direction quand il les aperçut et sortit une main épaisse.

— Redge, lança Somers. Tu connais Hazard ? Emery Hazard, il était au lycée…

— Je le connais.

D'habitude amical, Redgie affichait un rictus et avait répondu sans desserrer les dents.

Somers attendit. Il pouvait sentir la tension de Hazard (on aurait dit un ressort, cet homme-là, toujours replié sur lui-même), mais rien ne vint.

— Tu restes là toute la journée ? demanda Somers.

— Quelqu'un doit veiller sur le périmètre. Incendie criminel, tu sais ? Ça pourrait prendre des semaines de creuser dans ce tas de merde et il faut une personne en chair et en os à n'importe quelle heure. Un cauchemar, j'te jure.

— Tu as la feuille de pointage ? C'est notre affaire et on voudrait jeter un œil.

Redgie acquiesça avec un grognement et fit un signe de tête en direction d'un camion garé à quelques mètres.

— Vous pouvez pas vraiment aller à l'intérieur, la majeure partie du sol a brûlé et ce qu'il en reste n'est pas très stable. On va devoir monter un échafaudage pour tout fouiller centimètre par centimètre, poursuivit-il en sortant un porte-bloc avant de le lancer à Hazard, en réussissant on ne savait comment à l'ignorer en même temps. Donc c'est vous qui récupérez ça, hein ? Waouh, la chance.

— Ouais, comme tu dis, répondit Somers en luttant pour ne pas laisser transparaître sa colère.

Comme s'il n'avait pas répondu, le regard de Redgie vint se poser sur Hazard et son rictus s'étira. Redgie n'avait pas besoin de dire ce qu'il pensait, à trois rues à la ronde on aurait pu le lire sur son visage.

Mais Redgie étant Redgie, il le formula tout de même.

— Tu suces vraiment des queues…

Somers ne le laissa pas finir. Il prit son tee-shirt à pleines mains, lui éclata le nez, et quand l'autre fit maladroitement un pas en arrière sous le choc, il le fit reculer jusqu'au bout du cordon. Il lui donna un deuxième coup et le laissa retomber. L'adrénaline le picotait dans tout son corps comme s'il avait trempé les pieds dans un éclair et il contempla le visage ensanglanté de Redgie.

— Tu restes de ce côté du cordon jusqu'à ce que tu aies arrêté de saigner, lança-t-il d'une voix qui sembla forte même à ses propres oreilles. On veut éviter toute contamination.

Redgie, le grand, l'aîné, le lutteur d'État, le dévisagea, toujours sous le choc.

— Tu reparles encore une fois de mon coéquipier comme ça et je ferai plus que te tordre le nez, poursuivit celui-ci avec un grand sourire. Et tu répéteras ça à tous les autres *rednecks*, d'accord ?

Le visage de Redgie avait pris des couleurs et il semblait désormais prêt à charger.

— Si tu essaies de te lever, reprit Somers, je te refous au sol. Tu m'as compris ?

Redgie ne répondit pas, mais il resta au sol.

— Alors ?

— Je t'ai entendu.

— Qu'est-ce que tu vas dire à tous les autres branleurs ?

Il fallut un moment, mais Redgie répondit :

— Que c'est ton coéquipier.

— D'accord, Redgie. On te rapporte le porte-bloc une fois qu'on l'a signé. Tu restes là, hein ? Jusqu'à ce que tu te sois nettoyé.

Somers n'attendit pas de réponse. Il retourna voir Hazard, prit le porte-bloc et gribouilla son nom et l'heure d'arrivée.

Hazard le fixait.

— Quoi ?

— Ne fais pas ça.

Le porte-bloc sous le bras, Somers traversa le terrain en direction du mobile home. Un petit escalier métallique portable avait été déplié par les pompiers et il le monta jusqu'à pouvoir voir les décombres.

Hazard n'était qu'à un pas derrière lui et il l'attrapa par le bras pour le forcer à se retourner.

— Je suis sérieux. Ne fais pas ça. Je n'ai pas besoin qu'on mène mes batailles à ma place.

— Mener des batailles ? répéta Somers en pouffant de rire. Crois-moi, je ne mène aucune bataille à ta place, tu sembles parfaitement à même de faire attention à toi tout seul.

— Ce que tu viens de faire…

— Ce que je viens de faire, c'est ce que tout bon partenaire aurait fait. Voilà ce que c'était, OK ? On est partenaires ?

— Oui, mais…

— Alors il n'y a pas à chercher plus loin.

L'espace d'un instant, il attendit que Hazard dise quelque chose, objecte, proteste, se plaigne ou plus vraisemblablement qu'il essaie de lui en mettre une. À la place, une chose passa sous le masque glacial de celui-ci, une ride ou peut-être un tremblement, comme un signe avant-coureur d'un séisme. Et disparut.

— Je peux récupérer ça ? lança Somers en regardant son bras.

— Oh.

Hazard recula et retira ses doigts. Puis, d'une voix si étouffée que Somers l'entendit à peine :

— Désolé.

*Ben ça alors*, Somers avait-il envie de s'écrier. *Des excuses de la part d'Emery Hazard ?* Mais il haussa simplement les épaules et ramena son attention sur le mobile home en cendres.

Après un moment, Hazard monta à côté de lui, leurs épaules au touche à touche. Somers repensa à la menace qui remontait à une heure – *si tu me rentres dedans dans le couloir…* c'était bien ça ? – et réprima un sourire. Eh bien, peut-être qu'il progressait un peu, finalement.

Quand Hazard ouvrit la bouche pour parler, ce fut avec le même détachement qu'il avait montré à la morgue.

— Le baril, dit-il en pointant du doigt un cercle de métal tordu au centre de la caravane. C'est là qu'était entreposé l'accélérant. Il devait y en avoir beaucoup… McClinckie a dit qu'il s'était servi de quoi ?

— De diluant à peinture, je crois. Du white-spirit ?

— Ça a continué d'alimenter le feu même quand ils ont essayé de l'éteindre, acquiesça Hazard. Ça l'a maintenu chaud aussi.

— Assez pour être sûr que le corps soit détruit.

— Exactement ce que voulait le tueur. C'est quoi ça ?

Sur une des planches de parquet restantes, du plastique fondu formait une flaque irrégulière.

— Le jouet d'un gamin ? proposa Somers en haussant les épaules. Je ne sais pas. Regarde toutes ces saloperies : le four, le micro-ondes, on dirait qu'il date des années 80, j'arrive pas à croire que j'arrive encore à le reconnaître. Là, c'était le canapé, on voit encore des ressorts.

— Mais c'est près du baril.

— Tu penses que c'est là que le feu a démarré ?

— C'est juste que ça paraît bizarre, répondit Hazard en haussant les épaules.

Somers acquiesça et regarda à nouveau la scène de crime. Une fois que les pompiers leur auraient donné le feu vert, ils commenceraient à chercher des empreintes ou tout autre élément de preuve. Jusque-là, tout ce qu'ils pouvaient espérer, c'était qu'il ne pleuve pas.

Ils restèrent là encore quelques minutes. La journée s'annonçait déjà chaude et l'air étouffant lui collait à la peau, plaquant sa chemise sous ses bras et le faisant rêver d'une bière fraîche.

L'odeur de viande brûlée et de métal surchauffé s'attardait parmi les décombres et il commença à avoir la nausée. Puis, dans une bourrasque d'air frais, il sentit l'odeur de transpiration de Hazard et le shampooing de ses cheveux propres.

— Prêt ? demanda-t-il.

En chemin pour rejoindre la voiture, ils pointèrent pour indiquer leur départ des lieux et Somers fit signe à Redgie avec le porte-bloc avant de le laisser dans l'herbe. Le pompier qui tenait désormais une serviette en bouchon sous son nez lui fit un doigt d'honneur, mais ne passa pas le cordon. Peut-être qu'il prenait au sérieux l'avertissement à propos de la contamination de la scène de crime. Ou peut-être qu'il ne voulait pas se frotter à eux.

— Et maintenant ? demanda Hazard quand ils approchèrent de l'Impala.

— Maintenant, on va voir quelqu'un que je connais.

Ils montèrent dans la voiture et Somers alluma l'air conditionné. Du coin de l'œil, il vit Hazard le regarder discrètement dans le rétroviseur. D'une main, celui-ci remit en place la mèche rebelle et par ce simple geste, il retrouva son look impeccable de mannequin pour *GQ*.

— Qu'est-ce qui te fait sourire ? demanda-t-il en faisant écho à la question qu'il avait posée plus tôt, légèrement moins énervé.

— Rien, répondit Somers qui n'essayait plus de cacher son amusement avant de démarrer.

# CHAPITRE ONZE

*Mardi 25 octobre*
*11 h 23*

Le truc avec John-Henry Somerset, songea Hazard, c'était qu'il était foutrement déroutant. Il les conduisait à Smithfield, les yeux fixés sur le pare-brise, en quête de ses contacts, son attention enfin détournée. Pour lui, ne plus faire l'objet de cette attention était comme un poids qu'on avait enlevé de ses épaules. Il y avait quelque chose dans la façon dont Somers le regardait, quelque chose avec ses yeux. Hazard était allé à Cancún l'année précédente (un cadeau d'anniversaire pour Billy) et il n'avait jamais vu une eau pareille ; enfin sauf dans les films. Somers avait des yeux comme ça, des yeux bleus dans lesquels on pouvait plonger, bleus comme dans les films. Cancún… oui, ils s'y étaient bien amusés. Le soleil éclatant sur le sable blanc, sentir la peau de Billy sous la sienne, la chaleur omniprésente, mais surtout en dedans, comme si quelqu'un avait augmenté son thermostat intérieur d'une vingtaine de degrés. Cancún avec Billy. Billy qui était son petit ami. *Mais alors pourquoi*, pensa-t-il, *pourquoi je pense à cette chaleur, à Cancún, avec le soleil et la mer bleue quand John-Henry Somerset me regarde ?*

C'était le plus embarrassant, le fait qu'il n'arrive pas à détester Somers, en tout cas pas comme il savait qu'il aurait dû. Après – le vestiaire – tout ce qui s'était passé au lycée, il savait qu'il aurait dû détester Somers.

Et puis après la manière dont il avait parlé de Jeff Langham, encore plus. Et d'une certaine façon, c'était le cas.

Mais d'une façon complexe, confuse, parce que John-Henry Somerset était foutrement déroutant. Il était canon, oui, même plus que cela. Il était… adorable. Cherchant presque désespérément à le rendre heureux ; sauf les fois où il essayait de l'énerver. Et puis, tout d'un coup, il faisait quelque chose comme coller un coup de poing à Redgie Moseby, et tout le travail que Hazard avait accompli pour le détester partait en fumée, comme de la poudre à canon à la première étincelle. Pourquoi diable était-ce si difficile de rentrer au pays ?

À ce moment-là, Somers arrêta l'Impala sur le trottoir et coupa le moteur. Ils étaient en face du Bordel, l'ancienne structure victorienne qui, quand il était enfant, dégageait un pouvoir d'attraction obscène. Il se souvenait encore de la femme qui lui avait proposé une fellation pour vingt *cents* et il se souvenait de sa terreur devant cette offre ; de la terreur parce que c'était une inconnue et aussi parce que c'était une femme, et il n'avait pas compris, pas vraiment, pourquoi cela avait rendu l'offre si repoussante.

— Tu t'es déjà baladé ici ? demanda Somers en penchant la tête. Les gamins l'appelaient le…

— Bordel.

— Donc tu t'es déjà baladé ici, déduisit Somers avec un large sourire. Tu t'es fait prendre ?

Il lui fallut une demi-seconde pour se rappeler que parler à Hazard de quoi que ce soit ne concernant pas le travail était une mauvaise idée.

— Tu as un contact là-dedans ? demanda-t-il après un haussement d'épaules.

— Peut-être. Tu sais, je suis déjà venu ici en douce. Juste une fois. Tu connais Patrick Foley ?

Hazard ne répondit pas.

Somers continua, apparemment pas dérangé par le silence.

— Bah son grand frère, qui s'appelait Conor, il avait quelques années de plus que nous, et il arrêtait pas de se vanter à propos de toutes les filles avec qui il avait couché, tu sais, des trucs de lycéen, il n'avait probablement jamais rien fait à part se palucher dans son lit, mais bon, tu sais bien. Enfin bref, il nous avait convaincus qu'il pouvait venir et dégoter une fille pour cinq dollars.

Vingt *cents*, pensa Hazard.

— Alors Patrick et moi on est venus un soir. Il devait être autour des vingt et une heures, mais on aurait dit qu'il était minuit, genre en plein milieu de la nuit, et on est allés jusqu'à la porte et on a frappé. Il y avait quelque chose… on aurait dit que ça courait, comme un truc qui se dirigeait droit sur nous, et on a galopé comme si on avait le feu aux fesses. Patrick a crié, tu sais, même si on a du mal à le croire quand on le voit aujourd'hui. Quand on a atteint l'autre côté de la rue, on a entendu rire. Je me suis retourné.

— Conor ? demanda Hazard malgré lui.

— Et ses copains. Ils ont failli se pisser dessus tellement ils rigolaient. Ils se sont relevés en nous pointant du doigt et en nous traitant de gonzesses. Tu sais bien, toujours les mêmes conneries. Mais le meilleur moment, ça a été quand un vieux hibou s'est envolé de cette fenêtre, poursuivit Somers en montrant l'étage du Bordel. Et qu'il a atterri dans les cheveux de Conor. Ses copains et lui se sont mis à courir comme s'ils avaient le Diable à leurs trousses. Quand on a fini par les rattraper, Conor s'était vraiment pissé dessus. Il avait eu tellement les jetons. Bien fait.

Hazard se surprit à éclater de rire. Et puis, avec un afflux de colère contre Somers et lui-même provoqué par la vague impression que ce dernier avait réussi à l'amener à rire, il déclara :

— OK, on est là pour bosser ou pour raconter des histoires ?

— On peut faire les deux, répondit Somers avec ce même sourire, ce même *fichu* sourire décontracté. Allez, quoi.

La journée n'avait fait que se réchauffer pendant qu'ils avaient été sur la route, mais au moins l'air était un peu plus frais ici. Au lieu de l'odeur de viande brûlée du mobile home, cette partie de Smithfield ne dégageait que celle du bitume chaud et du pollen des herbes envahissantes. Au bout de la rue, des voix excitées s'élevaient et Hazard vit un groupe de jeunes hommes amassés autour de jeunes femmes, qui avaient d'ailleurs de toute évidence l'avantage (même de loin, il réussissait à le voir), et un peu plus loin une vieille dame assise sur une chaise pliante, sous un érable. En fin de matinée, les seuls signes de la violence et de la pauvreté présentes dans le quartier étaient les bâtiments en ruine, les éclats de verre au sol et les terrains vagues.

— Pourquoi le Bordel ? demanda-t-il pendant qu'ils traversaient la rue.

— La maison de *Lady*.

— Quoi ?

D'une main, Somers indiqua un immense chapeau de paille, un de ceux avec d'énormes rubans qui pendent de chaque côté pour être noués sous le menton de celui qui le porte. En l'occurrence, ils étaient noués autour de la lumière du porche et le chapeau battait tranquillement au vent.

— Tu es en train de me dire que quelqu'un porte ça ?

— Oh que oui. La plupart du temps, on peut repérer la *Lady* à un kilomètre.

— C'est qui, cette *Lady* ?

Somers poussa la porte du Bordel et l'espace d'un instant, tétanisé, Hazard redevint un petit garçon, maigre, faible, vulnérable. Durant cette seconde, la peur déferla en lui, noire et glaciale, et il lui fallut toute sa concentration pour se rappeler que le passé était le passé, qu'il était adulte et que ce n'était rien de plus qu'une vieille maison.

— Tu viens ? demanda Somers d'une voix inquiète.

Hazard grogna quelque chose sans être tout à fait sûr de ce qu'il dit et passa devant lui.

— Fais attention, lui lança son coéquipier. Le sol est complètement pourri par endroits.

Mais il l'entendit à peine. Le Bordel contenait toute l'opulence fade qu'il avait imaginée étant enfant, bien que dépouillé par le temps et les squatteurs. Là où des appliques en laiton s'étaient un jour trouvées, des trous irréguliers gâchaient les murs en lattes de bois et en plâtre, et le sol avait été raclé, frotté. Les portes avaient été retirées de leurs gonds, certaines couchées au sol ; d'autres avaient disparu. Des cercles calcinés indiquaient où des feux avaient été allumés, de nombreuses fois pour certains. Mais sous tout cela, visible en dépit de l'odeur de poussière, de vieux bois et de pourriture brune, se trouvait la beauté originale du lieu.

*C'est juste une maison*, se dit-il. *Juste une vieille maison comme tant d'autres.* Mais son pouls accélérait et il se souvenait de l'impression que cela faisait de traverser la rue pendant que Hollace Walker regardait, en lieu sûr ; ce que cela faisait d'approcher le Bordel et l'horreur de voir cette femme qui semblait si vieille, si sale, si abîmée par la vie. *Pour l'amour de Dieu*, se répéta Hazard, *c'est juste une foutue baraque !* Mais cela ne fit pas ralentir son rythme cardiaque ; pas du tout.

— Lady, appela Somers. Hé ho, Lady.

La seule réponse fut l'écho de sa voix qui leur revint des pièces vides.

— Ce n'est pas un endroit où s'aventurer sans renforts, estima Hazard en s'arrêtant au milieu de l'entrée. Nombreuses portes. Beaucoup d'endroits d'où peut surgir du monde. Impossible de sécuriser le moindre centimètre carré.

— On n'est pas dans un repaire de la mafia, répondit Somers avec son sourire de fainéant. On traverse une ancienne maison de passe. Hé, t'as l'air nerveux, ça va ?

Hazard ne prit pas la peine de répondre. Il pénétra plus profondément dans le Bordel, passa les trous béants dans le plâtre, les tortillons de câbles électriques traînant dans la poussière du couloir obscur.

Sortant son .38, il commença à inspecter chaque pièce en passant devant : matelas souillé, pyramide de chaises cassées, gonds en laiton terni lui renvoyant un reflet déformé, et ça continuait, papier peint à motifs de lilas en lambeaux, épais, presque autant que du tissu, des trucs qu'on avait pas produits depuis un siècle et qui chargeaient l'air de leur odeur de moisi… jusqu'à ce qu'il passe devant les carreaux cassés de la cuisine et qu'il voie un rectangle de lumière et d'air frais. Il réprima une envie de partir en courant.

— Personne ici, lança-t-il en rangeant son arme dans son étui d'épaule.

— Elle est probablement à l'étage, fit Somers avant de l'étudier un instant. Tu restes là, d'accord ? Surveille le périmètre pendant que je monte la chercher.

— Tu penses que j'ai peur, devina Hazard en réfléchissant à cette proposition.

— Ce n'est pas ce que j'ai…

— Et puis merde.

Il bouscula Somers et commença à monter les escaliers. Ils ne craquaient pas sous son poids, mais se courbaient comme du caoutchouc, comme si le bois était sur le point de se volatiliser. *Sainte Marie mère de Dieu*, pensa Hazard. *C'est vraiment ridicule.* Il vérifia le premier étage de la même manière, son arme à la main, le doigt sur le pontet. Il passa devant une pièce qui contenait seulement une cheminée avec un tisonnier émaillé et ce qui ressemblait aux restes d'une robe de mariée brûlée, puis une autre où un nuage bourdonnant de mouches recouvrait quelque chose au sol, de la taille d'un chat estima-t-il, peut-être maigrichon. L'odeur pestilentielle de décomposition lui piqua le nez et il continua jusqu'à atteindre une porte close, au bout du couloir.

Il jeta un coup d'un œil à Somers qui semblait gêné pour lui et essayait de le cacher. *Oui, ben merde.* Il lui adressa un signe de tête et leva son arme.

Avec un soupir, Somers sortit son semi-automatique de l'étui en bas de son dos et lui répondit d'un signe de tête, mais ne semblait pas ravi.

Hazard décida de l'ignorer, ouvrit la porte d'un coup et entra doucement dans la pièce, le .38 encore baissé, mais la main prête à se lever dès que besoin. Deux pas, pourtant, et il s'arrêta. Une vieille dame se tenait devant la fenêtre, nue au-dessus de la taille, sa peau noire brillant dans la lumière du jour. Elle s'appuya sur le rebord, les plis de sa peau retombant sur la ceinture de sa jupe, sa poitrine se balançant presque au point de toucher le verre. Après un regard froid à Hazard par-dessus son épaule, elle ramena son attention sur la rue.

— Bonjour, Lady, fit Somers qui rangeait déjà son arme dans son étui. Vous êtes prête pour recevoir des visiteurs ou vous voulez que j'attende à l'extérieur ?

— C'est qui ce beau grand ténébreux ? demanda-t-elle d'une voix chaude, éraillée, grave et d'un ton traînant.

— Voici mon nouveau coéquipier. Lady Mabbe, je vous présente l'agent Hazard. Hazard, je te présente Lady Mabbe.

Celle-ci jeta un nouveau coup d'œil à Hazard et il se rendit compte qu'elle était plus vieille qu'il ne l'avait pensé : soixante ans, peut-être soixante-dix. Ses cheveux courts et bouclés étaient presque blancs et des taches de vieillesse parsemaient sa peau. Elle sourit, remua un peu du popotin et fit volte-face sans aucun signe d'inconfort ou de gêne.

— Une lady a droit à son intimité, John-Henry.

— Je ne voulais pas vous interrompre, Lady. Vous savez comment est cet endroit… Il pourrait se passer n'importe quoi derrière ces portes closes.

— Tu es un petit coquin, gloussa Lady Mabbe en remuant les sourcils. C'est terriblement coquin de dire avec lascivité une remarque aussi coquine.

— Je ne peux pas m'en empêcher, répondit Somers avec un sourire à tomber par terre, ce sourire qui aurait renversé une salle pleine de jeunes filles. Vous êtes tout simplement trop belle.

— Seigneur, souffla Hazard en fourrant son .38 dans son étui. C'est ta source ?

— C'est Lady Mabbe, reine de Smithfield.

— Ça devrait pas être Reine Mabbe, alors ?

Somers grimaça, mais avant qu'il puisse parler, Lady Mabbe répondit d'un ton sec.

— Vous savez ce qu'est une reine ? Dans le temps, en anglais, cela désignait une catin. Je sais tout à ce sujet. Vous pensez que je ne sais pas, tout le monde pense que je ne sais pas, mais je connais tout du sens des mots. Les gens disent des choses comme ça pour vous atteindre. Ils se disent ça pour mettre une femme à sa place, un mot comme ça.

— Il ne savait pas, dit Somers en contenant (ou protégeant ?) Hazard d'une main sur sa poitrine.

Hazard se souvint de sa menace un peu plus tôt concernant ce qu'il lui ferait s'il le touchait encore une fois, puis il écarta cette pensée.

— Hazard est nouveau, il est…

— Il n'est pas nouveau. Il est on ne peut plus vieux. C'est le garçon de Frank et d'Aileen, n'est-ce pas ?

Somers le regarda.

Il repoussa sa main.

— Vous connaissez mes parents ?

— Je connais tes parents.

Lady Mabbe s'avança d'un pas théâtral chargé d'une colère indignée, sa poitrine se balançant mollement.

— Et je sais qu'ils n'ont pas élevé un voyou qui défonce les portes d'un coup de botte et brandit son arme dans les appartements d'une dame. Ou, ajouta-t-elle après un instant, qui s'aventure à employer le mot *reine* comme si c'était un lapin de garenne, comme s'il n'avait jamais écarté les jambes pour le premier beau garçon qui s'était présenté.

Cette fois, Somers grogna véritablement.

— Maintenant, déclara Lady Mabbe en croisant les doigts comme une fillette qui s'apprête à réciter un poème, polissez vos bottes, les garçons, et remettez correctement vos vestes. D'abord vous pouvez vous agenouiller – John-Henry, tu devrais le savoir – et ensuite, quand j'aurais entendu votre requête, il se pourrait que je sois assez aimable pour m'approcher de l'estrade. Une audience royale est un présent que l'on accorde à peu.

Elle remua un doigt devant eux et poursuivit de son pas traînant qui étirait les mots :

— Vous avez beaucoup de caresses et de coups de langue à donner avant que ce vieux chat daigne poser son regard royal sur vous.

— Son regard royal ? grogna Hazard en jetant un regard noir à Somers. C'est quoi ce délire ?

— Joue le jeu, c'est tout, fit celui-ci.

— Tu veux que je m'agenouille devant cette… cette…

— Hazard, écoute-moi, elle cherche à provoquer. Si on joue le jeu…

— Non. C'est toi qui m'écoutes. J'en ai marre de ce petit jeu, continua-t-il en traversant la pièce pour prendre un chemisier noir en soie synthétique qu'il lança à la vieille femme. Personne ne s'agenouille. Personne ne lèche. Personne ne pose de regard royal ; peu importe ce que ça veut dire. Vous mettez ça et refermez la fenêtre. Non, vous ne dites rien, vous la fermez. Vous allez venir au commissariat et vous allez répondre à quelques questions.

— Hazard, répéta Somers.

— Qu'est-ce que tu m'as dit ? fit Lady Mabbe d'une voix un octave plus haut, les ongles se recourbant vers ses paumes.

Des ongles très longs, remarqua Hazard. Et qui semblaient très pointus.

— Toi, le fils de Frank et Aileen, tu viens dans mes appartements, tu dis le mot *reine*, tu le dis devant moi, sans considération, sans respect, sans rien d'autre que cette arme pour faire de toi un homme, et tu touches les étoffes royales comme tu prends des slips sur un portant au supermarché et…

— Juste une seconde, Lady…, intervint Somers. Hazard, je peux te parler ? Dans le couloir ?

— C'est quel genre de blague tordue, ça ? s'exclama Hazard en regardant Lady Mabbe puis Somers. Tu marches, toi ? Tu la laisses te parler comme si t'étais…

— Comme si t'étais exactement ce que tu es, hurla Lady Mabbe d'une voix stridente. Rien de plus qu'un cabot affamé, prêt à répandre…

— Ça suffit, trancha Somers d'une voix inflexible. Hazard, dans le couloir. Maintenant.

En secouant la tête, Hazard suivit son coéquipier. Dès que Somers eut fermé la porte, Lady Mabbe se lança dans une diatribe qui, à travers le bois, semblait être un discours sur toutes les injustices jamais perpétrées à l'encontre de sa dignité.

— Tu te fous de moi, c'est pas vrai, souffla Hazard. C'est ça ton idée ? Parler à une vieille cinglée qui se prend pour…

— Ne dis pas ça.

— … la *reine* de Smithfield.

— Je t'ai demandé de ne pas le dire, soupira son partenaire.

— Oh la ferme, Somers ! En anglais, ce mot-là n'est plus synonyme de catin depuis… je ne sais pas, au moins Shakespeare. Elle l'a lu quelque part et fait une fixation dessus, mais ça n'a plus du tout ce sens aujourd'hui. Et puis nom d'un chien, elle t'a appelé par ton prénom. Et on est tout aussi cinglés qu'elle à jouer à son petit jeu alors qu'on devrait être en train de chercher quelqu'un qui sait vraiment quelque chose. Pas… pas…

Les mots lui manquaient, mais il voulait en dire plus, il se sentait bouillonner sous la surface.

De son côté, Somers donnait l'impression qu'il essayait vraiment très, très fort de penser à quelque chose. Probablement un moyen pour se débarrasser de lui, songea Hazard.

— Écoute, j'ai eu un appel pendant qu'on venait ici. Du commissariat. Pourquoi tu ne prendrais pas une minute pour voir ça ? Voir ce qu'ils voulaient.

— Ne me parle pas comme à un enfant.

— Je ne te parle pas comme à un enfant, répondit Somers, encore avec ce sourire. Mais ça colle pas vraiment entre toi et Lady Mabbe. Et je sais que tu penses que je ne suis pas très bon dans mon boulot, mais tu devrais essayer de me faire confiance sur ce coup-là : elle sait tout ce qui se trame dans Smithfield.

Un silence gênant s'abattit alors.

— Je n'ai jamais dit que tu n'étais…

— Je sais. C'est pas grave. Ça se voit à ta tête. Mais, écoute… Les choses sont différentes, d'accord ? On est dans une petite ville. On doit vivre avec ces gens, les fréquenter, tu vois ? La ville n'est pas assez grande pour faire le coup du mauvais flic que personne ne connaît, d'accord ?

— Alors on n'est pas mauvais ?

— Oh, aussi mauvais que des teignes. Mais on doit juste se comporter en bons gars du coin.

Et voilà, une fois de plus ce sourire à cent mille dollars.

— C'est ridicule, répéta Hazard.

Cette fois cependant, il ne réussit pas à mobiliser la même puissance que précédemment. Somers marquait un point, même s'il refusait de l'admettre.

— Écoute, je peux y aller et obtenir ce dont on a besoin…

— Même pas en rêve, lâcha Somers avant de prendre une profonde respiration. Je veux dire, non, laisse-moi gérer ça. OK ?

Hazard réussit à acquiescer.

— Tu les appelles ?

— Je n'ai pas besoin que tu me refiles des tâches secondaires.

— Allez, quelqu'un doit bien le faire.

— D'accord, accepta-t-il froidement.

Somers le gratifia d'un large sourire, tendit la tête en direction des escaliers et attendit qu'il s'éloigne de quelques pas pour retourner dans les « appartements » de Lady Mabbe.

D'un pas lourd, il reprit le couloir, passa à côté du cadavre-de-la-taille-d'un-chat, à côté de la robe de mariée à moitié brûlée, jusqu'au palier des escaliers.

Il prit une profonde inspiration et se rendit compte que sa main lui faisait mal. Ou plutôt qu'elle était endolorie, un mot plus approprié. Le bandage se défaisait et il se trouva bien bête d'avoir réagi de la sorte la veille.

C'était ce qui arrivait chaque fois qu'il ouvrait la bouche : tout allait de travers. Il pouvait réfléchir aux mots qui sonnaient très bien dans sa tête, mais dès qu'il commençait à parler, tout semblait mal tourner. Comme cela avait été le cas avec Somers la veille. Comme cela avait été le cas avec Cravens le matin même. Comme cela venait d'arriver avec Lady Mabbe. Le mieux à faire, se rappela-t-il, était de garder sa grande bouche fermée à propos de tout ce qui ne concernait pas le travail.

Le téléphone sonna deux fois avant que quelqu'un du commissariat décroche. À l'autre bout de la ligne, une voix avec autant de force et de résistance que le talc :

— *Police de Wahredua,* annonça l'homme , *agent Murray à l'appareil, que puis-je faire pour vous ?*

— Ici l'agent Hazard. L'agent Somerset m'a dit qu'il avait reçu un appel du commissariat. Il m'a demandé de vérifier si nous avions un message.

Un bruit de salive et de mastication lui parvint de l'appareil et la même voix poudreuse répondit :

— *Vous êtes ce nouvel enquêteur.*

— C'est ça. Il y a un message ? Parce qu'il faut que je…

— *Hazard. C'est bien ce que vous avez dit ?*

— Oui, répondit-il en serrant les dents. Écoutez, mon coéquipier est dans l'autre pièce et je…

— *Je m'en souviens maintenant, en 1946, quand un Hazard a emménagé dans les environs. Attendez. C'était en 1946 ? Ou en 1947 ?*

— Je ne sais pas. Agent Murray, si vous pouviez…

— *1946*, l'interrompit Murray d'une voix triomphante et fatiguée. *Et je m'en souviens parce que c'était l'année où Georgia Devereaux a fait pousser une tomate de la taille d'un pneu et qu'ils l'ont mise chez le concessionnaire Ford Devereaux pile pour que ça recouvre un des pneus d'une voiture d'exposition, et une des filles a écrit au sol « 46 et Fabuleuse ».*

La voix de Murray disparut et sembla confuse à son retour.

— *Ou est-ce que c'était «47 et Fabuleuse» ?*

— Dites, le message. Je n'ai pas le temps de vous écouter radoter vos histoires de tomates, de pneus de voiture, de filles et Dieu seul sait quoi d'autre. Quelqu'un a cherché à joindre Somers. Qu'est-ce que cette personne voulait, à la fin ?

Un long silence suivit et quand la voix de Murray reprit, elle exprimait l'agacement.

— *Jamais aucun flic m'a parlé comme ça. Pas une seule fois en quarante-cinq ans de maison. Pas une.*

— Vous avez un message pour moi ou pas ?

— *D'accord, d'accord. Pas une seule, cela dit. Même pas Jimmy Triple, et il avait un caractère à faire pâlir le Malin. Même pas…*

— Le message, réussit-il à articuler d'une voix étranglée.

— *D'accord, alors. Un type du nom de Flores. Il a appelé il y a environ dix minutes pour joindre ce nouveau flic. Celui qui est avec Somerset. J'ai son nom ici. Voyons voir…*

Hazard mit fin à l'appel. C'était soit ça, soit se laisser sombrer dans la folie, irrévocablement, à cause de ce vieil homme. Alors en fourrant le téléphone dans sa poche, il réfléchit à ce que Murray venait de lui dire. Pas cette histoire de tomate sans queue ni tête, mais le message : Nico Flores avait appelé, il avait essayé de le joindre. Il sentit un picotement le long de sa colonne vertébrale. C'était peut-être une piste. C'était peut-être – un rendez-vous, et mon Dieu, que dirait Billy, et en quoi était-ce important, et il fallait qu'il appelle Billy – des nouvelles pour l'affaire. Oui, voilà ce que c'était. Flores avait des informations. Il s'était passé quelque chose avec l'affaire de vandalisme, voilà. Mais cela n'expliquait pas les papillons dans son ventre.

En ressassant encore le message dans sa tête, il retourna à la chambre de Lady Mabbe. Quand il s'apprêta à ouvrir la porte, il entendit rire. Un rire léger, sincère et chaleureux. C'était Somers. Lady Mabbe riait aussi, sans retenue, franchement. Cela le fit alors hésiter. Il s'arrêta pour écouter à la porte.

— Et quand ce jeune homme a eu terminé, racontait Lady Mabbe, je lui ai dit qu'il devait mettre la culotte ou alors ce serait le cochon, mais que je ne sortirais pas du lit tant que tout le monde ne serait pas présentable.

Somers éclata à nouveau de rire. Il semblait si… à l'aise. Il n'y avait rien de la retenue avec laquelle il lui parlait. Rien qui relevait du non-dit, des précautions sous-jacentes, comme un homme apprivoisant un chien sauvage. C'était Somers dans toute sa splendeur, réalisa Hazard. Voilà ce qu'il savait faire : il était doué avec les gens.

— Vous êtes vraiment une vieille femme redoutable, lança-t-il en gloussant pudiquement. Que dirait ma mère si elle savait que je vous parle ?

— Ta mère, reprit Lady Mabbe avec ce qui ressemblait à un ton moqueur, est investie dans bien trop de comités paroissiaux, d'œuvres caritatives et de conseils d'associations. Ça l'a gavée et remplie d'amidon à tel point qu'elle ne peut plus se pencher d'un centimètre, maintenant. Je me rappelle quand elle était amusante.

— Ah oui ? J'aimerais bien entendre ça. Ou peut-être pas, tout compte fait.

— Cela ne te regarde pas, conclut-elle d'un ton pincé avant que sa voix ne devienne sérieuse. Tu es là à propos de l'incendie, n'est-ce pas ? Tu ferais mieux de me le dire directement, John-Henry.

— Oui, madame.

Lady Mabbe poussa un profond soupir.

— J'ai tout vu, mon petit chérubin. Je l'ai vu des deux yeux.

— Vraiment ? demanda Somers d'une voix excitée. Ce n'est pas quelque chose que vous avez appris d'un de vos amis ? Vous étiez là ?

— Mon garçon, si je dis que j'étais là, qu'est-ce que je veux dire par là ?

— Que vous étiez là.

— Alors c'est ce que j'ai dit, n'est-ce pas ?

Un bruit de tissu et Hazard eut la terrible image mentale de Lady Mabbe s'échappant de nouveau de sa blouse.

— Je ne me sens pas très bien, ces derniers temps, John-Henry. Le Malin a jeté son dévolu sur moi. Il a le toucher, tu sais. Le feu.

— On peut vous emmener à l'hôpital.

— Je ne crois pas. J'ai eu ma dose d'allopathie. Tu sais que c'est un mot qui vaut de l'or, n'est-ce pas ? Ton tas de muscles à l'air sombre et menaçant, il connaîtrait pas ce mot, hein ?

— Je ne sais pas. Hazard est assez intelligent.

— Oh, la tête dans les livres. On pourrait feuilleter sa tête comme l'*Encyclopedia Britannica* et on y trouverait autant de bon sens. Pas comme toi. Tu es le soleil et l'eau douce du puits, et tu es un bon garçon à sa maman.

Cette fois, la voix de Somers exprima un rire manifestement teinté d'ironie.

— C'est très gentil, Lady.

— Oh, je ne le dirai à personne, ça non, Seigneur, je ne le dirai jamais, mais c'est ce que tu es.

— Et pour ce feu ?

— C'est là que le Malin a jeté son dévolu sur moi, tu sais ? Il était là. Je l'ai vu.

— Vous l'avez vu ? Vous avez vu qui a mis le feu ?

— Qu'est-ce que je t'ai dit, mon garçon, sur les choses que je dis ?

— D'accord, d'accord. À quelle heure c'était ?

— Je ne sais pas.

— Vous ne savez pas quelle heure il était ?

— Une tête couronnée ne trottine pas avec la flûte du flûtiste, mon garçon, rétorqua Lady avec un dédain glacial.

— Vous pouvez me donner une estimation ? Au petit matin ? Tard dans la nuit ?

— Il devait être dans les vingt et une heures, estima Lady après un instant de réflexion. Le soleil avait décliné et j'avais entendu les cloches du collège parce que j'étais de ce côté de Smithfield.

— Donc entre vingt-et-une et vingt-deux heures ?

— Eh bien, je ne sais pas. Je n'entends pas ces cloches, pas quand je travaille. Il pouvait être vingt-deux heures. Il pouvait être vingt-trois heures.

Vingt-trois heures trente, se souvint Hazard, McClinckie avait estimé que le feu avait dû commencer aux alentours de cette heure-là.

— Et vous avez vu ce type ? demanda Somers. Qui était-ce ?

— Deux d'entre eux. Je travaillais à l'emplacement de Mary Beth. Tu connais Mary Beth. Une vraie crème, mais elle a une pré-éclampsie, les chevilles de la taille de deux rottweilers, et maintenant, elle est à l'hôpital. Alors j'ai pris son emplacement jusqu'à l'arrivée du bébé, c'est tout. À l'angle de Villanova et Brigade.

— Mon Dieu, dans la même rue. Qu'est-ce que vous avez vu ?

— Le Malin. Il a garé un pickup rouge, tu sais, de la taille d'une pièce de dix *cents*, comme si on pouvait le ranger sur l'étagère quand on a fini avec. Lui et son serviteur, ils sont sortis, ils ont fait rouler un gros baril jusqu'à la porte.

— Doucement, reprit Somers dont l'excitation rendit la voix plus aiguë. Les hommes. À quoi ils ressemblaient ?

— Chauves, tous les deux. Les crânes brillants comme des œufs. Et avec son symbole. Un sur le cou. L'autre sur le bras.

Un bruit de grattement doux parvint à Hazard depuis l'intérieur de la pièce. Le bruit, comprit-il, de doigts qui tracent quelque chose sur le vieux sol en bois du Bordel.

— Nom de Dieu, réussit seulement à souffler Somers.

Hazard mourait d'envie de savoir ce qu'elle avait dessiné.

— Tout en bleu, ajouta Lady Mabbe.

— Autre chose ? Taille ? Poids ? Vieux ? Jeunes ?

— Oh, de la taille d'un homme qui a passé vingt ans de sa vie à affronter le vent. Le poids d'un homme qui mange de la haine au souper et la sert toujours froide.

— Vous avez un tableau de conversion ? grogna Somers. C'est quoi le poids moyen d'un homme qui mange de la haine froide au souper ?

— Ne sois pas désobligeant, mon garçon. Ne me parle pas comme si le clapet de ma tête battait au vent.

— Désolé. C'est juste...

— Ta taille. Peut-être un peu plus petit. Peut-être un peu plus grand.

— OK. D'accord. Et l'âge...

— Je ne sais pas. J'étais accroupie dans ce vieux bâtiment en brique, celui qui est prêt à chavirer, juste là, au coin. Dès que j'ai vu le Malin, dès que j'ai senti son pouvoir fondre sur moi, j'ai su que ce n'était pas un endroit où se trouver pour une femme avec un cerveau.

— OK, OK. Vous les avez vus amener le baril jusqu'à la porte, et ensuite...

— Non. J'ai dit qu'ils l'avaient roulé jusqu'à la porte. C'était lourd, à tous les deux ils ont eu du mal à le faire entrer dans le mobile home. Et puis ils sont ressortis et ils sont restés là, à parler un moment, et...

— Et quoi ?

— Et son pouvoir fondait sur moi, John-Henry. Je n'ai jamais rien ressenti de pareil. Ce toucher, tout en feu, et ça a commencé à fumer en moi comme la dernière goutte d'huile dans une poêle, et puis j'ai éternué.

— Ils vous ont entendue ?

— Bien sûr qu'ils m'ont entendue. C'était son pouvoir, n'est-ce pas ? Son feu corrompu qui grandissait en moi. Il a pointé son doigt droit sur moi – peu importe la distance et l'obscurité, il a pointé son doigt comme s'il avait pu me toucher entre les deux yeux – et il a dit quelque chose que je n'ai pas pu entendre. L'autre, son assistant, a fait un pas dans ma direction et le Malin a sorti un vieux pistolet, gros. Et c'est à ce moment-là que j'ai couru. Ils m'ont tiré dessus, aussi. Ce pistolet a fait un trou de la taille du Kansas dans la brique. Et j'ai continué à courir avant que le Malin puisse m'empoigner et faire de moi sa femme.

Hazard était à peu près certain qu'elle n'avait pas trop à s'inquiéter pour la dernière partie.

— D'accord, fit Somers, le souffle presque coupé par l'excitation. D'accord, d'accord. C'est bien, Lady. C'est vraiment bien.

Un bruit de papier parvint à Hazard depuis l'intérieur de la pièce.

— Si vous parlez à quelqu'un d'autre qui a vu quelque chose, si vous vous souvenez d'autre chose, vous m'appelez.

— Tu es un gentil garçon, John-Henry, mais les billets ne sont que des billets et tu demandes à des gens bien de mettre leur cou sous le talon du Malin. Ils ne le feront pas. Personne, dans Smithfield, ne dira un mot, jamais.

— Eh bien, laissez-moi tenter ma chance. On va débusquer le Malin et le faire courir.

— On ne plaisante pas avec ce sujet-là.

— Je ne plaisante pas.

Il y eut une pause et quand Lady Mabbe parla, sa voix était devenue dangereusement claire. Elle semblait, d'après Hazard, presque saine d'esprit.

— Tu es le soleil et l'eau douce du puits, John-Henry, mais il y a un poison en toi, et il se fraie un chemin jusqu'à ton cœur.

— Je ne suis pas…

— Il le sait ?

Encore un silence. Quand Somers répondit, il semblait étrangement mal à l'aise.

— Il n'a pas besoin de savoir.

— Ce poison, c'est un toucher différent, mais il te tuera aussi certainement que le feu.

— Ça ira pour moi.

— John-Henry ?

— Oui, Lady.

— Celui-là, ton tas de muscles à l'air sombre et menaçant ?

— Il s'appelle Hazard. Vous le savez.

— Il a le Malin, lui aussi. Il l'a mis à terre, l'a attaché et pense pouvoir le chevaucher jusqu'au royaume voisin. Mais c'est faux, si faux, parce qu'on ne peut pas chevaucher le Malin. Un démon vous chevauche toujours. Tu lui diras, tu veux bien ?

Le soupir de Somers retentit avec force dans ce silence.

— Oui, je lui dirai. Il va me casser la mâchoire, mais je lui dirai.

— Fais attention, John-Henry. Et dis bonjour à ta mère.

— Au revoir, Lady.

Des bruits de pas résonnèrent dans la pièce et Hazard recula en direction des escaliers. Quand Somers sortit, il semblait aussi imperturbable que d'habitude, calme et détendu partout sauf au niveau des yeux. Ses yeux renfermaient une énergie nouvelle et frénétique.

— Alors ? demanda Hazard.

Pas besoin de lui dire qu'il avait écouté aux portes, et puis il voulait voir comment celui-ci lui transmettrait le message au sujet de son Malin.

— Quclquc chosc ?

— Oh oui, répondit Somers en roulant les épaules en passant à côté de lui pour descendre les marches deux à deux. Deux suspects. Hommes blancs, environ ma taille, la trentaine ou la quarantaine.

— Tu as l'air heureux, commenta Hazard en le suivant dans la chaleur implacable de l'après-midi. Ça décrit à peu près la moitié de Wahredua.

— Je suis heureux, fit Somers avec un sourire plus étincelant qu'un rayon de soleil sur le chrome. Je suis à peu près certain qu'on ne travaille pas sur deux affaires. C'en est une qu'on prend par deux bouts.

— Ah ouais ?

— Ouais. Ces deux enfoirés qui ont mis le feu ? Ils avaient une svastika bleue tatouée. C'était des Volunteers d'Ozark.

# CHAPITRE DOUZE

*Mardi 25 octobre*
*12 h 57*

Sur le chemin pour retourner à la station, Somers raconta à Hazard ce que Lady Mabbe lui avait dit. Ou plutôt, il lui rapporta la plupart des choses qu'elle lui avait dites. La fin, tout ce délire à propos du poison et du démon, il la garda pour lui. Il avait promis à Lady Mabbe de lui dire, mais n'avait pas précisé le moment où il le ferait. Et puis, il avait eu sa dose de montagnes russes dans sa relation avec son coéquipier pour la journée.

Quand il finit, tout ce que Hazard trouva à répondre fut :

— C'est tout ?

— C'est tout ? Tu te fiches de moi ? Elle a vu nos gars !

— Non. Elle a vu deux types entrer dans le mobile home. Et elle a vu deux types en ressortir.

— Ils ont fait rouler un baril jusqu'à l'intérieur.

— Peut-être qu'ils le stockaient là.

— N'importe quoi.

— Et, poursuivit Hazard, on n'a toujours pas de victime.

— Ils avaient probablement déjà le corps à l'intérieur. Quelqu'un qu'ils avaient tué et caché plus tôt. Ensuite ils sont sortis chercher l'accélérant, l'ont ramené et ont allumé le feu.

— Elle ne les a pas vus allumer le feu. Elle ne les a pas vus porter un corps à l'intérieur. Elle n'a même pas réussi à te donner une heure. Qu'est-ce qu'elle a dit ? Après vingt et une heures, elle n'a pas réussi à être plus précise. Ça reste très vague.

L'excitation de Somers s'évaporait. Il regarda Hazard et vit le même regard calculateur qu'il avait aperçu plus tôt dans ces yeux de paille brûlée.

— D'accord. C'est toi l'expert. Qu'est-ce qu'on sait ?

— On sait qu'on a besoin de parler à deux gars des Volunteers d'Ozark.

— Bon courage. Il y a plus de chances qu'ils nous tirent dessus qu'ils nous parlent. Ou qu'ils parlent à n'importe qui, d'ailleurs. La plupart se sont grillé le cerveau à la meth.

— Tu as dit qu'Upchurch avait des contacts chez eux.

— Oui. D'accord, donc on parle à Upchurch et on voit s'il veut bien nous mettre en contact avec eux.

— Et on cherche des signalements de portés disparus.

Somers grogna.

— Ce serait un bon moment pour un truc du genre «*Hé, Somers, désolé de m'être trompé sur Lady Mabbe. Oh, et bon boulot, tu nous as trouvé notre début de piste*». Enfin quelque chose dans ce goût-là.

En réponse, Hazard se contenta de s'adosser à son fauteuil et regarder par la fenêtre.

*Ouais, ben toi aussi va te faire foutre*, pensa Somers. Tant pis pour la bonne entente.

Après quelques minutes de silence, il demanda :

— Et le message ?

— Quoi ?

— Du commissariat ?

— Oh.

Le changement de ton était infime, mais il l'entendit dans la voix de Hazard.

— Rien.

— C'est ça, oui.

— C'était rien d'important.

— Murray n'aurait pas appelé pour rien. Tu me mens.

— Je ne mens pas.

Hazard sortit les épaules et essaya de le foudroyer du regard, mais sans la force qu'il y mettait d'habitude.

— C'était pour toi, comprit Somers en sentant les pièces s'imbriquer. Le message était pour toi, mais Murray ne voulait pas t'appeler.

— Dieu merci. Ce vieillard ne s'arrête jamais de parler.

— Quelqu'un t'a appelé et maintenant tu me mens. Pourquoi ?

Sans réponse de la part de Hazard, il décida d'apporter la sienne.

— Tu es du style renfermé ; autant que Fort Knox, quelque part, donc si c'était personnel tu me dirais simplement d'aller me faire voir, ou quelque chose comme ça.

— Tu veux bien arrêter ça ?

— Et si c'était à propos de l'affaire, tu me le dirais tout de suite. Tu t'énerves vite et à peu près tout ce que je dis te met en boule, mais tu es professionnel.

— Tu vas pas tarder à découvrir à quel point je suis professionnel, gronda Hazard. Laisse tomber.

— Donc ça veut dire que ce n'est pas quelque chose de personnel, mais dont tu ne veux pas non plus me parler. Probablement parce que cela te gêne. Cravens t'a enguirlandé ? Non, elle m'aurait parlé à moi aussi. Mais tu n'es là que depuis deux jours et il n'y a pas eu…

Et tout s'expliqua, alors il se mit à rire.

— Oh mon Dieu, c'est pour ça ?

— Laisse tomber, Somers.

— Tu es gêné parce que ce gamin t'a retrouvé. Flores, le gars du tag. Il a appelé le commissariat en te cherchant. Et tu ne veux pas me le dire.

Avec deux taches rouges sur les joues, Hazard serra les mâchoires en refusant de le regarder.

Lui rit à nouveau. Quelque part cela rattrapait le fait que son coéquipier avait taillé en pièces les renseignements de Lady Mabbe, et il sentit sa bonne humeur revenir.

— T'aurais dû me le dire. Il est canon. Du genre à exciter un hétéro tellement il l'est. Félicitations !

Toujours rien de la part de Hazard, même si on aurait dit que sa mâchoire aurait pu rompre sous toute cette tension.

— Mais tu as un petit ami, non ? C'est quoi son nom ? Billy. Qu'est-ce qu'il en pensera ?

— Va te faire foutre.

— Allez quoi, je déconne. J'essayais pas de dire que tu…, s'interrompit Somers en décidant de changer de tactique. Écoute, je ne vais pas te chambrer à propos de ce gamin. Enfin, pas trop. Il a dit ce qu'il voulait ?

— Non.

— C'est juste comme ça, hein ? On se taquine tous les deux, je veux dire. Je ne pense pas vraiment tout ça.

Le silence de Hazard était profond et dangereux.

— Écoute, pourquoi on essaierait pas ça : je te parle de Cora, tu te souviens de qui c'est ? Et tu me parles de Billy. Cora et moi, on s'est mariés…

— Combien de fois je devrai te le dire ? C'est un boulot. C'est tout. Fin de l'histoire.

Une réponse amère lui vint aux lèvres, mais Somers la ravala et essaya de balayer la douleur des mots de Hazard.

— D'accord. Désolé.

Quand ils arrivèrent au commissariat, il commença à taper le rapport pour Cravens – *deux rapports*, deux rapports chaque jour, tout ça parce que Hazard avait les qualités relationnelles d'un lampadaire – pendant que son coéquipier se mettait au travail avec les avis de disparition du comté de Dore et ses alentours.

Une fois son rapport terminé, il l'imprima, en laissa une copie dans la bannette de Cravens et resta à l'entrée de l'open space. Hazard, les manches retroussées pour montrer ses bras musclés, était recroquevillé sur l'ordinateur (tout semblait trop petit pour lui, le bureau, le fauteuil, l'ordinateur), mais ne semblait pas s'en trouver dérangé. Somers commençait à se rendre compte que quand il était sur une affaire, il était probablement incapable de remarquer quoi que ce soit à part un train en marche.

Il l'observa encore quelques minutes en essayant de résoudre l'énigme que constituait son coéquipier avant d'abandonner.

Il sortit et s'arrêta sur le carré de ciment alloué à l'espace fumeurs pour composer un numéro de téléphone. Upchurch répondit à la troisième sonnerie.

— *Salut, ex-partenaire.*

— Salut.

— *Tu m'as tout l'air de porter le monde sur tes épaules, dis donc, toi. Qu'est-ce qui se passe ? On est en début d'après-midi*, ajouta Upchurch après un silence. *T'es déjà en train de boire ?*

— Je ne… Merde, Upchurch, à ton avis qu'est-ce que je suis en train de faire ? Je bosse.

— *C'est bon, du calme. Je demandais comme ça. Je m'inquiète. Depuis que Cora… J'ai juste pensé que je devrais demander.*

— Je vais bien.

Somers se battit un moment contre sa mauvaise humeur, puis sentit les restes de sa colère se dissoudre.

— Désolé, j'ai eu deux jours pas faciles.

— *Les affaires ? Ou le coéquipier ?*

— Les deux. L'affaire de vandalisme, celle que tu m'as balancée avant de partir, ça sera une impasse à moins qu'on trouve quelqu'un sur une vidéo. Même pour les agressions, aucun témoin digne de ce nom.

— *Tu as essayé de le dire à Cravens ?*

— Tu sais ce qu'elle va dire. Elle ne le formulera pas clairement, mais elle va me dire que sa tête est dans la ligne de mire et donc que la mienne aussi. Et le moment venu, tu sais qui passera à la casserole si l'affaire est pas réglée.

— *Alors trouve quelqu'un à qui la refiler*, lança Upchurch d'un ton qui ne plaisantait qu'à moitié.

— Ouais, ça serait pas mal, hein ? Non, je vais encore la jouer bon flic pendant quelques jours.

— *Alors, il est comment ?*

— Emery ?

Le prénom sortit sans qu'il y réfléchisse, et maintenant qu'il y pensait, pourquoi diable avait-il dit cela au lieu de Hazard ?

— *C'est son prénom ?*

— Ouais.

— *Alors ?*

— Je ne sais pas. La moitié du temps il cherche une raison pour me mettre K.O.

— *Tu ferais mieux de faire attention, il est plus grand que toi*, s'esclaffa Upchurch.

— Je ne te le fais pas dire. Il a bien failli m'encastrer dans un mur, aujourd'hui.

— *Quoi ?*

— Non, rien.

— *Et l'autre moitié du temps ?*

— Hein ?

— *Tu as dit que la moitié du temps il était prêt à te tordre le cou. Alors qu'est-ce qui se passe pendant l'autre moitié ?*

— Il est… bon. Bigrement bon. Il regarde des trucs – pour les affaires – et il les démonte dans sa tête, comme ça, et il voit des trucs que moi je ne vois pas. Pas au sens littéral, mais c'est sa manière d'étudier une affaire.

— *Eh ben, c'est une caractéristique sacrément utile pour un coéquipier.*

— À moins qu'il ne veuille te voir mort.

— *Je croyais que vous étiez potes. Au lycée, c'est pas ça ?*

— C'est compliqué.

— *Écoute, il traverse un sacré paquet de changements. Tu sais pourquoi il a accepté le poste ?*

— Pas vraiment. J'ai cru comprendre qu'il y avait un lien avec son capitaine.

— *Hmm. Ben, il a déménagé, il a laissé tous ses amis à Saint Louis et il recommence à zéro. C'est pas facile, même quand on est un dur comme lui.*

— Je ne sais pas. C'est pas vraiment son genre, tu vois ? Il est plutôt comme une machine. Je ne sais même pas s'il y a autre chose là-dessous, à part le boulot.

— *Ah ouais ?* s'esclaffa à nouveau Upchurch. *Tu sais ce qu'il m'a dit, hier soir ?*

— Quoi ?

— *J'ai dit quelque chose sur toi – je jure devant Dieu que j'en pensais pas un mot – et il l'a mal pris. Il m'a dit qu'il m'arracherait la tête, ou un truc du genre, si je parlais encore une fois mal de son coéquipier. C'est ses mots, il a dit «*mon coéquipier*».*

Au creux de son ventre, Somers sentit une excitation chaude le picoter.

— Il cherchait probablement simplement à se battre.

— *Non, je t'assure que non. Il est… Tu sais, je parie qu'il est comme un bulldog. Aussi mauvais que le Diable en personne, mais s'il est de ton côté, il est de ton côté. C'est le genre de coéquipier qu'on veut tous.*

— Ouais, souffla Somers avant de sourire. Et qu'est-ce qui t'est arrivé ? Tu quittes la maison et tout d'un coup tu deviens un expert pour tous ces trucs-là ?

— *Le recul, mon gars. C'est tout ce que c'est.*

— Ouais, ben tu vas avoir besoin de ton recul. On a deux types pour l'incendie. Enfin, c'est les deux auxquels on va jeter un œil.

— *Deux ?*

— Ouais, avec des svastikas bleues.

— *Des* Volunteers *d'Ozark, hein ? Autant foutre sa queue dans un nid de serpents. Tu le sais, ça.*

— Oui, je le sais. Mais essaie de dire ça à l'homme de fer.

— *Fais pas genre*, rétorqua Upchurch d'une voix amusée. *Tu es toujours un idéaliste, Somers. Tu auras beau essayer de le cacher, même sans ce nouveau partenaire, tu plongerais tête la première dans un de ces conglomérats de raclures blanches si tu pensais que ton gars y était.*

Somers ne répondit pas, Upchurch avait raison, dans une certaine mesure, et il n'y avait pas grand-chose à redire.

— *Tu veux mon contact*, déduisit Upchurch.

— C'est sérieux. On pense que ça pourrait être relié à l'affaire de vandalisme. D'une pierre deux coups.

— *Tu as intérêt à m'offrir un pack de bière.*

— D’accord.

— *Deux packs.*

— Oh, bon, d’accord.

— *Vous voulez passer, Hazard et toi, dans quelques heures ? Je suis en route, je reviens de Jeff City.*

— Visites de maisons ?

— *Je ne sais même plus. J’ai hâte que le déménagement soit fini.*

— Quinze heures ?

— *Deux packs, Somers. Et ne me prends pas de la sous-marque.*

L’appel se termina, Somers rangea le téléphone et resta là. La sueur perlait sur son front et l’air humide et lourd lui donna envie de replonger à l’intérieur du commissariat, mais il resta où il était à contempler le ciel bleu sans nuages et l’horizon en dents de scie dessiné par la brique, le plâtre et la pierre. Ainsi donc, Emery Hazard, ce grand type silencieux, avait menacé Upchurch. Il réprima un sourire. Oui, peut-être qu’il progressait effectivement.

Quand il revint à l’open space, Hazard était toujours assis à son bureau, mais une pile de feuilles siégeait désormais à côté de son coude et il tenait un stylo entre les dents. Il haussa un sourcil quand Somers vint s’asseoir sur le bord du bureau.

— Bouge, dit-il, le stylo dans la bouche.

— Comment ça se passe ?

— Bien, répondit-il avant de retirer le stylo. Bouge.

— Qu’est-ce que tu as ?

Hazard poussa un grognement du fond de la gorge.

— Tu vas avoir besoin d’informations sur le coin.

— Je vais me débrouiller.

— On est coéquipiers.

— Tu as probablement plein de choses importantes à faire.

Le ton employé suggérait que si ce n’était pas le cas, il ferait mieux d’en trouver. Et vite.

Somers se mit à sourire. Oui, Emery Hazard avait toutes les raisons de le détester. Oui, il lui avait rendu la vie infernale au lycée.

Oui, il avait – dans le vestiaire, la vapeur qui se déposait sur le banc, le bois qui glissait entre les cuisses de Somers, assis à califourchon – agi comme un parfait crétin. Mais malgré tout cela, Hazard l'avait défendu. Il avait menacé Upchurch. Il avait dit qu'il était son coéquipier.

— Qu'est-ce qui te fait sourire comme ça ?

— Rien. Et lui ? demanda Somers en tapotant un nom au milieu de la feuille.

— Quoi ?

— Lee Rochester. Tu penses que c'est notre victime ?

Hazard plissa les yeux. Somers se rendit compte que son coéquipier savait qu'une chose lui échappait et qu'il était trop malin pour tomber dans le panneau.

— Peut-être. Je note les possibles…

— Ce n'est pas lui.

On pouvait lire le dilemme sur le visage de Hazard : l'envie d'avoir raison contre celle de ne pas se ridiculiser.

— Il a une bonne trentaine, de taille moyenne. On n'a pas beaucoup d'informations sur lesquelles se baser, mais cela pourrait correspondre à notre victime.

— Oui, c'est malin. Tu es très malin. Et ne fais pas cette tête, je suis sérieux. Mais ce n'est pas Lee.

Hazard sembla essayer de ne pas relever la provocation. Pendant de longues secondes, il resta assis, ses efforts visibles sur son visage. Puis il laissa tomber le stylo sur son bureau.

— D'accord. Pourquoi ?

— Viens.

Somers ouvrit la marche jusqu'aux cellules. Une des portes était ouverte et il s'appuya contre l'embrasure. La cellule était petite, avec un plateau d'acier en guise de lit sur lequel un homme était étendu. Biologiquement, il approchait peut-être des quarante ans, mais l'alcool et une vie rude avaient laissé leurs marques, le faisant ainsi paraître significativement plus âgé. Il dormait et son souffle emplissait l'air d'une odeur d'alcool et de vomi. Somers fronça le nez et désigna l'homme d'un signe de tête.

— Lee Rochester, devina Hazard.

— Tu vois ? Je t'avais dit que tu étais malin.

— Pourquoi y a-t-il un avis de recherche sur lui ?

— Parce qu'Aurora Rochester a quarante-sept ans, qu'elle a besoin de tout contrôler, qu'elle braille tout le temps et saisit la moindre occasion que tu puisses imaginer pour se disputer avec son mari jusqu'à ce qu'il aille se pinter. Après, comme si on avait inversé l'interrupteur, elle sanglote, elle se lamente et dit à tout le monde qu'il n'a jamais existé meilleur homme que Lee Rochester et qu'il serait avec elle s'il n'avait pas été percuté par une voiture, kidnappé par des négriers ou tombé dans une carrière d'argile.

— Kidnappé par des négriers ?

— Et si on ne hoche pas la tête et qu'on ne sourit pas en remplissant le rapport quand elle vient, elle se transforme en ouragan et il faut presque les menottes pour l'empêcher de retourner tout le commissariat. Alors, environ une fois par mois, Lee picole jusqu'au coma éthylique et dessaoule en dormant ici jusqu'à ce qu'il décide de rentrer chez lui et de recommencer à se battre contre sa femme.

— C'est…

Hazard marqua une pause, son regard passant de l'homme ivre étendu sur le lit d'acier à Somers.

— … la chose la plus stupide que j'ai jamais entendue. Les précieuses ressources de la police sont gaspillées…

— C'est une petite ville, mon ami. Tu l'oublies toujours. Il ne s'agit pas simplement de faire appliquer la loi. C'est une communauté, et tu en fais partie. Vois ça comme une grande famille, avec tous ses membres, même lointains : les oncles et les cousins qui boivent jusqu'à se rendre malades et regardent bizarrement ta sœur, et la seule chose que tu peux faire, c'est trouver ceux que tu aimes bien et ne pas les lâcher parce que personne ne risque de partir avant un moment.

La mâchoire de Hazard s'était serrée, tant et si bien que les muscles ressortaient de son cou et il secouait la tête d'un mouvement lent presque imperceptible.

— Quoi ? demanda Somers.

— C'était une énorme erreur. De revenir. D'essayer. Tout va de travers. Chaque fois que je crois savoir ce que je fais, tu te pointes pour me dire que je fous tout en l'air. Et tu as raison ! s'exclama Hazard d'un rire amer. À *chaque* fois, tu as raison. Et tu es tellement… tu es tellement sympa avec ça que la seule chose que je peux faire, en gros, c'est de ne pas me coller un flingue dans la bouche et tirer.

Puis il conclut, avec un dernier hochement de tête.

— Ça ne marche pas. J'ai passé des heures sur ces signalements, pour rien. Et j'ai tout fait foirer avec ton indic. Je vais aller parler à Cravens pour lui dire…

— D'abord, calme-toi. Et ne dis rien que tu regretteras.

Hazard hocha la tête. Pour la première fois depuis que Somers l'avait revu, la veille, il semblait fatigué. Non, plus que cela. Il semblait épuisé. Il ressemblait à un type qui se serait pris un coup dans le menton, puis un autre, et encore un, et qui, on ne savait comment après cela, tenait encore debout. Mais peut-être qu'il ne le resterait plus très longtemps.

— Retournons là-bas. Pour en parler. Comme ça Lee ne fera pas partie de la conversation.

Somers tut le reste de ce qu'il voulait dire, mais inclina la tête en direction du bureau de Patrick Foley qui gardait les cellules et n'avait très probablement pas perdu une miette de leur conversation.

Avec un signe d'acquiescement, Hazard le suivit jusqu'à leur espace de travail. Somers tira une chaise jusqu'au bureau de celui-ci pour qu'ils puissent tous les deux s'asseoir en face des signalements de disparition éparpillés devant eux.

— Tu n'as pas besoin de faire tout ça, fit Hazard en gardant scrupuleusement le regard rivé aux dossiers.

— On est pas mal différents, hein ?

— Quoi ?

— Pas juste aujourd'hui. Au lycée aussi. On était vraiment très différents. J'étais un énorme connard et toi…

— La pédale du coin.

— J'allais dire vraiment adorable. *Bizarre*. Qu'on soit clairs, tu étais super bizarre. Mais adorable.

— Merci, lâcha froidement Hazard.

— Tu as compris pour les os. Tu savais que je sautais sur des conclusions hâtives concernant ce que Lady Mabbe a dit. Tu es malin, tu sais un paquet de choses et tu as l'esprit d'analyse.

— C'est maintenant qu'arrive le *mais*.

— Il n'y a pas de mais. Tu es un bon enquêteur, ça ne veut pas dire pour autant que tu es génial dans tout. Tu es parti depuis longtemps. Wahredua est une ville différente. À moins de vivre ici, c'est impossible de savoir certaines choses comme les disputes de Lee et Aurora, ou le fait que…, poursuivit-il en parcourant la liste de noms, Cokie Heibel, Nora Dale et Edward Jasper vivent avec leurs pères et que ça rend folles leurs mères, alors elles remplissent des dossiers de disparition pour leur mettre la pression. Tu n'es pas censé savoir ce genre de choses, pas comme ça, d'emblée. C'est pour ça qu'on est coéquipiers.

Hazard ne répondit pas. Il avait toujours cet air fatigué ; épuisé. Ses grandes mains étaient repliées l'une dans l'autre.

— Tu veux démissionner ? demanda Somers. Tu pourrais probablement te faire engager à Kansas City. C'est sûr que tu pourrais trouver une place dans une autre petite ville. Mais tes chances d'être enquêteur dans un de ces endroits sont plutôt minces. Dans la plupart des commissariats, les mutés commencent en bas de l'échelle.

— Je sais, répondit lentement Hazard d'une voix peinée.

— Si tu pars, tu tournes le dos aux enfoirés qui terrorisent la communauté LGBT ici. Et tu tournes le dos à un meurtre que tu pourrais être capable de résoudre.

Hazard se frotta les joues, qui commençaient déjà à s'assombrir, et la barbe naissante râpa sa paume.

— Si on le fait, déclara-t-il, les choses doivent changer. *Moi*, il faut que je change. Je le sais. C'est difficile. Je ne dis pas que ça va se faire en une journée. Le passé… je sais que c'est le passé, et je sais que c'est terminé, mais parfois ce n'est pas facile de lâcher prise. Tu comprends ?

Somers acquiesça.

— Je sais que je suis nul pour parler aux gens. Je sais que je les brosse dans le mauvais sens du poil. Mais je suis un bon enquêteur. Très bon.

— Et comment, acquiesça à nouveau Somers.

Pour la première fois depuis qu'ils s'étaient assis, Hazard leva les yeux pour croiser son regard. Ces yeux couleur paille étaient étonnamment vulnérables, ils rappelaient à Somers – le vestiaire, quand il avait eu envie, qu'il avait désiré si fort que sa poitrine avait été sur le point d'exploser, quand il avait voulu que Hazard… – la façon dont son coéquipier ressemblait à un petit garçon avant qu'il s'endurcisse pour affronter le monde.

— Si on le fait, on doit le faire ensemble, décida Somers. C'est ça, le changement.

Hazard acquiesça.

— Qu'est-ce que tu dirais si on regardait les noms que tu as trouvés ? Je vais te dire ce que je sais, ensuite on passera quelques coups de téléphone avant d'aller rejoindre Upchurch.

L'espace d'un instant, Somers fut certain que son coéquipier allait lui demander quelque chose : la question était là, sur ses lèvres, prête à jaillir. Puis l'expression de celui-ci se referma, revenant à sa méfiance naturelle ; peut-être un petit peu moins prononcée que d'habitude, cependant.

Il fit glisser les pages au milieu du bureau, entre eux, et pointa du doigt le premier nom qu'il avait souligné.

— Milton Billings.

— Oh mon Dieu, s'exclama Somers en réprimant un large sourire. Il est mort depuis quatre ans.

Étonnamment, Hazard se mit à rire.

# CHAPITRE TREIZE

*Mardi 25 octobre*
*14 h 55*

Hazard se sentait étrangement vidé en suivant Somers hors du commissariat. Ce n'était pas une fatigue physique (même si la journée avait été longue et chaude) ni un épuisement mental (même s'il avait épluché la liste des personnes disparues en quête d'une correspondance). C'était émotionnel, se rendait-il compte. Une fatigue émotionnelle. Trop de hauts et de bas, trop de montagnes russes avec Somers, trop de peine, de douleur et de rage du fait d'être revenu à Wahredua et d'avoir découvert que le passé était enterré sous une pierre tombale bien légère.

L'après-midi était comme tous les autres : chaud et étouffant, et l'Impala sentait encore le désodorisant senteur pin. Somers les conduisit à travers la ville, vers la maison d'Upchurch. Il peigna ses cheveux en arrière – Billy les aimait longs, aussi longs que le permettait le règlement, mais c'était parfois une plaie – et récapitula à nouveau l'affaire.

Ensemble, ils avaient éliminé chacune des correspondances possibles sur la liste des disparus. Un trop grand nombre d'entre eux ne l'étaient finalement pas vraiment et les quelques-uns restants étaient trop vieux, trop jeunes ou des femmes.

Ce qui ne leur laissait plus que la description de Lady Mabbe concernant deux hommes chauves qui avaient fait rouler un baril dans le mobile home. C'était la seule piste qui leur restait et la prochaine étape consistait à étudier quelles informations les contacts d'Upchurch au sein des Volunteers pouvaient leur apporter.

Somers arrêta l'Impala devant une maison de plain-pied en brique beige. Elle devait dater du début des années 50 et ses fenêtres, aux huisseries peintes en blanc, étaient probablement d'époque. En réalité, tout semblait être d'origine, excepté la peinture. Upchurch avait dû décider de donner un petit coup de neuf avant de vendre, se dit Hazard. La maison, qui ne présentait qu'une rangée de cartons sous les fenêtres de la façade, avait besoin de tout le rafraîchissement possible.

— On dirait qu'il est rentré de Jeff City, lança Somers quand il descendit du véhicule en désignant d'un signe de tête la vieille Mustang.

La voiture semblait bien entretenue, observa Hazard malgré son inexpérience, mais sale. Il ne savait presque rien en automobile, à part qu'il fallait changer l'huile tous les trois ou quatre mille kilomètres et que c'était en général Billy qui s'en chargeait. Mais la Mustang valait sûrement cher et un véhicule aussi original le fit penser qu'Upchurch aimait beaucoup les voitures ou les symboles liés aux statuts. À en juger par l'état de la maison, il opta pour la première hypothèse. L'autre détail qui lui fit déduire qu'Upchurch – même s'il aimait les voitures – ne se souciait pas beaucoup des apparences était la poussière recouvrant le bleu éclatant de la carrosserie.

— Tu feras attention à ce que tu lui dis, dit-il à Somers en repensant à sa première et unique rencontre avec le propriétaire des lieux. Ce qu'il a besoin de savoir, rien de plus.

Somers s'arrêta sur la pelouse. La sueur perlait sur son front, à la racine de ses cheveux courts, blonds et en piques.

— Quoi ?

— Il ne fait plus partie de la police.

— Jusqu'à la fin de la semaine, si. Et ensuite il part dans la police d'État.

— Mais il ne fera plus partie de la police de Wahredua.

— Et alors ? demanda Somers en fronçant les sourcils. Qu'est-ce qui se passe ?

— Écoute, je ne pense pas qu'il couvre tes arrières. Je sais que c'était ton partenaire, et que tu…

Il fut étonné de voir Somers éclater de rire.

— Il me l'a dit, mais j'ai cru qu'il mentait. Ou qu'il exagérait.

— Quoi ?

— Que tu es protecteur. Avec moi, répondit Somers, le regard pétillant d'amusement et, d'après Hazard, de plaisir. Que tu me protèges.

— Je protège notre enquête et je ne pense pas qu'une personne externe…

— Tu parles ! Il m'a dit qu'il avait commencé à me taquiner et que tu avais dit que tu lui arracherais la tête s'il recommençait. C'est vrai, c'est ça ? Tu m'as défendu.

— Je ne t'ai pas défendu. J'ai clairement fait comprendre qu'on était partenaires et…

— Tu m'as défendu, répéta Somers qui rayonnait désormais. Écoute, ça me touche, vraiment. Et tu sais que je ferais la même chose pour toi.

— Je m'en fiche.

— Oh que non. Sinon, tu n'aurais pas…

— Tu passes à côté de ce que j'essaie de te dire : un type qui te crache dessus dans ton dos, surtout devant quelqu'un qu'il ne connaît même pas, n'est pas quelqu'un en qui tu peux avoir confiance. Alors boucle-la quand on lui parlera, OK ?

Le ton employé effaça le rire de Somers qui hocha lentement la tête.

— Ouais, OK.

Sans attendre autre chose, Hazard alla frapper à la porte. Elle s'ouvrit quelques instants plus tard, révélant une femme assez âgée, la soixantaine, devina-t-il, à la chevelure grise tombant dans son dos et avec une énorme paire de lunettes posées au bout du nez.

Elle sembla perdue en le voyant, puis sourit en remarquant Somers.

— John-Henry, s'exclama-t-elle. Renard ne m'a pas dit que tu venais. J'aurais fait ces barres aux noix de pécan que tu aimes tant. Et c'est très vilain de ne rien me dire ; même pas un petit mot sur ce que tu as prévu pour la fête.

— Quelle fête ? demanda Somers qui donnait l'impression de boire du petit lait. Je n'ai jamais parlé de fête.

— Oh, toi alors, répondit la vieille femme avec un sourire. Allons, ne sois pas impoli, entre et présente-moi ton nouveau partenaire.

Quand ils entrèrent dans la demeure à l'air climatisé, Hazard regarda de plus près cette femme : les rides autour de ses yeux et de sa bouche, sur son front, la peau distendue de ses bras…

— Vous êtes la mère d'Upchurch ?

Dès que les mots quittèrent sa bouche, il sut qu'il avait recommencé. Les deux pieds dans le plat. Somers rougit et ouvrit la bouche, comme s'il allait essayer d'expliquer quelque chose, mais la vieille femme commença à rire. Une réaction débonnaire qu'elle accentua en se penchant pour lui serrer le bras et il lui fallut lutter pour ne pas le retirer.

— Non, non, non, s'exclama-t-elle entre deux rires. Renard et moi sommes mariés. Je suis sa femme.

L'expression de Hazard dut exprimer sa surprise, car la femme s'esclaffa de plus belle.

— Je te prie de me pardonner, Eldora. Je n'ai pas…

— Tu n'as pas eu le temps de le prévenir que Renard avait épousé une vieille, conclut-elle, les lèvres tremblantes de rire.

— Non, ce n'est pas ce que je…, essaya désespérément d'expliquer Somers d'une voix éteinte.

— John-Henry, je plaisante, voilà tout. Cela arrive tout le temps, continua-t-elle en tournant son attention vers Hazard. Plus souvent maintenant qu'avant… J'ai bien peur de m'être laissée aller et les femmes vieillissent plus vite que les hommes. Enfin, la plupart des femmes. Dix ans en arrière, cela m'ennuyait terriblement. Maintenant, cela glisse sur moi.

— Je suis désolé, s'excusa Hazard. Je ne voulais pas être impoli.

— Bien sûr, affirma Eldora comme si c'était un fait. Allez, laissez-moi voir ce que j'ai dans la cuisine. John-Henry, tu me sembles affreusement maigre.

Elle pinça la taille de Somers et son visage s'emplit de tristesse.

— Je suppose que cela veut dire…

— Je vais bien, Eldora.

— C'est faux, rétorqua-t-elle en soufflant du nez d'un air dédaigneux avant de se tourner pour les mener tous deux à la cuisine. Un homme a besoin d'une femme pour prendre soin de lui. Ce n'est pas vrai, monsieur ?

— Cela ne me dérangerait pas qu'une femme prenne soin de moi, répondit Hazard, mais mon petit ami sûrement.

Eldora se retourna sur le pas de la porte de la cuisine, planta ses deux mains sur ses hanches et le regarda de bas en haut. Malgré lui, malgré le nombre d'années passées depuis qu'il avait fait son coming out, il ressentit le même picotement dans son ventre. C'était Wahredua, après tout, et prononcer un mot comme *petit ami* pouvait vous attirer enfer et damnation. Mais Eldora sourit simplement.

— Eh bien, quelle idiote je fais, on dirait. Je suis confuse, monsieur. Allez, venez prendre un cookie.

Échangeant un regard un peu perdu avec Somers, Hazard la suivit dans la cuisine où elle l'assit à une grande table. La cuisine allait avec le reste de ce qu'il avait vu de la maison : papier peint à fleurs dans des tons roses et verts, bois clair, lianes de lierre en plastique et fleurs en soie, décorations en cristal renvoyant des ombres aux couleurs de l'arc-en-ciel sur les murs.

Eldora remplit une assiette de cookies sortis d'une véritable boîte à biscuits en céramique et l'apporta à table.

— Du lait ?

— En fait, Eldora, intervint Somers, nous sommes simplement venus parler quelques minutes à Renard, à propos de l'affaire.

— Vous pouvez parler et manger des gâteaux. Je vais vous chercher du lait.

— Je ne…, commença Somers, mais Eldora le devança.

— Tant que cette…

Sa voix changea et Hazard essaya tant bien que mal d'identifier ce ton, mais n'y parvint pas.

— … cette femme tiendra tant à t'affamer, nous autres prendrons la relève.

— Elle ne m'affame pas. Je suis un adulte. Je peux m'occuper de moi tout seul.

— Dites-lui, vous, monsieur, lança-t-elle à Hazard.

— Euh, bredouilla celui-ci en les regardant tous les deux.

— Votre petit ami, reprit Eldora d'un ton encourageant, comment s'appelle-t-il ?

— Billy, répondit Somers avant qu'il puisse le faire.

— Est-ce que Billy cuisine pour vous ? Est-ce qu'il fait la lessive ? Nettoie la maison ?

— Eldora, fit Somers qui rougissait de nouveau. C'est un peu sexiste. Ce n'est pas parce que…

— Laisse monsieur répondre, répliqua Eldora.

Quand le regard de Somers se tourna vers lui, il chercha désespérément un endroit où poser son regard. Il prit alors un cookie dans l'assiette et mordit dedans (pépites de chocolat, fondant et délicieux) et marmonna :

— J'aimerais bien.

— Quoi ?

— J'ai dit que j'aimerais bien. Billy ne fait jamais… Enfin, ce n'est pas son truc, c'est tout. Il est plutôt… je ne sais pas. Il est très pris. Il a beaucoup de choses à faire… Écoutez, de quoi on parle, là, d'ailleurs ?

Il devina qu'Eldora Upchurch était trop polie pour un «*Je te l'avais dit*», mais le regard qu'elle adressa à Somers était porteur du même message.

— C'est pas vrai, je rêve, fit Somers, mais sans trop qu'on ne sache ce qu'il exprimait ainsi et s'il parlait à Hazard ou Eldora.

— Je vais chercher Renard, déclara celle-ci.

— Ben ça alors, souffla Somers, ça doit être le pire échange que j'aie jamais eu dans cette maison. Jamais vu ça, ajouta-t-il, le regard vagabondant tout autour de la pièce avant de se braquer sur Hazard. Est-ce que… Tu étais sérieux ?

— À propos de Billy ?

— Il ne faisait rien ? demanda Somers après un hochement de tête.

— Écoute, je n'étais pas… Ce n'est pas important, si ? Qu'est-ce qui se passe ici ?

— Avec Renard et Eldora ?

— Elle a l'air d'avoir vingt ans de plus que lui.

— Non. Elle est plus âgée que lui, mais pas d'autant.

Hazard traita cette information et sa réflexion dut se voir sur son visage, car Somers reprit :

— Quoi ?

— Rien.

— Vas-y.

— Non, rien.

— Il l'aime. Elle l'aime.

— J'ai compris, Somers, répliqua Hazard, puis une question lui traversa la tête. Qu'est-ce qu'elle entendait par là, quand elle a dit que ta femme t'affamait ? Tu es marié ?

Avant que Somers ne puisse répondre, Renard et Eldora Upchurch entrèrent dans la cuisine. En les voyant ensemble, Hazard fut à nouveau frappé par leur différence d'âge. Renard Upchurch paraissait encore jeune, même si ses cheveux commençaient à se clairsemer et qu'il avait un peu de ventre. À côté de lui, Eldora ressemblait vraiment à sa mère. Une pensée commença à se former dans l'esprit de Hazard : les hommes d'un autre temps, qui auraient pu rester ce que l'on appelait pudiquement des *mignons* avaient souvent fini par se marier. Il n'y avait rien dans l'attitude d'Upchurch qui aurait pu pointer dans cette direction, aucune affection dans sa manière de regarder John-Henry Somers, mais il s'interrogea tout de même.

— Je vois que vous avez rencontré ma femme, agent Hazard, déclara Upchurch. Content de vous revoir.

Hazard hocha la tête.

— Allons dehors, Eldora déteste quand on parle boulot dans la maison.

— C'est si déprimant, acquiesça Eldora.

Hazard pouvait presque la voir un éventail à la main, un tablier autour de la taille, l'air consterné.

— Mais emmenez au moins les cookies avec vous. Et le lait.

Upchurch leva les yeux au ciel, offrit à son épouse un sourire indulgent et un baiser sur la joue avant de conduire Hazard et Somerset au garage. La porte était ouverte et une Toyota impeccable prenait la moitié de la place. L'autre emplacement était vide. Le garage, comme la Mustang poussiéreuse, offrait une autre preuve de la négligence de son propriétaire. Des affaires étaient alignées contre les murs : des jerricans d'essence, de l'équipement pour la peinture, des outils, des chiffons, des râteaux, des pelles, de vieilles chaussures, et cetera. Upchurch attrapa un seau rempli d'une eau savonneuse et d'une éponge.

— Je nettoie la voiture, expliqua-t-il. Il y a certaines routes du comté qui sont encore en terre battue, il y en a trois centimètres d'épaisseur sur la Mustang.

— Je me suis bien dit que ton bébé avait besoin d'un petit bain, acquiesça Somers.

— On dirait qu'il plaisante comme ça, reprit Upchurch, mais non. La Mustang, c'est vraiment mon bébé. Je sais que c'est triste, mais c'est la vérité.

Pendant qu'ils faisaient le tour de la maison pour la rejoindre, Hazard décida qu'ils avaient passé assez de temps à jouer les gentils.

— Somers a dit que vous aviez un contact chez les Volunteers d'Ozark. On aimerait parler à cette personne. On a quelques questions à lui poser.

Upchurch trempa son éponge et commença à laver le capot.

— Vous voyez, agent Hazard, il est possible que je connaisse quelqu'un à qui vous pourriez parler, mais vous comprendrez que c'est une question de confiance.

— Nous garderons son identité secrète. Ce n'est pas ma première fois dans le domaine.

— Ce n'est pas tout à fait ce que je voulais dire, reprit Upchurch en continuant de presser l'éponge d'un geste lent et circulaire. C'est à propos de l'acte de vandalisme ?

— Ben, on pense…, commença Somers.

Hazard le fusilla du regard et il vacilla.

— On pense, recommença-t-il, qu'on a besoin de parler à quelqu'un des Volunteers.

— Ouais, ça je l'ai bien compris, répondit Upchurch avec un rictus pince-sans-rire.

Ses yeux ne souriaient pourtant pas, ils étaient devenus prudemment inexpressifs.

— On est entre nous, John-Henry, qu'est-ce qui se passe ?

— Rien, c'est juste que…

— L'enquête est en cours, intervint Hazard. Vous n'êtes plus de la police de Wahredua. Ou du moins, vous ne le serez plus après cette semaine. On pense qu'il est préférable que les détails ne sortent pas de la maison.

La main d'Upchurch s'immobilisa, une eau couleur rouille s'écoulant de l'éponge.

— Alors c'est comme ça qu'on va la jouer.

— Renard, reprit Somers, ce n'est pas personnel, mais Hazard a raison, moins il y a de personnes au courant, plus c'est facile de contrôler ce qu'il se passe.

— Ben c'est des conneries, si je peux me permettre, lâcha Upchurch en essorant l'éponge, l'odeur de poussière et de savon emplissant l'air. Vous me faites pas confiance, c'est ça, ce que ça veut dire ? Dans ce cas pourquoi vous voulez mes contacts ?

Hazard l'examina. Son visage exprimait un mélange de déception et de colère et il compatit. Cela ne devait pas être très plaisant de voir revenir son ancien coéquipier pour qu'il vous annonce, en gros, que vous étiez désormais un étranger.

En parallèle, cependant, il se souvint avec quelle facilité Upchurch s'était retourné contre Somers en parlant dans son dos.

— Ne nous laissons pas emporter par nos émotions, déclara-t-il. La demande est simple. Nous aimerions les noms de personnes appartenant aux Volunteers d'Ozark à qui nous pourrions parler. Vous avez ces noms. Vous avez obligation d'apporter votre aide concernant une enquête ouverte. Plus encore, vous devriez…

À cet instant, le téléphone de Hazard se mit à sonner. Il essaya de l'ignorer, mais il pensa alors à Billy. Sa détermination s'effrita et il sortit son téléphone de sa poche. Le nom de Billy clignotait à l'écran ; il jeta un œil à Somers.

Celui-ci regardait Upchurch et lui fit un geste en direction de la rue.

— Décroche. On va s'arranger.

Upchurch ne semblait pas particulièrement intéressé par un arrangement (la douleur et la colère sur son visage exprimaient l'inverse) et il hésita. S'il restait, s'il aidait Somers à mettre la pression à Upchurch…

— Vas-y, insista Somers.

Sa détermination plia et il descendit l'allée au pas de course.

— Salut, dit-il en portant l'appareil à son oreille.

— *Salut*, répondit Billy. *Je pensais que j'allais tomber sur ta messagerie.*

Il était ivre. Pas d'une ou deux bières. Il était complètement bourré. Hazard regarda sa montre : il n'était même pas encore quinze heures trente. Il ralentit en atteignant la route. C'était un quartier calme, avec de vieilles maisons et des résidents plus âgés encore. Des érables bordaient les trottoirs, leur ombre offrant un peu de répit contre le soleil, sous le bruissement de leurs feuilles quand un écureuil passait discrètement sur une branche.

— Tu commences de bonne heure, lança-t-il en essayant de ne pas parler d'une voix cassante, sans succès.

— *Qu'est-ce que je suis censé comprendre ?*

— Rien. C'est pas grave. Comment s'est passé le spectacle, hier soir ?

Un long silence pour réponse, puis Billy reprit la parole :

— *Tu sais qu'on n'a pas de représentation le lundi, hein ? Je te l'ai dit un million de fois, donc tu es au courant, hein ?*

— Oui, c'est vrai. Désolé. Est-ce que tu…

Hazard s'interrompit ; derrière, une voix d'homme dit quelque chose.

— *Est-ce que je quoi ?* demanda Billy.

Hazard ne se rappelait plus ce qu'il s'était apprêté à dire. Il avait envie de demander qui était là. Il avait envie de demander si c'était Tom. Non, rectification : il avait envie de demander si c'était ce *fils de pute* de Tom incapable de lâcher Billy du regard (ou de le lâcher tout court) même quand ils étaient dans la même *foutue* pièce ! Voilà ce que Emery Hazard avait envie de demander. Il lutta cependant pour maintenir un ton neutre.

— Tu t'en sors ? réussit-il à demander.

— *Quoi ?*

— Comment ça va, en général ?

— *Bien.*

— Tu me manques.

— *Oh, ouais. Tu me manques aussi. C'est pour ça que j'appelle. Parce que tu me manquais.*

À l'autre bout de la ligne, quelqu'un éclata de rire.

— On dirait que tu t'amuses bien pour un mardi, à trois heures de l'après-midi.

Un autre long silence.

— *Oh, t'es un vrai coincé, toi. Ouais, j'ai bu quelques verres. Tu veux vraiment qu'on parle de ça ?*

*Laisse couler*, disait une petite voix en Hazard. *Laisse couler, ça n'en vaut pas la peine.*

— Quelques verres ? Vraiment ? On dirait que tu as vidé le super bar tout équipé de Tom.

— *Attends, personne n'a parlé de Tom, là !*

— Je suppose que c'est lui que j'entends derrière, depuis tout à l'heure. Je me trompe ?

— *C'est mon* ami, *Em. C'est* notre *ami. Je me retrouve tout seul étant donné que t'es parti. Qu'est-ce que tu veux que je fasse ? Que je reste planté dans l'appartement, tout seul ?*

— Je pense que je n'ai pas de soucis à me faire de ce côté-là.

— *Ça veut dire quoi, ça ?*

— Ce que tu veux, Billy. Prends-le comme tu veux.

Un autre long silence, cette fois brisé par une respiration tremblante. Hazard ne savait pas trop si c'était la sienne ou celle de Billy.

— *Tu sais quoi ?* reprit Billy. *T'es un sale con, là. Je te rappellerai plus tard.*

Et l'appel prit fin.

Ses doigts se serrèrent autour du téléphone jusqu'à ce qu'il entende le plastique grincer. Il se força à détendre les muscles de sa main, prit plusieurs inspirations profondes, regarda l'horizon : une étendue d'un bleu sombre brisée par les trois cheminées de *Tegula,* comme s'il pouvait voir Saint Louis, Lafayette Square, dans l'appartement en brique appartenant à Tom Gerard. Oui, il regarda l'horizon comme s'il pouvait voir à l'intérieur du cœur de Billy Rolker, mais il ne voyait que la fumée de *Tegula* et un terrible chagrin d'amour.

— Tout va bien ?

Il se reprit autant qu'il le put avant de se retourner face à Somers. Il dut cependant faire un bien piètre travail, car il vit l'inquiétude sur son visage.

— Qu'est-ce qui s'est passé ?

— Rien.

— On ne dirait pas.

— Qu'est-ce qui se passe ? Où est Upchurch ?

Somers observa Hazard encore un peu, puis fit virevolter un bout de papier.

— Un nom. Et une adresse. On doit se retrouver dans une heure.

— Quoi, comme ça ?

— J'ai dû lui lisser les plumes, il n'a pas apprécié de se faire évincer du circuit, mais oui, comme ça.

— Qu'est-ce qu'on attend ? lança Hazard en marchant vers l'Impala.

Quand ils furent installés dans la voiture, que Somers eut mis le contact et se soit écarté du trottoir, il s'arrêta et le fixa d'un regard pénétrant.

— Quoi ?

— Tu saignes de la main.

Il baissa les yeux. Ses poings étaient si serrés que les entailles sur sa main s'étaient ouvertes et le sang avait traversé les bandages.

— Tu veux aller voir un médecin ?

— Contente-toi de conduire.

— Tu veux me dire ce qui se passe ?

— Tu sais ce qui se passe. On va rencontrer le Volunteer. Et j'ai vraiment hâte.

Somers poussa un grognement en s'engageant sur la route.

— C'est bien ce qui me fait peur.

# CHAPITRE QUATORZE

*Mardi 25 octobre*
*16 h 42*

C'était bien qu'ils aillent rencontrer ces sacs à merde. Voilà ce que se répétait Hazard. Pendant que Somers les conduisait hors de Wahredua, vers les collines vallonnées d'un vert intense et vivant, voilà ce qu'il se répétait : c'était une bonne chose qu'ils aillent voir les Volunteers d'Ozark, parce qu'il avait méchamment besoin de frapper quelqu'un et qu'il devinait que ces gens ne mettraient pas longtemps à lui en donner l'occasion.

À mesure qu'ils s'éloignaient de la ville, la campagne du Missouri se refermait autour d'eux. Si près des monts Ozarks et de la Grand Rivere, le terrain était fait de côtes et de pentes de toutes parts. Les forêts de feuillus, le plus souvent des chênes, s'étendaient de chaque côté de la route et les lianes de chèvrefeuille et de vigne japonaise effleuraient les bords de l'autoroute. Cela avait un effet étouffant sur Hazard, lui donnant l'impression de passer la tête dans un nœud coulant. Quand les branches passèrent par-dessus la voiture, seul un petit carré bleu de la taille d'un timbre persista au-dessus d'eux. L'odeur de bois humide et de mousse leur parvint à travers la ventilation du véhicule. La falaise avait eu la même, le soir où Jeff Langham s'était tiré une balle. Hazard tira sur sa cravate, car elle l'étranglait.

— Mauvaises nouvelles de la maison ?

— Tu parles, c'est Wahredua ma nouvelle maison.

Ils roulèrent encore cinq minutes en s'enfonçant plus profondément dans le labyrinthe, les effluves de mousse se répandant dans l'Impala. Puis Somers s'éclaircit la gorge. Il se gratta l'arrière de la tête, hérissant ses mèches blondes, et saisit le volant à deux mains.

— Tu, euh, tu as entendu ce qu'a dit Eldora. À propos de ma femme.

Hazard essaya de contenir une déferlante de colère. Il savait ce que Somers faisait (essayer de bâtir une relation et, ce faisant, l'amener à se confier) et son premier réflexe était de l'envoyer balader. Il lutta pourtant contre, car il avait promis qu'il changerait. Et si cela impliquait d'écouter les histoires de Somers, si cela impliquait de le laisser parler de sa vie privée, alors il le ferait. Un certain temps, du moins.

— Oui, répondit-il.

— Tu m'as demandé ce qu'elle voulait dire.

— Ça ne me regarde pas, je n'aurais pas dû dire ça.

— Nan, répondit Somers avec un sourire éclatant. Tu dis ça parce que tu ne veux pas parler de Billy. Mais tu as envie de savoir. Peut-être que tu te sentirais mieux après, même ? Du fait de savoir que j'ai foutu ma vie en l'air, et en beauté ?

Il ne pouvait nier, alors il ne dit rien.

— Oui, poursuivit Somers avec un petit rire, tu te sentiras mieux après. Et j'aurais dû te le raconter. Enfin quoi, tous les habitants de la ville sont au courant. Tout le monde rit sous cape en me voyant. Pourquoi tu ne saurais pas, toi ?

— Tu peux me raconter si tu en as envie. Mais tu n'es pas obligé. Et je ne vais pas me moquer de toi.

— Si quelqu'un mérite de se moquer de moi, de se poiler en me voyant foutre ma vie en l'air, c'est bien toi.

Hazard ouvrit la bouche, sans trop savoir ce qu'il pouvait répondre à cela, mais Somers poursuivit.

— Je… l'ai trompée. Je sais que ça fait de moi le pire connard de la planète.

Au cours de la minute qui suivit, on n'entendit que le ronronnement des pneus de l'Impala sur l'asphalte. Puis Somers appuya brutalement sur le bouton de l'autoradio et un CD s'éveilla avant que, quelques secondes plus tard, une voix féminine accompagnée de musique country douce emplisse le véhicule. Encore quelques secondes passèrent et Hazard appuya violemment sur le bouton et la voiture retomba dans le silence.

— Billy se fait notre voisin dans mon dos. Depuis, je ne sais pas, un an. Un truc comme ça.

— Alors ça…

— Toi d'abord.

Somers passa encore une fois ses doigts sur l'arrière de sa tête.

— Ouais. Après à peu près un an de fac, j'ai épousé Cora. Cora Malsho, je ne sais pas si tu te souviens d'elle, mais elle…

— Vous avez été élus reine et roi de la promo en terminale.

— Arrête, ne me rappelle pas ça.

Somers s'interrompit, perdu dans ses pensées l'espace d'un instant. Du chèvrefeuille toucha la voiture et son parfum emplit l'air de l'habitacle.

— On était jeunes et stupides. Ce n'est pas vraiment une excuse, mais on est tous les deux allés à Mizzou et on était encore ensemble après notre première année, ça ressemblait à un signe. Des âmes sœurs, tu vois. Un truc du genre. Alors on s'est mariés cet été-là, ici, à Wahredua.

— C'était comment ?

— Ses parents étaient tout excités. Les miens étaient furieux. Ma mère a failli ne pas venir. Encore aujourd'hui, elle parle à peine à Cora et les seules fois où elles se voient, c'est pour Evie.

Hazard hocha la tête, sans vraiment être étonné. Grace Elaine Somerset, la mère de John-Henry, était de bien des manières la reine de Wahredua. Son mari, Glenworth Somerset, avait assez d'argent pour acheter la ville dans son intégralité, la paver et en faire le plus grand *Shoney's* au sud de la ligne Mason-Dixon. Cela avait fait de Grace Elaine une personne influente et féroce au sein de la haute société de Wahredua.

Hazard se souvenait qu'une fois, sa propre mère était rentrée du Cercle de couture et de cuisine des dames méthodistes. Aileen Hazard avait travaillé de longues heures sur une machine à coudre durant la majeure partie de sa vie. Ses sourcils étaient constamment froncés et ses yeux plissés, comme si elle essayait toujours de voir le chas d'une aiguille, une épingle tombée au sol ou on ne savait quel autre détail minuscule, mais elle avait un rire éclatant et beaucoup d'amis. Et ce soir-là, Aileen Hazard était rentrée chez elle, s'était assise dans le fauteuil, ses chaussures à talons pendant dans une main, les joues rouges, le souffle haletant, comme si le Seigneur lui-même était assis sur sa poitrine et lui faisait une brûlure indienne. Elle n'était jamais retournée au Cercle et ce fut des années après que Hazard apprit que Grace Elaine Somerset avait été très claire sur un fait : la mère d'un dégénéré n'était pas ce qu'il fallait pour le Cercle de couture et de cuisine des dames méthodistes. C'était le genre de pouvoir qu'exerçait Grace Elaine, et c'était de cette façon qu'elle s'en était servi. Pas étonnant donc, songea Hazard, qu'elle ait été furieuse quand son fils avait décidé d'épouser Cora Malsho, fille d'un repris de justice et, supposément, d'une ex-prostituée.

— Enfin bref, on a eu nos diplômes sans heureux accident, ce qui a sûrement surpris mes parents, et on est revenus. Je suis rentré dans la maison, tu sais, j'ai commencé avec un uniforme. Je patrouillais dans Smithfield. On a eu Evie ; c'est ma fille. Elle a deux ans maintenant. Et après elle, les choses ont changé. Cora était toujours fatiguée. On était tous les deux fatigués. On travaillait à des heures différentes et ses parents nous aidaient avec Evie, mais on n'avait pas beaucoup d'argent. On se disputait. Souvent. On s'est mariés trop jeunes, ajouta Somers avec un soupir. Tu sais ce que ça fait ? C'est comme si une partie de toi était gelée. Et le reste continue à grandir, à changer, à mûrir, mais cette partie-là, elle reste la même, et tu n'arrives pas à t'en défaire.

— Ça ressemble beaucoup à un gros tas de conneries. Tu l'as épousée. Tu aurais pu divorcer au lieu de la tromper.

Un éclair de colère traversa le visage de Somers ; un fait rare, mais après quelques secondes, ses magnifiques traits se détendirent à nouveau.

— Tu as raison.

— Et donc ? C'est quoi le reste ?

— J'ai mis un grand coup de filet. Ça m'a valu d'être décoré. Cravens a commencé à parler de me passer enquêteur ; je ne sais pas si tu te souviens d'Ed Rue, mais il se préparait à prendre sa retraite. C'était du sérieux. Articles de journaux et tout. Et quand je rentrais à la maison, j'étais juste le type qui devait déboucher les chiottes, trier les factures et appeler son père pour un autre prêt. J'ai commencé à sortir.

— Tu as commencé à boire.

— Ouais, mais c'est vraiment venu après. Quand je l'ai trompée, c'était juste un truc d'un soir. Une erreur stupide. C'était ma faute, je ne dis pas le contraire, mais ce n'était pas une liaison, ce n'était pas comme si j'avais cherché autre chose. Ou peut-être que si. Qui sait ?

— Alors ?

— Alors elle était jeune, blonde et elle m'a dit qu'elle rendait visite à une amie. Je ne savais pas que son amie était la sœur de Cora. Ça a été explosif. Cora était furieuse ; à juste titre, je ne dis pas le contraire. Elle m'a foutu à la porte. Tu connais le reste.

— Non, je ne le connais pas.

— Je vis dans un appartement vide, ma femme refuse de me parler et je ne vois plus ma fille. Je n'arrive même pas à convaincre Cora de divorcer. C'est pour te dire à quel point elle est remontée. Voilà le reste.

Ces derniers mots semblaient avoir été arrachés à Somers et ils étaient amers.

— Tu as déconné, déclara Hazard.

— Je sais. Je n'ai pas besoin que tu…

Mais Somers s'interrompit, soupira et reprit :

— Écoute, je sais, d'accord ? J'ai juste pensé que toi aussi, tu devais être au courant.

Hazard plia les mains. Il pensait au John-Henry qu'il avait connu au lycée et à celui qui était assis à côté de lui. Il pensait – au vestiaire, à la vapeur d'eau perlant sur une peau bronzée, un muscle doré – à Billy, à Tom Gerard et à l'appartement en brique sur Lafayette Square. Il savait qu'il pouvait garder le silence, qu'il pouvait laisser passer cet instant et ne rien dire. Mais il savait aussi qu'il devait prendre une décision. Il était revenu à Wahredua pour trouver la vérité à propos de Jeff Langham. Et il décida que pour cela, et pour faire son travail, il devait travailler avec Somers.

— Il n'y a pas grand-chose d'autre à dire à propos de Billy. Je t'ai déjà dit ce qu'il se passait.

— Tu es sûr ? Sur ce qu'il fait, je veux dire.

— J'en suis certain. Voilà, c'était tout.

Il n'avait pas besoin de lui parler des nuits de filature, des téléobjectifs, des photos, des listes d'appels, des sourires en coin sur le visage de leurs soi-disant amis, de la prise de conscience croissante que tout le monde savait, depuis longtemps ; bien plus longtemps que lui.

— Pourquoi ? lâcha Somers, qui rougit aussitôt et se mordit la lèvre. Ce n'est pas sorti comme il fallait. Ce que je veux dire, c'est pourquoi est-ce que tu es encore avec lui ?

— On n'en a pas parlé.

Somers ne répondit rien, mais le choc était manifeste.

— Si j'amène le sujet, il partira. C'est aussi simple que ça. Il sait que c'est lui qui a la main. On se dispute à propos d'absolument tout ce qui est imaginable, tout sauf ce qui se passe vraiment avec Tom. Enfin quoi, c'est pas possible, maintenant il devrait savoir que je sais. Mais peu importe. Il…

Hazard ne savait pas comment finir sa phrase, alors il la fit durer.

— Euh, j'ai peut-être raté quelque chose, et excuse ma grossièreté, mais putain, qui en a quelque chose à foutre s'il part ? Laisse-le faire. C'est un connard, il te trompe depuis un an. Tu es malin. Tu es flic. Tu es sexy… et ne me regarde pas comme ça, c'est vrai. Et tu as tout ce truc du ténébreux aux longs cheveux qui fait la moue pour toi. C'est le tiercé gagnant des fantasmes gays, non ? Tu as vu comment ce type te regardait, hier ? Il a bien failli te sauter sur le manche en plein milieu d'une déposition.

Hazard haussa les épaules.

— Il n'y a pas que ça.

Et c'était la vérité, mais il ne voulait pas l'expliquer, il ne voulait pas parler d'Alec LaTourneau à Somers, de l'homme qui l'avait battu avec une ceinture simplement pour prendre son pied. Il ne voulait pas raconter à Somers qu'il l'avait laissé le frapper, qu'il était resté parce qu'Alec avait été son premier réel petit ami – exception faite de Jeff – et parce que c'était la première fois que quelqu'un n'avait pas été horrifié par la personne que Emery Hazard était vraiment. Ou était-ce faux, peut-être qu'une part de lui se demandait encore si Alec ne l'avait pas battu par dégoût, au fond, face au véritable Emery Hazard. Et quand celui-ci avait enfin décidé de rompre – et qu'il avait quitté Alec LaTourneau avec une mâchoire cassée – Billy avait été là. Littéralement. Il s'était trouvé là, à fumer une cigarette en bas des escaliers, et il avait ramassé Hazard comme un poisson hors de l'eau. Ils étaient ensemble depuis ce jour-là. Comment expliquer une chose pareille, toutes ces années, tout ce temps partagé ?

— Tu veux que je le tabasse pour toi ? demanda Somers.

Il éclata de rire et une seconde plus tard, Somers se joignit à lui. Cela faisait du bien, comme un poids qui glissait de ses épaules, comme un courant d'air frais qui l'aurait lavé. Et quand leur rire retomba, l'ambiance à l'intérieur de la voiture avait changé. L'effet avait été immédiat, invisible et tacite : une tension électrique dans l'air qui hérissait les poils sur ses bras et accélérait les battements de son cœur.

Somers lui lança un de ces regards en biais de ses yeux d'un bleu lagon qui l'attiraient de l'intérieur et l'entraînaient dans les profondeurs. Somers sourit et ce sourire brûlant produisit de la fumée. C'était un sourire entendu, un sourire synonyme d'un coup d'enfer.

Et Hazard se surprit à le lui retourner en se demandant, quelque part dans un coin de sa tête, ce qu'il venait de se passer entre eux.

Pour les quinze dernières minutes de route, ils roulèrent en silence, et quand Somers ouvrit de nouveau la bouche, sa voix était pâteuse.

— Nous y voilà, lança-t-il en prenant une sortie de l'autoroute débouchant sur un chemin de gravier qui les mènerait à leur rencontre avec le Volunteer d'Ozark.

# CHAPITRE QUINZE

*Mardi 25 octobre*
*18 h 2*

Tandis que l'Impala cahotait sur le chemin de gravier, soulevant des nuages crayeux derrière elle, Somers essayait de reprendre le contrôle de lui-même. *Qu'est-ce qui s'est passé ?* La question tournait encore et encore dans sa tête. À un moment donné, Hazard et lui échangeaient en détail sur leurs échecs sentimentaux respectifs. Il avait dit quelque chose, une blague stupide, un petit quelque chose pour briser la tension, et ils avaient tous les deux ri. Puis, l'instant d'après, tout avait changé. Un éclair. C'était la seule comparaison qu'il réussissait à trouver. Comme coller sa langue sur un paratonnerre au beau milieu d'une tempête, ce genre de décharge. Et puis il avait tourné la tête et avait vu Emery Hazard, tellement sexy que cela relevait du miracle que tout n'ait pas pris feu sur vingt mètres à la ronde.

Et c'était cette partie-là qui l'avait secoué, comme une cannette de bière sous un mélangeur à peinture ; le simple fait que Hazard était sexy. Il ne faisait pas partie de ces machos ringards incapables d'admettre quand un autre homme était séduisant. Il avait des yeux. Il savait quand un homme était attirant ou non.

Et bien sûr, à l'université, une ou deux fois, il avait fait l'idiot avec Ricky Wade, l'année où ils avaient été colocataires. Mais faire l'idiot était une chose, et voir comme Hazard était…

Il ramena ses pensées au présent. Ils suivaient le chemin qui tournait et menait à un bois dense. Les arbres avaient poussé si près de la route que leurs branches frottaient et raclaient la carrosserie de l'Impala. En quelques minutes, l'autoroute disparut derrière eux et il ne resta plus que les arbres, la poussière et le chemin sinueux. L'odeur de gravier passait par la ventilation et asséchait la bouche de Somers. Ou peut-être qu'elle était sèche pour une autre raison.

La voix de Hazard interrompit ses pensées ; comme toujours, il semblait détaché, presque distant.

— Qui va-t-on voir ?

— Tiens, répondit-il en fouillant dans sa veste pour sortir un papier qu'Upchurch lui avait donné.

— Mimi. C'est tout ce qu'on a ?

— Il a dit qu'elle était relativement nouvelle chez les Volunteers, mais qu'elle avait déjà bien sa place. Elle grimpe vite.

— Tu la connais ?

Il secoua la tête.

— Ah, soupira Hazard en retournant le papier entre ses doigts (des doigts longs et puissants, remarqua-t-il avant de chasser cette pensée). Ça doit être une vieille raciste de quatre-vingts ans sous un casque de cheveux virant au bleu et une couche de crème de beauté.

— Tu nourris de grandes attentes.

— C'est quoi cet endroit ? Tu es déjà venu jusqu'ici ?

— Non. Il y a beaucoup d'endroits comme ça. Des fermes, des ranches, des huttes, des cabanes de chasseur… Mais souvent, ce sont juste des mobile homes. Les terrains ne sont pas très chers ici et parfois, ceux qui finissent chez les Volunteers ont simplement envie d'entasser les caravanes sur un terrain, pour les amis, la famille, et quiconque a besoin d'un endroit où rester un moment.

— Super. On se dirige tout droit vers un tas de vieilles caravanes. On aura de la chance si on n'a pas à se frayer un chemin à coup de balles en sortant.

— Ça va aller. Ils sont stupides, mais pas à ce point. Et de toute façon…

Mais Somers oublia ce qu'il s'apprêtait à dire, car à ce moment-là, les arbres disparurent et une grande étendue découverte s'ouvrit devant eux. Elle était constituée en grande partie de champs de maïs, charnu et doré sous le soleil qui déclinait, les pieds dorés – de la couleur des yeux de Hazard –, prêts pour une dernière récolte. Par-delà les champs, une maison sur un promontoire. Ce n'était pas un mobile home. Ce n'était pas, comme Hazard l'avait dit, un tas de vieilles caravanes. C'était beau, moderne, et cela avait dû coûter une fortune ; davantage, Somers le savait, que ce qu'il gagnerait en une vie. Principalement composée de verre et d'acier, avec des fenêtres brûlant de l'orange opaque du soleil, la maison semblait sortie d'un magazine d'architecture. Les gens parlaient de demeures comme celle-ci dans Wahredua. On disait que des personnes riches venaient aux monts Ozarks, comme tout le monde, et érigeaient ce genre de bâtiments, mais Somers n'avait jamais entendu parler de celui-là en particulier.

— Nom de Dieu, c'est quoi ça ?

— Les ennuis.

— Ça fait un paquet d'argent.

— C'est ce que je disais : les ennuis.

Quand Hazard reprit la parole, il y avait un côté calculateur dans sa voix.

— Qu'est-ce que tu sais des Volunteers d'Ozark ?

— Comment ça ? Tu as vécu ici. Tu sais ce que je sais.

— Non, je ne crois pas. En fait, je commence à me dire qu'aucun de nous ne sait la moindre chose sur eux.

— Qu'est-ce que tu veux dire ? demanda-t-il tandis que l'Impala montait lentement sur le promontoire.

— Enfin quoi, regarde cet endroit. Il est synonyme d'argent, et tu as raison, cela veut dire des ennuis. Mais c'est une des étoiles montantes du mouvement – et c'est Upchurch qui l'a dit – donc cela veut aussi dire qu'on ne sait pas dans quoi on met les pieds.

— Tu veux dire qu'ils ont plus de ressources qu'on ne s'y attendait, déduisit Somers en étudiant la structure à mesure qu'ils s'en approchaient. Qu'ils sont plus organisés. Qu'ils ont plus d'influence.

— Ouais, tout ça. Mais j'entends aussi par là que ce ne sont pas des raclures blanches. Non… ce ne sont pas des parias. Mais des gens qui construisent des maisons comme ça, des gens qui ont de l'argent et, je ne sais pas, du *goût*, à défaut d'un autre mot. Ce ne sont pas des marginaux qui vivent des aides du gouvernement.

Somers sentit son estomac plombé et il se força à prononcer les mots qui lui vinrent :

— Ce sont des gens importants. Et ils n'ont pas peur d'être reliés aux Volunteers.

— Alors qu'est-ce que ça peut bien vouloir dire ? demanda Hazard d'une voix si grave que Somers comprit qu'elle n'était pas faite pour recevoir une réponse.

— Tu veux annuler ? demanda-t-il quand ils s'arrêtèrent devant la maison. On peut faire demi-tour, reparler à Upchurch, en apprendre plus sur le terrain et la maison. Ce sera mieux que d'entrer les yeux écarquillés.

Hazard étudia le bâtiment à travers la vitre de la portière. Ses grandes mains étaient serrées en formant deux poings de nouveau, et du sang perlait sous ses bandages.

— Non, répondit-il enfin. Ils nous ont déjà vus. Si on part, ils ne seront peut-être plus là quand on reviendra. Ou ils pourraient être préparés.

— Ils font partie des contacts d'Upchurch, ils veulent aider.

— Non, ils veulent quelque chose. On ne sait simplement pas encore quoi.

Il n'y avait pas grand-chose à répondre à cela, alors Somers sortit de la voiture. Hazard le suivit, épongeant le sang de sa main avec un mouchoir. Somers ignorait comment il avait fait pour s'ouvrir ainsi la main, mais la blessure ressemblait à ce qu'on se ferait avec de nombreux coups de poing féroces.

Quelqu'un avait-il essayé de chercher des ennuis au nouvel enquêteur ? Quelqu'un avait-il essayé de le blesser ?

— Hé, lança-t-il en désignant le bandage quand Hazard le regarda. Tu me le dirais s'il se passait quelque chose et que tu avais besoin de mon aide, hein ?

— Quoi ? demanda Hazard avant de regarder les bandages ensanglantés et secouer la tête. Ce n'était pas ça.

— Mais tu me le dirais ?

— Si je voulais que tu tabasses quelqu'un pour moi ? répéta Hazard en souriant de cet écho à la plaisanterie de Somers.

— Je suis sérieux, insista celui-ci en réprimant lui aussi un sourire. Tu n'as qu'un mot à dire.

Hazard secoua la tête et, sans autre réponse, donna un petit coup sur la sonnette. À l'intérieur de la maison, un joli tintement se fit entendre. Quelques secondes après, la porte s'ouvrit. La femme qui se tenait là ressemblait beaucoup aux suppositions qu'il avait faites : elle était petite, avec une touffe de cheveux bleu-gris remontés au sommet de sa tête et des bras pendants et flasques qu'elle leva vers eux.

— Mademoiselle Mimi ? demanda Somers.

— Entrez, répondit la vieille femme, la peau distendue de ses bras se balançant au rythme de son geste. Elle descend tout de suite.

— Vous n'êtes pas Mimi, déduisit Hazard.

— Entrez, répéta la vieille femme en secouant la tête.

Quand elle s'éloigna de la porte en chancelant, Somers la suivit et Hazard aussi, un pas derrière lui. L'entrée était impressionnante : un plafond haut, carrelage en ardoise, quelques décorations ambiguës précautionneusement disposées dans des niches, comme si on se trouvait dans un obscur musée plutôt que chez une leader des suprématistes blancs. La vieille femme les conduisit plus loin dans la maison, dans une grande pièce qui faisait la longueur du bâtiment. Trois des murs étaient vitrés et donnaient sur le soleil qui déclinait, le verre teinté adoucissant le monde de diverses nuances de gris très belles.

L'ameublement était fait de cuir ivoire et de chromes polis, agencé en cercles de canapés et de fauteuils. Cela ne ressemblait à rien de ce que Somers avait vu à Wahredua. Ça ne ressemblait à rien de ce qu'il avait vu en dehors d'un *Ikea*.

— Attendez ici, fit la vieille femme avant de disparaître en traînant des pieds.

Quand Somers fit un tour sur lui-même, constatant l'étalage de richesse et de luxe devant ses yeux, une alarme commença à sonner quelque part au fond de son esprit. Il savait qu'il n'était pas aussi malin que Hazard. Il savait que celui-ci avait, à sa façon, déjà compris la source de cette alarme. Mais il pouvait désormais sentir cette sensation que quelque chose n'allait pas, qu'il avait raté quelque chose. La sensation, s'avoua-t-il, qu'il s'était coincé le pied dans un piège.

— Occupe-la, murmura-t-il.

Hazard hocha la tête et se positionna au milieu de la pièce, dos au mur de fenêtres, où il pouvait surveiller les deux entrées. Avec un dernier coup d'œil à l'ameublement glacial de la pièce, Somers s'empressa de revenir par là où ils étaient arrivés. Il s'arrêta quelques instants dans l'entrée, prenant une seconde pour faire l'inventaire, mais mis à part les vases et les sculptures dans leurs niches éclairées, rien n'attira son attention.

Il traversa l'entrée et pénétra dans la salle à manger. Une table mise pour dix-huit personnes occupait la majeure partie de celle-ci, offrant un autre contraste étonnant entre la porcelaine blanche d'une grande finesse et le bois teint en noir. Une autre marque de richesse. Une autre façon de montrer le raffinement, le contrôle et le pouvoir. D'autres fenêtres donnaient sur les champs de maïs, qui étaient devenus rouges puisque le soleil avait décliné jusqu'à la cime des arbres. Rouges comme s'ils avaient été baignés de sang, et même Somers dut admettre que c'était un peu fantasque. Il se demanda ce que Hazard aurait pensé de la comparaison.

Ce garçon ne semblait pas avoir la moindre once d'imagination dans le corps. Un mouvement d'air charria un parfum d'encens, interrompant ses pensées, et l'odeur gagna en force quand il dépassa la table.

Une porte sur sa gauche donnait sur une cuisine dernier cri. Il y avait des plans de travail en granite assez grands pour servir de piste d'atterrissage à un jet, des porte-ustensiles suspendus au plafond, et même des couteaux pour le rendre nerveux. La vieille femme qui avait ouvert était désormais assise dans la cuisine, recroquevillée sur une vieille chaise usée au fond de la pièce, à côté d'une table à moitié cassée. Elle et les meubles miteux étaient les seuls éléments de la maison qui ne semblaient pas avoir été sortis d'un carton d'emballage le jour même. Pour l'instant, elle dodelinait de la tête, comme si elle s'apprêtait à s'endormir. Somers laissa la porte se refermer et continua sa progression dans la salle à manger.

Au fond, des portes doubles donnaient sur un bureau. Des voix fortes le firent s'arrêter. L'une d'elles était celle de Hazard. L'autre appartenait à une femme et il y avait quelque chose de familier dans le ton de celle-ci, mais difficile à dire de loin. Aucun des deux interlocuteurs ne semblait content et cela le fit sourire : Hazard aurait pu rendre folle une sainte sans même s'en rendre compte, et il comptait sur l'instinct naturel de provocation de son coéquipier pour occuper Mimi encore quelques minutes. Il se glissa dans le bureau.

Comme le reste de la maison, cette pièce était un modèle de style moderne : bureau de verre et de métal, fauteuils tubulaires en cuir ivoire et un mur de fenêtres qui donnait sur la forêt de plus en plus sombre. Des bibliothèques recouvraient deux murs et il pouffa de rire après un coup d'œil attentif : les livres avaient manifestement été choisis pour leurs reliures et non pour un quelconque mérite textuel. Des classiques de la littérature côtoyaient de vieilles copies du *Reader's Digest* ainsi que des ouvrages sur les fleurs sauvages endémiques, la chasse au cerf, la maintenance des petits véhicules et l'art d'ouvrir son œil intérieur…

Tout ça parce qu'ils partageaient des reliures aux teintes similaires. *Ne pas juger un livre à sa couverture*, songea Somers en pouffant à nouveau de rire.

Ce fut le bureau qui retint son attention. Il faisait partie de ce style épuré, avec seulement un plateau de verre, sans tiroirs, sans cachettes. Des dossiers étaient empilés à côté d'un MacBook. Il ouvrit l'ordinateur, qui était protégé par un mot de passe, et ne voulut pas perdre le temps qu'il lui restait à essayer de le deviner. Au lieu de cela, il fouilla dans les photos. Hazard avait raison. Ils avaient mis les pieds dans une situation qu'aucun d'eux ne comprenait et il était déterminé à trouver un indice les renseignant sur la personne à qui ils avaient affaire, et pourquoi elle voulait les aider, avant d'aller plus loin.

Quand il ouvrit le premier dossier, pourtant, un frisson enserra sa poitrine. Le dossier était rempli de 20x25, et les tirages montraient Emery Hazard. Emery Hazard passant la porte Art Déco de sa chambre au *Bridal Veil Motor Court*. Emery Hazard achetant un café à *Casey's* où travaillait Mike Grames. Des photos montrant, d'après ce que voyait Somers, une très grande partie du temps que Hazard avait passé à Wahredua. Des photos de Hazard le portant à moitié à l'intérieur de son immeuble. La photo de la silhouette d'un homme – *ça doit être Hazard, regardez-moi ses épaules !* – découpée derrière la fenêtre de l'appartement de Somers. Une photo de Hazard donnant des coups de poing contre le mur, à côté de la benne à ordures, devant le Crofter's Mark. C'était donc comme ça qu'il s'était blessé, comprit-il. *Mais pourquoi est-ce qu'il boxait un mur ?*

Somers mit de côté le dossier et ses questions. Il prit le suivant et sentit le frisson s'intensifier. C'étaient des photos de lui. De John-Henry Somerset abattant une main sur l'épaule de Hazard. De lui penché par-dessus l'épaule de Hazard, au commissariat – au commissariat, nom de Dieu, comment avait-on pu prendre des photos de cet endroit ? – en regardant quelque chose sur le bureau de celui-ci. *La liste des portés disparus*, devina-t-il. Et bien d'autres encore. Ces photos remontaient plus loin. *Logique*, estima-t-il.

Quelle que soit la personne qui les avait surveillés, elle avait eu bien plus de temps pour l'observer lui, comparé à Hazard.

De nombreuses photos, et il en était dégoûté, le montraient en train de boire. Boire avec Upchurch, Swinney et Lender. Boire seul. Boire jusqu'à être si bouffi et si laid, tellement à la ramasse, qu'il se reconnaissait à peine et que beaucoup de photos n'éveillaient aucun souvenir. La honte, si basse qu'il avait l'impression qu'elle se trouvait dans ses genoux, se mouvait profondément en lui. Pas étonnant qu'Upchurch ait essayé de prévenir Hazard. Pas étonnant que ce dernier en ait été si énervé qu'il avait frappé un mur de brique. Il était nul; non, pire que cela, c'était une véritable épave. Et il se retrouvait là, dans la maison d'une étrangère, à en contempler la preuve en photos.

Vers la fin du dossier, une photo l'arrêta et il saisit le papier si fermement qu'il crissa entre ses doigts. Elle avait été prise de loin, au soleil couchant, l'homme présent sur le cliché n'était donc rien d'autre qu'une silhouette noire. Mais le reste était très clair : le cottage au blanc de chaux, le seigle ondulant sous la brise, le petit ruisseau au sud-ouest plongeant au milieu des champs pentus avant de disparaître parmi les arbres. C'était impossible à dire d'après la photo, bien sûr, mais l'homme pleurait. Et il avait un quarante millimètres. Non, deux quarante millimètres. Et il était ivre, complètement bourré, mais pas assez pour avoir oublié. Pas assez pour effacer le souvenir d'avoir tambouriné à la porte, d'avoir supplié Cora de lui parler, de le laisser voir Evie, de l'avoir suppliée de lui tirer en pleine tête pour qu'il n'ait plus à se sentir ainsi.

Il savait qu'il respirait étrangement. Un bruit envahit ses oreilles, comme une sorte de picotement. Ses doigts semblaient raides, comme du bois, et quand il rangea la photo, il s'y prit mal alors elle se courba. Pourtant, il ne pouvait pas faire mieux, alors il se contenta de la plier une deuxième fois, puis une troisième et la mit dans sa poche. Il laissa tomber le dossier sans se soucier des photos qui s'éparpillèrent, trahissant ainsi sa présence dans la pièce. Il avait besoin de sortir.

Il avait besoin d'air frais. Ah, ce qu'il lui fallait, c'était un verre, ou dix. Il contourna le bureau en chancelant et se dirigea vers les portes.

Les voix fortes le rejoignirent et les portes s'ouvrirent. La femme qui se tenait là n'était pas inconnue, mais la rage et la douleur de Somers l'empêchaient d'essayer de la reconnaître. Elle était svelte, taillée comme un mannequin de podium, avec des poignets et des chevilles qui donnaient l'impression qu'ils se briseraient net s'ils portaient quoi que ce soit excédant deux kilos. Sa peau avait un hâle doré et ses cheveux foncés tombaient sur ses épaules en un angle parfait. Des épaules nues, réalisa Somers. La femme portait une simple robe droite, blanche. L'effet était extraordinaire.

Derrière elle, Hazard affichait une mine confuse et gênée. Une mèche de ses longs cheveux foncés était tombée sur son front, mais comme toujours, il semblait ne pas en avoir conscience. Des bras musclés serrés sur sa poitrine, il les regardait tour à tour, cette femme et lui, d'un œil noir. Il n'était pas seulement en colère contre elle, se rendit compte Somers, et lentement, la prise de conscience perça à travers son propre fatras d'émotions. Hazard était en colère contre lui. Pourquoi ? Parce qu'il avait filé pour partir explorer ? Non, c'était un professionnel et il comprenait l'importance d'un petit tour du propriétaire. Parce qu'il s'était fait attraper ? Peut-être, mais le degré de colère semblait supérieur à cela.

— John-Henry, déclara la femme.

Et l'horreur commença à s'ouvrir en lui, parce qu'il reconnaissait cette voix.

— C'est une fouille illégale. Dois-je appeler mon avocat ?

Il la foudroya du regard. C'étaient les cheveux sombres qui l'avaient troublé. Ils avaient considérablement foncé au cours des dernières années. Ou peut-être les avait-elle simplement teints. Et elle était plus mince, bien sûr. Et sa poitrine… Il ramena d'un coup les yeux sur son visage. Les traits étaient les mêmes, simplement plus raffinés.

Plus matures. Le genre de visage que les femmes tueraient pour avoir, et les hommes pour se réveiller à côté. Même un homme comme Emery Hazard, devina Somers.

Il connaissait ces traits parce que, depuis le lycée, il s'était éveillé aux côtés d'une personne ressemblant énormément à cette femme.

— Bonjour, Naomi, répondit-il en regrettant sembler parler d'une voix si froide.

Et en regrettant, dans un soudain élan de lucidité, de ne pas avoir pris toutes ces photos qui prouvaient sa dissolution, son désespoir et sa décrépitude complète et profonde.

— Hazard, poursuivit-il – et bon sang, encore avec cette froideur –, tu as déjà rencontré Naomi, je crois.

Celui-ci grogna.

— À en juger par la tronche que tu tires, réussit-il à ajouter, j'en déduis qu'elle t'a déjà dit que j'avais épousé sa sœur.

# CHAPITRE SEIZE

*Mardi 25 octobre*
*18 h 17*

Hazard fixa Somers en essayant de comprendre ce qu'il se passait. Les derniers mots de celui-ci résonnaient encore dans sa tête. Cette femme, à tomber par terre même pour un homme comme Emery Hazard, était la belle-sœur de Somers. Naomi Malsho, avait-elle déclaré quand elle l'avait trouvé dans le salon. Et immédiatement, il avait commencé à rassembler certains indices. Après tout, il avait grandi à Wahredua. Il se souvenait de l'apparence de Cora Malsho. Naomi était sa cadette, de quelques années, mais assez pour qu'il ne l'ait jamais connue. Les traits étaient pourtant là : le genre de beauté qui pouvait embraser une ville, laissant des braises encore chaudes plusieurs centaines d'années après.

Alors pourquoi, voulait-il savoir, Somers donnait l'impression d'être sur le point de rendre son déjeuner ? En sueur, pâle sous son teint parfaitement hâlé, il ressemblait toujours à un mannequin pour maillots de bain s'éloignant de la plage, mais un mannequin pour maillots de bain qui aurait mangé des crustacés pas frais et devrait passer quelques heures aux toilettes.

*Il ne savait pas*, comprit Hazard. On ne savait comment, Somers n'avait pas été au courant que Naomi Malsho était Mimi, leur contact chez les Volunteers. Cela semblait impossible. Après tout, Upchurch et Somers avaient été partenaires et Wahredua était une si petite ville qu'il avait dû savoir que Naomi était revenue. C'était pourtant la seule explication qu'il voyait. Personne, il en était certain, ne pouvait feindre cet air de terreur et de consternation.

Une partie de sa colère s'adoucit alors; Somers n'avait pas caché cette information. Au moins son allure piteuse calma Hazard. Il se rendit compte que personne n'avait dit un mot depuis le lien évident expliqué par son coéquipier entre Naomi et sa femme et il s'éclaircit la gorge.

— Ce n'est pas une fouille illégale, mademoiselle Malsho. L'agent Somerset et moi avons été invités à entrer. Légalement, il y a eu autorisation à pénétrer à l'intérieur. Nous n'avons violé aucun de vos droits.

Naomi Malsho était détendue, Hazard devait lui accorder cela. Elle lui jeta un coup d'œil par-dessus son épaule, mais s'adressa à Somers en prenant la parole.

— J'aimerais voir ce que mon avocat a à dire à ce propos. Les habitants de cet État en ont assez des polices militarisées pénétrant les demeures privées et violant les droits des citoyens.

Somers semblait toujours avoir été cogné sur le côté de la tête; *complètement sonné* vint à l'esprit de Hazard, qui reprit la parole.

— Comme je l'ai dit, mademoiselle Malsho, nous avons été invités à entrer. Cela clôt le débat au regard de la Cour suprême.

Cette fois, Naomi ne prit pas la peine de le regarder. Toute son attention était focalisée sur Somers. Cela lui rappelait, et d'une manière assez gênante, un chat fixant une souris. Un chat affamé. Il y avait quelque chose d'avide chez Naomi Malsho : elle avait faim d'une violence froide et sanglante.

— John-Henry, murmura-t-elle. Tu as déjà eu meilleure mine.

Quelque chose dans ce commentaire sembla trouver écho chez Somers. Il reprit des couleurs, même s'il ne s'agissait que de zébrures rouges sur ses joues, sourit, puis adopta une posture détendue et familière, l'attitude d'un mec qui propose de faire un bœuf et qui faisait crisser Hazard des dents.

— Naomi, quand est-ce que tu es revenue ?

— Ne fais pas semblant d'être content de me voir, trancha celle-ci, faisant voler en éclats sa façade détendue.

Sa main jaillit, plus vite que Hazard ne s'y était attendu, mais il s'y était préparé. Il attrapa son coude par-derrière avant que le coup fasse mouche.

— Lâche-moi, enfoiré, cracha-t-elle en se tournant vers lui.

Ou plutôt en essayant de se tourner. Il suivait son mouvement en appliquant une pression sur son coude, contrôlant sa rotation et son élan jusqu'à ce qu'elle s'écrie de douleur.

— D'accord, marmonna Somers en venant à côté de lui.

Il paraissait toujours patraque – qu'est-ce que Lady Mabbe avait dit, comme s'il avait *un poison en lui* ? –, comme s'il avait de la fièvre, mais il ressemblait davantage au John-Henry auquel Hazard s'était attendu.

— Lâche-la, tu lui fais mal.

— Elle a attaqué un agent de police, répondit-il en lâchant pourtant son coude.

Emportée dans son élan ou mue par une envie de faire une scène, Naomi chancela en avant, se cogna contre la longue table de la salle à manger et fit voler les assiettes et les bols qui s'y trouvaient. Hazard l'examina : du cinéma, estima-t-il. Mais du très bon cinéma, car elle se tournait désormais vers eux avec les joues rougies et cela ne fit qu'accroître sa beauté. Oui, elle était très douée pour tout cela.

Il connaissait les gens comme elle. Ceux qui étaient doués pour manipuler les autres. Billy était l'un d'eux. Peu importe de quel côté il allait, à gauche ou à droite, Billy semblait le savoir, l'avoir compris avec un coup d'avance, mais on avait toujours l'impression que c'était Hazard qui prenait la décision.

Il sentit le picotement d'un danger à la base de sa colonne vertébrale. Pour quoi d'autre était-elle douée ? Jusqu'où avait-elle écrit ce scénario ? Et à quel point le suivaient-ils sans même le vouloir ?

— Enfoiré, lâcha-t-elle, mais encore une fois, ses mots, ses yeux et tout son être étaient concentrés sur Somers.

Il réprima l'envie de lever les yeux au ciel.

— Tu y prends plaisir, fulmina-t-elle. Tu es venu ici pour le seul…

— Pourquoi tu ne sortirais pas ? lança-t-il à Somers.

Naomi cligna des yeux. Cela ne faisait pas partie du script, devina-t-il. Elle avait essayé de le séduire, dans le salon, et cela ne s'était pas non plus très bien passé.

Somers semblait incapable de rompre le contact visuel avec elle, qui avait les joues écarlates et la poitrine soulevée par une respiration agonisante. Hazard donna un coup de coude à son coéquipier. Un bon.

— Ah, grogna celui-ci, je ne pense pas…

— Pourquoi tu n'irais pas prendre un peu l'air ? Maintenant.

— Je…

Il lui donna à nouveau un coup de coude. Plus fort.

— Vas-y, pète-moi une côte, glapit Somers en se massant le flanc.

Il fit pourtant un pas en direction de la porte.

— Non ! s'écria Naomi.

Elle semblait terrifiée, et Hazard savait que c'était en très grande partie feint. Mais une petite partie était réelle. Les choses n'allaient pas comme elle l'avait espéré.

— Je ne me sens pas à l'aise avec… avec lui. Il me fait peur. Je…

Hazard attrapa Somers par le bras et tendit sa main libre pour la faire taire. Il fixa Naomi et pour la première fois depuis qu'ils avaient trouvé Somers dans le bureau et elle lui rendit son regard. C'était un regard furieux, de défi, mais conservant un certain respect.

Naomi avait l'habitude des hommes, même des hommes comme Somers ; l'habitude qu'ils fassent ce qu'elle voulait, qu'ils suivent ses règles. Cela aurait pu marcher avec lui aussi même s'il n'aurait peut-être pas eu envie de coucher avec elle, sauf qu'il avait laissé Billy le mener par le bout du nez durant trop longtemps. Naomi Malsho semblait jouer dans une cour de récréation comparée à Billy.

— Haz…, commença Somers.

Mais il le secoua par le bras et, faisant preuve d'une étonnante sagesse, celui-ci se tut.

Il maintint son regard sur Naomi encore quelques instants. Puis il détendit les muscles de ses épaules et relâcha son coéquipier.

— C'est bon, on a fini ?

Naomi se redressa, abandonna la posture de la femme apeurée, assumant à nouveau la confiance détendue que Hazard lui avait connue plus tôt. Elle pencha la tête pour l'étudier avec un nouvel intérêt manifeste. Puis hocha la tête.

— John-Henry, commença-t-elle en se tournant vers Somers.

— Non, intervint Hazard. Vous pouvez vous adresser à moi.

La colère passa sur son visage comme une ombre dans un miroir et disparut.

— Agent Hazard, reprit-elle en tournant son corps vers lui. Je me souviens de vous, vous savez. Timide, maigrichon, les cheveux en pétard, comme si vous n'aviez jamais vu de peigne de votre vie. Il vous est déjà arrivé…

— Mademoiselle Malsho, nous sommes ici pour vous parler d'un crime récent, peut-être une série de crimes, et de tout ce que vous pourriez nous dire.

— On ne rigole pas. Très bien. Que pensez-vous que je puisse vous dire ?

— Vous faites-vous appeler Mimi ?

— Hazard, intervint Somers, elle n'est pas…

— Quand je travaille avec les Volunteers, oui. Mais vous pouvez m'appeler Naomi. C'est comme ça que John-Henry m'appelait.

— Naomi, c'est pas vrai, tu rigoles, souffla Somers, la mâchoire pendante. Les Volunteers d'Ozark ? Ces… ces *minables* ? Ces racistes défoncés…

— Assez, coupa Hazard.

Mais Naomi souriait.

— Non, continue, John-Henry. Que penses-tu d'eux ?

— Comme je l'ai dit, nous sommes ici pour vous demander votre aide. Êtes-vous associée aux Volunteers d'Ozark ?

Cette même colère passa à nouveau dans le miroir de son visage.

— J'ai déjà dit oui.

Somers secouait la tête.

— Et quel est votre rôle au sein de ce mouvement ?

— Je suis une spécialiste.

— Quelle est votre spécialité ?

— Faire la fête. John-Henry peut vous le dire. J'ai aidé à l'organisation de son mariage.

Pour la première fois, une émotion sincère habita sa voix, une haine venimeuse dont étaient imprégnés les derniers mots.

— Et vous avez aidé l'agent Renard Upchurch avec ses enquêtes, par le passé ? Des enquêtes incluant ce mouvement ?

Le regard de Naomi quitta Hazard et Somers et se posa sur la fenêtre. Elle traversa la pièce et se tint devant celle-ci, contemplant le maïs, puis haussa les épaules.

— Oui.

— Avec quel rôle ?

— Le rôle de protectrice de mon peuple.

— Votre peuple ?

— Les Blancs.

Somers poussa un son étranglé et Hazard le foudroya du regard.

— Mon peuple, poursuivit Naomi, qui regardait toujours par la fenêtre, ce sont les Américains respectables, travailleurs. Chrétiens, bien que je n'aie pas vraiment besoin de le préciser puisque les Juifs sont une race inférieure et ne sont ni véritablement blancs, ni américains. Et mon peuple est dans la servitude, agent Hazard. Asservi par des oligarchies étrangères, asservi par les syndicats juifs, asservi par la police militarisée déterminée à priver les citoyens américains de leurs droits offerts par le Seigneur, asservi par les Noirs qui tètent le sein du gouvernement.

Elle se tourna vers Hazard, nimbée par la lumière rougeoyante du soleil.

— Asservi par les gays et les lesbiennes dont le seul désir est de détruire la famille et ne laisser qu'un champ de sodomites dans leur sillage. Voilà mon peuple et je ferai tout ce que je pourrai pour le libérer.

— C'est pas vrai, c'est une blague, souffla Somers à voix basse.

Hazard l'ignora. Toute son attention était concentrée sur Naomi Malsho, qui le fixait telle une reine antique liée au soleil, furieux et divin. C'était du très bon cinéma, songea-t-il. Très, très bon. Et certaines parties étaient peut-être vraies. Les éléments racistes et homophobes, en tout cas, avaient quelque chose d'authentique.

— Pourquoi aidez-vous la police ?

— Je ne les aide pas, monsieur, répondit Naomi en clignant des yeux. Je vous l'ai déjà dit. J'aide mon peuple.

— Laissez-moi être franc, mademoiselle Malsho. Il est temps pour vous d'aider encore une fois votre peuple. Deux membres des Volunteers d'Ozark sont impliqués dans un meurtre qu'ils ont essayé de couvrir en y mettant le feu. Nous avons besoin que vous nous aidiez à les retrouver. Vous pouvez apporter votre aide en désignant les hommes impliqués et ainsi protéger le reste de votre peuple d'un… comment avez-vous dit ? D'un État à la police militarisée ?

— C’est un mensonge, répondit-elle d’une voix douce, égale et contrôlée.

— Non, Naomi, fit Somers. Nous avons un témoin qui les a vus là-bas.

Elle sourit en s’avançant vers eux et le soleil rougeoyant dans son dos effaça ses traits pour ne faire d’elle qu’un entrelacs de lignes gracieuses.

— Ce n’est pas ce que je voulais dire. Les deux hommes y étaient. J’en suis certaine. Mais ce que vous avez dit était un mensonge. Ils ne sont pas tous les deux impliqués dans le meurtre.

— Ils avaient un tatouage, commença Somers.

— Comme je l’ai dit, l’interrompit-elle avec un geste de la main, je suis certaine qu’ils se trouvaient tous deux là. Et je suppose qu’ils faisaient partie des Volunteers. Mais tu ne m’écoutes pas, John-Henry. Je ne discute pas les faits. Je discute votre interprétation.

— Nom de Dieu, souffla Hazard.

Et soudain, il repensa encore à Billy et à toutes les fois où celui-ci avait fait l’exacte même chose : le mener tout droit où il le souhaitait en pensant qu’il ne le verrait pas, qu’il ne le comprendrait même pas.

— Quoi ? demanda Somers.

— Elle dit que ce ne sont pas les meurtriers. Elle dit que ce sont les victimes.

# CHAPITRE DIX-SEPT

*Mardi 25 octobre*
*18 h 30*

Encore une fois, Naomi Malsho sembla surprise que Hazard ait parlé à sa place. Lui avait l'impression que pour cette femme, la seule personne digne d'intérêt dans cette pièce, et peut-être dans le comté, était John-Henry Somerset. Mais après l'avoir entendu exprimer à voix haute ce qu'il avait compris, Naomi tourna son attention vers lui.

— Presque. Même si ce n'est pas tout à fait ce que j'entends par là. Je crois que l'un des hommes que vous avez vus était la victime que vous avez trouvée. L'autre… l'autre, je ne sais pas trop.

Somers secouait la tête. Il ressemblait à un de ces types dans les dessins animés qui n'arrête pas de glisser malgré tous ses efforts.

— Attends, Hazard, de quoi tu parles ? Tu dis…

— Je dis qu'elle pense que les Volunteers sont les victimes dans cette affaire. Elle dit qu'un de ces deux hommes était le corps que nous avons trouvé dans le mobile home. N'est-ce pas, mademoiselle Malsho ?

— Tout à fait.

— Pouvez-vous nous donner une piste ? Les noms de nos potentielles victimes ?

Naomi réfléchit à la question en inclinant la tête. Derrière elle, le soleil embrasait le mur de verre, formant un cadre qui la faisait ressembler à une sainte de fresque médiévale.

— Venez par ici, lança-t-elle en les menant vers le bureau.

Elle fit le tour de celui-ci, s'installa dans le fauteuil au dossier haut et croisa les jambes. À travers le plateau de verre, ce mouvement (et ses effets), étaient parfaitement visibles. Hazard réprima un sourire sombre et tout à coup, flirter avec Naomi Malsho n'avait plus rien d'un fricotage avec une sainte du Moyen-Âge. Peut-être avec un *démon* médiéval, à la rigueur, un de ceux qui avaient mille bras, capables de vous ligoter sans le moindre effort.

L'attention de Naomi dérivait déjà de nouveau vers Somers. En passant ses mains sur le bureau, effleurant deux dossiers aux photos éparpillées (des photos de Somers et lui), elle sourit.

— John-Henry, tu as fouillé mes affaires.

— Pourquoi tu as ces photos ?

— Quoi ? Celles-là ?

Hazard interrogea Somers du regard et celui-ci lui expliqua :

— Des photos de toi. Et de moi.

— Eh bien, mademoiselle Malsho ? demanda-t-il alors.

— Ne soyez pas bêtes. Ce ne sont que des photos. Il n'y a rien de mal à cela.

En se penchant, Hazard attrapa un des dossiers et l'ouvrit. Somers avait raison, ils renfermaient des dizaines de photos de lui : au travail, au bar, dans la rue. Somers aux premières lueurs du jour, Somers au visage à moitié dans l'ombre. Cela ressemblait à une séance photo de mode, pensa-t-il. Chacune d'elles, chacune de ces maudites photos montrait ces mêmes traits parfaits. Même quand il était complètement ivre, Somers restait néanmoins à tomber par terre.

— Vous aimez ce que vous voyez, monsieur l'agent ?

Hazard fit glisser le dossier qu'il tenait vers Naomi et prit l'autre. Il contenait plusieurs photos de lui. Il tapota celle qui avait été prise à travers la fenêtre, où on le voyait torse nu. La cicatrice était visible, elle formait trois lignes brillantes là où Mikey Grames avait essayé de graver ses initiales pendant que Somers et Hugo Perry lui tenaient les bras. Le cliché avait été pris à travers la fenêtre du *Bridal Veil Motor Court*.

— Les photos prises sur des lieux publics ne posent pas de problème, mademoiselle Malsho, mais celle-ci est une violation de vie privée.

D'un geste vif, Naomi rassembla les photos et les empila à côté d'elle.

— Il est possible de prendre des photos d'un endroit privé si c'est fait depuis un espace public. Croyez-moi, mon photographe a veillé à se trouver sur une route publique quand il a pris ces clichés.

— Les chambres d'hôtel et de motel ainsi que les chambres, les salles de bain et pièces assimilées font exception à cette règle.

— Un argument difficilement recevable quand l'occupant des lieux vient rouler des mécaniques, torse nu, à la fenêtre. Peut-être s'agit-il de publicité pour les affaires. Comment disais-tu, John-Henry ? La pêche au gay ?

Cette question sembla soudain faire sortir Somers de sa sidération et les zébrures sur ses pommettes s'assombrirent.

— Ça suffit, Naomi.

Les traits élégants de celle-ci se tordirent pour former un rictus.

— La fac t'a coupé les couilles, John-Henry. Tu sais quoi ? Ça arrive trop souvent. Tous ces professeurs athées vomissant leurs mensonges pour tordre les esprits. Je me souviens de toi au lycée. Je me souviens quand tu as poussé cette pédale du haut des escaliers parce qu'il t'avait fait de l'œil au déjeuner. Et maintenant regarde-toi : tu te pavanes devant lui, tu souris pendant qu'il reluque tes photos, cela te fait jouir. Dieu merci, tu as tout fichu par terre avec Cora, je n'aurais pas eu le cœur de lui dire ce que tu étais en réalité.

Avant que Hazard puisse comprendre entièrement ce que Naomi avait dit – il aurait fait de l'œil au déjeuner à John-Henry, et c'est pour ça qu'il l'avait poussé dans les escaliers ? Mais de quoi est-ce qu'elle parlait ? – Somers bondit de son fauteuil. Il abattit une main sur le bureau, si fort que Hazard aurait pu parier que le verre s'était brisé. Le son résonna dans la pièce et la force du coup fit sauter et glisser les dossiers empilés au sol, où des photos se répandirent. Parmi elles, Hazard fut surpris de voir quelques clichés brillants en noir et blanc de l'agent Elizabeth Swinney.

— Ça suffit, j'ai dit, répéta Somers avant de prendre une profonde inspiration en donnant l'impression de lutter contre une chose cent fois plus grosse que lui. Allons droit au but, Naomi. Upchurch t'a appelée, il t'a demandé si tu avais quoi que ce soit sur l'affaire et tu as dit que tu voulais aider. Si tout ce que tu as, c'est l'affirmation qu'un de tes amis est mort dans un incendie, donne-nous un nom et on débarrasse le plancher. Si tu as autre chose, on t'écoute. Mais si tu nous as fait venir pour te ridiculiser et nous insulter, moi et mon partenaire, on s'en va.

— Bien sûr que j'ai autre chose. Je ne suis pas idiote, John-Henry. Je ne veux pas que cela retombe sur les Volunteers. Ils ont trop longtemps été les boucs émissaires de ce comté. Ils ont été les victimes blâmées pour chaque crime que notre maire et le chef de la police trop politiquement corrects ont eu peur de poursuivre en justice. Vandalisme, prostitution, vols, attaques. Ce sont des crimes ethniques, John-Henry. Tu savais qu'il y a un lien direct entre le recrutement de Noirs et de Mexicains à l'université et les statistiques criminelles ? Regarde vingt ans en arrière. Pense à ce que cette ville était quand tu étais au lycée. Tu as vu les changements, John-Henry. Tu le sais. Tu pouvais laisser ta porte ouverte. Tu pouvais emprunter les rues les plus sombres sans avoir peur. Et maintenant ? Mon Dieu, chaque jour je dois porter une arme sur moi, John-Henry, parce que j'ai peur pour ma vie.

Hazard essaya de l'étudier. Il essaya de combattre la déferlante de rage qui s'éveillait en lui en entendant sa description du passé. Ses yeux, il fut choqué de le découvrir, étaient grands ouverts et brillants, les yeux d'une femme qui croit être dans le vrai et avoir toutes les réponses dans sa manche. Mais surtout, il pensait à Jeff Langham qui s'était fait exploser l'arrière du crâne, en ayant envie de lui demander quelle sécurité il avait connue, vingt ans auparavant.

Il lui fallut un moment pour se rendre compte que c'était Somers qui parlait tant ses mots faisaient sinistrement écho à ses pensées.

— Il y a vingt ans ? Tu penses qu'il y a vingt ans, Wahredua était une de ces jolies peintures de Norman Rockwell ? Tu es folle, Naomi. Cherche donc dans tes photos et regarde celle de Hazard à la fenêtre. Vas-y.

Naomi hésita, puis elle fouilla dans la pile de papiers jusqu'à trouver le cliché en question. Somers le lui arracha des mains et montra la cicatrice.

— Il y a vingt ans, dans ton précieux paradis de Blancs, Mikey Grames, Hugo Perry et moi avons gravé ça sur Hazard avec le couteau suisse de Mikey. C'est le genre de saloperies auxquelles tu veux revenir ? Ils auraient dû nous pendre, Naomi, et pas une seule personne n'a cillé. Tout le monde savait et personne n'a été foutu de bouger un orteil. C'est ça, ce que tu veux ?

Les mots laissèrent Hazard sans voix et vidé, comme si une tempête de glace venant de l'Arctique le traversait.

Naomi, pourtant, semblait moins affectée.

— Je n'ai pas dit que c'était parfait. J'ai dit qu'il y avait une corrélation…

— Corrélation n'est pas causalité, intervint Hazard malgré ses lèvres engourdies.

Somers lui lança un regard critique, comme s'il venait d'entendre dans sa voix une chose qu'il n'avait pas voulu révéler.

— Donne-nous le nom et tout ce que tu as, dit-il pourtant en jetant la photo sur le bureau. Fini les discours, Naomi, sinon on s'en va.

Celle-ci pinça les lèvres jusqu'à ce qu'elles forment une ligne blanche. Elle remua les documents tombés au sol du bout du pied et isola une unique feuille où avait été photocopié un permis de conduire, qu'elle glissa vers Somers.

— Charles Armistead. Il a disparu.

— Le feu a eu lieu ce matin, Naomi. Depuis combien de temps a-t-il disparu ?

— Il était censé venir à un rendez-vous hier soir. Il n'est pas venu. Personne n'a réussi à le trouver, aujourd'hui.

— Vous avez vérifié à son appartement ? Vous avez essayé son téléphone portable ? Vous avez appelé sa famille et ses amis ?

— Bien sûr. Personne n'a la moindre idée d'où il se trouve.

Somers plissa les yeux sur le permis photocopié et le passa à Hazard. L'impression était pixelisée et la photo de l'homme (de mauvaise qualité) ne lui disait rien. Il aurait pu être chauve. Il aurait pu avoir les cheveux très clairs. Il aurait pu porter un chapeau de cowboy. Les informations sur le permis aidaient un peu plus, mais pas énormément : trente-deux ans, un mètre soixante-dix-sept, quatre-vingt-six kilos. Le profil concordait globalement avec la victime de l'incendie, mais des milliers d'autres hommes du comté de Dore aussi.

— Vous avez une photo mieux que celle-là ? demanda Hazard.

Naomi secoua la tête.

— Comme beaucoup de Volunteers, Chuckie voulait autant que possible vivre sous le radar. Notre gouvernement fasciste et intrusif a exigé une photo d'identité pour qu'il puisse conduire son propre véhicule en toute légalité – réfléchissez à ça, si vous cherchez quelque chose de vraiment fou – mais à part ça, Chuckie refusait de se rendre victime de Big Brother.

— Ça veut dire quoi, ça, Naomi ? demanda Somers. Tu peux parler clairement, pour une fois ?

— Ça veut dire qu'il refusait d'être un rouage de la machine.

— Ça veut dire qu'il évitait tout ce qui aurait fourni des renseignements sur sa présence ou ses activités, ce genre de choses, clarifia Hazard. Je suppose que vous incluez tout ce qui n'est pas officiel également, pas de page Facebook, Twitter, rien de tout ça ?

Il remarqua le mensonge, mais uniquement parce qu'il le cherchait.

— Bien sûr que non, répondit Naomi en détachant son regard du sien. Aucune facture d'eau, d'électricité, aucun compte en banque, rien de tout ça, dans la mesure du possible.

— Super, soupira Somers. Tu veux qu'on prouve qu'un fantôme a été tué. Il nous faut quelque chose, Naomi. Où est-ce qu'il habitait ? À qui peut-on parler ?

— Les proches de Chuckie n'ont pas envie de vous parler. Et ils ne pourraient pas vous aider même s'ils le voulaient. Personne ne sait ce qui lui est arrivé.

— Alors qu'est-ce que tu peux nous apprendre ?

— Je peux vous donner son assassin.

— C'est très utile, commenta Hazard dont les sourcils s'étaient instantanément soulevés.

— C'est plus qu'utile, agent Hazard. Cela s'appelle la justice.

Elle tapa quelque chose sur son ordinateur et tourna la machine pour montrer l'écran. Une photo agrandie montrait une petite femme, manifestement d'origine asiatique, avec un jean, un tee-shirt et les cheveux mi-longs suivant un style sportif. Dans une main, elle portait une pancarte où était écrit : *À l'attaque, mesdames.*

— Voici Lynn Fukuma. Elle tient à se faire appeler Lynk, mais son prénom est Lynn. Elle enseigne à Wroxall. Et c'est elle qui a tué Chuckie.

Hazard se pencha pour étudier la photo. De toute évidence, elle avait été prise à une sorte de rassemblement ou de manifestation, et de près, il remarqua quelques détails qui lui avaient échappé de loin : de la peinture rouge sur le visage, une expression de fureur, et une deuxième pancarte à ses pieds qui disait *Cis=Haine, Hétéro=Mort.* Elle ressemblait, s'il devait être honnête, à une femme capable de tuer, avec son expression de fanatique. La même, d'après lui, qu'affichait Naomi Malsho.

— Ça fait pas grand pour tuer un homme comme Armistead, marmonna Somers.

— Évidemment, on l'a aidée, rétorqua Naomi et retournant l'ordinateur pour lui faire face. Et elle n'avait pas besoin d'être grande pour tuer Chuckie. Tout ce qu'il lui fallait, c'était une arme, et croyez-moi, elle en a pléthore.

Hazard repensait aux os. Le légiste avait été inconscient et le rapport n'avait pas indiqué la cause de la mort. Avec pour seuls restes les os, après l'incendie savamment contrôlé (un effort intentionnel pour dissimuler l'identité de la victime) il serait très difficile d'identifier la cause de la mort. Seuls des dommages accidentels occasionnés sur les os fourniraient un indice. Si on avait tiré sur la victime, il y aurait probablement une sorte de piste. Mais rien n'était garanti.

— Pourquoi pensez-vous que madame Fukuma voudrait nuire à monsieur Armistead ? demanda-t-il.

— Parce qu'elle fait partie de l'ordre militaire et homophile établi. Et qu'elle est soutenue par cette police on ne peut plus gay. Elle fait partie des puissances qui essaient d'éradiquer la famille traditionnelle. Elle veut détruire les valeurs qui ont fait des États-Unis une grande nation. Et Chuckie refusait de laisser passer cela. Il a résisté. Il lui a tenu tête. Et après ça, après ce face-à-face, tout le monde a vu Fukuma comme ce qu'elle était : un tyran avide de pouvoir cherchant un moyen d'opprimer les honnêtes gens. Elle ne pouvait pas laisser tomber. Elle ne pouvait pas le laisser vivre après ça. Si tout se passe comme elle l'a prévu, la police, la garde nationale et l'armée seront là dans quelques semaines pour traquer les Volunteers comme des chiens, balancer nos bébés par les pieds et éclater leurs crânes contre les murs. C'est ce que veut Lynn Fukuma pour les Volunteers et elle s'en est déjà sortie une fois !

En finissant ce discours, Naomi s'était mise à hurler et deux cercles rouges brûlaient sur ses joues parfaitement hâlées. Avec une profonde inspiration, elle se laissa retomber sur sa chaise en agitant une main devant eux.

— Mais je ne m'attends pas à ce que vous vous en préoccupiez. Si Upchurch était encore dans les parages, il ferait peut-être quelque chose. Vous deux ? poursuivit-elle tandis que son regard glissait sur Hazard avant de revenir immédiatement à Somers. Vous faites partie de la machine. Vous jouerez votre rôle comme de joyeux petits robots et dans quelques semaines, mois ou années, vous viendrez pour les Volunteers, exactement comme le veut Fukuma, et ce sera la guerre, pure et simple.

Hazard trouvait l'air vicié dans ce bureau. Tout avait ce goût sec et filtré trop de fois des climatisations industrielles. Il réalisa que c'était le goût de la folie atypique de Naomi et tout à coup, il avait envie d'être à l'extérieur. Il avait besoin d'être dehors, de respirer de l'air frais, de s'éloigner de toute cette folie.

— On va enquêter là-dessus, Naomi, conclut Somers qui le regarda ensuite.

Alors Hazard acquiesça et se leva.

Ils regagnèrent la porte et quand ils sortirent, la chaleur et l'humidité fondirent sur lui, emplies de l'odeur de maïs doré et de poussière argileuse, chargées du ronronnement d'un transformateur et des lignes à haute tension. Il commença à se diriger vers la voiture, mais Somers lui attrapa la manche et la laine frotta sur son bras.

— Si tu repenses à autre chose qu'on aurait besoin de savoir, lança celui-ci en donnant sa carte à Naomi, appelle-nous.

Ses bras nus teintés de cuivre sous le soleil couchant, elle s'adossa à l'embrasure de la porte et ses cheveux parfaitement coiffés sculptèrent ses épaules quand elle tourna lentement la tête.

— Si tu veux quoi que ce soit des Volunteers, John-Henry, tu devras t'adresser à moi. Je suis ta seule option sûre. Mais j'ai le sentiment qu'on ne se reverra peut-être pas avant que tu viennes pour nous anéantir, prendre notre terre et nous mettre à mort.

— On peut toujours espérer, trancha Hazard en se libérant de Somers pour s'avancer vers l'Impala.

Celui-ci s'attarda cependant sur le pas de la porte.

— Qui était l'autre type ? L'autre Volunteer. Tu penses qu'il a aussi été tué ? Ou peut-être que c'est ton meurtrier.

Naomi secoua la tête.

— Pourquoi ? Pourquoi votre meurtrier ne ferait-il pas partie du mouvement ?

— Parce qu'on l'aurait déjà trouvé et qu'on se serait occupés de lui.

Hazard se pencha sur le siège passager et écouta Somers demander :

— Alors qui c'était ?

— Le tueur qui se faisait passer pour un Volunteer.

— Mais Armistead ne l'aurait pas reconnu ? lança-t-il alors, bien malgré lui. Il n'aurait pas su que ce n'était pas vraiment un partisan ?

Naomi ne répondit pas, mais elle n'en avait pas besoin : il pouvait lire sa réponse sur son visage. Armistead l'aurait su. Alors pourquoi avoir joué le jeu ?

Somers soupira, hésita, vraisemblablement déchiré entre se diriger vers l'Impala et poursuivre sa conversation avec Naomi. Il regarda cet homme blond. Somers avait-il de bons souvenirs avec Naomi ? Appréciait-il encore sa compagnie, malgré toutes ces choses folles qu'elle avait dites ? Ou n'était-il simplement attiré par elle que parce qu'elle ressemblait tant à sa femme ?

Hazard ne savait pas trop, mais il n'aimait pas la façon dont il la regardait, il n'aimait pas la façon dont il se penchait vers elle quand il lui parlait, il n'aimait pas ce qu'il voyait dans son regard ; comme si Somers arrivait à voir quelque chose à cent kilomètres et voulait vite y aller.

Enfin, ce dernier soupira encore une fois et se dirigea vers la voiture. Quand il monta à l'intérieur, Naomi l'appela depuis la porte d'entrée. Sa robe blanche voletait sur ses genoux, un contraste fort avec l'obscurité de la maison, et cela rappela à Hazard tout le reste concernant cet endroit : la mise en valeur appliquée des contrastes, la précision digne d'un musée, et l'impression persistante de contempler un décor préparé avec soin.

— John-Henry, je ne sais pas si tu en as entendu parler, mais Kaylee sera en ville ce week-end. J'adorerais…

Quelle que fût la fin supposée de cette phrase, elle fut coupée net par le son de la portière que Somers claqua. Il resta assis un moment, ses mains fines agrippées au volant, le visage aussi pâle que si on lui avait tiré dessus. Puis il mit le contact et fit demi-tour dans un panache de gravier et de poussière qui engloutit la maison derrière eux.

Hazard ne savait pas trop pourquoi, mais cela lui fit du bien. Il tendit le bras, attrapa l'épaule de Somers et la serra.

— Putain de cauchemar, répondit celui-ci.

Et ce furent les seuls mots prononcés jusqu'à leur retour en ville.

Pourtant, Hazard hocha la tête. Cela résumait assez bien les choses.

# CHAPITRE DIX-HUIT

*Mardi 25 octobre*
*19 h 10*

Somers roula directement jusqu'au *Saint Taffy*, le bar où Hazard et lui étaient allés la veille. Ils se garèrent au commissariat et rejoignirent Market Street à pied, tandis que la circulation était redescendue à un rythme constant après l'heure de pointe. Encore une fois, Hazard fut frappé de voir comme Wahredua avait changé : les quais branchés, les entrepôts de brique transformés en lofts, les troquets devenus des antres de la vie nocturne attirant jeunes entrepreneurs et étudiants fortunés. L'odeur du fleuve était la même, celle de la vase et du poisson, mais elle se mêlait désormais aux émanations de la circulation et au parfum de levure et d'huile chaude des bars bordant la route.

Lorsqu'ils atteignirent le *Saint Taffy*, la sueur perlait dans la nuque de Hazard et il remercia la vague fraîche d'air conditionné quand ils entrèrent dans le bar sombre. L'odeur houblonnée était plus forte ici, de même que celle du poisson frit. En grande quantité. Son estomac gargouilla. Il était pourtant sûr d'avoir déjeuné, mais ne savait plus trop quand. Ni quoi, d'ailleurs. Un mal de crâne formait un point entre ses deux yeux, signe que cette longue journée (qui avait démarré avec l'appel de minuit à se rendre sur la scène de l'incendie) pesait lourd. Somers fit signe au gérant, de toute évidence habitué, et conduisit Hazard à la même table derrière le billard.

Leur serveuse, quand elle arriva, semblait à peine avoir l'âge de conduire, alors prendre une commande d'alcool… Hazard remarqua que cela n'empêcha pas son coéquipier de regarder dans son décolleté. Ni d'ailleurs de faire une plaisanterie d'hétéro typique qui provoqua le sourire de la jeune fille, puis son rire, et enfin la fit rougir un peu. Hazard ne lui en voulait pas. Après tout, c'était John-Henry Somerset.

Ce dernier commença donc par une Bud Light et commanda un burger. Hazard commanda une Guinness et le plat du jour : du fish and chips. Quand les boissons arrivèrent, Somers engloutit la sienne si vite que la serveuse n'avait pas eu le temps de quitter leur table, alors il leva simplement un doigt et la jeune fille trottina pour aller en chercher une autre. Hazard fit les gros yeux à son partenaire.

— Seulement deux, répondit celui-ci en rougissant légèrement. C'était l'enfer, ce rendez-vous.

— Tu ferais mieux de me mettre au courant.

— Je t'ai déjà raconté. J'ai merdé. En beauté.

— Pas ça. Elle a lancé ça pour te déstabiliser. Elle ne voulait pas que tu réfléchisses à la dernière question.

— Quoi ?

— À propos d'Armistead et pourquoi il aurait accompagné quelqu'un qui faisait semblant d'être un Volunteer. C'était une manœuvre psychologique, ce qu'elle a fait.

— Merde, souffla Somers, hébièrté.

— Donc tu ferais mieux de me dire tout ce qui la concerne, ce qui concerne ta femme et toute autre chose que je devrais savoir.

— Comme quoi ?

— La chronologie, d'abord. Tout ce qui a mal tourné avec ta femme et où tu en es maintenant. Et ne me regarde pas comme ça, je t'ai raconté pour Billy.

*Dans les grandes lignes*, pensa-t-il.

— Que tu le veuilles ou non, ta belle-sœur est trempée jusqu'au cou et ça veut dire que j'ai besoin de savoir ce qu'il se passe pour qu'elle ne s'en serve pas pour nous faire la peau.

— C'est un peu exagéré, tu ne crois pas ? fit Somers, les lèvres tordues par l'amertume.

Il leva la main pour commander une autre bière et quand Hazard le foudroya du regard, il changea d'avis pour un Coca.

— Ce n'est pas exagéré étant donné les photos qu'elle avait, reprit Hazard dès que la serveuse partit. Ça faisait un paquet de photos de toi et moi.

— Tu penses que ça a quelque chose à voir avec l'affaire ?

— Tu ne penses pas ?

— Ce n'est pas…, hésita Somers en sirotant son soda. Enfin, c'est forcément personnel, non ? Elle m'en veut à cause de ce que j'ai fait, alors elle te surveille, elle cherche d'autres aventures, d'autres relations, ce genre de trucs.

— Et où est-ce que je me situe ? Dans tes relations ?

— Tu es mon coéquipier, répondit Somers en rougissant. Elle est curieuse. Et puis, tu es un…

— Monstre ?

— Un étranger. Ou pas vraiment un étranger, mais tu es nouveau, relativement, du moins. Beaucoup de personnes veulent en apprendre plus sur toi. Tu ne me croirais pas si je te disais le nombre de personnes qui m'ont demandé…

Somers s'interrompit, les joues plus rouges encore.

— Naomi veut probablement juste satisfaire sa curiosité.

— En payant très cher un détective privé ? rétorqua Hazard en secouant la tête. Et de toute façon, c'est impossible que ce soit ça.

— Pourquoi ?

— Parce qu'elle avait une photo de Swinney dans le tas. En fait, je serais prêt à parier qu'elle avait tout un dossier sur Swinney. Et un sur Lender aussi. Tous les enquêteurs de Wahredua.

Somers déforma ses traits parfaits en réfléchissant.

— Ce qu'elle a dit à propos de Fukuma, sur le fait qu'elle était soutenue par la police homophile de Wahredua, je pense que c'était juste pour te provoquer.

— Mais ?

— Mais Swinney ?

Hazard rit malgré lui et but une gorgée de Guinness.

— Tu penses que Swinney est gay ?

— Je n'essaie pas de faire dans le cliché, répondit Somers en haussant les épaules, mais les stéréotypes existent pour une raison. Femme flic, célibataire, dure à cuire…, résuma-t-il en haussant de nouveau les épaules.

— Swinney n'est pas gay.

— Tu ne sais pas…

— Non, elle ne l'est pas, insista Hazard en riant de nouveau.

— Comment tu peux en être si sûr ? demanda Somers, à nouveau amer. Tu n'es pas vraiment un expert en femmes hétéros, je me trompe ?

— Je suis un expert en façon dont les gens regardent les canons, hommes ou femmes, répondit-il en fixant son coéquipier pour lui faire passer le reste de sa pensée.

L'espace d'un instant, Somers ne sembla pas comprendre. Puis il déchiffra.

— Impossible. Elle et moi… on n'a jamais…

— Que vous l'ayez fait ou pas, elle te regarde comme si tu pendais dans une vitrine de boucher, répondit Hazard en buvant une autre gorgée de bière pour réprimer un nouveau rire. Crois-moi, elle n'est pas gay.

À ce moment-là, la serveuse revint, débordante de bonne humeur, balançant ses cheveux et faisant à peu près tout (à part retirer sa jupe) pour que Somers la remarque. Elle amena les plats et quand Hazard prit la première bouchée de poisson, Somers dit quelque chose à la jeune fille à voix basse. Pendant qu'elle allait lui chercher une bière, il mordit furieusement dans son burger et croisa le regard fulminant de Hazard.

— Si je parle de Cora, il va me falloir quelque chose de plus fort qu'un Coca.

Hazard ne dit rien. Il se concentra sur son fish and chips pendant que Somers mangeait son burger.

La Bud Light revint, puis une autre, et une troisième. Quand ils eurent fini de manger, les verres vides prenaient presque toute la table et aucun des deux hommes n'avait dit un mot.

— D'accord, déclara Somers, le ton désormais vague à cause de la bière et le regard lourd en repoussant son assiette vide. Tu veux en apprendre plus sur Naomi.

— Non, répliqua Hazard. J'ai besoin de savoir dans quoi on vient de mettre les pieds. Mais j'aimerais l'entendre de la bouche de mon coéquipier sans qu'il essaie de se mettre la tête à l'envers avec de la bière bon marché.

— Ouais, j'ai compris. Je suis une merde. Tout le monde sait que je suis une merde.

— Je préférerais également la version où tout apitoiement sur son sort a été coupé au montage.

Somers se retint, la tête en arrière, les narines dilatées, mais ne dit rien et ne partit pas. Après un moment, il se ratatina sur sa chaise et fit un geste à la serveuse.

— C'est pas vrai, arrête un peu, soupira Hazard, les mâchoires serrées, mais Somers l'ignora.

— Écoute, c'est ma vie qu'on dissèque, rétorqua-t-il finalement. Je prends un verre si je veux.

— Tu l'as eu ton verre. Et cinq autres de plus.

Ils plongèrent une nouvelle fois dans un silence furieux. *Si dans cinq minutes il s'apitoie toujours sur son sort, je repars à l'hôtel*, songea Hazard. Le mal de crâne entre ses yeux avait grossi et muté en étoile à neutrons. Il avait bien envie d'avaler quelques cachets de paracétamol et se mettre au lit pour une dizaine d'heures en essayant d'oublier qu'il était à Wahredua. Il n'essaierait peut-être même pas de téléphoner à Billy, pas après la façon dont s'était passé leur appel durant l'après-midi. Ah, simplement aller se coucher et n'avoir à s'occuper de rien avant l'heure du réveil. Au lieu de partir, pourtant, il fit signe à la serveuse et commanda une autre Guinness.

— Bien, commenta Somers en faisant tinter sa Bud Light contre son verre. Bon gars.

Hazard relâcha un peu de sa frustration et de sa colère pour étudier son partenaire. John-Henry Somerset semblait bien mal en point. Sexy, mais mal en point. Une barbe de trois jours dorée recouvrait ses mâchoires parfaitement dessinées. Son col, déboutonné et négligemment ouvert, montrait des taches indiquant un usage répété. Sous sa chemise de costume, un maillot de corps blanc dont l'encolure avait glissé exposait une ligne sombre sur sa clavicule. Un picotement parcourut Hazard. Le petit prodige de Wahredua était-il tatoué ailleurs que sur le poignet ? Puis il secoua mentalement la tête en s'intimant que cela n'avait pas d'importance. Il reprit son examen. L'une des mains de Somers tremblait quand il reposa la bière sur la table et Hazard n'était pas tout à fait certain que cela s'explique par l'alcool. L'odeur de levure de bière et de poisson frit, le claquement des boules de billard, le vrombissement des voix à la télévision, le miroir enfumé au-dessus du bar… tout cela s'effaça le temps qu'il répertorie ces détails chez son partenaire. Et il se rendit compte, un peu sous le choc, que c'était pire encore qu'il ne l'avait pensé. Somers donnait l'impression qu'il ne passerait pas le mois ; pas comme ça.

Puis cet instant passa, Somers sourit, le regard distant, fixé sur un souvenir, et Hazard songea qu'il réfléchissait peut-être trop. Peut-être que tout allait bien. Que ce n'était pas super, mais que cela allait.

— Naomi a toujours été bien plus intelligente que Cora, déclara Somers, le regard toujours distant. Je ne dis pas ça dans le mauvais sens. Cora est intelligente aussi. Je devrais peut-être plutôt dire que Naomi s'est toujours pensée plus intelligente. Elle est jolie…

— Elle est sublime, rectifia Hazard, et Somers acquiesça.

— Mais tu te souviens d'elle au lycée ? Elle avait quelques années de moins que nous. Elle est arrivée l'année où on a été diplômés.

Hazard secoua la tête.

— C'était du genre première de la classe. Très guindée. Elle était jolie, mais tout cet attirail qu'elle a aujourd'hui, le bronzage, les cheveux, les vêtements… ce n'était pas son truc. Elle était péniblement… je ne sais pas… prude, je crois qu'on peut dire.

— Cela a bien changé. Même moi, je peux dire qu'elle a dû en voir passer.

— Même toi, hein ? répéta Somers en levant les yeux au ciel.

— Je suis gay, pas aveugle. Alors, qu'est-ce qui s'est passé ? Qu'est-ce qui a changé ?

— L'université.

— Ah ouais ?

— Et une école de droit. Et un stage à Washington.

— Dans un cabinet d'avocats ?

— Comme j'ai dit, elle a toujours pensé être la plus intelligente.

Hazard avala une gorgée de Guinness, savourant la rondeur de ce goût et ses notes grillées.

— Elle n'a pas l'air intelligente.

— Aïe.

— Tu es allé à la fac, tu vois ce que je veux dire. La plupart du temps, intelligent veut dire libéral. Plus la personne se croit maligne, plus elle essaie d'être libérale, même si ce n'est, en bonne partie, que des airs qu'elle se donne. Il faudrait un sacré renversement de situation pour qu'une fille comme ça aille à la fac dans une école de droit et en ressorte en pensant tous ces trucs.

— Elle n'était pas comme ça avant d'aller en école de droit.

— Quoi ?

— C'est bon, tu me connais. Tu penses que je me serais marié avec quelqu'un qui vient d'une famille de suprématistes blancs ?

Hazard regarda Somers d'un œil critique et prit une gorgée de bière.

— Allez quoi, s'exclama Somers en riant.

— D'accord, peut-être pas cette version de toi. Celle du lycée, je ne sais pas.

Et encore une fois, il repensa à Jeff Langham et se demanda ce que Somers savait. Il pensait – à la caresse des doigts de Somers sur son torse, dans le vestiaire, à la série de décharges que cela avait semblé provoquer sur sa peau, à la chaleur et au durcissement entre ses jambes – aux escaliers du lycée, quand Somers l'avait poussé.

— D'accord, c'est mérité. Mais la famille de Cora n'est pas comme ça. Même à l'époque, tu dois bien l'admettre, c'était une fille bien.

Il acquiesça lentement.

— Clyde Malsho, son père, a dû passer quelque chose comme deux années de sa vie d'adulte hors de prison. Et sa mère, Josie, elle… enfin bon, tu as entendu toutes les histoires à son sujet, hein ?

Une prostituée travaillant à Smithfield, avait-il entendu dire. Il avait également entendu un paquet de lycéens se vanter de s'être tapé la mère de Cora pour cinq dollars. C'était de la vantardise et une insulte à la fois, et il doutait fort que l'un d'eux l'ait jamais réellement fait, mais c'était ce qu'ils racontaient. Personne ne l'aurait jamais dit en présence de Somers et personne ne l'aurait jamais dit à un moment où cela aurait pu lui venir aux oreilles, mais on le disait.

— J'ai entendu certaines choses, se contenta-t-il de répondre.

— Donc ces machins, avec Naomi, tous ces trucs racistes et homophobes, ça vient de la fac. Elle est allée dans cette école d'art libérale et ultra-conservatrice. Officiellement religieuse, je crois, mais je suppose que Jésus ne les intéresserait pas beaucoup s'il revenait. Trop d'amour et de compassion, pas assez de contrôle aux frontières.

— Et l'école de droit ?

— Dans le Michigan, tu y crois ? On ne sait comment, elle n'a pas été renvoyée à cause de toutes ces conneries. Et elle a fait son stage à la cour d'appel de Washington.

— Et elle est revenue ici ? Elle aurait pu avoir un salaire à six chiffres. Elle a renoncé à tout ça pour quoi ? Aider les Volunteers d'Ozark ?

Somers secoua la tête et vida sa bière.

— Je ne sais pas. Après son stage, elle a travaillé pour un think tank dans le Connecticut. Elle a dû s'y faire un sacré paquet de fric, à en juger par la maison. Mais je ne savais pas qu'elle était revenue, il faut que tu me croies.

— J'ai vu ta tête. Ne t'inquiète pas, je te crois. Depuis combien de temps elle est revenue ? demanda-t-il, les sourcils froncés. Je sais que tu ne sais pas, mais il faut qu'on le découvre.

— Trois mois.

— Je croyais que tu ne le savais pas.

— Non. Je le suppose. Mais c'est une supposition solide.

Hazard attendit.

— C'était quand… j'ai merdé. Cette fille.

— Kaylee ?

Avec une grimace, Somers acquiesça.

— Elle a dit qu'elle venait visiter Wahredua. Qu'elle venait voir une amie, répéta Hazard en essayant de se rappeler. Ce n'est pas ce que tu m'as dit ?

— Si. J'étais pas très loin du coma éthylique. Je sortais d'une grosse engueulade avec Cora, j'avais l'impression de passer mes journées au boulot, comme un super-héros, et quand je revenais à la maison, je devais m'occuper des couches sales, d'une femme avec une sciatique et d'une maison qui tombait en ruine parce que je ne gagnais pas assez d'argent et que je dépensais trop au bar avec les gars, expliqua Somers en déglutissant, et il sembla se raidir, se préparant au reste de l'histoire. Elle était jolie. À l'écoute. Elle a dit tout ce qu'il fallait. Enfin, tu vois comment ça se passe.

— Pas vraiment, non, répondit Hazard en remarquant la douleur sur le visage de son coéquipier. Ce n'est pas ce que je voulais dire. En fait, je n'ai jamais vraiment connu toutes ces histoires de drague. J'étais avec…

Alec, qui le poursuivait dans tout l'appartement avec une ceinture, le frappant assez fort pour le faire saigner, parfois.

— … ce gars, et quand ça s'est terminé, je me suis mis avec Billy. Voilà, c'est ce que je voulais dire.

— Ben, t'as de la chance. La drague, ça craint. Et j'aurais pas dû faire ce que j'ai fait, mais c'est arrivé, et le lendemain matin, la fille avait disparu et j'avais six messages vocaux de Naomi, à chaque fois un peu plus en colère. Elle m'a démoli. Le dernier disait qu'elle allait représenter sa sœur, légalement, et que je ne devais pas rentrer à la maison.

— Qu'est-ce que tu as fait ?

— Je suis rentré. Il était dix heures, j'avais la gueule de bois, et je ne sais comment, Cora avait déjà fait changer les serrures. J'ai tambouriné à la porte pendant une heure, jusqu'à ce que je vomisse, et Upchurch s'est pointé et m'a conduit chez lui. Je suis resté là-bas quelques jours, jusqu'à avoir les idées claires. Et puis je me suis trouvé l'appartement.

Hazard se repassa les événements.

— Où était Kaylee ?

— Oh, pitié, ne prononce pas son nom.

— Elle était où ?

— Quand ?

— Après que tu as eu fini de te la faire. Quand tu t'es réveillé. Choisis.

— Je ne sais pas, répondit Somers en tressaillant de nouveau. J'ai perdu connaissance. Je t'ai dit que j'étais rond comme une barrique. Quand je me suis réveillé, elle était partie.

— Elle t'a recontacté ? Elle a essayé de remettre ça ?

— Je t'ai dit que c'était un coup d'un soir, Emery. Je ne suis pas le genre à tromper ; enfin pas comme ça.

Hazard cligna des yeux, non à cause de la colère dans la voix de Somers, mais à cause de l'utilisation de son prénom.

— Ce n'est pas ce que j'essayais de dire. Je voulais savoir si elle avait essayé de te reparler.

— En quoi c'est important ?

— Elle a essayé, oui ou non ?

— Non, d'accord ? Je n'ai rien eu. Je ne l'ai jamais revue.

— Donc comment tu sais que c'était une amie de Naomi ?

— Naomi l'a dit. Plusieurs fois. Dans chacun de ses messages.

Hazard se répéta cette information.

— Et à dix heures du matin, Cora avait déjà fait changer les serrures ?

— On peut oublier ça ? Je t'ai dit ce que tu voulais. Je te l'ai donnée, ta chronologie.

— Mais il y a quelque chose…

— J'ai peut-être pas envie qu'on me fasse revivre la pire expérience de ma vie. Tu y as pensé à ça ?

— Ce n'est pas ce que j'essaie de faire.

— Bah en tout cas tu le fais super bien. Je t'ai dit ce que tu voulais savoir. Maintenant, soit tu laisses tomber, soit je me barre.

Ses joues étaient roses et il tremblait légèrement, le même tremblement que Hazard avait remarqué plus tôt, mais désormais plus fort.

— Tu veux qu'on se batte ? demanda-t-il en prenant la voix la plus aiguë qu'il put.

— Quoi ?

— Tu veux me taper ?

— T'as perdu la boule ?

— On dirait que tu as envie de frapper quelque chose. Allons-y. Je t'offre le premier coup.

— Je croyais qu'on avait dépassé ça, grogna Somers en écartant sa chaise de la table d'un geste et en se levant. Je croyais qu'on avait fini avec ça.

Hazard lui attrapa le poignet et le cloua sur la table.

— Je dis ça en tant que coéquipier. Parfois, on a besoin de frapper un truc. Je peux l'encaisser aussi bien que n'importe qui. Et si j'ai le choix entre avoir un coquard et te voir picoler jusqu'à perdre connaissance, je choisis le coquard. Comme ça, au moins, on pourra encore travailler demain.

Somers hésita. Il essaya de se dégager, une fois, puis se calma.

— Je vais bien.

Hazard maintint son poignet en place.

— J'ai dit que j'allais bien, répéta Somers d'une voix adoucie.

Alors Hazard le relâcha avec un haussement d'épaules.

— Écoute, est-ce qu'on peut…

Somers regarda autour de lui comme s'il prenait soudain conscience de son environnement : l'obscurité, les lampes jaunes qui pendaient du plafond, l'éclat de la fumée argentée au-dessus du bar… Quelqu'un avait mis un rouleau de pièces de vingt-cinq cents dans le jukebox, qui battait au rythme frénétique d'une chanson pop stridente ; le genre de musique qui donnait envie à Hazard de serrer les dents.

— On peut sortir ? demanda Somers.

— Je m'en occupe, acquiesça Hazard en désignant le bar d'un hochement de tête. Non, tu pourras payer la prochaine fois.

Il régla l'addition, laissa un pourboire à la serveuse et se tourna à temps pour voir Somers finir une série de shooters.

— C'est pas vrai, maugréa-t-il.

— Désolé, fit Somers d'une voix encore plus vague. Juste pour la route.

Quand ils sortirent dans la rue, Hazard soutenait son coéquipier par un bras. Les trottoirs étaient vides et il fut surpris de découvrir une lune éclatante, projetant des reflets argentés sur l'onde du Grand Rivere. Un vent léger avait emporté l'odeur de pots d'échappement, la remplaçant par celle de l'eau boueuse avec laquelle il avait grandi… ainsi que celle de transpiration alcoolisée de Somers.

Il le conduisit le long du trottoir, au bord du quai, puis en direction de Crofter's Mark. Ils avaient à peine passé une rue quand Somers commença à se plaindre, se débattant entre ses bras en essayant de s'arrêter. Hazard finit par céder. Somers se dégagea de sa main et, avec une aisance naturelle, il lui glissa son bras libre autour des épaules.

— C'est mieux, non ?

— Oui.

— On est partenaires, hein ?

Hazard grogna.

— Pourquoi elle t'intéresse, Naomi ? demanda Somers tandis qu'ils se remettaient en marche vers son appartement. Pourquoi tu m'as fait raconter tout ça ?

*Parce que rien ne colle*, avait-il envie de répondre. Comment Naomi avait-elle su aussi rapidement pour Kaylee et lui ? Comment Cora avait-elle pu faire changer les serrures aussi vite ? Pourquoi Kaylee ne l'avait-elle pas recontacté ? Quelque chose clochait, dysfonctionnait.

Mais il répondit plutôt :

— Si Naomi est vraiment revenue il y a trois mois, cela concorde avec le moment où les actes de vandalisme et les attaques contre la communauté LGBT ont commencé.

Somers fit une embardée sur la route et Hazard le rattrapa de justesse.

— Ah ouais ? grommela Somers. Tu penses que c'est elle.

— Je pense que c'est une étrange coïncidence. De la même manière que je trouve étrange qu'elle sache qu'un Volunteer pourrait être la victime de notre meurtre. De la même manière que je trouve étrange qu'elle refuse de nous dire pourquoi Armistead jouerait le jeu avec quelqu'un qui ferait semblant de faire partie du mouvement. Je pense qu'elle en sait bien plus qu'elle ne le dit.

*Et qu'elle joue à un petit jeu, convaincue que personne d'autre n'en connaît les règles*, songea-t-il. *Ce qui la rend dangereuse. Mais pourrait aussi la rendre imprudente.*

Quand ils atteignirent le bâtiment Crofter's Mark, il put plus facilement prendre les clés dans les poches de Somers. Ils montèrent dans l'ascenseur. Encore une fois, en entrant, il fut frappé par cet appartement spartiate : sans le tas de poubelles qu'il avait jetées, l'unique signe indiquant que quelqu'un habitait les lieux était la vaisselle sur l'égouttoir (apparemment, Somers avait trouvé le temps de la laver). Il ne prit pas la peine de chercher la lumière ; il le guida à travers le logement sombre jusqu'à la chambre.

Rien ne lui avait paru plus désolé que le matelas double laissé au sol. Une fenêtre spacieuse surplombait la ville, permettant à la lueur grise des lampes à sodium de baigner la chambre vide d'une couleur orageuse. Il remarqua également que Somers avait pris le temps de ramasser ses vêtements. Il avait arrangé tout l'appartement. *Pourquoi ? Pour moi ?* demanda-t-il.

Somers tituba pour se libérer, tâtonnant les boutons de sa chemise.

— Donne-moi un coup de main.

— Tu te débrouilles, rétorqua-t-il en faisant un pas vers la porte. On se voit demain. On commencera avec Armistead et Fukuma, pour voir s'il y a un quelconque lien dont nous a parlé Naomi.

En se retournant pour le regarder, Somers laissa retomber ses bras de chaque côté de sa chemise à moitié déboutonnée, révélant le maillot de corps blanc étiré sur un torse joliment développé. Il ne dit rien. Il resta là, chancelant, et fit un pas vers Hazard, puis un autre. Ses mains se levèrent, il lui attrapa le col et le tira vers lui, et en un pas, leurs torses se touchaient.

Son souffle chaud et aux relents de bière chatouilla sa joue. L'une de ses mains vint caresser sa mâchoire.

— T'as une sacrée barbe, tu le sais, ça ?

— Tu as besoin de dormir, déclara Hazard, fier que sa voix reste assurée malgré les feux d'artifice et la girouette qu'il sentait en lui. Qu'est-ce que tu…

— J'ai fait des trucs avec des mecs, à la fac, dit Somers, ses doigts se resserrant sur son col, son corps entier percutant celui de Hazard, se serrant contre lui. Enfin, je les ai laissés me faire des trucs, je devrais dire. Avant que j'épouse Cora. J'étais… Tu sais, juste pour voir. La fac. C'est fait pour ça.

Hazard eut l'impression que le sol s'était dérobé sous ses pieds. La majeure partie de ses sens était occupée à saisir cette sensation de Somers serré contre lui, la chaleur de son corps, la fermeté de ses muscles toniques, le désir insistant et inévitable qui émanait de lui.

Le reste, cependant, tourbillonnait autour de lui tandis que les mots repassaient dans sa tête. Somers ? Somers avait… quoi ? Quelques petites branlettes dans le noir avec un coloc ivre ? Ou…

— Il fallait juste que je te le dise. Je voulais te le dire, à la fac. Si j'avais su où tu étais, je t'aurais appelé. Je t'aurais écrit. Quelque chose, quoi. Pour que tu saches. J'ai déconné au lycée, mais j'ai compris plus tard. Je suis vraiment, vraiment désolé.

Somers se tut et il fallut quelques secondes à Hazard pour se rendre compte qu'il attendait une réponse.

— C'est bon, c'est fini. C'est du passé.

Mais il s'entendit à peine prononcer ces mots. Il pensait à la cicatrice sur sa poitrine, à Jeff Langham, un canon dans la bouche, au vestiaire, à la chute dans les escaliers.

Pendant encore quelques secondes, une chose tacite et électrique plana entre eux. Il ne respira plus, un réflexe animal créé par la peur d'attirer la foudre en lui et qu'elle ne puisse plus jamais ressortir.

Puis cet instant s'envola. Somers rit, le son fut trop aigu, trop fort, et il lui relâcha le col en essayant d'effacer les plis. Il recula d'un pas mal assuré, se retourna et se jeta tête la première sur le matelas.

Et Hazard, comme un trouillard, s'enfuit.

# CHAPITRE DIX-NEUF

*Mercredi 26 octobre*
*8 h 3*

Quand Somers arriva le lendemain matin, le commissariat était déjà en branle. Les fax bipaient, ronronnaient, les photocopieuses faisaient leurs flashs lumineux et emplissaient l'air de l'odeur d'encre qui masquait celle du café qu'il apportait, et une foule de visages familiers attendaient devant le bureau de Murray que celui-ci s'occupe de leurs plaintes. Il s'en chargeait désormais depuis une quarantaine d'années, mais passait encore un sale quart d'heure. On pouvait le voir aux poils de son nez qui frissonnaient. Somers le salua d'un signe de tête en passant à côté de lui, mais Murray ne le remarqua pas, Patsy Hoard (presque aussi vieille que lui) était postée devant lui et braillait à propos de son chat disparu. Les poils de nez de Murray tremblaient comme s'il reniflait un ouragan la tête la première.

En tournant à l'angle de l'open space, Somers ne fut pas surpris (bien qu'un peu déçu) de constater que Hazard était déjà là. Avec la déception, quelque chose d'autre déferla en lui, un sentiment inquiétant qu'il ne reconnut pas tout de suite. Il lui fallut un moment pour se rendre compte de ce que c'était : de l'embarras. Mais de quoi devait-il être gêné concernant Hazard ? Mis à part toutes ces choses du passé. Il fouilla dans ses souvenirs de la veille.

Ils étaient partis dîner, avaient pris quelques verres et parlé de points en lien avec Naomi, et par conséquent, de son propre mariage raté. Était-ce cela ? Devait-il être gêné d'avoir parlé de sa vie personnelle ? Non, probablement pas ; tout le monde était déjà au courant, en ville. Qu'était-il arrivé ensuite ? D'autres verres, il se souvenait que Hazard avait essayé d'y mettre un terme, et puis…

Il essaya de ne pas grogner. Il s'était réveillé ce matin-là en se sentant bien ; en tout cas sans grosse gueule de bois, mais il avait senti arriver un mal de tête. Il s'était tellement saoulé que Hazard l'avait raccompagné chez lui. Encore. Il commencerait bientôt à le laisser se débrouiller dans le caniveau. Somers resserra sa main autour du café et entra dans l'espace de travail. Il devrait affronter son partenaire, tôt ou tard. Et dans tous les cas, si la pire chose qu'il avait faite la veille était d'avoir trop bu, Hazard s'en remettrait, n'est-ce pas ?

— Bonjour, lança-t-il en posant un gobelet en carton sur le bureau de celui-ci. Du *Caribou Coffee*. Oh, et… petit-déj.

Il posa alors également le sachet de donuts froissé sur le bureau.

Hazard poussa un grognement et continua de taper à son ordinateur.

L'inquiétude naissante de Somers grandit. Y avait-il une signification derrière le fait que Hazard n'avait pas levé les yeux vers lui ?

Comme en réponse à ses pensées, celui-ci le regarda brièvement, puis regarda le café. Est-ce qu'il… Oui, de toute évidence : Emery Hazard était en train de rougir. Pourquoi ?

— Merci.

Il but une gorgée et un sourcil brun se souleva.

— Pas mauvais.

— Meilleur que celui du *Casey*. Et que le truc qu'on trouve ici.

Hazard se contenta d'acquiescer et ramena son attention sur l'ordinateur.

Après un moment, Somers se mit à son bureau et alluma son propre ordinateur. Il savait qu'ils avaient une montagne de travail : chercher des informations concernant Armistead, essayer de confirmer la déclaration de Naomi à propos de sa disparition, se renseigner sur Lynn Fukuma, recontacter le légiste pour voir s'il avait assez dessaoulé pour leur apporter d'autres informations sur leurs victimes.

Somers fut tiré de ses pensées et se rendit compte que Hazard le fixait. Pas d'un regard en coin, indirect. Ouvertement.

— Quoi ?

Hazard rougit. Encore. Ses joues devaient tellement chauffer qu'elles auraient pu faire fondre son visage.

— Rien.

Puis un fragment de souvenir le frappa et Somers grogna de nouveau.

— Ne me dis pas que j'ai…

Hazard devint encore plus rouge, en admettant que cela fût possible. La veille, si on avait demandé à Somers à quoi ressemblait son coéquipier quand il rougissait, il aurait répondu que c'était impossible de le savoir. Hazard sortait plus ou moins du même moule que les tanks, et on a du mal à imaginer un tank rougir. C'était pourtant le cas.

— Allez, il faut que tu me dises si j'ai fait ça.

Hazard hésitait, Somers le voyait dans ses yeux. Il avait envie de dire quelque chose.

— Je paierai le pressing, conclut-il.

Hazard vacilla comme si quelqu'un lui avait jeté de l'eau froide au visage.

— Quoi ?

— Le pressing. C'est bon, je suis vétéran de la boisson, maintenant. Je connais ce regard. Qu'est-ce que j'ai fait ? J'ai vomi sur ton costume préféré ?

— Tu… quoi ?

L'expression choquée de Hazard en était presque drôle.

— File-moi la facture. Ça me va. Ou s'il faut que je t'achète…

— Non. Mon Dieu, non, t'as pas dégueulé sur moi.

— Alors pourquoi tu es tout bizarre ?

— Je… Je me demandais simplement si tu te sentais bien. Après hier soir.

Il fallut un moment à Somers pour répondre. Hazard était un tas de choses, mais un bon menteur ne faisait pas partie de ses attributs. Et à l'instant, il venait de lui mentir. Il lui mentait sur la raison pour laquelle il agissait bizarrement. Et Somers se rendit compte qu'il mentait de toute évidence à propos d'autre chose. D'une chose qui se serait produite la veille ? La gêne qu'il ressentait se creusa. Pourquoi Hazard mentirait-il ? Et que couvrait-il ?

— Oh, finit-il enfin par répondre. Ouais, ça va. Une bonne douche, tout ça… Tu connais.

— Mmh.

Il y eut une ouverture à cet instant précis, où il aurait pu demander ce qui se passait, mais il la laissa filer. Hazard ne voulait pas en parler, et s'il avait appris quelque chose au cours des deux derniers jours, c'était bien que chaque chose devait arriver quand l'état émotionnel de son coéquipier le permettait.

— Tu as déjà commencé les recherches à propos d'Armistead ?

Hazard se détendit visiblement quand la conversation revint sur leur travail.

— D'abord, le rapport pour Cravens, répondit-il en secouant la tête. Je me suis dit que j'allais prendre de l'avance.

— Cool. Alors je vais commencer à creuser du côté d'Armistead, voir ce que je peux trouver. Mais d'abord, il faut que je passe un coup de fil.

— Upchurch.

— Tu vois, t'es un enquêteur de première classe, s'exclama-t-il avec un large sourire.

— Je lui aurais pété les dents s'il m'avait fait un truc comme ça.

— Et tu es à la fois un bourrin, poursuivit-il en sentant son sourire s'élargir davantage. Continue ton rapport et laisse-moi Upchurch.

Quand Hazard se remit à taper au clavier, il composa le numéro de téléphone. Il entendit sonner une fois avant d'être basculé sur la messagerie, et essaya de garder un ton neutre.

— Salut, c'est moi. Je voudrais te parler, c'est à propos d'hier. Cette rencontre que tu as arrangée. Ça fait pas mal de surprises. Je voulais te remercier. Rappelle-moi.

Hazard avait relevé ses manches et était penché sur l'ordinateur, le clavier paraissant fait pour un enfant entre ses mains. Comme d'habitude, il était vêtu d'une chemise moulante qui montrait ses épaules et ses bras massifs. Il s'interrompit en se mordant la lèvre alors qu'il relisait un élément, peut-être une phrase, pleinement concentré sur son travail. Une mèche de ses longs cheveux soigneusement peignés ce matin-là se faisait déjà la belle et menaçait de retomber dans ses yeux.

— Arrête de me regarder, marmonna-t-il avant de se remettre à taper.

— J'y suis pour rien, tu es trop beau. Et ces cils… Oh mon Dieu !

Hazard se contenta de grogner et continua de travailler, mais il rougissait de nouveau.

Une ultime vague d'embarras déferla en Somers… Était-il allé trop loin ? Devait-il arrêter ces plaisanteries, surtout dans la mesure où elles n'en étaient pas complètement ? Puis il mit cela de côté. Il tourna son attention sur Armistead et commença à creuser.

Une recherche dans la base de données de la police apporta assez peu d'éléments. Une copie de meilleure qualité du permis (qu'il imprima) ainsi qu'une copie de retranscription d'informations : taille, poids, âge (concordant avec les renseignements de Naomi), la couleur de ses yeux (bleu) et de ses cheveux (châtain) même si c'était bien optimiste étant donné le crâne reluisant sur la photo.

En se basant sur les informations limitées données par le légiste et ce que Hazard avait officieusement déduit, Charles Armistead était peut-être leur victime. Mais cela ne voulait pas dire grand-chose. La moitié de Wahredua aurait pu l'être.

Ce qui était important, en revanche, c'était le véhicule enregistré à son nom. Le document datait de l'année précédente, quand Charles Armistead avait fait enregistrer une Ford F-150 rouge de 1997 avec trois cent quatre-vingt-onze mille kilomètres. Cela collait parfaitement au vieux pickup rouge que Lady Mabbe avait vu conduit par le Diable. Pris d'euphorie, il imprima le document.

— J'ai quelque chose, annonça-t-il.

Hazard lui accorda un bref regard en continuant de taper.

— Quoi ?

— Attends, je vais te montrer.

Il traversa l'espace de travail jusqu'à l'imprimante, rassembla les pages qu'il avait sorties concernant Armistead et revint. Il s'arrêta cependant, car quelqu'un était assis au bureau de Hazard ; quelqu'un parlait à son partenaire.

C'était le jeune homme de l'affaire de vandalisme de la veille. *Flores*, se rappela Somers. La peau cuivrée, les cheveux noirs et épais, grand, une musculature fine qu'on ne voit que chez les mannequins et les stars de cinéma. Da la même manière que la dernière fois où il l'avait vu, il s'était de toute évidence habillé simplement : des tongs, un short de gym ample et un marcel tellement en lambeaux qu'il ne semblait tenir que par miracle. Ces vêtements donnaient à voir de grandes zones de peau douce, superbe, et d'après ce que Somers voyait, Hazard ne se privait pas pour regarder et luttait à la fois de toutes ses forces pour ne pas le faire.

Ce dilemme chez cet agent de police aux cheveux bruns était drôle, mais Somers, étonné, eut pitié de son partenaire. Il était facile de voir pourquoi Hazard était si attiré par ce jeune homme : lui-même – qui se considérait plus ou moins hétéro – profitait après tout de la vue.

Ce qu'il ne parvenait pas à comprendre en revanche, c'était la raison pour laquelle son coéquipier semblait si partagé. Était-ce à cause de ce salaud infidèle, à Saint Louis ? Qu'est-ce qui pouvait bien retenir Hazard chez ce genre de types ?

En regardant les deux hommes interagir, il traversa la pièce pour les rejoindre. Quand il arriva près d'eux, il entendit le jeune homme dire :

— Je veux juste parler.

Au même moment, Hazard leva les yeux vers Somers et le jeune homme s'interrompit. Hazard semblait faire tout son possible pour agir avec détachement et professionnalisme. Cela aurait probablement dupé la plupart des gens, mais il le connaissait depuis trop d'années, et surtout, il avait vu l'étendue de son contrôle de lui-même au cours des derniers jours. À ses yeux, Hazard s'agrippait à une corde qui s'effilochait.

— Salut, lança-t-il.

— Tu te souviens de Nico, répondit Hazard en désignant le jeune homme.

— Nico ?

— Monsieur Flores, je veux dire. L'affaire de vandalisme, lundi.

— Oh, oui, ça me revient. Vous étiez remonté, ce jour-là.

*Et frontal, quand il s'était agi de faire du gringue à Hazard*, ajouta-t-il mentalement. Et voilà que Nico était venu, qu'il s'était assis à côté de Hazard, donnant l'impression qu'il ne serait pas contre attirer ce policier dans un placard à fournitures pour une petite fouille rapide et tout sauf professionnelle.

— Quelque chose ne va pas, monsieur Flores ? On peut vous aider ?

— Vous pouvez trouver celui qui écrit ces conneries sur le garage de Chendo.

Nico se leva et ses yeux marron foncé se posèrent sur Hazard.

— Je peux vous parler en privé ?

Hazard s'éclaircit la gorge.

— Je ne pense pas que cela soit…

Nico fit volte-face vers Somers.

— Vous nous accordez une minute, s'il vous plaît ?

— J'ai du travail. En fait, nous en avons tous les deux. Et c'est mon bureau que vous voyez là. Alors ce que je vais faire, c'est m'asseoir et faire mon travail. Si vous avez besoin de quelque chose, nous serons ravis de vous aider. Si c'est une simple visite de courtoisie, en revanche…

Il fit durer cette dernière phrase et attendit encore un peu, mais Nico ne dit rien, alors il alla à son bureau et s'assit.

Il fit semblant de taper à son ordinateur et fixer son écran, mais son attention était dirigée sur Flores et Hazard. Après encore quelques secondes d'un silence douloureux, Nico se pencha pour parler à Hazard à voix basse.

— Je sais que vous pensez que j'essaie juste de vous mettre dans mon lit. Je sais que j'ai réagi… assez mal, lundi. J'étais énervé contre Chendo. Et vous êtes trop mignon.

Somers toussota et réprima un large sourire quand Hazard rougit.

En soupirant, Nico lui fit un doigt d'honneur et poursuivit.

— Je vous dis que je m'inquiète. Je veux juste parler à quelqu'un. J'ai *besoin* de parler à quelqu'un. Et j'aimerais que cette personne soit vous.

— Si vous remplissez un formulaire…, fit Hazard en secouant la tête.

— Et puis merde.

Ces mots ressemblèrent plus à de l'exaspération qu'à de la colère. Nico tendit le bras à côté de Hazard et prit un stylo à l'autre bout du bureau en réussissant, avec ce geste, à révéler une peau bronzée et de belles tablettes de chocolat quand son tee-shirt se releva. Les yeux de Hazard glissèrent automatiquement le long de ce torse sculpté, puis, à la grande surprise de Somers, ils remontèrent aussitôt sur lui. Il ne semblait pas embarrassé. Il semblait culpabiliser.

Somers soupira. Il devrait lui expliquer qu'il se fichait qu'il trompe Billy. Pour ce qu'il en savait, Billy était une raclure de fond de chiottes et le plus vite Hazard passerait à autre chose (même à un jeune canon comme Nico) mieux cela vaudrait.

— Voilà, lança Nico en griffonnant quelque chose sur un morceau de papier. Je sors dîner ce soir, seul, mais je leur demanderai de mettre deux couverts. Si vous changez d'avis…

Il plia le papier et le glissa dans la poche de chemise de Hazard, profitant de l'occasion pour prendre le temps de tâter la poitrine de celui-ci.

— Vous pensez peut-être que je fais mon allumeur, là, mais je suis sérieux. J'ai besoin de parler. Et vous êtes le seul avec qui je le ferai.

Sans attendre de réponse, Nico s'en alla à grandes enjambées. Somers constata que sa sexualité assumée et son assurance étaient contrebalancées par une virilité confiante frappante. Il avait cette allure de lycéen nonchalant qui fonctionnait bien avec un short de sport et des tongs.

— Boucle-la, grommela Hazard. Ne respire même pas.

Cela fit rire Somers.

— Qu'est-ce qu'il voulait ? À part ton petit cul.

— Redis ça, pour voir ?

— Relax, je déconne.

— Il n'était pas… Il ne voulait pas…

— Nom de Dieu, respire. Je disais ça comme ça. Je te charrie. On dirait que ça ne t'est jamais arrivé, auparavant.

Hazard se laissa retomber dans son fauteuil. Il se pinça le nez de ses doigts fins, puissants et soupira lentement.

— C'est une réaction, répondit-il. La plupart des gars ne plaisantent pas. La plupart des gars disent ça pour… enfin, tu sais pourquoi ils disent ça.

Somers haussa les épaules. Il ne prononça pas le reste de la phrase, il savait que s'il le faisait, cela sonnerait creux et d'une terrible platitude. Mais il espéra que Hazard pouvait lire son langage corporel et son expression faciale : *Je ne suis pas comme la plupart des gars.*

— Il voulait parler, lança Hazard après un moment. De Chendo Cervantes, le type dont la maison a été taguée.

— De quoi il voulait parler ?

— Je ne sais pas précisément. Il a dit qu'il s'inquiétait pour lui. Qu'il n'ouvrait pas la porte, qu'il n'arrêtait pas de lui envoyer des messages assez perturbants. Des choses comme ça.

— Il pense qu'il est suicidaire ?

— Je ne sais pas. Je ne savais pas quoi lui dire, je lui ai proposé de remplir un formulaire de disparition, il a répondu que Chendo n'avait pas disparu, mais qu'il s'était simplement enfermé chez lui.

— C'est à relier au tag ? Ou à son infidélité ? C'est ce que Nico nous a dit, non ? Que Chendo le trompait. C'est pour ça qu'ils s'étaient disputés. C'était pour cette raison que Nico déménageait, quand on y est allés.

C'était pour cette raison que Nico Flores regardait Hazard comme s'il avait envie de lui arracher ses vêtements avec les dents.

— Je ne sais pas. Ça n'avait pas l'air d'avoir de lien avec l'acte de vandalisme.

Somers attendit.

— Mais ça pourrait, ajouta Hazard après quelques secondes. Je suppose… Je suppose que je devrais au moins lui parler. Voir si c'est quelque chose qu'on devrait surveiller.

— Oui.

Hazard regarda alors Somers d'un air prudent, mais quoi qu'il vît, cela ne dut pas correspondre à ce qu'il avait attendu.

— Simple conscience professionnelle, précisa-t-il en décrivant des cercles avec ses épaules. Tu vois ?

— C'est parfaitement sensé.

— Ce n'est pas un rendez-vous.

— Oui, j'ai compris.

Mais ce qu'il avait envie de répondre ressemblait plutôt à : *On s'en fout ! Laisse donc ça être un rendez-vous. Débarrasse-toi de ce connard à Saint Louis et va faire un tour en ville avec l'étudiant sexy qui te dévore des yeux.* Il se tut pourtant et essaya de paraître le plus encourageant possible.

— Tu veux voir ce que j'ai sur Armistead ?

Hazard acquiesça et Somers posa sur le bureau les renseignements qu'il avait trouvés sur le registre des véhicules motorisés. Quand il eut terminé, Hazard hocha la tête à nouveau.

— Autre chose ?

— Pas dans la base de données.

— Elle disait la vérité ; en tout cas, une partie. Ce type essayait d'être un vrai fantôme. Sous le radar autant que possible.

Somers réfléchit à cela. Il savait que son choc en voyant Naomi et la capacité de celle-ci à le déstabiliser avait forcé Hazard à prendre en main l'entretien. Il savait aussi, grâce à sa conversation avec lui au *Saint Taffy*, que son coéquipier pensait que Naomi l'avait intentionnellement mené sur une autre piste pour l'empêcher de réfléchir trop sérieusement à sa réponse. Mais cela n'avait été qu'une partie de la vérité et alors qu'il n'était pas aussi intelligent que Hazard (il le savait d'instinct) il savait également qu'il avait davantage le sens du relationnel et une meilleure capacité à s'occuper des gens que son partenaire.

— Quand tu lui as posé la question sur les réseaux sociaux et Armistead, est-ce que tu as eu l'impression qu'elle mentait ?

Hazard acquiesça.

— Mais pourquoi elle mentirait là-dessus ?

— Bonne question. Tu as eu l'impression qu'elle mentait sur autre chose ?

— J'ai l'impression qu'elle aurait pu mentir sur n'importe quoi tant qu'elle pensait pouvoir s'en sortir comme ça.

— Le deuxième homme, avec Armistead…

— Avec un homme qu'on *suppose* être Armistead, corrigea Hazard.

— C'est vrai. Mais elle a dit être certaine que le deuxième ne faisait pas partie des Volunteers. Elle était certaine qu'il avait fait semblant. Et elle n'a pas voulu admettre qu'Armistead se serait rendu compte de l'imposture.

— À ton avis, quelle partie était un mensonge ?

— Je ne sais pas, répondit Somers en secouant la tête. Je ne sais même pas si elle sait qu'elle ment. J'ai l'impression qu'elle essayait de s'en persuader, surtout.

— Se persuader qu'un Volunteer ne puisse pas être responsable ?

— Peut-être. Je pense qu'on devrait garder cette possibilité en suspens, du moins.

— Et l'autre possibilité ?

— Armistead faisait quelque chose qui outrepassait le désir des Volunteers. Il avait bifurqué, d'une manière ou d'une autre, et c'est pour cela qu'il accompagnait quelqu'un qui n'était pas véritablement un des leurs.

— Un groupe similaire ? demanda Hazard en fronçant les sourcils. La svastika n'est pas l'apanage des Volunteers, cela expliquerait le tatouage. S'il travaillait avec un autre groupe de suprématistes blancs, ou même une sous-branche des Volunteers, cela expliquerait les réponses de Naomi.

— Et cela expliquerait pourquoi elle veut qu'on coince Fukuma. Elle refuse tout ce qui nuit à l'image du mouvement, aucune dissension dans les rangs, aucun signe de faiblesse, rien, soupira Somers. Ah bon sang, c'est l'enfer. Je vais faire quelques recherches, voir si je peux trouver quelque chose sur internet. Si elle mentait à propos de l'existence d'Armistead sur le net, je veux découvrir pourquoi.

— Je vais commencer à chercher Fukuma. On va devoir lui parler et il y a quelque chose que je veux savoir sur elle avant qu'on le fasse.

Une fois ces décisions prises, ils se tournèrent vers leurs ordinateurs respectifs et commencèrent à travailler. Somers chercha Armistead sur Google sous les noms de Charles et Chuckie, et il fut surpris du nombre de résultats. La plupart, malheureusement, étaient en lien avec un scandale du début des années 2000. Un podologue nommé Charles Armistead avait été arrêté après avoir posté des photos de ses patients sur un site de fétichistes des pieds. Sans trop savoir pourquoi, Somers doutait fortement que les deux Armistead soient liés.

Quelques recherches rapides sur Facebook et Twitter n'aboutirent à aucun résultat concret. Il étendit ses recherches à Instagram, LinkedIn, Tumblr, Flickr, Pinterest, et même certains sites disparus comme Orkut et MySpace. Toujours rien. Hazard, d'un autre côté, tapait vigoureusement et prenait des notes avec son écriture en pattes de mouche.

*OK*, pensa Somers, *il doit y avoir un autre moyen*. Naomi avait menti à propos d'Armistead et les réseaux sociaux. Peut-être qu'elle avait déjà eu le temps d'accéder à ses comptes et de les fermer. Cela semblait possible, mais improbable. À moins qu'Armistead n'ait été du genre à faire facilement confiance – ce qui était peu plausible étant donné ce qu'en savait Somers –, il n'aurait donné l'accès à ses comptes à personne. Il pouvait essayer d'appeler Naomi, lui redemander les plateformes où il se trouvait, mais il avait le pressentiment qu'elle détournerait encore la question et…

L'idée le percuta de plein fouet. Il retourna sur Facebook. Il passa bien quinze minutes à éplucher les résultats avant de passer à Twitter. Cette fois, il lui fallut moins de deux minutes avant de trouver ce qu'il voulait. Cette victoire le fit exulter.

@chuckattack. Il avait là la page de Chuckie Armistead. Et cela ne lui avait pas pris plus de deux minutes à trouver parce que Naomi Malsho avait suivi ce compte pendant trois mois. Il devina qu'elle avait cessé de le suivre pour essayer d'effacer les traces, mais elle avait retweeté tant de posts au cours des douze dernières semaines… et ils apparaissaient toujours dans son fil d'actualité quand Somers le fit défiler.

Quand il ouvrit le profil @chuckattack, la description provoqua une décharge d'énergie le long de sa colonne vertébrale. *Héros américain. Chrétien redoutant le Seigneur. Luttant pour les droits des Américains blancs dans un monde adorant les Noirs. Twitter officiel des Volunteers d'Ozark*. Ces derniers mots, en particulier, provoquèrent une nouvelle excitation.

Comme il s'y était attendu, la page officielle du mouvement montrait une haine d'absolument tout. Des Noirs, des asiatiques, des gays, des juifs, des musulmans, des trans, des communistes, des libéraux, des écologistes et – surprise – même des végans. La frontière entre le personnel et l'officiel était floue et Somers ne réussit pas à dire s'il arrivait à Armistead de parler en son nom. Dans tous les cas, l'image qui s'en dégageait était celle d'un homme haineux, vindicatif et violent. Beaucoup des posts appelaient à l'action immédiate : brûler des croix, éclater des fenêtres… Mais ce dont Armistead parlait le plus et sans arrêt était une guérilla urbaine menée par les Blancs purs. L'une des publications comportait une vidéo montrant une personne avec un sweat à capuche attaquant deux femmes devant le *Pretty Pretty*. Comme le vit Somers, l'homme (il était presque sûr que c'en était un) attrapait une femme par les cheveux et la jetait contre le mur de brique du *Pretty Pretty*. La deuxième se retournait, lui mettait un coup de poing, mais l'homme lui donnait un coup de genou dans le ventre et la jetait sur l'autre femme. Des cris s'élevaient en fond de la vidéo et l'homme encapuchonné s'enfuyait, suivi par la personne qui tenait la caméra… Armistead, devina Somers.

Cette vidéo lui laissa un goût amer dans la bouche et quand il but une gorgée de café, il se rendit compte qu'il était froid. Il grimaça et repoussa le gobelet sur le côté.

— Mais qui peut faire un truc pareil ? maugréa-t-il.

— Tu tiens quelque chose ? demanda Hazard.

Il lui fit signe de venir derrière le bureau et relança la vidéo. Quand elle se termina, les articulations de Hazard étaient blanches à l'endroit où il serrait le bureau.

— C'est Armistead ?

— L'un d'eux.

— L'ordure.

— À qui le dis-tu. Lire toutes ces conneries, ça suffit à te donner envie de balancer ton insigne, soupira Somers en désignant la page Twitter d'un geste vague de la main.

Hazard grogna. Il retira ses mains du bureau et pencha la tête vers son ordinateur.

— Tu veux que je te parle de Fukuma ?

— Tu as trouvé quelque chose ?

— Quelque chose, oui, acquiesça Hazard en s'enfonçant dans le fauteuil avant de commencer à lire les notes qu'ils avaient prises. Lynn Fukuma, née en 1975 à Seattle. Universités de Bryn Mawr, puis Harvard. Doctorat en anthropologie et le titre de sa thèse était : Politiques homosexuelles dans le Japon d'après-guerre.

— Ça a l'air marrant à lire. Et qu'est-ce qui se passe ? Naomi pense que le meurtrier est une professeure d'anthropologie de quarante ans ?

— Ce n'est pas fini. Fukuma a pris à peu près trois années sabbatiques pendant son doctorat. Soi-disant qu'elle travaillait sur le terrain pour ses recherches au Japon ; je tiens ça d'un article que le *L. A. Times* a fait sur elle, au fait.

— Le *L. A. Times* ?

— Donc, elle est censée quitter Boston pour Tokyo, recherches de terrain, et tout. Mais ce qu'elle fait en réalité, c'est aller à Los Angeles. Et elle rejoint Victoria Coutts, Betty Portis, Jeannine Shepherd, ce genre de personnes.

— OK, fit Somers en se grattant le front, c'est qui ? Leurs noms me disent quelque chose, mais pour ce que j'en sais, cela pourrait tout aussi bien être le casting de *Golden Girls*.

— Cela aurait donné une série très différente. Coutts, Portis et Shepherd font partie des fondateurs des *San Andreas Deep Ecologists*. SADE.

Somers secoua la tête et Hazard reprit :

— Des écoterroristes. Elles ont balancé des bombes artisanales sur un site de construction et comme ça n'a pas marché, elles ont pris un sniper et ont commencé à tirer sur les ouvriers.

— C'est pas vrai…

— Je sais. Et le truc…

En secouant la tête, Somers leva une main.

— Non, c'est terrible, bien sûr, mais je ne réagissais pas à ça.

— À quoi ?

— Toi.

— Pourquoi ?

— Tu viens de faire une blague ? Cette petite phrase sur les *Golden Girls*, sur le fait que cela aurait donné une série très différente. C'était une blague.

— Je ne comprends pas ce qu'il y a d'important.

— Toi. Emery Hazard. Tu as fait une blague. Et elle était plutôt drôle.

— Je *suis* drôle, rétorqua Hazard, de marbre.

— Aussi drôle qu'une cartouche de fusil. Enfin, laisse-moi deviner : aucune de ces femmes n'est allée en prison.

— Betty Portis et Victoria Coutts si, mais c'était un truc bricolé par la police. Ils n'ont pas réussi à les avoir pour la fusillade ou les bombes. Elles sont sorties au bout de quelques années, mais entre-temps, le SADE s'était calmé.

— Jusqu'à l'arrivée de Fukuma ?

— En quelque sorte. L'article du *Times* est un portrait, mais il fait partie d'une série d'articles sur un mouvement qu'ils n'arrêtent pas d'appeler la *California Queer War*. Fukuma et les autres interrogés refusent de lui donner un autre nom que *résistance sans dirigeant à l'hégémonie des sexes et des genres*. Ils étaient bien plus méchants que les *San Andreas Deep Ecologists*. Les personnes impliquées dans cette *résistance sans dirigeant* se sont mises au même genre de choses : une bombe a tué douze personnes dans un bus, quelqu'un a tiré sur cet hôtel, le *Sunset Marquis*, et a tué une jeune mère, voitures de police vandalisées, et cetera. Tout ça, c'était avant internet, d'accord, donc ils publiaient des textes dans les journaux pour affirmer que les crimes faisaient partie de la résistance.

— Et Lynn Fukuma est impliquée ?

— D'après ce que suggère l'entretien avec le *Times*, c'est elle qui a lancé tout ça. Elle est assez franche. Elle parle des morts en tant que *mal nécessaire*, *moyen d'arrêter un cycle d'esclavage et d'oppression qui dure depuis des millénaires…* Elle dit, je cite : «*Cette jeune mère était un soldat dans les lignes ennemies, représentant tout ce qui doit mourir avant qu'un nouvel ordre mondial puisse naître : la vulnérabilité de l'utérus, empalé sur le membre masculin, percé, violenté, asservi. Violé, je devrais dire, de la même manière que les hommes ont violé la terre pour y planter leur graine. Sa mort n'est pas une tragédie. Sa mort est synonyme d'une lumière en moins sur le fronton éclatant de la dominance hétéro-masculine.*»

Hazard marqua une pause, son visage dénué d'émotion quand il leva les yeux vers Somers.

— Tu ne crois pas vraiment à ces conneries, hein ?

Somers se rendit compte de ce qu'il venait de dire et essaya de reformuler d'une voix plus basse.

— Je veux dire, je comprends. Vraiment. Les gens sont vaches les uns avec les autres. Et, oui, la communauté LGBT en particulier, et les femmes en général, ont eu les pires vacheries.

— Tu ne comprends pas. Parce que tu fais partie de la classe dominante hétéro-masculine. Et parce que tu es un Blanc de la classe moyenne.

— N'importe quoi. C'est du grand n'importe quoi.

Et Somers fut étonné de voir Hazard rougir; pas de colère, mais d'une chose qui s'apparentait à de l'embarras. Il ne savait pas trop pourquoi son coéquipier réagissait de cette façon, mais il décida de continuer à parler pour pousser son avantage.

— Tu as raison. Je suis blanc, je suis un homme, je suis hétéro, j'ai grandi avec de l'argent. Un paquet d'avantages. Mais cela ne veut pas dire que j'ai les yeux fermés. Cela ne veut pas dire que je ne me suis jamais senti…

Il chercha ses mots, incertain de savoir ce qu'il voulait dire. Seul ? Blessé ? Terrifié ? Dans la peau d'un étranger ?

— Différent, conclut-il en optant pour le mot le plus juste qu'il put trouver. Et cela ne veut pas dire que je ne peux pas comprendre, intellectuellement parlant, ce qu'ont traversé d'autres gens.

— OK, fit Hazard, encore rouge.

Somers attendit un nouvel assaut, reculé, sur la défensive.

— Comment ça, OK ?

— OK.

— OK, tu veux dire que j'ai raison ? Ou OK tu penses que je suis un abruti et tu as hâte d'arrêter de me parler ?

Un sourire plana sur le visage de Hazard et disparut, mais celui-ci ne dit rien.

Somers tendit un bras en travers des bureaux et tapota l'écran de Hazard, où figurait l'entretien avec Fukuma.

— On est coéquipiers. Je veux savoir ce que tu penses de ça avant qu'on parle de cette femme.

Durant presque une minute complète, Hazard se tut. Il semblait impossible qu'un homme si imposant puisse se taire, mais il réussit remarquablement. Ses grandes mains étaient jointes sur le bureau, ses doigts fins et puissants entrelacés. Puis il soupira lourdement.

— Je pense qu'elle a en partie raison. Je pense que beaucoup de saloperies ont été faites sur quiconque était différent, mais je pense que les humains seront toujours ainsi. Et je ne parle pas simplement de mon expérience. Comme tu l'as dit, j'ai des yeux et un cerveau. Regarde les Volunteers d'Ozark, ils sont extrêmes. Ils détestent tous ceux qui sont différents d'eux, d'une manière ou d'une autre. Les gens comme ça, qui refusent tout changement, qui veulent blesser et faire taire tous ceux qui sont différents, ces gens-là me mettent en colère, répondit-il en serrant et tordant un instant ses grandes mains puissantes.

— Je t'imagine mal tirer sur une jeune mère parce qu'elle représente les conséquences du patriarcat, répliqua froidement Somers, même s'il adopta une voix grave et douce.

— Depuis quand tu connais le mot patriarcat, toi ? s'étonna Hazard en soufflant du nez.

— Hé ! Je suis allé à la fac.

Le fantôme d'un autre sourire apparut et disparut.

— Tu as raison. Cette partie-là de ce que Fukuma a dit, quand elle parle de soldats ennemis et tout, c'est de la folie. Si elle croit vraiment que les hétéros sont le mal incarné juste parce qu'ils sont hétéros, juste parce que le simple fait d'être hétéro renforce, on ne sait comment, un système oppressif, alors elle est aussi folle que les Volunteers, conclut Hazard en soupirant. Et tout à l'heure, quand j'ai dit OK, je voulais dire OK, tu es un abruti en général, mais cette fois tu as raison.

Ses yeux se levèrent vers ceux de Somers et un sourire s'étira en travers de son visage ; pas un demi-sourire faiblard, non, un vrai, large, montrant toutes ses dents, explosant tout à coup comme un flash d'appareil photo.

Alors Somers sourit aussi.

— D'accord.

— D'accord ?

— Oui, je pense qu'on est sur la même longueur d'onde. Plus ou moins.

Une expression indéchiffrable passa sur le visage de Hazard – de la curiosité, en partie, mais Somers ne réussit pas à reconnaître le reste – puis il se pencha en avant. Son fauteuil craqua sous lui.

— Quand tu as dit que tu étais hétéro…

Mais avant qu'il puisse finir, la voix de Lender recouvrit ses mots.

— Oh c'est pas vrai, pas elle.

Somers leva les yeux, surpris de voir Swinney et Lender traversant l'espace de travail. Derrière ses grosses lunettes jaunes, celui-ci regardait l'écran de Hazard. Son énorme moustache frétilla. Swinney, de son côté, semblait plus fatiguée que d'ordinaire et coinça dans sa barrette les quelques mèches blond vénitien échappées pour paraître plus agressive que d'habitude.

— Fukuma ? lança Somers. Vous la connaissez ?

— Si on la connaît ? répéta Lender en fourrant ses mains dans ses poches et en se balançant sur ses talons. Où tu étais passé il y a quelques mois ? C'est elle qui a collé une torche sous la ville pour voir si quelque chose allait cramer.

— Swinney, ton coéquipier en fait encore des caisses. De quoi est-ce qu'il parle ?

— Il parle de la manifestation, à la fac. Tu te souviens ?

— Oui, j'étais là. Mais je ne me souviens pas de Fukuma.

— C'est parce que Cravens nous a séparés comme des parts de gâteau, répondit Lender.

Somers aperçut un regard interrogateur chez Hazard.

— Je ne savais pas qu'elle était là, je te jure.

— C'est la garce qui m'a arrosé de gaz au poivre, reprit Lender, une main planant devant ses lunettes jaunes en plastique. J'aurais dû la coffrer pour agression, mais Cravens a dit que toute cette histoire était une poudrière.

— Quelqu'un veut bien m'expliquer ce qui s'est passé ? demanda Hazard.

— Plus tard, répondit Swinney en prenant le bras de Lender et en désignant le bureau de Cravens d'un signe de tête.

Leur chef se trouvait sur le pas de la porte et regardait leur petit groupe d'enquêteurs.

— *Taffy* ? proposa Lender en se tournant pour suivre Swinney.

Somers se tourna vers Hazard.

— Oui, accepta volontiers celui-ci en étirant ses larges épaules.

— À ce soir, lança Swinney pendant que Lender et elle se dirigeaient vers le bureau de Cravens.

— Bon, reprit Hazard en posant son regard sur Somers, pourquoi tu ne me raconterais pas ce qui s'est passé ?

Somers acquiesça. Il cliqua sur le bouton «suivre» du compte Twitter @chukattack, au cas où quelque chose de nouveau sortirait et s'apprêta à fermer le navigateur. Puis il se souvint du compte de Naomi. Il était logique de la suivre également puisqu'elle semblait plus impliquée dans cette affaire qu'elle ne voulait l'admettre. Il retourna sur son profil et retint sa respiration en voyant son dernier tweet.

— Somers, tu vas me dire ce qui s'est passé ou il faut que j'attende Lender et Swinney ?

Il l'entendit à peine. Il lut le tweet encore et encore. D'un bond, il se leva de son siège, attrapa sa veste et son arme et commença à faire le tour du bureau.

— Viens. Je dois dire ça à Cravens et on y va.

— Quoi ? demanda Hazard en se levant. Où est-ce qu'on…

— Les Volunteers sont en route pour la fac et ça ressemble à un lynchage. Le hashtag, c'est #justice-pourlesblancs. Si on n'arrive pas là-bas très vite, on n'aura peut-être même plus de suspects à interroger.

# CHAPITRE VINGT

*Mercredi 26 octobre*
*11 h 22*

L'Impala cahotait sur les routes sinueuses de Wahredua, les pneus crissant dans les virages que Somers prenait trop vite. Sur le toit du véhicule, un gyrophare tournait et une sirène annonçait leur approche. Les voitures s'écartaient sur leur chemin. Hazard grogna quand ils roulèrent sur une autre bosse et que son postérieur retomba brutalement sur le siège.

— C'est pas un peu trop, comme réaction ?

— Tu ne dirais pas ça si tu avais été là à la dernière manifestation, répondit Somers d'un air sombre.

— D'accord, admit Hazard en s'agrippant à la portière pour ne pas décoller de son siège pendant que Somers prenait un autre virage serré. C'était si terrible que ça ?

— On a frôlé la véritable émeute, on n'avait jamais vu ça depuis qu'ils avaient ouvert les doctorats.

— Et tu ne te souviens pas de Fukuma gazant Lender ?

— Comme il l'a dit lui-même, on a été éparpillés.

Autour d'eux, la ville avait commencé à changer. Les bâtiments plus anciens, principalement en pierre calcaire, se raréfiaient. Les rues s'élargissaient. De belles façades de brique apparaissaient et devant eux, par-dessus une rangée d'appartements en stuc, les tours de Wroxall se profilaient.

— Ils ont envoyé presque tout le monde de la maison à cette manifestation, continua Somers. C'était la première fois que les Volunteers d'Ozark faisaient une action publique comme celle-là depuis des années.

— Les dates coïncident pas mal, tu ne crois pas ?

— Pile au moment du retour de Naomi.

— Et la manifestation ?

— C'était censé être une marche pacifique. Les Volunteers avaient demandé toutes les autorisations et ils avaient promis qu'ils ne causeraient aucun problème, mais on savait que ce serait une poudrière. Cravens nous a postés le long du parcours de la manifestation, mais c'était une erreur. On était trop éparpillés, tu vois. Dès que les Volunteers ont atteint la fac, certains protestataires – qui s'opposaient au le mouvement – ont enfoncé le cordon. Ils ont déboulé dans le cortège et l'affrontement a commencé.

— Tu y étais ?

— Oui. Upchurch et moi étions au niveau de ce bâtiment quand ça a tourné au cauchemar. On a vite été séparés et après ça, c'était chacun pour soi. J'avais mon arme, mais à quoi cela aurait pu me servir ? Et j'avais une paire de menottes. Tout ce que je pouvais faire, c'était séparer les gens et essayer de ne pas me faire botter le train.

— Qu'est-ce qui s'est passé ?

— Les Volunteers ont battu les gosses de la fac à plate couture. Ça ne devrait sûrement pas être une surprise. Les affrontements se sont calmés. J'ai rejoint Upchurch et d'autres gars, et on a commencé à encercler ceux qui se battaient encore. En tout, on a arrêté vingt-deux personnes.

— Vingt-deux ? C'est tout ?

— C'était la panique, comme je t'ai dit. Et quand les choses ont commencé à se calmer, beaucoup d'entre eux s'étaient fait la malle. Ceux qu'on a bouclés étaient ceux qui ne savaient pas quand s'arrêter. La plupart d'entre eux n'étaient même pas des Volunteers. Upchurch a eu ce type. Même une fois menotté, il n'a pas arrêté de hurler, de donner des coups de pied, de se battre. Il a insulté Upchurch de tous les noms d'oiseau que tu peux imaginer. Upchurch avait le nez en sang et c'était ce type qui lui avait fait ça. Je me suis dit qu'il allait péter les plombs, mais il s'est marré, il a emmené le type à la voiture et l'a mis à l'arrière. C'est ce genre de gars là qu'on a arrêté… les cinglés.

D'autres gyrophares étaient apparus derrière l'Impala et Hazard regarda dans le rétroviseur. Trois voitures de police arrivaient derrière eux.

— Je suppose que Cravens prend ce tweet au sérieux.

— Elle a bien failli perdre son boulot à cause de la dernière manifestation. Et je ne pense pas qu'elle va laisser celle-là se passer de la même manière.

— Je ne sais pas si elle va vraiment avoir son mot à dire, estima Hazard. Ils n'ont pas demandé d'autorisation et ils n'ont pas l'intention de faire une marche pacifique. Cela ressemble à une milice. Elle ferait mieux de préparer les lances à incendie.

Somers ne répondit pas.

Quand ils arrivèrent au coin de la rue, l'université Wroxall apparut. Hazard connaissait le campus depuis son enfance, il y avait passé pas mal de temps, surtout quand il était adolescent. C'était alors un endroit sûr pour le seul gay reconnu de Wahredua, un endroit où il pouvait s'asseoir et contempler avec envie les garçons qui entraient dans la vingtaine. Le grunge était populaire à l'époque et c'était toujours son truc, les mecs aux cheveux longs en chemise de flanelle.

La fac en elle-même était bâtie autour de deux cours, baptisées avec originalité : Cour nord et Cour sud. Chacune d'elle était entourée de bâtiments qui semblaient avoir été retirés d'Oxford ou de Cambridge : des constructions massives avec gargouilles, contreforts et tympans sculptés. Hortensias et lilas poussaient le long des bâtiments et la canopée d'arbres imposants ombrageait les pelouses des cours.

Un groupe d'hommes et de femmes en colère traversait déjà la Cour nord, repoussant deux agents de sécurité : des femmes âgées portant des gilets fluorescents et braillant désespérément dans leurs talkies-walkies tout en faisant signe aux Volunteers de s'arrêter. Voitures, camions et fourgons, abandonnés par la foule, bouchaient la rue, bloquant ainsi la circulation. Marmonnant quelques jurons, Somers fit une embardée et arrêta l'Impala en faisant crisser les pneus. Il coupa le moteur, ouvrit la portière à la volée et s'élança à l'extérieur.

Hazard courut derrière lui. Les Volunteers étaient amassés autour d'un bâtiment – sur la pierre surplombant la porte étaient gravés les mots *Département des Sciences Sociales* – et les hommes en première ligne de la foule tambourinaient à la porte. Il devait y en avoir au moins une vingtaine, plus d'hommes que de femmes, et à en juger par leurs efforts, il était évident que #justicepourlesblancs et l'appel à agir de Naomi n'étaient pas des paroles en l'air, car ces gens n'étaient pas simplement en colère ou indignés. Constatant la force avec laquelle ils martelaient la porte, Hazard estima qu'ils avaient véritablement l'intention de pénétrer dans le bâtiment, faire irruption dans le bureau de Fukuma et… Il dressa un rapide bilan mental pendant qu'ils accouraient. D'après ce qu'il voyait, au moins deux hommes portaient ouvertement des armes. Combien en dissimulaient sur eux ? Six ? Dix ? La majorité, décida-t-il. Et s'ils n'avaient pas peur de tuer une personnalité publique comme Fukuma en pleine journée, alors ils n'auraient pas peur de tirer sur un gardien de la paix qui s'interposerait.

— Somers ! cria-t-il.

Mais celui-ci ne se retourna pas. Ce corps mince et blond courait largement plus vite que lui. À l'université, puis plus sérieusement une fois qu'il avait rejoint les forces de l'ordre, Hazard avait dépassé le maigrichon ringard qu'il avait été au lycée. Il avait pris du muscle et s'était entraîné à courir à un bon rythme.

Mais Somers était naturellement un athlète et cela se voyait dans ses enjambées légères, alors même qu'il se donnait à fond pour courir le plus vite possible. Hazard prit une inspiration en essayant de le rattraper, espérant que Somers ne se ferait pas tuer à cause de son athlétisme.

Ses espoirs tombèrent cependant en miettes quand celui-ci atteignit la foule. Les hommes et les femmes en bordure du rassemblement semblaient déments, enragés, alors qu'ils hurlaient leurs insultes sur le bâtiment. Ils étaient animés par la même adrénaline et la même exaltation que le reste de la foule, mais toute cette énergie était contenue, sans possibilité d'évacuation, car ils étaient trop loin de la porte pour aider. Hazard vit l'instant où Somers commit une erreur. Il s'arrêta d'un coup juste avant la foule, le visage rouge à cause de l'adrénaline. Il semblait essayer de prendre une décision. Il cria quelque chose puis, curieusement, lui lança un regard par-dessus son épaule.

Lui agita frénétiquement les bras pour qu'il recule et s'éloigne de la foule.

Somers, avec un haussement d'épaules prétentieux, se lança sur les lignes arrière des Volunteers. Il cria quelque chose – Hazard était presque sûr que c'était *Police !* – et la situation dégénéra.

Quand Somers atteignit les Volunteers, ils se tournèrent vers lui comme si quelqu'un avait ouvert les vannes des enfers. Des hommes et des femmes déferlèrent sur lui. Hazard, qui courait encore, regarda un homme bedonnant balancer un crochet dans la mâchoire de Somers. C'était comme regarder quelqu'un sonner la Cloche de la Liberté, à Philadelphie. Somers fut ébranlé, puis ses genoux cédèrent et il commença à tomber. Un petit homme avec une tête de rat dégaina un couteau long comme le bras de Hazard et la lame ressembla à une plaque chauffée à blanc quand elle s'éleva à la lumière du soleil.

Elle monta, monta, monta, et commença à redescendre, droit vers le torse sans protection de Somers.

# CHAPITRE VINGT-ET-UN

*Mercredi 26 octobre.*
*11 h 35*

Hazard ne se souvint jamais vraiment des quelques instants qui suivirent. Il en avait des bribes, comme les fragments d'une image qu'il ne pourrait jamais reconstituer. Une ou deux fois, au cours des années suivantes, il rêva de ces quelques instants et la personne partageant son lit l'exila alors dans une autre pièce et un autre lit pendant une semaine. Il ne sut jamais – en tout cas il ne put jamais complètement s'expliquer – pourquoi il n'avait pas sorti son .38 et tiré sur ce salopard au couteau.

Le point central de ces fragments de souvenirs était Somers, la lèvre fendue, le sang coulant sur son menton et au creux de sa gorge. Ensuite, il y avait le couteau. D'abord il s'était levé, captant la lumière du soleil sur toute sa longueur, puis il s'était baissé. Somers était étendu là, inerte, le regard vide. Et le couteau descendait toujours.

Ensuite, le souvenir entier suivant, Hazard se tenait sur les marches devant le bâtiment des Sciences Sociales avec un cercle dégagé autour de lui. Deux hommes étaient étendus au sol, immobiles et raides, comme s'ils s'étaient volontairement couchés ainsi : l'un était l'homme bedonnant qui avait cogné Somers et l'autre était celui à la tête de rat et au couteau.

L'arme, elle, était à quelques mètres, dans la pelouse. La poitrine de Hazard était douloureuse. Ses mains l'étaient. Son poing s'était rouvert et du sang recouvrait ses doigts et imbibait la manche de sa chemise. Et tous les Volunteers d'Ozark le regardaient comme s'il était une bête sauvage, un lion échappé de sa cage.

— Mmh, grogna Somers.

Il se redressa péniblement, contempla la foule, puis son regard vint se poser sur Hazard. Pensées et émotions affluèrent trop rapidement sur son visage pour que Hazard les déchiffre, puis il se releva brusquement. Derrière lui, une douzaine de policiers en uniforme déferlaient sur la Cour nord. Contrairement à Hazard et Somers, eux avaient pris le temps de se préparer à un contrôle de foule : ils portaient des tenues de protection, des casques, avaient des matraques et du gaz au poivre. Ils marchaient en unités de quatre, manifestement entraînés et préparés à cela. Martha Cravens marchait derrière, et malgré sa silhouette en forme de sablier et la vague ressemblance avec les mamies gâteaux qu'elle inspirait, elle semblait prête à casser des dents.

— Que personne ne bouge, lança Hazard.

Il fut surpris d'entendre sa voix si calme alors qu'elle venait du fond de sa gorge, de si loin qu'elle l'érafla sur son passage.

Pas un seul Volunteer ne bougea.

— Tu saignes, dit Somers dans un murmure.

Il regarda sa main, ses articulations gonflées et douloureuses, et haussa les épaules.

— Non, reprit Somers. Tu saignes.

Alors, pour la première fois, il remarqua que la douleur dans sa poitrine était un signal d'alarme. Il baissa les yeux et vit l'entaille nette partant de son épaule et allant droit vers son abdomen. Elle s'arrêtait à moins de trois centimètres de la cicatrice que Mikey Grames avait laissée et sa chemise ainsi que son maillot de corps pendouillaient, ensanglantés, exposant les muscles et les poils noirs de sa poitrine. Sans trop savoir quoi dire, il décida de hausser encore une fois les épaules.

À cet instant, Cravens et les agents en uniforme les rejoignirent. Cravens lança des ordres et les hommes les suivirent avec une efficacité rapide et infaillible. Les Volunteers revinrent à la vie quand les arrestations commencèrent et certains des plus jeunes essayèrent de s'échapper en sautant des escaliers et s'élançant à toute vitesse vers leurs véhicules, mais de plus en plus de policiers arrivaient et en peu de temps, la milice fut emmenée.

Une ambulance était arrivée avec Cravens, ainsi qu'un camion de pompiers. Moseby, le pompier au cou de taureau qui avait contrôlé l'incendie et que Somers avait frappé, se tenait en bordure de foule, contemplant la scène, les bras croisés sur sa poitrine. Son nez était encore teinté de bleu et semblait faire deux fois sa taille normale. Ron McClinckie était là aussi, se hâtant au milieu de la foule, ne laissant dépasser de celle-ci que son crâne aux cheveux blonds clairsemés.

Quatre secouristes arrivèrent, ainsi que deux urgentistes. La plupart d'entre eux se rassemblèrent autour des hommes encore étendus sur les marches, mais Hazard fut emmené par un des urgentistes qui l'assit sur un banc, ouvrit un kit de premiers secours et commença à nettoyer les blessures de sa main.

C'était une femme mince et si bronzée qu'elle semblait composée à quatre-vingt-dix pour cent de cuir. Ses cheveux grisonnants étaient coupés court, plus court que ceux de Somers, coiffés en piques raides.

— Mais qu'est-ce que vous avez foutu ? demanda-t-elle en lavant les entailles sur la main de Hazard. Vous ne vous êtes pas fait ça en balançant quelques coups de poing.

Hazard ignora la question : Somers rôdait près du banc, assez près pour entendre, et c'était une raison suffisante pour ne pas ouvrir la bouche.

— C'est un sale tour que vous leur avez fait, reprit la femme après une minute. Ouais, un sale tour. Vous leur avez fichu une sacrée trempe. J'dis pas qu'ils le méritaient pas, loin de là.

— Alors qu'est-ce que vous dites ? demanda-t-il.

— Je dis que je triche aux cartes, et que j'espère que vous ne m'attraperez jamais, répondit-elle avec un sourire auquel il manquait un peu plus qu'une ou deux dents. Vous voulez bien enlever votre chemise ? C'est plus qu'une serpillière de toute façon, et ça facilitera grandement le nettoyage de la plaie.

— Je vais bien.

— C'est ça, ouais, intervint Somers. Vire ta chemise, qu'elle puisse nettoyer la plaie.

Hazard observa son partenaire : Somers semblait inhabituellement agité, le visage pâle, faisant les cent pas autour du banc.

— Bon alors ? s'impatienta-t-il avec un signe de frustration. Enlève-la !

Avec une grimace, Hazard décolla le coton ensanglanté de sa poitrine et retira ses vêtements fichus. La chaleur et le soleil d'été s'abattirent sur son dos et il se sentit étrangement vulnérable… un peu comme porter un pantalon et une paire de chaussures en étant complètement nu au-dessus de la ceinture.

— Tiens-moi ça, tu veux bien ? demanda-t-il en passant sa veste (qui, par quelque prodige, était sortie indemne de l'attaque) à Somers.

— Pas mal, fit l'urgentiste en évaluant l'entaille d'un œil expérimenté tout en poursuivant son travail.

Les cotons imbibés d'alcool piquèrent quand ils touchèrent la peau lacérée et l'odeur de désinfectant emplit l'air.

— Vous avez besoin de points, mais… C'est quoi ça ?

Un doigt ganté pointa la cicatrice, la moitié d'initiales de Mikey Grames, sur son ventre.

Somers était encore plus pâle. On aurait dit qu'il allait peut-être s'évanouir et Hazard ne voulait pas que sa veste tombe au sol. *Peut-être que je pourrais la lui redemander*, songea-t-il.

— Une vieille blessure de guerre, répondit-il d'un air absent, son attention entièrement tournée vers Somers.

— Sacrée histoire, on dirait, fit l'urgentiste. Alors, vous êtes nouveau en ville ?

— Quoi ? Non. Enfin oui, mais pas vraiment.

— C'est oui ou c'est pas vraiment ?

— J'ai grandi ici. Je viens de revenir.

— C'est bien ce que je me disais.

— Ça veut dire quoi, ça ? demanda Somers.

L'urgentiste haussa les épaules. Ses mains étaient froides, mais douces quand elle scotcha le bandage.

— Faites attention quand vous l'enlèverez et vous n'arracherez peut-être pas tous ces poils, OK ?

— OK.

— Vous voyez quelqu'un ? demanda-t-elle ensuite.

Somers éclata de rire ; un rire qui sembla au bord de l'hystérie.

— Ça va ? demanda Hazard.

En secouant la tête, Somers continua simplement de rire.

— Oui, répondit-il alors.

— Dommage, conclut-elle en ôtant son gant avant de se tourner vers Somers. Vous avez une autre chemise pour lui ?

Somers, qui riait encore par à-coups, secoua la tête.

— Quoi ?

— Une chemise.

Elle le chassa en direction des policiers en uniforme qui grouillaient partout maintenant que les Volunteers étaient sagement à l'arrière de voitures de patrouille.

— Allez demander à vos copains une chemise qu'il puisse mettre.

— Oui. Une chemise, acquiesça Somers en continuant de rire pendant qu'il s'éloignait.

— C'est un cas, non ? demanda l'urgentiste.

— Ça va.

— Comme je l'ai dit, dommage. Que vous voyiez quelqu'un, je veux dire. Vous êtes parfait pour mon frère. Un grand type musclé, comme vous. Joli torse. Juste ce qu'il faut en poils. Des yeux de cocker.

— C'est qui, votre frère ? demanda Hazard en haussant les sourcils.

— Vous inquiétez pas, c'est mon petit frère, et il est bien conservé ; bien mieux que moi.

— Qui a dit que vous ne l'étiez pas ?

Elle souffla du nez, amusée, mais un sourire flatté se dessina sur son visage.

— Willoughby. C'est le propriétaire du *Pretty Pretty*.

— Le quoi ?

— Allez, quoi, s'exclama-t-elle en pointant un doigt sur lui. Tout le monde a entendu parler du nouveau flic gay, ils s'attendent à certaines choses. Vous devez au moins avoir la décence de connaître le bar gay du coin.

À cet instant, Somers revint vers eux à grands pas, portant une chemise bleue par-dessus un bras.

— C'est la plus grande qu'ils avaient.

Hazard l'enfila avec difficulté, ignorant les pointes de douleur que cela provoqua. Elle était trop petite d'au moins une taille, tirée sur sa poitrine, et les manches semblaient prêtes à craquer au niveau de ses biceps. Mais c'était toujours mieux que se promener torse nu.

— Tu le savais, toi ? demanda-t-il à Somers. Wahredua a un bar gay.

— Quoi ? Oui, bien sûr. Le *Pretty Pretty*, répondit Somers en semblant à peine remarquer la question. Cravens arrive pour nous parler.

— Je vous laisse, les garçons, lança l'urgentiste avec un large sourire. Si vous vous sentez seul dans le coin, allez voir Will. Il s'occupera bien de vous.

Son sourire se transforma en allusion tendancieuse et elle s'en alla nonchalamment. Dès qu'elle s'était retournée, Somers avait recommencé à faire les cent pas.

— Écoute, je ne sais pas quoi dire. J'ai merdé. J'ai compris. Et maintenant, tu es… Enfin, nom de Dieu, trois centimètres, c'est tout ce qu'il aurait fallu, et tu serais raide.

— Mais je ne le suis pas. Je vais bien. C'est juste une coupure.

— Qui a besoin d'être recousue.

— J'ai déjà eu des points de suture. Ce n'est pas grave. Ce type avec le couteau, il n'allait pas juste t'érafler comme ça. Il n'allait pas te rater.

— Merde, merde, merde, souffla Somers en se grattant la tête sans cesser de tourner. Je sais. J'aurais pas dû y aller comme ça. J'aurais vraiment pas dû m'approcher autant. J'ai juste…

Il s'interrompit et se tourna vers Cravens quand elle s'approcha.

La chef de la police, pour le dire poliment, ne semblait pas ravie.

— Vous allez bien ? demanda-t-elle à Hazard.

Il hocha la tête.

— Et vous ?

Somers appuya son pouce sur sa lèvre fendue, puis à l'endroit qui fonçait sur son menton, là où avait atterri le coup de poing. Après quelques secondes, il hocha aussi la tête.

— Vous voulez conduire jusqu'à l'hôpital ou vous voulez que l'ambulance vous dépose ?

— Je n'ai pas besoin d'aller à l'hôpital, répondit Hazard.

— Vous avez besoin que quelqu'un vous recouse. Et avant que vous ouvriez la bouche pour me contredire, votre partenaire a besoin qu'on l'examine pour une commotion.

Hazard secoua la tête. Il n'y avait pas pensé, et il risqua un coup d'œil à Somers. À quel point ce coup de poing était-il grave ? Somers n'était sûrement pas en grande forme, n'est-ce pas ? Mais dans ce cas, pourquoi agissait-il si bizarrement ?

— Je vais conduire, décida Hazard.

— D'accord. C'est décidé. Et maintenant, poursuivit Cravens d'une voix de fer, l'un de vous veut-il me dire ce que c'était que ce merdier ? Somers, vous pouvez commencer. Voulez-vous bien me rappeler combien d'heures vous avez passé, en tant qu'agent de patrouille, en préparation au contrôle des foule ? Dans le but précis d'un foutoir comme celui-ci. Qu'est-il arrivé à tous vos cours et votre entraînement ? Nom de Dieu, où aviez-vous la tête ? Et vous, agent Hazard, vous voulez me faire croire que la police de Saint Louis n'a jamais organisé aucune formation au contrôle de foule ?

— Chef, commença Somers, si pâle que Hazard s'étonna qu'il ne se soit pas effondré. Je…

— Il me couvrait.

Hazard ne se rendit pas compte qu'il avait parlé avant que Somers et leur chef se tournent tous deux pour le dévisager.

— Quoi ? fit Cravens.

— Non, protesta Somers en secouant la tête. Je…

— Tout était sous contrôle, et puis j'ai fait n'importe quoi. Je me suis trop avancé d'un des gars et il s'est jeté sur moi. L'agent Somerset y est allé pour m'aider et c'est à ce moment-là que le type a sorti son couteau. On ne pouvait pas avoir recours à nos armes de service, les choses ont vite empiré.

Cravens observa Hazard un long moment. Puis son regard se braqua sur Somers.

— Eh bien ?

Somers semblait déconfit.

— Ça ne s'est pas exactement déroulé comme le dit l'agent Hazard. Non, ne dis rien. Je vais lui raconter. Il est trop dur avec lui-même, chef. On s'est tous les deux approchés de la foule parce qu'il semblait encore que nous pouvions discuter. Je suis autant en tort que l'agent Hazard. Mais il a raison, les choses ont empiré plus vite que prévu.

— Vous avez foncé sur une foule en colère sans sortir votre arme et sans attendre de renfort ?

Somers rougit sous son bronzage, mais hocha la tête.

— Comme je l'ai dit, chef, tout semblait encore sous contrôle. Je me suis dit qu'une discussion avec les Volunteers valait mieux qu'une fusillade. Qu'est-ce qu'on en aurait dit dans les journaux ? Et sur le campus ?

L'espace d'un instant, Cravens ne sembla pas décidée à mordre. Puis Hazard prit un air très, très en colère.

— Tu veux lui dire la vérité ? D'accord, et si on lui racontait tout ? Sa belle-sœur est le nouveau Grand Wizard[1] des Volunteers, ou appelez-la comme vous voulez, alors Somers a pensé qu'ils voudraient bien nous parler. C'était stupide, avec le recul. Peut-être la pire idée qu'on puisse avoir.

Cette nouvelle information fit marquer une pause à Cravens, et d'une voix dangereuse, elle demanda :

— Naomi est revenue ?

— Elle n'est jamais partie, répondit Somers. Elle est là depuis trois mois.

— Elle travaille pour les Volunteers ?

— On dirait.

— Et vous ne me l'avez pas dit…

— Cet abruti ne le savait même pas jusqu'à hier, intervint Hazard. C'est dans le rapport de ce matin, chef.

— C'est une blague, n'est-ce pas ? Mes deux meilleurs enquêteurs… et l'un d'eux est assez inconscient pour manquer de finir en steak haché et l'autre assez bête – ou assez menteur – pour ne pas savoir que sa belle-sœur est à la tête de la plus grande milice de l'État. À quoi vous me servez, tous les deux ? Je devrais vous mettre à la circulation, ou à la surveillance des passages piétons. Oh, mais je ne pourrais même pas, n'est-ce pas, puisqu'il faut quelqu'un avec deux ronds de bon sens étant donné que des enfants utilisent les passages piétons ! s'exclama Cravens avant de marquer une pause et reprendre son souffle. Y a-t-il autre chose que je m'apprête à découvrir dans votre rapport, Hazard ?

— Nous avons peut-être une identité pour notre victime. On essaie encore de vérifier. Dans le rapport, j'ai demandé un test de correspondance dentaire pour Charles Armistead.

— Je connais ce nom. Pourquoi est-ce que je connais ce nom ?

1 Chef de file du Ku Klux Klan à sa fondation, en 1865.

— Il semblerait qu'il occupait une place de choix chez les Volunteers, répondit Somers. Il était l'administrateur de ce qu'il appelait leur actualité officielle sur Twitter et il serait impliqué, selon Naomi, dans certaines apparitions publiques impliquant des membres du mouvement.

— Vous voulez parler des manifestations ?

— On n'en est pas sûrs, reprit Hazard. Ils ne sont pas vraiment enclins à donner plus de détails.

— Est-ce qu'au moins elle vous a dit pourquoi elle pense qu'Armistead est la victime ?

— Elle nous a informés qu'il avait disparu depuis l'incendie, répondit Somers.

— Et qu'il avait eu une altercation avec Lynn Fukuma, ajouta Hazard. C'est pratique, les Volunteers nous ont trouvé la victime et le tueur.

— Et vous y croyez ? demanda Cravens en mettant les mains sur les hanches. J'ai lu votre rapport d'hier, Somers. Je sais que Lady Mabbe a dit avoir vu deux Volunteers au mobile home. Mais elle a également dit que l'un d'eux a braqué une arme sur elle en essayant de l'abattre. Et elle croit probablement voler sur un balai et filer sa laine à partir de toiles d'araignée ou Dieu seul sait quoi encore. Avez-vous une quelconque preuve ?

— On y travaille.

— Agent Hazard, vous avez quelque chose à dire ?

— Certains éléments concordent, chef. Armistead est propriétaire d'un pickup qui correspond à la description de Lady Mabbe, ce qui est un bon détail. Et on a des raisons de penser que Fukuma est capable de ce dont l'accusent les Volunteers. Pour l'instant, au moins, cela vaut la peine de lui parler.

— En tout cas, c'est ce qu'eux croient, ajouta Somers. Ce genre de démonstration, une exécution sommaire en plein jour, ce n'est pas quelque chose qu'ils feraient sans raison.

— Il y a quelques années, ils ne l'auraient pas fait du tout. Ce comté a été tranquille pendant vingt ans, et maintenant c'est comme si tout recommençait comme avant, conclut Cravens, qui paraissait soudain vieille et fatiguée, avant de se reprendre un peu en secouant la tête. Bien. Hôpital. Tout de suite.

— Oui, chef, acquiesça Somers.

Hazard, cependant, attrapa le bras de celui-ci.

— Chef, on aimerait parler à Fukuma, tout de suite.

— Cette femme a bien failli se faire tuer par une foule enragée, agent Hazard. Je ne pense pas qu'elle soit en état d'avoir une conversation.

— Elle est déstabilisée, chef. Elle a peut-être peur. Elle est peut-être inquiète. Mais elle n'aura pas pu le prévoir et cela la rendra vulnérable, sans les défenses qu'elle manie d'habitude. Si c'est notre meurtrière et que nous lui laissons du temps, on pourrait manquer une véritable opportunité.

— Si elle n'est pas la meurtrière, vous mettez la pression à un professeur renommé après un événement traumatisant. L'université me soufflera dans les bronches avant l'heure du dîner.

— Chef, intervint Somers. Hazard n'a pas tort sur ce coup-là. C'est pour ça qu'on l'a embauché. Il est doué dans ce qu'il fait.

— *On* ne l'a pas embauché, Somers. C'est *moi* qui l'ai fait, rétorqua Cravens avec un soupir avant de les congédier d'un signe de main. Très bien, mais restez courtois. Certains d'entre nous sont au service des bonnes grâces de Monsieur le maire.

Sans attendre de réponse, elle se tourna et partit.

— Tu es sûr de ton coup ? demanda Somers.

Hazard acquiesça. Il se leva, essaya de s'étirer les épaules et se souvint de l'entaille sur sa poitrine… et de la chemise trop petite.

— Si c'est la meurtrière – et même après ce qu'on a appris sur elle aujourd'hui, je n'en suis pas convaincu – on ne peut pas lui laisser le temps de s'en remettre. Et plus important : maintenant elle sait que quelqu'un la soupçonne. Même si elle ne fait que supposer que c'est les Volunteers d'Ozark, cela pourrait être suffisant pour la pousser à détruire des preuves, roder son histoire ou autre.

— C'est peut-être une bonne chose, fit Somers en suivant Hazard, qui se rapprochait du bâtiment de Sciences Sociales. Peut-être qu'on devrait attendre, l'observer, voir ce qu'elle fait.

— Voir ce qu'elle fait, à l'abri, dans son bureau ? Dans sa vie privée, chez elle ? On a besoin d'un mandat pour ça et on ne l'obtiendra pas avec un article de journal datant des années 90 et le témoignage expert de Naomi Malsho.

— Mais elle pourrait aller quelque part, faire quelque chose.

— Tu as raison. Donc on devra garder un œil sur elle. Mais d'abord, allons lui parler.

— D'accord. Mais… Hazard ?

— Je sais, c'est toi qui es doué avec les gens. Tu lui parles.

— Ce n'est pas ce que j'allais…

— Si.

Somers le surprit par son sourire.

— Bon, d'accord, peut-être. Mais j'allais le dire plus gentiment.

— Gentiment ? Pour quoi faire ?

# CHAPITRE VINGT-DEUX

*Mercredi 26 octobre*
*11 h 55*

Quand Somers et Hazard passèrent les portes du bâtiment de Sciences Sociales, ce dernier fut surpris par l'odeur. Il s'était attendu à la vague d'air frais conditionné. Un peu moins à la lumière tamisée. Il avait même anticipé ces souvenirs entremêlés, car Wroxall n'avait pas seulement été un endroit sûr quand il était plus jeune, mais également agréable, qui provoquait encore la même attraction. Cependant l'odeur, celle du vieux bois, du parquet poli et d'invisibles montagnes de poussière, il l'avait oubliée. Elle le recouvrit, emplit son nez, éveillant un tas de souvenirs – d'interminables après-midis d'été assis dans les cafétérias, un livre posé sur les cuisses tandis qu'il contemplait discrètement (enfin il l'espérait) les étudiants – ça, il l'avait oublié.

Le hall principal de ce bâtiment abritait un tas de monde, certains au rez-de-chaussée, d'autres le long des escaliers, d'autres encore qui regardaient en bas depuis le balcon au-dessus. C'était un mélange de vieux, de jeunes, de garçons, de filles, de Blancs, de bronzés, de Noirs… Tout le monde s'était tu quand ils étaient entrés et attendait désormais. Hazard remarqua qu'il y avait beaucoup moins de chemises en flanelle, contrairement à ses souvenirs de l'époque grunge.

Il repéra néanmoins de nombreux hipsters; il supposa que c'était la représentation des mêmes idées pour cette génération.

— Tout est sous contrôle, lança Somers en élevant la voix pour qu'elle porte dans tout le hall, avec son sourire étincelant. Vous êtes tous en sécurité, il n'y a aucune inquiétude à avoir. Vous pouvez retourner à vos occupations.

Les derniers mots étaient davantage un ordre qu'une suggestion, et après un instant, les curieux semblèrent réaliser que Somers voulait qu'ils partent. Alors ils commencèrent à s'éloigner. Parmi eux, Hazard repéra une petite femme aux cheveux sombres.

— Lynn Fukuma, s'écria-t-il.

Ces mots figèrent tout. Il lui sembla que même l'aiguille de l'horloge s'était arrêtée. Les visages se tournaient vers lui, par-dessus les épaules. Alors, lentement, la petite femme se sépara de la foule et avança dans un espace dégagé au rez-de-chaussée.

— C'est moi. Je suis Lynk Fukuma.

— Allez-y, reprit Somers, vous pouvez quitter les lieux. Il n'y a rien à voir.

Cette fois, le temps de réaction fut tangible. Les gens voulaient voir ce qui allait se passer. Et Hazard comprit, en regardant leurs visages, que ce n'était pas la police qui les rendait curieux. Ils étaient curieux à cause de Lynk Fukuma. Ou peut-être n'était-ce pas la bonne formulation. Il vit qu'ils étaient curieux de ce que Lynk Fukuma allait faire aux deux policiers blancs qui l'avaient fait sortir de la foule.

— Allez, on se bouge, répéta Somers.

Le sourire de tombeur avait disparu et sa voix portait désormais l'autorité d'un sergent. La foule éclata comme une bulle alors que les gens se glissaient à l'intérieur des cafétérias, des bureaux et des salles de classe.

Et il ne resta plus qu'eux : Somers, Hazard et Fukuma. Hazard observa la petite femme. Elle était lesbienne, c'était évident. Peut-être trans, mais difficile à dire.

Elle avait une coupe au bol et des piercings aux deux oreilles. Du sérieux. Hazard avait vu un tas de gays ressembler à cela. Elle portait un slim noir et un simple tee-shirt blanc avec les mots *Merde au capitalisme* imprimés devant.

— Fukuma, lança Somers. Y a-t-il un endroit où nous pourrions parler en privé ?

— C'est à quel propos ?

Elle avait ce ton qu'ont les professeurs : une confiance allant jusqu'à l'arrogance, entraînée à s'exprimer avec une voix qui porte, et manifestement habituée à ce qu'on lui obéisse. Hazard reconnut une intonation britannique dans cette manière de parler très légèrement nasillarde ; ou était-ce Harvard qu'il percevait ?

— C'est un peu délicat, madame Fukuma. Cela concerne une enquête que nous menons…

— Je me fous que cela soit délicat. Avant que je suive des porcs de votre espèce, je veux savoir ce que vous me voulez. Précisément. Et maintenant.

Le visage de Somers ne trahit aucune colère, mais Hazard la sentait irradier de son coéquipier. Peut-être était-ce à cause de la sienne.

— Écoutez…

Mais il fut interrompu par Somers qui brandit une main devant lui.

— C'est à propos du fait que les Volunteers d'Ozark vous croient responsables d'un meurtre. Et c'est à propos de la tentative de meurtre qui vient d'avoir lieu. Oui, madame Fukuma, c'est ce qui vient de se passer. Ces hommes et ces femmes avaient l'intention de pénétrer le bâtiment et de vous exécuter pour ce qu'ils croient que vous avez fait. Je sais que cela doit vous faire peur, mais…

— Me faire peur ?

Lynk Fukuma semblait incapable du moindre rire, mais cela devait représenter ce qui s'en approchait le plus.

— Dis donc, le porc, ça fait trente ans qu'on veut ma mort. Il n'y a rien de nouveau. Au moins cette fois, ils ont eu les tripes de venir de jour au lieu d'attaquer comme des pleutres pendant la nuit.

— Nous aimerions vous parler de vos rencontres avec les Volunteers, ainsi que de leurs allégations.

Somers tenta un autre sourire, essayant de toute évidence de calibrer son effet, puisque cette fois, cette tête de gentil garçon adoucit quelque chose chez Fukuma.

— Nous pouvons également parler de notre offre de protection pendant que nous travaillons sur l'enquête.

Au mot *protection*, le visage de Fukuma se referma de nouveau.

— Je ne suis pas obligée de vous parler. Je ne suis pas obligée de passer une minute de plus avec vous.

Mais elle resta là où elle était.

— Non, c'est vrai, consentit Hazard. Mais j'espère que vous vous souviendrez de ça quand on vous passera une corde autour du cou, ou quand un des Volunteers braquera une arme derrière votre tête, ou quand ils vous tireront de votre lit en pleine nuit pour vous battre à mort. À ce moment-là, je suis sûr que vous vous enorgueillirez de la façon dont vous avez parlé à ces flics ; quelle fierté de nous avoir traités de porcs quand on essayait de vous protéger. Je suis sûr que ça compensera quand vos côtes se briseront et que vous ne pourrez plus respirer parce que ces bottes de sécurité n'arrêteront pas de frapper le tissu fin…

Fukuma l'interrompit avec un cri sauvage. Ses yeux étaient devenus énormes et ils passèrent de Hazard à Somers, puis de nouveau à Hazard.

— Je ne suis pas obligée… Je ne vais pas… Votre supérieur va entendre parler de ça !

En faisant volte-face, elle se dirigea vers les escaliers. Hazard fit un pas pour la suivre ; il n'avait pas terminé, il y avait encore un paquet de choses qu'il voulait lui dire. Cependant, Somers l'attrapa par la chemise.

— Je croyais qu'on en avait déjà parlé. Reste là.

Il se précipita et rattrapa Fukuma dans les escaliers. L'espace d'un instant, il sembla qu'elle allait le pousser pour passer. Puis il dit quelque chose et elle hésita.

Ils discutèrent à voix basse durant quelques minutes. Au début, elle secouait la tête et cherchait à se dégager de lui. À la fin, pourtant, elle était penchée vers lui et hochait la tête de temps en temps. À un moment, Hazard aperçut un sourire sur son profil, mais il disparut rapidement.

— Très bien, lui lança Somers. Le professeur Fukuma va nous accorder quelques minutes dans son bureau.

— Pas lui, décréta Fukuma en pointant un doigt vers Hazard.

— C'est mon coéquipier, professeur. Il se contentera de rester assis et ne dira pas un mot. N'est-ce pas, agent Hazard ?

Il acquiesça. Après quelques secondes, Fukuma hocha elle aussi la tête, se tourna et les laissa monter les escaliers pour s'enfoncer dans le bâtiment. L'odeur de vieux bois, de cire au citron et de poussière était ici complétée par le parfum vaporeux du thé qu'un étudiant emportait dans la cafétéria, transportant avec lui le murmure de voix excitées. Une jeune femme aux cheveux orange carotte sortit la tête et les dévisagea. Cette journée constituait probablement la chose la plus intéressante qui était arrivée à la plupart des personnes à l'intérieur de Wroxall.

Tout cela demeura cependant secondaire dans l'esprit de Hazard. La plus grosse partie de son attention se portait sur Somers et Fukuma. Il s'était attendu à l'entêtement et l'agressivité de celle-ci. En revanche, Somers l'avait surpris. Encore. Pas par sa capacité à amadouer son aînée – Hazard savait très bien à quel point il était difficile de résister à son charme – mais par le contraste entre son attitude à l'extérieur et la façon dont il se comportait actuellement. Dehors, après la rencontre avec les Volunteers, on aurait dit un funambule glissant de sa corde. Là, pourtant, il était redevenu lui-même : calme, décontracté, affichant un bonheur candide. Hazard commençait à penser qu'il avait raté quelque chose, à l'extérieur. Que s'était-il passé ? Il ne le savait pas, mais il allait le découvrir.

Le bureau de Fukuma était en fait un placard avec une fenêtre qui, au Moyen-Âge, aurait fait une meurtrière du tonnerre. Des livres recouvraient les étagères, faisant paraître la pièce encore plus petite, et il voûta les épaules en se glissant sur la chaise en bois brut devant le bureau. Le seul mur qui n'était pas recouvert de livres était celui de la fenêtre et un énorme poster y était accroché, avec le slogan *Mort à nos ennemis, Mort aux amis de nos ennemis, Mort à tous ceux qui ne sont pas nos amis*. Fukuma était apparemment préparée à toute éventualité.

Quand Somers s'assit sur la chaise à côté de lui, il demanda :

— Professeur Fukuma, pouvez-vous nous parler d'éventuelles rencontres que vous avez eues avec les Volunteers d'Ozark ? Y a-t-il quelque chose qui aurait pu les pousser à l'attaque d'aujourd'hui ?

Fukuma leva les jambes, les plia sous elle et appuya son menton dans ses mains. De près, Hazard remarqua d'autres détails. Il se rendit compte qu'elle paraissait âgée, quarante ans, mais en forme, mince et petite, même si ses cheveux commençaient à virer au gris. Ses yeux se posèrent un instant sur lui, comme si elle sentait son attention, et un rictus se dessina sur son visage.

— Il fait autre chose votre chien-chien ? demanda-t-elle à Somers. Ou est-ce qu'il se contente d'aboyer ?

— D'abord je suis un porc et maintenant je suis un chien ? rétorqua-t-il.

— Tu es un chien, répliqua Fukuma. Tu aboies quand ton maître te dit de parler. Tu cours, tu te dandines et tu pisses sur commande. Tu ne croirais pas le foin que ça a fait quand certains étudiants ont entendu parler de toi. *Enfin*. Ils n'arrêtaient pas de répéter ça, *enfin. Enfin on a un flic gay. Enfin les choses vont changer*. Je leur ai dit que ça ne changerait rien.

— La loi, c'est la loi. Peu importe que le flic, le juge ou le juré soit gay.

— Dit le chien bien dressé. J'ai dit à tout le monde que tu serais comme ça : bien entraîné, bien toiletté, une brute sans cervelle. Le genre de flic gay qui ne causerait aucun problème. Qui ne représenterait aucune menace. Tout le monde a pu se taper dans le dos, tellement fiers d'embaucher un flic gay… et quand tu n'es pas là, ils se disent que tu n'es pas si gay que ça, que tu es en fait assez normal et que ça facilite grandement les choses parce que tu aurais pu être une tapette. Voilà ce qu'ils se disent au commissariat, les porcs qui engloutissent leurs donuts et leurs cafés.

Hazard ne dit rien ; il n'était pas certain de pouvoir le faire tant sa gorge était serrée.

— Tu es ce qu'il y a de pire en matière de gay. Tu le sais, ça ? Du genre à désespérément vouloir être intégré, se mélanger, se cacher. Tu fais tout reculer de cinquante ans. Peut-être cent. J'espère que tu en es fier, poursuivit Fukuma avant que son regard ne revienne sur Somers. Et vous, monsieur l'agent ? Vous êtes fier de votre pédale super entraînée ?

— Ça suffit, professeur Fukuma, déclara Somers d'une voix égale. Vous avez accepté de nous parler. Je vous ai posé une question concernant vos rencontres avec les Volunteers. Voilà ce que je veux entendre, pas votre opinion sur les politiques d'identité homosexuelle.

— Les politiques d'identité homosexuelle ? répéta Fukuma d'une voix contaminée par son rictus. Vous parlez comme un bouquin des années 80.

— Les Volunteers, insista Somers.

— J'emmerde les Volunteers. Ils méritent de crever. Tous autant qu'ils sont. Des pires manières que vous puissiez imaginer. Réinstaurons l'Inquisition, rétablissons la torture. Ils collaient une tige en verre dans l'urètre des hommes et la brisaient pour qu'ils pissent du verre et du sang. Qu'on revienne à ça et qu'on le fasse à tous les hommes des Volunteers.

— Donc, acquiesça Somers en faisant mine de chercher du papier et un crayon, vous ne les approuvez pas ?

Hazard couvrit son rire en le transformant en toux.

— Je ne les approuve pas, non. C'est ma mission de veiller à la mort de chacun de ces salauds et de les voir pourrir face contre terre, sans être enterrés, parce que ça, c'est pour les êtres humains, pas pour les porcs, les chiens et les bêtes.

— Avez-vous proféré des commentaires de ce type en public ? Ou avez-vous dit ce genre d'affirmations à certains membres des Volunteers ?

— Je le dirai à quiconque m'écoute.

— Pouvez-vous vous rappeler une fois où vous auriez publiquement affirmé votre intention de nuire aux Volunteers d'Ozark, à titre individuel ou collectif ?

— C'est quoi, ça ? s'exclama Fukuma en ramenant son regard sur Somers. Vous demandez quoi, là ?

— Avez-vous besoin que je répète la question ?

— Non. Je vous ai entendu. Vous êtes un hétéro très suffisant. Le tombeur de la ville. Oui, j'ai aussi entendu parler de vous. Je sais tout sur vos arrestations. Vous persécutez les pauvres, les démunis, les sans-abris. Tellement fier de la façon dont vous enfoncez votre talon sur le cou des faibles, écrasant toute vie dans Smithfield. Vous débarquez ici comme si cet endroit était à vous parce que vous êtes hétéro, blanc et riche.

— C'est une question simple, professeur Fukuma. Inutile de recourir aux attaques personnelles.

— La plupart des hommes sont en réalité complètement bisexuels. Ils meurent d'envie de rencontrer la domination d'un homme plus fort. Ils meurent d'envie de le sentir entre leurs jambes, sentir sa force, son contrôle. Regardez les nazis. Regardez comme l'armée suit bien les ordres.

— Nom de Dieu, marmonna Hazard, mais il ravala le reste de son commentaire quand Somers lui lança un regard noir.

— Je suis sûr que l'armée sera fascinée par votre opinion, reprit celui-ci. Et c'est agréable de savoir que l'un des pires fléaux du vingtième siècle a été perpétré parce que des Allemands voulaient se faire prendre par leurs voisins sur des barils de poudre. Malheureusement, cette information ne concerne pas notre affaire. Je pense que nous avons terminé, agent Hazard.

Ce dernier suivit alors Somers. Ils avaient presque atteint la porte quand Fukuma s'exprima.

— À la manifestation, il y a un mois. Ces salauds défilaient à côté de la fac, tellement fiers d'eux-mêmes, tellement fiers de leur intolérance et de leur haine de petits esprits étriqués. Je suis allée à côté de la foule. Je leur ai dit.

Quand Hazard et Somers se retournèrent vers elle, Hazard fut surpris par la férocité sur son visage. Même après avoir entendu sa folle diatribe haineuse, il sentit les poils se dresser sur sa peau en constatant la malveillance de son expression.

— Qu'est-ce qui s'est passé ? demanda Somers.

— Un des hommes s'est approché de moi. Il m'a traitée de gouine, de putain, de chienne, de salope. Je lui ai dit ce qu'il était : un Blanc flasque avec un micro-pénis. Il a essayé de me frapper. Je lui ai cassé le poignet, puis le nez.

— Et ensuite ? insista Somers.

— Ensuite, on a foncé dans le tas et on a fait à ces salauds ce qu'ils méritaient.

C'était ainsi que la manifestation s'était transformée en rixe. Parce que cette femme était déterminée à faire éclater une guerre dans Wahredua.

— Des altercations avec certains membres des Volunteers en particulier ? demanda Somers. Avant ou après ?

— Aucune.

— D'autres altercations publiques ?

— J'interviens dans un certain nombre de conférences et de forums, messieurs. Je suis une intellectuelle. Les gens comprennent ma position. Les Volunteers d'Ozark savent qui je suis et ce que je pense depuis un moment.

— Mais rien ne ressemblant à l'émeute pendant la manifestation ?

— Ce n'était pas une émeute, agent Somerset. C'était une démonstration légitime de force vertueuse.

— Rien à part votre démonstration de force vertueuse, alors ?

— Non, rien.

— Quel était le nom de l'homme à qui vous avez cassé le nez ?

— Je ne sais pas.

— Vous savez qui est Charles Armistead ? Il se faisait souvent appeler Chuckie.

— Jamais entendu parler, répondit Fukuma en secouant la tête.

— Vous n'avez eu aucune interaction avec lui ?

— Je ne sais pas. Je ne le connais pas. Et si nos chemins se sont croisés, alors je n'en sais rien.

Hazard observa attentivement le visage de Fukuma quand Somers sortit une photo d'Armistead. Il remarqua la lueur quand elle le reconnut : dilatation des pupilles, une très légère inspiration, le rose sur ses joues. Elle reconnaissait Armistead et le détestait.

— Et cet homme ? demanda Somers. Vous le reconnaissez ?

— Non.

— Vraiment ? intervint Hazard en se penchant en avant sur son siège. Regardez mieux, professeur Fukuma.

— Dis donc le clébard, j'ai dit que je ne le reconnaissais pas. Je n'ai pas besoin de mieux regarder. C'est assez clair pour toi ?

— Professeur Fukuma, reprit Somers en marquant une pause. Où étiez-vous dans la nuit du 24 au 25 octobre ?

— Lundi soir ?

Pour la première fois depuis qu'ils l'avaient rencontrée, elle semblait véritablement surprise.

— Pourquoi ?

— Vous rappelez-vous où vous étiez ?

— Bien sûr que je m'en souviens. Je tenais une conférence dans les locaux de Sporus. C'est une association qui soutient la castration forcée éthique, répondit-elle en fouillant dans les papiers sur son bureau avant de leur tendre une feuille. Voilà.

— La castration forcée éthique ? demanda Somers.

— Dommage que nous ayons déjà une œuvre de charité pour notre collecte de fonds, lança Hazard.

— Voilà le planning, poursuivit Fukuma en montrant la feuille à Somers. Comme vous pouvez le voir, j'étais la première intervenante. Et voilà mon badge. Vous pouvez appeler les organisateurs pour qu'ils vous confirment que j'y étais.

— On va faire ça, répondit Somers en prenant ce qu'elle lui tendait pour examiner le papier. La conférence était dans le Kansas ?

— À Manhattan, oui. Un des établissements de l'université de Kansas State fait des recherches très provocantes sur les bénéfices sociaux de la neutralisation des genres.

— Ravi de l'apprendre, conclut Somers. Y a-t-il autre chose que nous devrions savoir, professeur Fukuma, concernant vos rencontres avec les Volunteers d'Ozark ? Quoi que ce soit qui expliquerait les événements d'aujourd'hui ?

— Ils savent qui je suis depuis des années. Ils savent pour quoi je me bats : leur extinction et l'extermination du patriarcat hétéro-cis qui dirige les États-Unis.

— S'ils le savent depuis des années, qu'est-ce qui a changé ? Pourquoi ont-ils attaqué aujourd'hui ?

— Vous voulez savoir pourquoi une meute de chiens bondit et attaque ? Je ne sais pas. Demandez à un chien.

Et son regard se posa sur Hazard.

— Je pense qu'on n'a pas besoin d'en entendre davantage, fit celui-ci. On peut y aller ?

— Vous m'avez posé des questions sur Chuckie Armistead, reprit Fukuma en haussant la voix à l'attention de Somers, mais sans jamais quitter Hazard du regard. C'est lui qui est mort dans l'incendie de lundi ?

— Nous ne faisons aucun commentaire sur des enquêtes en cours, répondit Somers.

— Espérons pour votre bien que oui.

— Et pourquoi ça ?

— Parce que Chuckie Armistead était celui qui se cachait derrière toutes les attaques et les dégradations dans

Wahredua. Et je ne veux pas dire par là que c'était lui le cerveau. Je veux dire que ce petit homme pathétique faisait toutes ces choses : taguer des obscénités, vandaliser certaines propriétés, attaquer ces filles devant le *Pretty Pretty*.

— Vous avez une preuve ? demanda Somers. Certaines de ces affaires sont ouvertes depuis des mois. Pourquoi n'êtes-vous pas venue ?

— J'ai des témoins oculaires. Et, non, agent Somerset, je ne vous donnerai pas leurs noms. Ils se sont confiés à moi. Ils m'ont parlé parce qu'ils savaient que le problème avait besoin d'être résolu en dehors d'un système judiciaire oppressif et biaisé.

— Professeur Fukuma, êtes-vous en train de me dire que ces témoins se sont confiés à vous parce qu'ils pensaient que vous puniriez Chuckie Armistead ?

— Ce que je vous dis, agent Somerset, c'est que vous essayez d'élucider la mort d'un homme qui mérite de pourrir sur la place publique. Chuckie Armistead est mort et le monde ne s'en porte que mieux. Restons-en là.

— J'ai ma dose de cinglés pour la journée, lança Hazard à Somers à voix basse. Je vais prendre l'air.

— C'est tout ce qu'il nous faut pour aujourd'hui, professeur Fukuma, conclut Somers. Nous vous recontacterons si nous avons d'autres questions.

Quand ils quittèrent le minuscule bureau, Fukuma s'écria :

— Agent Somerset, assurez-vous de faire faire beaucoup d'exercice à votre chien-chien.

Somers claqua la porte si fort que l'encadrement fit un bruit de ferraille. Les deux hommes quittèrent le bâtiment de Sciences Sociales et Hazard accueillit avec reconnaissance ce bain de soleil et la chaleur moite quand ils sortirent. Une brise charriait le parfum de l'herbe fraîchement coupée et, le long du côté ombragé de la cour, des arroseurs automatiques chuintaient joyeusement, leur brume mouillant le trottoir et étincelant à la lumière du soleil. Tout semblait normal, par contraste avec l'obscurité et l'odeur de renfermé du bureau de Fukuma.

— Alors ? lança Somers.

— Elle l'a peut-être fait. Je ne dis pas que c'est le cas. Mais c'est possible.

— Elle est folle à lier. Et j'ai besoin d'un verre.

— Tu as besoin d'un déjeuner. Et d'un docteur.

— Toi aussi, avant que les boutons de cette chemise sautent.

Somers les mena vers la voiture. Hazard ferma les yeux quelques secondes, profitant de la chaleur du soleil sur son visage, en proie au débat, au plus profond de lui, avec les mots de Fukuma. Ce qu'elle avait dit – un simple chien au bout d'une laisse – résonnait dangereusement comme une vérité.

— Hé, fit Somers en lui donnant un petit coup sur le bras. Qu'elle aille se faire foutre, pas vrai ?

— Quoi ?

— Ce qu'elle a dit. Qu'elle aille se faire foutre.

Mais il ne répondit pas, par manque de confiance en ce qu'il allait dire.

— Tu ne la prends pas au sérieux, quand même ? s'exclama Somers en lui donnant un autre petit coup. Ce qu'elle a dit sur toi, c'était inadmissible. Et complètement faux.

— Tu veux dire que je ne suis pas une brute, un gay acceptable ? Je n'essaie peut-être pas de me fondre ? Elle a raison, Somers. Je veux faire partie de la maison.

— Ouais, tu veux faire partie de la maison. Ça ne veut pas dire que tu es du genre à ne pas t'assumer. À moins que…, hésita Somers avec une grimace. Tu tiens vraiment à porter une mini-jupe, des talons et un boa en plume ?

Le choc dut se lire sur le visage de Hazard, car son coéquipier éclata de rire.

— Tu vois ? Tu ne caches pas qui tu es. Tout le monde sait que tu es gay. Tout le monde sait que tu as un petit ami.

— Mais…

— Et tu peux me faire confiance là-dessus, poursuivit Somers en ouvrant la portière de l'Impala, ou alors, si tu veux, tu peux demander à Cravens : tu es incontestablement l'enquêteur le moins acceptable de la maison.

À ces mots, Somers eut un sourire aussi brillant qu'une étoile à neutrons et se laissa tomber sur son siège.

— Euh, merci, répondit Hazard en montant dans la voiture. Je crois.

# CHAPITRE VINGT-TROIS

*Mercredi 26 octobre*
*12 h 47*

Ils prirent des sandwichs à la *Family Bakery*. Hazard sentit un frisson d'appréhension quand ils passèrent la porte, la clochette tintant au-dessus, et le parfum de pâte qui lève, de pain sortant du four et de cannelle envahit ses sens. Quinze ans auparavant, ç'aurait été enfreindre les ordres du sommet. Quinze ans auparavant, cela lui aurait au moins valu un nez cassé. Oser fouler ce sol saint, le sanctuaire de Mikey Grames, n'allait pas sans un terrible châtiment.

— Cet endroit est génial, lança Somers. Ça a complètement changé depuis quelques années, et c'est là qu'on trouve les meilleurs sandwichs.

Hazard ne répondit pas. Il fit lentement un tour sur lui-même, contemplant les étagères pleines de pains de toutes sortes, les panières contenant biscuits, muffins et d'énormes gâteaux à la carotte à cinq étages ainsi qu'une centaine d'autres desserts. Deux vieilles femmes, chacune portant une miche au seigle qui semblaient faire leur poids, se dandinaient autour des présentoirs en caquetant ensemble, mais Somers et Hazard se trouvaient être les seuls clients. Son regard se posa instinctivement sur le comptoir. Il s'attendait à voir l'un des nombreux membres de la famille Grames travailler ici, et découvrit à la place une jeune fille rayonnante qui portait des boucles d'oreilles de la taille de cerceaux.

— Qu'est-ce que je peux vous servir ? Oh, bonjour, agent Somerset. Je ne vous avais pas vu entrer.

— Vous savez ce que je veux, Mary Anne, répondit celui-ci en souriant tandis qu'elle se penchait par-dessus la caisse. Je vous présente mon coéquipier, l'agent Hazard.

— Oh, fit Mary Anne en devenant écarlate. Ravie de vous rencontrer, monsieur.

— Hazard va prendre…

Somers fredonna doucement en passant le menu en revue.

— La même chose.

— Attends, protesta celui-ci. Je veux…

— Fais-moi confiance.

Quelques minutes plus tard, ils étaient de retour dans la voiture, prêts à partir pour l'hôpital. Somers avait déjà déballé son sandwich et commençait à le manger. Hazard ouvrit l'emballage en papier et examina ce que Somers avait commandé (sans lui demander son avis) pour lui.

— Je n'aime pas le raifort.

— Goûte.

— Ni le rosbif.

— Goûte.

— Et c'est quoi ce cheddar…

— Pour l'amour de Dieu, tu vas mordre là-dedans, oui ?

Somers souligna son propos en arrachant une autre bouchée de son sandwich.

Avec précaution, Hazard leva le sien et mordit dedans.

— Alors ?

Il ne répondit pas. Il n'aimait pas le raifort. Il n'appréciait pas beaucoup le rosbif. Et le cheddar semblait avoir été tranché dans une meule de marque de distributeur. Mais… mais le sandwich était succulent. Le pain était moelleux, la croûte légèrement craquante. Les saveurs de la viande, du fromage et du raifort – pas trop fort – allaient parfaitement ensemble.

— Alors ? insista Somers.

— Pas mal.

— C'est ça, oui.

— D'accord, c'est plutôt bon.

— C'est le meilleur sandwich de ta vie.

— Je ne dirais pas…

— C'est le meilleur sandwich de ta vie. Et je t'en prie, il n'y a pas de quoi.

Hazard leva les yeux au ciel, mais prit une autre bouchée du sandwich.

— Et donc, la boulangerie n'appartient plus aux Grames.

— Non, Dieu merci. La mère de Mikey a épuisé le filon jusqu'à la corde. J'ai entendu dire qu'elle prenait l'argent de la caisse et le mettait directement dans sa poche. Elle ne payait pas les fournisseurs, elle ne payait pas les impôts. Aussi malhonnête que Mikey. Je suppose que c'est de là qu'il tenait ça.

— Tu l'as revu ?

— Mikey ?

Somers mâcha encore un moment. La tension commença à monter dans le ventre de Hazard ; il n'avait plus faim et referma alors l'emballage du sandwich. C'était pour cette raison qu'il était revenu à Wahredua, en partie. À cause de Mikey Grames, Hugo Perry et John-Henry Somerset. Parce que Jeff Langham avait pris le canon d'une arme dans sa bouche et appuyé sur la détente, et parce qu'Emery Hazard, presque vingt ans après, ressentait cette même vieille impuissance dont il n'avait jamais réussi à se débarrasser. Maintenant que Somers lui avait donné l'occasion idéale d'aborder le passé, il n'allait pas la gâcher.

Après quelques minutes de plus, Somers soupira et lâcha son sandwich sur ses cuisses.

— Écoute, je sais que j'ai souvent merdé par le passé. Je sais que j'ai déjà essayé de m'excuser, mais encore une fois : je suis vraiment désolé.

— Somers…

— Non, laisse-moi finir cette fois, l'interrompit Somers avant de soupirer de nouveau. Ce qui s'est passé ce jour-là dans le vestiaire…

— Non.

Le mot jaillit avant que Hazard puisse l'arrêter.

— Hors de question qu'on parle de ça.

— Je pense qu'on devrait. On n'en a jamais parlé. On n'a même jamais admis que c'était arrivé.

— Bien sûr que si, on l'a admis, s'écria Hazard, incapable de contrôler la hauteur et le volume de sa voix. Tu m'as poussé dans les escaliers, putain !

Une minute d'un silence las s'étira entre eux.

— Emery, commença Somers.

— Tu dis encore un mot et c'est terminé, je m'en vais. Je ne veux pas entendre ça.

Ses mains tremblaient, il les serra sur ses genoux pour les immobiliser.

— Somers, on en a terminé avec le passé. Tu es un type bien maintenant. J'aime bien ce John-Henry, mon coéquipier. Je ne l'aurais pas pensé. Je m'étais attendu à te détester. Mais je t'aime bien. Je veux travailler avec toi. Je veux résoudre cette affaire. Et ça suffit.

Sur le visage de Somers, plus rapide qu'un battement de cœur, un dilemme interne profond s'exprima. Puis il disparut et Somers afficha son sourire d'étudiant membre d'une fraternité.

— Alors comme ça tu m'aimes bien ? reprit-il en allongeant les derniers mots.

— Oh, t'es vraiment con.

Somers prit son sandwich et prit une nouvelle bouchée.

— Tu veux vraiment savoir pour Grames, hein ? demanda-t-il en mâchant.

— Je l'ai vu. Au *Casey*. Il avait l'air…

Hazard ne finit pas sa phrase, essayant de trouver une manière polie de décrire cet homme.

— D'un cas social accro à la défonce ? D'un mec qui est allé en prison plus souvent qu'il a changé de sous-vêtements ? D'être arrivé à une fin bien merdique pour un humain bien merdique ?

— Quelque chose comme ça.

— Ben, tu peux deviner toute l'histoire.

— La drogue ?

— Je crois que c'est le speed, son truc. S'il lui reste des dents, c'est qu'il a de la chance. La dernière fois que je l'ai vu, elles tombaient de sa bouche comme des mouches, raconta Somers en serrant les mains sur le volant. J'évite le *Casey*, au cas où tu ne l'aurais pas deviné, donc je ne l'ai pas vu depuis un moment. Et si tu veux savoir pour Hugo, ben, il est mort.

— Hein ?

— Hugo Perry. Il est mort. Il s'est fait rouler dessus par un train. Sa voiture était sur les rails du MP, avec lui à l'intérieur, et un train est arrivé. Il y avait des bouts de lui et de sa voiture sur quatre-vingts kilomètres.

— Il buvait ?

— Qui sait. C'était un imbécile.

Somers se tourna sur son siège et fixa Hazard d'un regard étonnamment pénétrant.

— Qu'est-ce qui se passe ? Tu comptes mettre certaines choses à plat ?

— Non.

— Beaucoup de trucs ont changé en quinze ans. Tu pourrais probablement démolir Mikey Grames avec une main dans le dos. Et puis, tu es flic, donc tu pourrais le faire sans que personne ne bronche. Tu n'as qu'à dire qu'il résistait à son arrestation.

— C'est ça, ce que tu penses de moi ?

— Non. Pas du tout. Mais j'essaie de comprendre ton point de vue. Il a fait quelque chose quand il t'a vu au *Casey* ? Il t'a reconnu ? Il a dit quelque chose ? Il a essayé de te frapper ?

— C'est bon, n'exagère pas. C'était tellement un légume que je suis sûr qu'il n'aurait même pas reconnu sa mère.

— Mais toi, tu l'as reconnu.

Après un moment, Hazard hocha la tête.

— Tu ne vas rien faire de stupide, hein ? Parce que si c'est le cas, je suis ton coéquipier, et tu dois au moins me laisser essayer de t'en dissuader. Et si je n'y arrive pas, tu dois me laisser t'aider.

— Je ne vais rien faire.

Mais c'était un mensonge. Des trois personnes qui avaient vu Jeff Langham en dernier – pendant qu'il était vivant – un était mort. Hugo Perry écarté du tableau, il ne restait plus que deux témoins de ce qui était arrivé les quelques heures précédant la mort de Jeff : Mikey Grames et John-Henry Somerset. Hazard ne voulait pas risquer une confrontation avec Somers ; pas encore, pas sans en savoir plus. Mais il n'aurait aucun scrupule à traquer Mikey Grames. Et, pour emprunter l'expression de Somers, cela ne le dérangerait pas de *démolir* cette ancienne brute, petit bout par petit bout.

# CHAPITRE VINGT-QUATRE

*Mercredi 26 octobre*
*13 h 3*

Somers sentit une sorte de nausée lasse en garant l'Impala devant l'hôpital de Wahredua. La journée avait déjà été longue : leurs recherches au commissariat, suivies de la montée d'adrénaline pour rejoindre la fac et leur rencontre avec les Volunteers. Sa participation à cette rencontre lui avait laissé un mal de crâne assommant et une honte insidieuse qui lui donnait envie de se mettre en boule à l'arrière de l'Impala avec une bouteille.

Mais la journée ne s'était pas arrêtée là et cela avait continué. L'entretien avec Fukuma s'était mal passé – il avait été si violent qu'il était choqué de voir la façon dont cela avait affecté Hazard – et il n'avait rien tiré d'utile de cette femme, à part un alibi et un chapelet d'accusations contre l'homme qui, très vraisemblablement, était la victime du meurtre. Et pour couronner le tout, Hazard était sorti de nulle part en posant des questions sur Mikey Grames.

Ce qu'il avait envie de faire – si se recroqueviller sur la banquette arrière avec une bouteille n'était pas une option – c'était parler. Pas seulement du vestiaire ; même s'il avait voulu en parler avec quelqu'un (n'importe qui) depuis presque quinze ans, mais de tout. Des insultes, des bousculades, des rires méchants.

De la fois où il avait tenu les bras de Hazard pendant que Mikey le tailladait. De la fois où il l'avait poussé dans les escaliers… Bon sang, mais pourquoi il avait pensé que c'était une si bonne idée, à ce moment-là ? Mais Emery Hazard aurait pu tout aussi bien pu être l'incarnation du Fort Knox du Seigneur, car réussir à tirer quelque chose de cet homme relevait presque de l'impossible.

— Tu viens ? demanda Hazard en ouvrant la portière de l'Impala.

— Oui.

L'hôpital ne ressemblait pas vraiment à un hôpital. Avec ses rangées d'ailes et d'extensions multicolores – piochées dans une palette mêlant marron, jaune moutarde et un orange de pictogramme chimique – il ressemblait plutôt à un jeu de construction pour enfant où le bambin aurait fini par tout empiler pêle-mêle. Somers détestait cet endroit par principe, et son apparence n'aidait pas.

On s'occupa rapidement d'eux et ils furent placés dans des chambres adjacentes. Somers passa les jambes sur le bord de la table d'examen pendant qu'il attendait. De la chambre d'à côté, où était Hazard, des voix graves lui parvenaient, se terminant par un grognement furieux de Hazard. Un peu après, un jeune aide-soignant sortit presque en courant de la chambre, donnant l'impression qu'il avait failli se faire arracher la main. *Toujours le même, ce Hazard.*

À mesure que les minutes passaient, Somers se mit à battre des pieds plus fort, se dandinant sur sa chaise, se grattant les bras. Cette odeur… de désinfectant, de produit chimique, dépourvue de tout parfum (pourquoi pas du citron, par exemple ?) pour l'adoucir… Comment faisait-on pour la supporter ? C'était censé être une odeur de propreté, Somers le savait, mais cela ne lui inspirait aucune propreté. Cela sentait l'impuissance, la vieillesse, le déclin. Cela sentait le laid, et une petite partie de lui-même (une part qu'il détestait, mais qu'il était incapable de maîtriser) se rebella contre cette odeur parce qu'il savait qu'il était jeune, beau et que cet endroit n'était pas fait pour lui.

Un médecin passa la porte quelques minutes plus tard ; entre-temps, sa tête était devenue si douloureuse qu'il ne prit pas la peine de retenir le nom de cet homme. Il sentit simplement des mains froides sur le côté de son visage, suivit les instructions et répondit aux questions, puis à la fin, il fut déclaré apte au travail.

— Cependant, ajouta le médecin d'une grosse voix de père enjoué des années 50 que les médecins prennent souvent, je parie que vous avez un sacré mal de tête.

Il lui donna alors du paracétamol fortement dosé et partit.

Somers avala les cachets sans eau – *Nom d'un chien, est-ce que c'est possible que votre tête s'ouvre en deux de l'intérieur si la douleur est assez forte ?* – et sortit de la pièce. Les urgences étaient calmes ce jour-là, il n'y avait qu'un couple d'âge moyen attendant sur les chaises en plastique moulé. L'homme avait un bras dans une écharpe improvisée, cassé supposa Somers. Une infirmière tapait avec application sur un clavier pendant que deux plus âgées étaient penchées l'une vers l'autre, jetant des regards en coin à Somers et gloussant comme si elles n'avaient pas plus de quinze ans. Il leur adressa un sourire suffisant – c'était utile d'avoir un sourire suffisant sous la main, cela pouvait accomplir beaucoup – et regarda autour de lui. Toujours pas de Hazard.

Il jeta un œil dans la pièce d'à côté et trouva son coéquipier assis, torse nu, sur la table d'examen. Quand il entra, ce dernier leva la tête.

— Si vous me renvoyez cette tarlouze qui claque des dents… Oh.

— Cette tarlouze qui claque des dents ? Je suppose que c'était le jeune homme que j'ai vu s'enfuir d'ici comme si tu lui avais attaché une fusée dans le dos ?

Hazard haussa les épaules. Encore une fois, Somers fut frappé par la différence qu'il y avait avec le garçon qu'il avait connu au lycée. C'était un grand gaillard, oui, mais un gaillard aux muscles sculptés : des épaules larges pointant vers une taille fine, des abdominaux et des pectoraux recouverts d'une couche de poils raides clairsemés.

Ses longs cheveux, désormais détachés de chaque côté de sa raie nette, retombaient négligemment sur ses yeux. Le bandage en travers de sa poitrine était imprégné de rouge et avait été décollé de son épaule pour révéler le début de la plaie.

— Il n'arrêtait pas de me tripoter, grommela Hazard. Je lui ai dit que s'il ne gardait pas ses mains pour lui, je lui briserais tous les doigts pour voir comment il ferait pour se torcher comme ça.

— Il n'arrêtait pas de te tripoter ?

Pour son plus grand amusement, il vit Hazard rougir, un rouge vif qui apparut sur son visage et se répandit sur son cou.

— Où est ce satané médecin ?

— À mon avis ? lança Somers en se laissant tomber sur une des deux chaises recouvertes de vinyle le long du mur. Ils vont te laisser là. Peut-être à jamais. C'est une belle façon de punir les mauvais comportements, et tu ne peux pas y faire grand-chose.

— Super, soupira Hazard en passant une main sur la table d'examen. Elle est passée où, cette chemise ?

— Peut-être que la tarlouze l'a prise.

— Eh merde. On se casse d'ici.

— Tu as besoin d'être recousu.

— On a du travail.

— Tu vas t'asseoir, oui ? On ne partira pas avant que tu te sois fait soigner.

Il prit de l'élan pour se relever et passa la tête par la porte. D'un même mouvement, les deux infirmières se tournèrent vers lui et il essaya encore une fois son sourire suffisant.

— Je pense que mon coéquipier est prêt à se montrer courtois, quand le médecin aura une minute.

Elles papotèrent, rirent, se penchèrent l'une vers l'autre, puis l'une annonça :

— Encore quelques minutes, monsieur.

Le sourire de Somers s'élargit et il fit le geste de leur tirer son chapeau avant de revenir dans la chambre.

— Bon, annonça-t-il à Hazard. Encore quelques minutes et on sera dehors.

Ils restèrent assis silencieusement un instant, avant que Hazard demande :

— Explique-moi ce qui s'est passé tout à l'heure.

— Quand ça ? La journée a été mémorable.

— Je ne comprends pas, reprit Hazard, sincèrement confus. Tu es un bon flic. Tu es malin, même si tu aimes bien faire comme si tu n'étais qu'un beau gosse tout sourire. Tu as fait du bon travail à Smithfield, d'après ce que j'ai entendu, et c'est le pire coin de Wahredua. Si on m'avait demandé, j'aurais dit que tu savais comment faire attention à toi. Mais aujourd'hui, sur le campus… Enfin quoi, à quoi tu pensais ?

— J'ai fait une erreur.

— D'après ce que je vois, tu n'es pas du genre à faire beaucoup d'erreurs.

Somers sentit ses joues s'échauffer.

— Ben, je suis humain. Si, je fais des erreurs. Plein. Tu devrais être le mieux placé pour le savoir, mais si jamais tu as oublié, va demander à Cora. Elle sera ravie de te répondre.

— Ne fais pas ça. N'essaie pas de tout mélanger. On parle boulot, là. Tu es mon coéquipier. On a besoin de pouvoir compter l'un sur l'autre. Donc je veux savoir ce qui s'est passé.

— Je ne m'attendais pas à ce qu'ils se retournent sur moi. Pas comme ça. La plupart des gens ici, bah, ils me connaissent. Ils ont grandi avec moi. Ils ont grandi avec toi aussi, mais…

— Mais c'est différent.

— Oui, c'est différent, pour être honnête. Pas seulement à cause de ce qu'on était au lycée, même si je sais que cela en fait partie. Et pas seulement à cause de nos familles. Je sais que ce qui fait de moi ce que je suis, c'est en partie les relations que j'ai avec les habitants d'ici. Mais le reste, l'autre chose qui nous rend différents, c'est que je suis resté ici. À part Mizzou, je suis resté là toute ma vie. Ça veut dire que quand les gens sont bourrés ou violents, quand ils deviennent ingérables, je connais leurs mères ou leurs grand-mères, leurs pères, et je sais qui appeler et qui ne pas appeler. Peut-être qu'ils essaient de me frapper parfois, mais seulement quand ils sont saouls au point de ne plus faire la différence entre moi et le président.

— Et tu as pensé que grâce à ça, tu pouvais t'approcher d'une foule dangereuse ?

— Non, imbécile. Je ne les voyais pas comme une foule. Je les voyais en tant que Billy Bay, Sydney Thomas et Ralph Moree. Je voyais que la plupart de ces hommes étaient venus à mes matchs de football et m'avaient acclamé quand j'avais marqué.

— Cravens ne semblait pas…

— Cravens a passé autant de temps à être une figure étrangère que familière. C'est une femme, et c'est une femme qui voulait être flic. Enfin quoi, je ne devrais pas avoir à te faire un dessin, Hazard. Tu sais ce que c'est d'être différent dans une petite ville. Donc je vais te le redire : j'ai fait une erreur et ça n'arrivera plus. Et merci, conclut-il en essayant de calmer sa respiration et baisser d'un ton.

— Je l'ai dit à Cravens parce que je n'ai pas besoin d'un coéquipier mis sur la touche pendant une enquête.

— Ce n'est pas ce que je voulais dire. Je te remerciais de m'avoir sauvé la vie. Et au passage, de t'être fait couper en lamelles. C'est ma faute. Je sais que c'est ma faute. Et je ne l'oublierai pas.

Hazard, de son côté, semblait cruellement gêné par ce changement de ton. Il secoua la tête et baissa les yeux au sol. Somers s'enfonça dans le fauteuil en vinyle avec un soupir de soulagement. Il avait dit la vérité. En grande partie. Mais il était policier à Wahredua depuis longtemps. Il savait qu'il ne valait mieux pas s'approcher d'une foule de Volunteers enragés, surtout sans prendre certaines précautions de rigueur.

Non, la véritable explication à son erreur n'avait rien à voir avec la petite ville et sa longue histoire avec les habitants. La véritable raison, c'était qu'il avait fait le fanfaron devant son nouveau partenaire. Il avait voulu ressembler à un héros de film d'action, il avait voulu l'impressionner. Voilà qui avait sacrément bien marché.

— Ce que Fukuma a dit…, lança Hazard.

— Je te l'ai dit : on l'emmerde.

— Non, à propos d'Armistead, reprit Hazard en balayant le sujet d'un revers de main. C'est intéressant.

— À peu près tout ce qu'elle a dit était intéressant, si *intéressant* veut dire *complètement taré*.

— Elle a affirmé qu'Armistead était derrière cette série de crimes haineux. Elle a dit qu'elle avait des témoins.

— Et elle a aussi dit que ces témoins refusaient de parler à la police, rappela Somers en étirant les jambes. Ils ne l'ont dit qu'à elle parce qu'ils s'attendaient au même genre de justice autoproclamée que veulent les Volunteers. C'est le meilleur genre de témoins ça, tu sais, le genre de personne qu'on ne peut interroger.

— Voilà le topo, donc ? D'un côté, on a Naomi qui nous dit qu'Armistead est la victime. Elle dit peut-être la vérité. Armistead fait à peu près la bonne taille pour être notre victime. Son pickup correspond au véhicule que Lady Mabbe a vu.

— Réfléchissons à ça : selon ce scénario, quelqu'un se faisant passer pour un Volunteer attire Armistead hors du mobile home. Il le convainc de l'aider à décharger un baril de diluant à peinture et ensuite, quoi ? Il tue Armistead et déclenche l'incendie ?

— Plus ou moins. Dans ce scénario, Fukuma pourrait toujours être notre tueur, mais notre suspect pour le moment, c'est l'autre homme, celui qui se fait passer pour un Volunteer.

— Et le truc qui ne colle pas, c'est pourquoi Armistead aurait accompagné un imposteur ; même si Naomi n'a pas réussi à trouver une explication convaincante à ce sujet.

— D'un autre côté, poursuivit Hazard, Fukuma nous dit que c'est Armistead qu'on devrait considérer comme coupable.

— Tu es en train de me dire qu'il s'est suicidé ? C'est osé.

— Non. Je dis qu'on a pris l'histoire de Naomi pour argent comptant. Mais si Fukuma avait raison ? Si Armistead et un autre homme – a priori un autre Volunteer, d'après ce scénario – avaient tué quelqu'un d'autre ? Et qu'ils avaient mis le corps dans le mobile home, déclenché l'incendie et fui la ville ?

— Donc dans cette version, soit Naomi ment pour les couvrir, soit plus probablement elle croit sincèrement qu'Armistead est mort et veut que Fukuma plonge pour ça.

— Oui, c'est comme ça que je le vois aussi. Difficile de croire que Naomi attirerait l'attention sur Armistead si elle savait qu'il avait tué quelqu'un et pris la fuite. Elle serait plus encline à se tenir tranquille et ne rien dire.

— Alors Armistead n'est ni notre tueur ni notre victime, conclut Somers. Oh, comme si je n'avais pas déjà assez mal à la tête. Et en suivant les deux scénarios, on doit trouver ce deuxième homme. Mais comment veux-tu qu'on y arrive ?

— On continue de suivre la piste d'Armistead. Et celle de Fukuma, d'ailleurs. Quoi qu'elle dise, elle est suffisamment dangereuse…

— Et suffisamment tarée.

— … pour avoir fait une chose pareille. Et on ne peut pas encore écarter Naomi sous prétexte qu'elle ait eu raison sur certains faits importants.

— Donc on poursuit l'enquête du côté de l'alibi de Fukuma. Il sera en béton. Elle n'est pas idiote.

— On poursuit l'enquête du côté de son alibi, reprit Hazard en hochant la tête. Mais aussi du côté de son histoire de témoins. Voyons si quelqu'un d'autre peut relier Armistead à certains des crimes. Si une personne était régulièrement visée, par exemple, cela ferait peut-être une meilleure piste pour cette version des faits.

— Ça veut dire qu'on se repasse tous les rapports, soupira Somers, sentant son cerveau palpiter à cette pensée. Ça va prendre des jours pour trouver tous ces gens, leur montrer une photo d'Armistead, leur poser les bonnes questions.

— Si ça doit prendre des jours, ça prendra des jours. Mais on pourra peut-être réduire le champ des recherches.

— OK, je n'avais pas pensé à ça, acquiesça Somers. D'abord, on cherche des schémas récurrents. Ou des noms qu'on reconnaît. On ne commence pas par ratisser large.

— Exactement. Et on fait autre chose.

— Quoi ?

— Fukuma a parlé d'une attaque en particulier. Au *Pretty Pretty*. On y va et on commence à poser des questions.

Somers sourit malgré tous ses efforts pour s'en empêcher.

— Quoi ?

— Tu réalises que tu m'invites dans un club gay.

— Oh mon Dieu, grogna Hazard, la tête entre les mains.

À ce moment-là, le même médecin qui s'était occupé de Somers entra dans la chambre. Avec un ton enjoué et paternaliste désormais familier, il entama d'une voix forte :

— Ben alors, c'est notre trouble-fête de nouvel enquêteur ? Qu'est-ce que vous avez fichu, jeune homme ? lança-t-il en avançant vers la table. Elle m'a l'air bien vilaine, cette entaille. Enlevons le bandage. On va faire attention avec le scotch…

— Pas besoin, fit Somers en se levant d'un bond.

Il attrapa le coin décollé du bandage et l'arracha.

— Un coup et ça vient tout seul.

Hazard réprima un grognement quand le scotch arracha les poils sur sa poitrine et son abdomen. Puis il releva la tête et lui lança un regard véritablement assassin.

— Tu as dit que tu étais pressé, expliqua Somers avec un grand sourire avant de rejoindre nonchalamment la salle d'attente.

Il ne comptait pas rester dans les parages quand le médecin commencerait à recoudre Hazard.

Il pouvait être fichu d'attraper un scalpel ou Dieu seul savait quoi et… Non, il valait mieux offrir aux infirmières quelques minutes de plus pour se rincer l'œil. Somers sifflota pour lui-même ; sa tête commençait déjà à aller mieux.

# CHAPITRE VINGT-CINQ

*Mercredi 26 octobre*
*14 h 15*

De retour au commissariat, Somers et Hazard trouvèrent leurs bureaux sens dessus dessous. Des papiers avaient été balancés ici et là, des crayons et des stylos renversés partout, et sur celui de Somers, des trombones scintillaient au milieu de ce bazar.

— C'est quoi ce délire ? Elles sont où, mes notes ? s'exclama Hazard en fouillant sur son bureau. Où est-ce que tout est passé ?

Somers attrapa son téléphone et commença à taper un numéro.

— Qui est-ce que tu appelles ?

— Upchurch.

Le téléphone sonna deux fois avant que la voix de celui-ci réponde.

— *Hé, salut.*

— Tu m'expliques ?

— *Waouh, qu'est-ce qui se passe ? T'as l'air en rogne.*

— Je *suis* en rogne. Que tu retournes mon bureau quand on était coéquipiers, c'était une chose, mais tu ne peux pas revenir ici et fouiller dans les affaires de Hazard comme ça. Ni dans les miennes. C'est plus possible.

— Dis-lui que s'il retouche encore une fois à mes affaires, je le dérouille.

Somers agita une main pour faire taire son coéquipier.

— *Hé, je suis à Warsaw,* répondit Upchurch. *J'ai passé la journée à pêcher ici. C'est pour ça que j'ai raté ton premier appel. J'en avais un sur la ligne, un bon gros poisson-chat, aussi grand qu'Eldora. J'aurais répondu à personne à part Ronald Reagan avant d'avoir remonté la bête.*

Somers entendit à peine. Upchurch avait la fâcheuse habitude de fouiller dans son bureau quand ils étaient au beau milieu d'une enquête et tout laisser en plan comme si un ouragan était passé par là. Mais il ne faisait même plus partie de la maison, et de toute façon, il n'était pas en ville. Alors qu'était-il arrivé à leurs affaires ? Et pourquoi ?

— Qu'est-ce qu'il dit, l'enfoiré ? grommela Hazard. Dis-lui de revenir ici pour que je puisse lui botter le cul.

— Tu veux bien te calmer ? lui répondit-il en couvrant le téléphone. C'était pas lui. Va te rendre utile.

— Me rendre utile ? répéta Hazard d'une voix dangereusement grave.

Somers lui fit un doigt d'honneur et ramena son attention sur le téléphone. Upchurch s'était remis à parler.

— *Hé, écoute, je suis désolé pour Naomi.*

— T'as plutôt intérêt. À quoi tu pensais ?

— *Je me disais que c'était mon seul contact sérieux chez les* Volunteers *et que si tu ne lui parlais pas, tu allais passer à côté d'un gros truc. En tout cas, c'est ce qu'elle m'a dit,* ajouta Upchurch avec une pointe d'inquiétude dans la voix. *Elle ne mentait pas, hein ? Elle t'a livré un bon truc ?*

— Elle m'a livré quelque chose. Je ne sais pas si c'est bon ou pas. Hé, Upchurch, elle n'est là que depuis trois mois. Mais tu as tiré des infos des Volunteers avant ça. Qui d'autre tu as chez eux ?

— *Je ne suis pas assez stupide pour commencer à donner des noms d'indics, Somers. Pas tant que je n'en aurais pas besoin.*

— T'aurais pas pu me donner l'un d'eux au lieu de Naomi ?

— *Je te l'ai déjà dit : c'est mon seul contact sérieux. Tu sais comment sont ces types. Ils sont tous défoncés au speed à essayer de sauter leur sœur ou leur vache ou la sœur de leur vache. Naomi est intelligente. Elle est folle d'adhérer à ces principes et foutrement ambitieuse, mais elle est intelligente. C'est ce que j'avais de mieux à te donner.*

— Ça aurait été sympa de prévenir, histoire que Hazard me voit pas cul nu.

— *D'après ce que j'entends sur vous deux, ça a pas trop dû vous déranger*, répliqua Upchurch en riant.

Une chaleur apparut en Somers, comme le résultat de la friction de trop d'émotions entrant en collision trop rapidement.

— Ça veut dire quoi, ça ?

— *Hé, rien. Rien du tout. C'est une blague.*

— Tu as intérêt de croire que c'est une blague.

— *Je disais juste que tout le monde trouve que vous vous entendez bien. Je suis content. Le nouveau, on dirait que je dois marcher sur des œufs avec lui. Comme la plupart des gens, d'ailleurs. Du genre froid, tu vois ce que je veux dire ? Mais on dit que tous les deux, ça va.*

— Qui dit ça ?

— *C'est bon, on ne passe pas vingt ans dans la maison sans se faire quelques amis.*

— Je dois y aller, Upchurch. J'ai un paquet de trucs à faire.

— *Moi aussi. Tous ces poissons-chats à pêcher…*

— Bonne chance.

— *Toi aussi.*

Quand il mit fin à l'appel, il fut surpris de voir Hazard revenir des archives avec un tas de dossiers dans les bras. Dégageant de la place sur un coin du bureau, il les déposa et se laissa tomber dans son fauteuil.

— Tu sais, on fait des merveilles avec ces boîtes magiques, aujourd'hui, lança Somers en tapotant l'écran d'ordinateur.

— Les gens deviennent fainéants. Ou stupides. Ou ils font des erreurs.

— Et comment !

— Quoi ?

— Rien, soupira Somers avant d'attraper une pile de dossiers. Voyons voir ce que nous avons là.

Mais ce qu'ils avaient, c'était beaucoup de paperasse. Ils se mirent d'accord pour commencer à lire les noms de toutes les personnes impliquées dans les rapports des enquêtes qui avaient été classées (officieusement et provisoirement) comme des crimes haineux. La liste était étonnamment longue, plus de trente personnes au cours des trois derniers mois, et deux noms ressortaient.

— Fukuma, annonça Hazard en soulignant le nom avec un doigt long. Elle est dans ta pile.

— D'accord, je jetterai un œil à l'affaire. Et regarde ça : notre copain Cervantes.

— En septembre, alors quoi ?

— C'est le seul qui apparaît deux fois. En septembre et la semaine dernière, quand son garage a été tagué.

— Ça me semble un peu exagéré, estima Hazard, les sourcils froncés. Quelle taille fait la communauté gay, ici ? Est-ce que ça ne serait pas possible qu'il ait été accidentellement ciblé deux fois ?

— Possible ? Bien sûr.

— Alors pourquoi creuser de son côté ?

— Qu'est-ce qui se passe ?

Hazard détourna le regard et ses joues s'empourprèrent.

— Comment ça ?

— Tu vas sortir dîner avec le petit ami de ce gars parce qu'il a disparu et qu'il aurait pu faire quelque chose de stupide, le nom du même gars apparaît deux fois dans notre liste et tu fais comme si c'était une simple coïncidence ? Je m'attendais à ce que tu sautes sur l'occasion. Alors qu'est-ce qui se passe ?

— D'accord, répondit Hazard en prenant le dossier pour l'ouvrir d'un geste sec devant lui. Je vais vérifier.

— D'accord.

Somers s'avachit dans son fauteuil, recourbant la couverture du dossier concernant Fukuma.

— Et ne dis pas ça comme ça, lâcha Hazard sans lever les yeux.

— Quoi ?

— Que je vais *sortir dîner.*

— Tu vas quelque part ?

Hazard se tut si longtemps que Somers pensa qu'il ne répondrait pas.

— Oui, grogna-t-il enfin.

— Et est-ce que tu vas prendre un repas, là où tu seras ?

— Va te faire voir.

Somers ramena son attention sur le dossier tout en riant. Comme la plupart des affaires qui recevaient l'appellation provisoire *crime haineux*, il y avait relativement peu d'informations, même si celle de Fukuma se démarquait du fait d'être une des plus violentes et dangereuses. Un suspect inconnu avait balancé un cocktail Molotov artisanal chez elle. Dans cette affaire, celui qui avait fait ça s'était servi d'une bouteille de vodka avec un torchon dans le goulot, mais l'arme avait mal fonctionné. Quand elle avait explosé contre le mur de la maison de Fukuma, la majeure partie de l'alcool s'était dispersée sans prendre feu et seul un coin du porche avait roussi. Fukuma et ses voisins avaient été entendus, mais l'incident avait eu lieu aux premières heures du jour et il n'y avait eu aucun témoin. Et aucune autre piste.

Somers s'appuya au dossier de son fauteuil, réfléchissant à ce qu'il avait lu et à ce que Fukuma lui avait dit. Elle avait exprimé sa certitude concernant le fait que les Volunteers la voulaient morte depuis longtemps. À titre personnel, il ne pouvait pas leur en vouloir, il avait passé moins d'une demi-heure avec elle et il avait eu envie de la tuer. Le cocktail Molotov, bien que piètrement élaboré, aurait pu être mortel s'il avait brisé une fenêtre et mis le feu à l'intérieur de la maison, par exemple ; surtout dans la mesure où Fukuma dormait.

Deux choses intéressaient Somers : la première était qu'aucune autre tentative d'attenter à ses jours n'avait eu lieu, et la seconde était l'incroyable inefficacité de l'arme. Ce n'était pas si difficile de fabriquer un Molotov digne de ce nom. D'ailleurs, ce n'était pas si difficile de fabriquer une bombe digne de ce nom, ou tout autre explosif artisanal… pour piéger une voiture, par exemple. Il n'aurait pas été compliqué de trouver quelqu'un pouvant fabriquer une arme capable de tuer Fukuma parmi les Volunteers. Beaucoup avaient un passé criminel ou des liens avec le crime.

Alors s'ils avaient vraiment voulu la voir morte, pourquoi ne l'avaient-ils pas fait ? Y avait-il une autre explication à cette attaque ratée ? Le but avait-il été de lui faire peur, peut-être même de la terroriser, plutôt que de la tuer ? Somers passa toute la liste des dates que Hazard et lui avaient compilées. L'attaque sur la maison de Fukuma avait eu lieu le 18 septembre. Cela ne faisait pas longtemps. Naomi avait affirmé que Fukuma et Armistead étaient entrés en conflit, et potentiellement plus d'une fois. D'un autre côté, Fukuma affirmait qu'elle ne savait pas qui était Armistead.

Somers supposait qu'elle leur avait dit la vérité quand il lui avait demandé si elle avait entendu parler de Charles Armistead. Sa réponse avait été claire et rapide. Quand il lui avait montré la photo, en revanche, tout avait basculé. Elle l'avait de toute évidence reconnu. Et surtout, elle avait menti à cette question. Pourquoi ?

Était-il celui qui, lors de la manifestation de juillet, s'était battu avec elle ? Cela paraissait possible. Même probable, étant donné sa réaction devant la photo et les dires de Naomi. Mais y avait-il eu tant de temps entre leur altercation à la manifestation et ce que Somers commençait à considérer comme la tentative de vengeance d'Armistead ? Quelque chose d'autre était-il arrivé ? Quelque chose qui avait poussé Armistead à un tel acte ? Ou avait-il simplement attendu ? Et aucune des deux hypothèses n'expliquait pourquoi, quand la première attaque avait échoué, il n'avait pas réessayé.

Somers se rendit compte que Hazard était au téléphone et il entendit sa voix rocailleuse dire le nom de Fukuma. En s'étirant pour dénouer ses membres après être resté assis si longtemps, il laissa tomber le dossier sur son bureau et écouta.

— Oui, madame, disait Hazard. Oui. Oui. Oui, madame. Une terrible…

Il ressemblait à un homme coincé avec une vieille tante, une très vieille tante, qui n'avait qu'une seule envie : parler de son yorkshire, mais qui, si on l'écoutait assez longtemps, vous donnerait vingt dollars pour aller au cinéma.

— Oui, comme vous dites, c'est… Attendez, quoi ?

Tout changea chez lui, comme l'air avant un orage, toute l'énergie s'élevant pour former un courant électrique.

— Si vous pouviez simplement me répéter ça. Oui, oui, oui. Merci, madame, je dois y aller.

Quand il mit fin à l'appel, il ne souriait pas, mais une sorte de satisfaction sinistre émanait de lui.

— L'organisatrice de la conférence, pour l'alibi de Fukuma.

— Qu'est-ce que tu as trouvé ?

— Toi d'abord.

Alors Somers exposa ce qu'il avait vu des affaires : son hypothèse concernant le mensonge de Fukuma sur le fait de connaître Armistead, la possible date remontant en juillet pour leur altercation, et ce qu'il y avait d'étrange au sujet de l'attaque de sa maison.

— Il y a beaucoup de trous à combler, mais manifestement, on a raison de penser que les événements sont liés, conclut-il pour finir. Et toi ? C'est quoi cette histoire avec Rosendo Cervantes ?

— Tu avais raison.

— Quoi ?

— Tu avais raison. Sur le fait qu'ils soient liés. Le premier dossier : Cervantes s'est battu avec quelqu'un au *Pretty Pretty*. Quand il a appelé le 911, il a dit qu'on le menaçait et que sa vie était en danger. Quand la police est arrivée, il leur a décrit un homme grand, bien bâti avec une svastika tatouée. Ils ont interrogé d'autres personnes, mais Cervantes a dit que c'était arrivé dans une ruelle, derrière. Aucune caméra. Aucun témoin. Quand ils lui ont demandé ce qu'il faisait là-bas, il leur a dit que le type s'était approché, avait demandé une pipe et qu'il avait accepté. Le type l'a pris par surprise, l'a menacé et s'est enfui. Dans la déposition, il dit qu'il a fait une énorme erreur en couchant avec des étrangers, tout le toutim, mais à part ça, il colle à son histoire. Les agents sur place ont quadrillé la zone, mais rien. Et ils en sont restés là.

— OK, je m'en souviens maintenant, acquiesça Somers. On a essayé de contacter Cervantes, il ne répondait pas aux appels, il n'ouvrait pas à la porte. Upchurch et moi avons finalement décidé d'enterrer l'affaire, on avait plus urgent sur le feu, et il fallait qu'on avance. C'était quand, ça ?

— Je ne sais pas. Septembre, peut-être. Enfin bref, écoute ça : j'ai trouvé quelque chose sur la conférence de Fukuma. Le machin sur la castration éthique. La femme à qui j'ai parlé m'a expliqué quel honneur c'était d'avoir reçu Fukuma, à quel point elle était importante, comme ils étaient contents d'avoir réussi à l'intégrer au programme après ce malentendu, la tragédie du crime haineux à la bombe – je suppose qu'ils en ont entendu parler d'une manière ou d'une autre – et voilà la meilleure partie : quel dommage qu'elle n'ait pas pu rester pour le banquet de clôture, quelle perte cela avait été pour tout le monde après l'excellent discours, blablabla…

Hazard se rassit, rayonnant presque une nouvelle fois d'autosatisfaction.

— Elle a quitté Manhattan à seize heures trente. Juste après son intervention, c'est ce qu'a dit la dame.

— Il y a beaucoup d'endroits où elle aurait pu aller. L'hôtel, par exemple. Peut-être qu'elle en avait simplement marre du monde, qu'elle avait besoin d'une pause. Peut-être qu'elle avait la migraine.

— Peut-être qu'elle rentrait à Wahredua. C'est à combien de temps de Manhattan ? Quatre heures ?

— Pas loin. Mais on ne sait pas si c'est ce qu'elle a fait. Il n'y a aucune preuve, nulle part.

— Aucune preuve. Pour le moment. Mais d'après ce que tu as vu dans le dossier et ce que j'ai entendu au téléphone, il faut bien l'admettre : mobile et opportunité.

Somers grogna et après un moment, il acquiesça.

— Oui.

— Quoi ?

— Rien, je joue simplement les avocats du Diable. J'aime bien ça. Je me dis que ça marche.

— Prochaine étape ? demanda Hazard en regardant sa montre.

— Tu vas dîner. Ne fais pas cette tête, je suis sérieux. Si ce Cervantes a vraiment été menacé par Armistead, peut-être qu'il aura raconté certains détails à son petit ami. Demande-lui. Vois s'il peut nous apprendre autre chose sur ce qui s'est passé. Si Fukuma dit la vérité et que certaines personnes dans la communauté gay refusent de parler à la police, peut-être que Nico te transmettra ces renseignements.

— Parce que je suis gay.

— Et parce qu'il veut se glisser dans ce jean si serré que tu portes, répondit Somers en haussant les épaules. Pendant ce temps-là, j'irai voir au *Pretty Pretty*.

— Toi ? s'exclama Hazard avec un sourire carnassier.

— Bah oui, pourquoi pas ?

— Tu vas aller dans un club gay ? Tout seul ?

— J'y vais pour le travail, Hazard, pas pour m'amuser.

— Ces gars-là vont te dévorer tout cru.

— Je suis un grand garçon. Je pense que je peux me débrouiller tout seul.

Hazard avait un sourire si large que ses joues semblaient prêtes à éclater.

— D'accord.

— Quoi ? Qu'est-ce qu'il y a ?

— Rien. J'ai hâte d'entendre comment ça se sera passé.

# CHAPITRE VINGT-SIX

*Mercredi 26 octobre*
*17 h 17*

Hazard devait passer chez lui pour se changer avant le dîner, mais il fallait qu'il s'arrête quelque part d'abord. Il souhaita une bonne soirée à Somers – l'enquêteur blond parfait au look de maître-nageur, à la chemise froissée et la cravate desserrée constituait une sorte d'appât génétique gay qu'il aurait bien aimé voir se lâcher au *Pretty Pretty* – et roula jusqu'à quelques rues de là, jusqu'au *Casey* où Mikey Grames travaillait. Puis il s'arrêta sur le parking, compta les voitures et observa le flux et le reflux ; surtout le reflux puisque la plupart des véhicules quittaient la superette. C'était l'heure de pointe, du moins ce qui y ressemblait à Wahredua, et cela ne lui laissait pas une grande fenêtre, mais le magasin n'était jamais plein et l'heure de pointe ne faisait pas exception.

Quand il vit sa chance, il la saisit. La dernière voiture partie, il bondit de son véhicule et s'élança vers la porte. Il se glissa à l'intérieur, mit le loquet et retourna l'écriteau *Ouvert* derrière lui. Il estima qu'il disposerait de cinq minutes avant que quelqu'un vienne frapper à la porte.

Mikey Grames n'avait pas meilleure mine que la dernière fois qu'il l'avait vu. À dire vrai, elle avait même empiré.

Il avait toujours été gros : de gros bras, de grosses jambes, un gros ventre qui avait fait de lui l'objet de moqueries jusqu'à ce qu'il apprenne qu'il valait mieux être craint qu'humilié. Il était toujours grand, mais une bonne partie de son excédent de poids avait disparu… La meth, supposa Hazard, ce qui expliquait les dents marron et pourries dans sa bouche. Ses cheveux ternes jaune paille tombaient sur ses épaules ; les pellicules paraissaient assez épaisses pour provoquer à elles seules des avalanches. Absolument tout chez lui indiquait une vie rude faite de drogue et la désintégration lente d'un être humain.

*Voilà l'ordure qui a essayé de graver ses initiales sur ma poitrine*, se rappela Hazard. C'était l'ordure qui, avec Hugo et John-Henry, l'avait torturé la majeure partie de son adolescence. Et aujourd'hui, il allait découvrir ce que cette ordure avait fait à Jeff Langham.

Mikey de son côté ne semblait toujours pas l'avoir reconnu, alors il prit encore un instant pour passer en revue les caméras. Puis, d'un pas décidé, il passa derrière le comptoir, attrapa Mikey par le col et le traîna vers le présentoir à journaux au fond du magasin.

Il fallut à celui-ci quinze secondes entières pour réagir. Alors il se débattit, une main maigre se refermant sur son poignet, l'autre formant un poing. Hazard était déjà en mouvement, mais il ne s'était pas attendu à ce que Mikey attaque et le coup de poing le frappa juste en dessous des côtes. Avec un grognement, il sentit l'air jaillir de ses poumons.

Deux pas de plus et il pivota pour le balancer sur le présentoir à porno. Les magazines sous plastique volèrent et le portant bascula contre le mur avec un bruit métallique. Mikey essaya une nouvelle fois de le frapper, mais cette fois, Hazard était prêt. Au lieu de le toucher, le coup partit dans le vide. Il suivit cet échec en giflant Mikey sur le côté de la tête. Celui-ci tituba, donna un autre coup – encore plus féroce – et il lui mit alors une deuxième gifle. Il savait que cela avait dû le sonner, mais Mikey ne tomba pas à terre.

Et la chose se produisit, ce qu'il avait attendu : Mikey voulut sortir son couteau. Il n'était pas assez bête pour se lancer dans un combat au couteau, surtout s'il était du côté de celui qui n'en avait pas, car il y avait de grandes chances que cela ne se termine pas bien. Mais il avait compté sur le fait que Mikey réagirait comme ce qu'il était : une pourriture d'ancien taulard avec une arme.

Dès que la main s'abaissa vers sa poche, il le cloua au présentoir. Mikey se débattit une dernière fois, levant son genou pour viser son entrejambe, mais il bloqua le coup et lui frappa le crâne contre le panneau en vinyle sur le mur du fond.

— Qu'est-ce qu'on a là ? demanda-t-il en faisant une clé de main à Mikey pour qu'il montre le couteau.

Il la serra et la tordit, et ce bon vieux Mikey Grames, qui lui en avait fait voir de toutes les couleurs, lâcha la lame en haletant.

— C'est une agression à l'arme blanche, ça. Ou peut-être une tentative de meurtre, ça dépendra de l'histoire que je raconterai. Et crois-moi, Mikey, je sais raconter de très bonnes histoires quand je veux.

Hazard s'interrompit. Il se sentait vide à nouveau ; c'était ce froid glacial, ce paysage arctique désert qu'il avait ressenti depuis qu'il était revenu à Wahredua, comme si l'univers entier pouvait souffler à travers lui et le laisser aussi vide qu'auparavant. D'un autre geste rapide, il lui cogna de nouveau le crâne sur le mur.

— Je suis qui ?

Mikey Grames marmonna quelque chose. Ses genoux étaient flasques et son grand corps s'affaissait vers l'avant.

Hazard lui frappa encore une fois le crâne contre le mur.

— Je suis qui ?

Cette fois, Mikey marmonna un nom.

— Dis-le plus fort.

— Hazard. Emery Hazard.

Mikey ouvrit enfin les yeux, encore vagues à cause de la saloperie qu'il s'était enfilée, et aussi à cause de la douleur, de la colère et des coups sur la tête.

Malgré ce regard flou cependant, la haine et le mépris étaient évidents. C'était le regard que Hazard était habitué à voir dans ces yeux.

— Tu sais comment ça va se passer ? demanda-t-il.

— Tu peux pas faire ça, répondit solennellement Mikey. T'as pas le droit. J'ai un boulot honnête. J'ai rien fait. J'ai rien…

— La ferme, sac à merde. Tu la boucles et tu m'écoutes très attentivement. Voilà comment ça va se passer. Tu vas répondre à mes questions. Et ensuite, je te laisserai retourner à tes saloperies. Si t'essaies de me cacher quelque chose, si t'essaies de mentir, je le saurai. Et je t'embarquerai direct au commissariat. Ton cul aura pas le temps de toucher une chaise avant qu'ils te renvoient en taule.

— T'as pas le droit. T'as pas le droit…

Mikey s'interrompit quand Hazard referma une main autour de son cou. Les protestations de l'ancien détenu moururent dans un cri étranglé.

— Première question : qu'est-ce que tu as fait à Jeff Langham ?

— Quoi ? demanda le camé quand Hazard le relâcha. Qui ça ?

— Langham. Jeff Langham. Au lycée. Le seul gamin de notre promo qui s'est tué. Le seul qui soit mort pendant qu'on était au lycée, fit Hazard en entendant sa voix devenir plus forte et ses mains se raidir sur Mikey sans toutefois pouvoir s'en empêcher. Qu'est-ce que tu lui as fait ?

— Rien. Je le jure devant Dieu, rien. C'était un suicide. C'est ce qu'ils ont tous dit. Tout le monde l'a dit. Le petit minet s'est collé un flingue entre les dents et s'est fait sauter le caisson, c'est ce que tout le monde a dit, c'est ce que tout le monde dit encore.

— Je vais te le demander encore une fois.

Il avait réussi à ramener le volume de sa voix à un niveau normal, mais ses articulations étaient encore blanches à l'endroit où il tenait Mikey. Il savait qu'il lui faisait mal. Et il s'en fichait.

— Si tu me dis rien, on va faire un tour en voiture.

Les yeux embrumés de Mikey s'agrandirent ; la colère et la suffisance s'y lisaient encore, mais Hazard voyait désormais de la peur également. Quand il ouvrit à nouveau la bouche, ses mots étaient chuchotés, frénétiques et imprégnés de la puanteur de ses dents pourries.

— Oh mon Dieu, mon Dieu, mon Dieu. On voulait pas que ça se passe comme ça. On était juste… juste des gosses, tu sais ? Juste des gosses comme tous les autres. Et j'avais pris un truc, voilà, et les autres, ils étaient de la partie aussi, ils étaient là.

— Hugo ?

— Hugo Perry avait pas les couilles de pisser sur une fourmi, mais il était là parce qu'il voulait ce qu'on avait. Moi et ton pote. Ton nouvel équipier.

— Continue.

Mikey baissa les yeux sur Hazard. Un sourire cruel se dessina autour de ses dents.

— T'as toujours ma marque, hein ? T'es toujours à moi. Ton petit cul de pédale est toujours à moi, hein ?

— Tu dois être le sac à merde le plus attardé que Wahredua ait jamais produit, gronda Hazard en prenant Mikey par la mâchoire pour lui enfoncer la tête dans le mur.

Encore une fois, Mikey faillit tomber, et encore une fois, Hazard le cloua sur place contre le présentoir rempli des derniers *Hustler* et *Penthouse*.

— Somers était là.

— Il est resté quand on t'a découpé, tu te souviens de ça ?

Hazard leva un poing, Mikey prit peur et leva les deux mains.

— C'est important. Je te dis ça parce qu'il faut que tu saches.

Hazard hésita puis relâcha son poing. Après quelques secondes, Mikey reprit :

— Il est resté. Tu te souviens qu'Hugo était une petite fiotte. C'est juste un peu de sang, je lui ai dit. Ça fait de mal à personne. Juste un peu de sang et juste un petit rappel de comment les choses marchent, dans cette ville. Mais il a dû perdre ses couilles parce que dès que j'ai commencé à couper, il s'est pissé dessus et s'est barré en courant. Tu te souviens ?

— Pas tout à fait de la même façon, mais plus ou moins.

Mais en vérité, il en avait un souvenir radicalement différent. Ça n'avait pas été une petite coupure avec un peu de sang, cela avait été une entaille profonde faite au couteau suisse émoussé. Il y avait eu beaucoup de sang ; assez pour imbiber la ceinture de son jean et teindre son slip d'une couleur rouille. Et Hugo ne s'était pas enfui. Il était resté assez longtemps pour que Mikey fasse trois entailles.

— Bon, le petit jeu était fini, hein ? Je veux dire, c'était plus drôle, après ça.

— Tu veux dire que vous arriviez plus à me tenir à deux.

— Oh, on aurait pu. Mais ça en aurait mis partout, et je voulais pas en faire tout un plat. Je voulais juste m'amuser un peu.

— Tu as dit que ça avait quelque chose à voir avec ce qui est arrivé à Jeff Langham. Dépêche-toi de raccrocher les wagons avant que je me lasse de ces souvenirs du bon vieux temps.

— Jeff, reprit Mikey qui secoua la tête en portant toujours ce sourire cruel. On l'aurait jamais pris pour une pédale, tu sais ? Sauf que, maintenant que j'y pense, il faisait de la lutte, non ? C'est à peu près le seul sport que les pédales peuvent faire. Mais, comme j'ai dit, il était vachement discret, réservé, il s'entendait bien avec tout le monde. On aurait pas dit. Jusqu'à ce que, bien sûr, je le voie te regarder. Dans le cours de statistiques, avec madame Sullivan. Tu te souviens ? Tu étais assis devant, évidemment. C'était bien ton genre. Et moi j'étais derrière. C'était mon style, à moi. Et il y avait Jeffrey Langham assis juste entre nous deux, comme si le Seigneur l'avait collé là pour que je le voie. Il arrêtait pas de te regarder. Un semi-remorque aurait pu lui rouler dessus qu'il aurait probablement pas bougé. T'avais vu comment il te regardait ? Si tu crois au véritable amour, c'est à ça que ça doit ressembler. C'est à ça que ça faisait penser. Tu pensais que c'était le véritable amour. Je le vois dans tes yeux.

— Mikey, si tu veux continuer à respirer par cette bouche pourrie, tu ferais mieux de te dépêcher.

Mais cette fois, la menace n'eut aucun impact. Mikey ne se contentait plus d'un rictus. Il souriait ouvertement, largement. Il rayonnait comme s'il venait d'actionner une machine à sous et que trois cerises rouges s'étaient affichées.

— Tu l'aimais aussi, c'est ça ? Un petit couple de pédales qui se sucent la teub avant de crever du SIDA, c'est-y pas mignon.

Hazard réussit à expirer.

— D'accord, on va au commissariat.

— Non. Tu veux savoir pour Jeff, je vais te raconter ce qui lui est arrivé. Mais je vais te le dire parce que j'en ai envie. Parce que je sais que ça va te faire souffrir comme la première fois que tu t'es fait enculer à sec. Et après, la pédale, tu sortiras d'ici et tu me regarderas plus jamais de travers parce qu'après tout ce temps, tu sauras que ton cul est toujours à moi.

Mikey marqua une pause, attendant manifestement une réaction après son petit discours. Comme Hazard ne lui en offrit aucune, il continua :

— Le truc avec Jeff Langham, c'est qu'il était insolent. Toi, tu la fermais. T'essayais de disparaître. De te cacher. Pas Jeff. Trop débile pour ça. Il sortait du *Video Hut* avec un film de merde et j'étais assis là, avec Hugo et John-Henry. Je l'ai traité de pédale, je lui ai dit que je l'avais vu te regarder, je lui ai dit ce qu'on faisait aux pédales à Wahredua. Il…

Un émerveillement passager à l'évocation de ce souvenir apparut dans les yeux de Mikey, qui inclina la tête comme s'il montrait un côté de son visage à Hazard.

— Il m'a frappé ! Et je m'y attendais pas, il portait une espèce de bague, en plus. Il m'a bien ouvert la mâchoire. Tu vois la cicatrice, là ? C'est juste un petit trait blanc maintenant, mais ça m'a mis en boule. On l'a frappé, oh ça oui. Et puis avec la voiture, on l'a emmené au bord de la falaise et on a continué à le tabasser. On lui a pété quelques côtes, je crois. Il crachait du sang, il toussait, il pleurait, la gueule couverte de morve. Ah, c'était le bon vieux temps. Pas comme aujourd'hui. Toutes ces pédales qui se baladent avec le cul qui dépasse de leur short. Et puis Hugo a eu une bonne idée. Si Jeff aimait tant les bites, pourquoi pas lui en donner ? Pourquoi pas lui en donner assez pour qu'il s'étouffe avec ? J'te jure, ce qu'on a fait à ce gamin…

Les doigts de Hazard se resserrèrent automatiquement sur la gorge de Mikey, lui coupant toute arrivée d'air jusqu'à le faire couiner.

— Somers…, voulut-il demander.

Sa voix lui parvenait depuis des kilomètres, un faible écho résonnant à travers un téléphone en boîte de conserve.

— … il était là pour ça ?

— C'est ça le truc. Une fois que j'ai commencé à m'amuser sur Jeff, John-Henry a commencé à se tortiller. Je voyais bien qu'il allait se barrer. Je me suis dit qu'Hugo aussi, et je m'en foutais. J'allais lui apprendre une bonne leçon, à cette pédale. Il m'avait défiguré ! s'exclama Mikey en levant à nouveau sa mâchoire pour montrer la cicatrice. Il fallait qu'il paie pour ça. Et tu sais quoi ? Hugo est resté. Il savait ce qu'il fallait faire à cette pédale. John-Henry… c'est un gros bonnet, maintenant. La star de la ville. Agent de police. Mais au fond, ton coéquipier, c'est rien qu'une tapette, une vraie de vrai. T'aurais dû voir comment il a couru. Plus tard, il a essayé de se rattraper. Trop tard. Il voulait montrer qu'il en avait encore une paire, il voulait faire partie du gang. Je lui ai dit qu'il y avait une autre pédale, que c'était cadeau. Et tu connais la suite, John-Henry Somerset a poussé le pédé de la ville dans les escaliers du lycée. Tu t'es cassé quoi ? La jambe, non ?

— Le bras.

— Merde. J'ai raconté à tout le monde que c'était la jambe. Enfin bref, j'ai dit qu'on allait te donner la même chose qu'à Jeff, comme il avait tellement aimé ça, mais John-Henry était trop peureux. Il arrêtait pas de dire que tu méritais pas ça, que tu connaissais ta place, que tu gardais la tête basse. Mais c'étaient des conneries, et Hugo et moi on y a pas cru. Comme je l'ai dit, ton coéquipier c'était une tapette à l'époque, et je suis sûr et certain que c'en est encore une aujourd'hui.

Le *Casey* était trop petit. Les odeurs de plastique émanant du présentoir, de pizza réchauffée sous les lampes chaudes, de fruit et de sucre gelé remuant dans la machine à granités… tout cela étouffait Hazard et il semblait incapable de s'éclaircir la gorge. Il avait besoin de sortir d'ici. Il avait besoin d'air. Mais il ne voyait pas la porte, il ne voyait même pas Mikey Grames. Tout ce qu'il voyait, c'était Jeff Langham se traînant sur le siège de sa voiture après qu'ils l'aient – violé – tabassé, et Jeff tendant la main derrière le siège, trouvant le fusil de chasse que son père gardait là en toute saison, et glissant le métal froid dans sa bouche ensanglantée, mutilée.

Il souleva Mikey, l'envoya valdinguer sur un côté du magasin. Le présentoir à porno se prit dans sa jambe, basculant sur le côté, répandant des photos de nibards partout au sol. Mikey percuta une tour de packs de vingt-quatre qui s'écroula. Une cannette de 7Up s'ouvrit et virevolta en aspergeant de soda le carrelage rouge. Au milieu de tout ça, Mikey grogna et s'affala comme un poisson à l'agonie.

Hazard se détourna de cette vue. Il avait besoin de la porte, d'air, et d'une autoroute pour échapper au passé. En se tournant, son pied percuta quelque chose et le couteau de Mikey glissa dans son champ de vision. Il hésita. *Ce serait facile. Ce serait peut-être même possible de s'en sortir sans problème. Des flics véreux s'en sont sortis avec bien pire que ça, même dans des petites villes comme Wahredua.* Avant de se rendre compte de ce qu'il faisait, il ramassa la lame et la soupesa.

L'espace d'un instant, ce fut si tentant qu'il s'était convaincu de le faire, et son corps pivota vers Mikey. C'était comme être tiré sur une colline par une corde tendue : la gravité jouait peut-être en votre faveur, mais cela n'avait pas d'importance, car cette corde vous amènerait au sommet ou elle vous arracherait les bras. Voilà ce que cela faisait, d'être tiré vers Mikey, d'être entraîné, malgré la gravité, par une force inarrêtable.

Puis une minuscule voix, glaciale, la petite partie de son cerveau qui avait gardé un semblant de raison lui rappela : les caméras. Le feu derrière ses yeux disparut, encore une fois. Il sentit ce vide en lui, le rugissement de ce vent arctique. Il replia le couteau de Mikey et le laissa tomber dans une de ses poches. Et puis, sans un regard en arrière, il sortit du *Casey* et roula jusqu'au *Bridal Veil Motor Court*.

Il pourrait tuer Mikey plus tard, quand il aurait un meilleur plan et une bonne occasion. Mais il y avait encore une personne à qui parler avant de pouvoir refermer l'affaire Jeff Langham : John-Henry Somerset.

# CHAPITRE VINGT-SEPT

*Mercredi 26 octobre*
*18 h 59*

Au *Bridal Veil Motor Court*, Hazard se doucha, en faisant attention aux bandages sur sa poitrine et sa main, puis s'habilla. Une partie de lui avait terriblement envie d'enfiler un jean et un tee-shirt (il avait l'impression d'avoir porté une veste et une cravate pendant un mois entier), mais ce soir n'était pas un rendez-vous, n'en déplaise à Somers et ses provocations, alors il trouva un pantalon propre, une chemise propre et sa veste bleu marine. Il s'arrêta devant le *Trattoria Mariangela* une minute avant dix-neuf heures.

Le restaurant n'existait pas encore quand il avait grandi à Wahredua. Il occupait le rez-de-chaussée d'un bâtiment en brique très élégant, à deux rues du campus de Wroxall, et d'immenses baies vitrées s'ouvraient de chaque côté de l'endroit. Les piétons, nombreux si près de l'université, pouvaient contempler avec envie les dîners servis offrant une grande variété de plats italiens qui semblaient, même de loin, à la fois délicieux et désespérément tristes. *Billy m'aurait fait tout un plat avant de venir dans un endroit pareil*, songea Hazard.

Mettant mentalement Billy de côté, il descendit de la voiture et grimaça en sentant les protestations de ses muscles raidis après cette longue journée.

L'odeur d'ail grillé et de sauce tomate l'attira vers le restaurant; même s'il n'avait pas eu rendez-vous avec Nico, le parfum de viande et de fromage italiens aurait suffi à le détourner de sa route. Il en salivait d'avance et le sandwich au rosbif lui parut remonter à bien longtemps.

À l'intérieur, le restaurant était décoré dans un style toscan rustique que choisissaient tant d'établissements italiens, suivant le modèle d'*Olive Garden* : murs de stuc, sculptures en plâtre, et même une fontaine avec un chérubin faisant pipi au centre de la salle. Le parfum d'ail était plus fort ici et se mêlait à celui de la viande grillée. *Du veau.* Cette pensée fit irruption dans l'esprit de Hazard. Il mangerait une montagne de veau ce soir, car Billy n'était pas là pour froncer les sourcils avec son air guindé et ses reproches.

D'un coup d'œil, il repéra Nico. Il aurait été difficile pour le jeune homme de se démarquer davantage, et la seule chose qui aurait plus attiré l'attention aurait été un projecteur. Hazard prit un instant pour l'étudier. Il devait bien l'admettre, Nico Flores était beau. Peut-être autant qu'il pensait l'être, et il avait manifestement une idée très précise de sa beauté. La peau à peine plus claire d'un ton que le cuivre, son épaisse chevelure noire retombant nonchalamment à la moitié de ses oreilles suivant un style hipster, les épaules assez larges pour y attabler six personnes. Il portait un jean – troué, bien sûr – et un tee-shirt qui pouvait tout aussi bien sortir du rayon d'un supermarché que coûter une centaine de dollars dans une boutique indépendante. Billy aurait pu voir la différence. Hazard savait simplement qu'il y en avait une, parce que cela semblait important, et il savait qu'il était important de noter ce genre de détails.

Comme s'il avait senti le regard de Hazard, Nico releva les yeux, le vit et sourit. L'effet était à couper le souffle et Hazard révisa immédiatement son jugement.

Oui, Nico Flores était très exactement aussi beau qu'il le pensait, et même plus encore. Quelqu'un aurait pu mourir de ce sourire ; littéralement. Et malgré tous ses efforts pour se contrôler, il finit par lui rendre son sourire et lever la main.

— Je suis content que vous soyez venu, lança Nico en essayant un tout petit peu trop de paraître confiant et en trahissant ainsi – à la surprise de Hazard – une certaine nervosité. Je ne pensais que vous le feriez.

Hazard s'assit en face lui.

— Bel endroit.

— Oui, acquiesça Nico en cherchant autour de lui le serveur pour lui faire signe. Vous voulez boire quelque chose ? Une bière ?

— Non.

— Du vin rouge ?

Hazard secoua la tête.

— Je parie qu'en cocktail, vous êtes du genre à prendre un Old Fashioned, pas vrai ? En fumant un cigare, confortablement installé dans un bon fauteuil, je me trompe ? demanda le jeune homme en riant pendant qu'il faisait signe à leur serveur de s'arrêter.

— Juste de l'eau.

Nico secoua la tête alors que le serveur s'approchait.

— Un Old Fashioned, commanda-t-il en penchant la tête vers Hazard, et un autre comme ça pour moi.

Il agita ce qui ressemblait aux restes d'un Daïquiri glacé et finit le reste.

— Voulez-vous une minute pour regarder le menu ? demanda le serveur.

— Oui, acquiesça Nico.

Au même moment, Hazard secoua la tête.

— Non, nous sommes prêts.

Leurs regards se croisèrent l'espace d'une minute et Nico fit signe au serveur de partir.

— Encore quelques minutes.

Mais avant que le serveur puisse partir, Hazard leva une main pour l'arrêter.

— Vous n'avez même pas regardé le menu, ajouta Nico à l'intention de Hazard.

— Vous avez du veau au parmesan ? demanda celui-ci en regardant le serveur.

— Oui. Il est servi avec un…

— Ça ira, l'interrompit-il en fixant Nico avec de gros yeux. Et vous ?

— Euh…, bredouilla le jeune homme en feuilletant le menu. Je ne… Le saumon, je crois. Des brocolis à la vapeur au lieu du riz, s'il vous plaît. Pas de beurre.

Quand le serveur eut repris leurs menus et fut parti, Nico jeta un regard désespéré au Daïquiri vide. Puis, essayant de toute évidence de s'armer de courage, il leva les yeux vers Hazard et essaya cet immense sourire étincelant une nouvelle fois. Cela lui faisait penser aux stars de cinémas. Il y avait probablement pour dix mille dollars de soins dentaires derrière ce sourire.

— Du veau au parmesan, hein ?

Hazard haussa les épaules.

— Vous ne vous en faites pas pour ces pauvres bovins ? Pas de problèmes de conscience ?

— Je suppose que non.

— Pourquoi du veau au parmesan ? C'est votre truc ? Commander sans regarder le menu ? Ça impressionne les gens ?

— Je n'ai pas de *truc*. Et je ne pense pas que le fait de commander dans un restaurant, avec ou sans menu, ait un jour impressionné qui que ce soit.

— Alors pourquoi ?

— Oh, je ne sais pas. C'est ce que je prends toujours. C'est une valeur sûre.

— C'est comme ça que vous faites dans la vie ? Vous choisissez les valeurs sûres ?

— Écoutez, mon garçon…

— Vous avez quel âge ? Moi, j'ai vingt-neuf ans.

Hazard secoua la tête.

— Écoutez, essaya-t-il une nouvelle fois.

— Je pense juste que si vous voulez m'appeler *mon garçon*, vous devriez au moins avoir vingt ans de plus que moi. À moins, bien sûr, que vous ne vouliez que je vous appelle papa, ajouta-t-il en offrant à nouveau ce sourire.

Nico charriait une telle tension sexuelle que l'air bourdonnait presque. Ils auraient tous beaucoup de chance si les verres en cristal des trois tables à la ronde n'éclataient pas.

— Je ne sais pas ce que vous croyez que c'est, fit Hazard en se penchant pour pouvoir baisser la voix.

Il sentit alors le parfum de ce garçon… une odeur musquée, presque fumée, et cela lui fit tourner la tête.

— … mais ce n'est pas un rendez-vous, OK ? Vous vouliez parler de votre ex. Vous pensez qu'il a des problèmes. Je vous ai dit de vous tourner vers un de mes collègues et vous m'avez dit que vous ne parleriez à personne d'autre que moi. Alors me voilà, mais je ne suis pas là pour m'amuser à vous faire du pied ou badiner et voir qui peut faire le commentaire le plus idiot censé être suggestif, débita Hazard avant de prendre une inspiration et de nouveau sentir ce musc qui lui donna l'impression que ses genoux allaient se liquéfier. De quoi vouliez-vous parler ?

Les yeux de Nico se plissèrent, mais son visage se radoucit immédiatement.

— Vous avez déjà dîné ?

— Quoi ?

— Le dîner. C'est le repas que la plupart des gens prennent à la fin de la journée…

— Je sais ce que c'est de dîner. Non, évidemment que je n'ai pas dîné. Enfin quoi, je viens de commander un veau au parmesan.

C'était le genre de ton qui aurait fait dresser les cheveux de Billy et à propos duquel il se serait époumoné durant peut-être plusieurs jours. Nico, cependant, secoua simplement la tête.

— Alors dînez avec moi. Je vais parler de Chendo, promis. Je veux vraiment parler de lui. Ce n'était pas un mensonge. Mais parlez-moi simplement comme à une personne normale l'espace de quelques minutes, répondit-il les yeux étincelants.

Hazard sursauta en sentant un pied caresser l'arrière de sa jambe.

— Voyez cela comme l'élaboration d'une confiance avec votre informateur. C'est tout ce que vous faites.

À ce moment, leurs boissons arrivèrent et Hazard but d'une traite l'Old Fashioned. Ce n'était pas un cocktail, cela ne s'en rapprochait même pas, mais il avait le sentiment qu'il aurait besoin d'alcool pour survivre à l'heure qui s'annonçait, voire aux deux prochaines. Quand il reposa le verre vide, il aperçut Nico qui l'observait par-dessus son Daïquiri.

— C'est si mauvais que ça ?

— Je ne le mettrais pas dans mon mini-bar.

Une expression amusée apparut sur le visage du jeune homme avant qu'il la réprime.

— Ça ne va pas si mal se passer que ça. Je vais commencer. Quel âge avez-vous ?

— Trente-trois ans, répondit Hazard en soupirant. Et vous n'avez pas vingt-neuf ans.

— Si…

— Non, c'est faux.

C'était le genre de contradiction directe qui aurait fait fulminer Billy, mais Nico se contenta de glousser.

— J'ai vingt-cinq ans.

— Et vous êtes encore à l'université.

— En doctorat. En théologie.

— Je ne vous aurais pas pris pour un prêtre, s'étonna Hazard en haussant un sourcil.

Cette fois, son vis-à-vis rit ouvertement et assez fort pour devoir reposer son verre.

— Non, répondit-il en se reprenant. Pas un prêtre. Certaines choses que j'ai faites défriseraient probablement un saint. Je suis complètement athée, mais je trouve la théologie vraiment fascinante. C'est plutôt pour… l'histoire culturelle, quelque chose comme ça.

— Wroxall a un bon programme ?

— Oui. Mais c'est plutôt pour le directeur de thèse, et il y a une femme avec qui je veux vraiment travailler, là-bas.

— Lynk Fukuma ?

— Mon Dieu, non. C'est une terreur. Vous en voulez un autre ?

— De la bière, répondit Hazard en secouant la tête.

Quand le serveur passa, il commanda une Guinness, qu'ils n'avaient pas, mais ils avaient en revanche une Schlafly, ce qui revenait un peu au même alors il en commanda une. Quand il s'enfonça à nouveau dans son siège, il remarqua le regard de Nico. Il avait un air étonnamment compatissant et Hazard sentit la chaleur lui venir aux joues.

— Alors vous avez grandi ici ?

— Oui, vous avez entendu parler de ça ?

— À peu près tout le monde sait qui vous êtes. On peut dire que ce n'est pas rien.

— Un flic gay ?

— Ça et le fait que vous êtes un gars du coin qui rentre au bercail.

— Et vous ? Vous n'êtes manifestement pas d'ici.

— Non, répondit Nico qui rit en sirotant sa boisson glacée. Buenos Aires, pour la plus grande partie de ma vie, mais ma mère est américaine.

— Vous avez commencé vos études supérieures à Wroxall ?

— Columbia.

— Et vous êtes venu ici pour votre doctorat ?

— Comme je vous l'ai dit, c'est surtout pour le directeur de thèse.

Hazard accepta la Schlafly du serveur et but une longue gorgée. Amère, avec un très léger goût de sucre brûlé. Pas mauvaise.

— Mon Dieu, je ne m'imaginerais pas venir ici après avoir vécu à New York.

— C'est sympa, en fait.

Nico semblait sur le point de dire autre chose, mais il s'interrompit. Ses doigts fins dessinaient gracieusement un motif sur la nappe.

— Sympa ? Wahredua ? J'ai dû louper quelque chose.

— C'est calme. J'avais besoin de calme.

Hazard attendit. Il sentait que le jeune homme voulait dire autre chose et Somers aurait probablement réussi à lui faire tout avouer avec un sourire et une plaisanterie, mais lui n'avait aucune idée de quoi dire, alors il attendit simplement.

Après un silence qui dut durer une minute entière, ou peut-être deux, Nico ajouta :

— New York m'accable. C'est trop de bruit, trop d'agitation. Tout est tellement rapide. J'allais craquer si je restais là-bas plus longtemps, fit-il en haussant les épaules. Et puis, j'y retourne de temps en temps.

— Un petit ami ?

— Non. Le travail.

— Vous faites le trajet pour le travail ?

— Quelques fois par an.

— Qu'est-ce que vous faites ?

— Simplement quelques contrats. C'est bête, laissez tomber.

— C'est quoi ? Un poste de consultant ?

— Non.

— Dans la vente ?

— Non.

— Un truc en indépendant ? continua Hazard en fronçant les sourcils. Du journalisme ? De la photo ?

— Vous allez laisser tomber, oui ?

— Je suis enquêteur. C'est un peu mon boulot.

Avec un soupir, Nico fit une grimace en fermant les yeux.

— N'importe qui peut rentrer chez soi et chercher sur internet, donc je pense que je vais vous le dire.

Il soupira de nouveau et Hazard s'attendit à quelque chose incroyable comme tueur à gages, diplomate à l'ONU ou neurochirurgien prodige.

— Je suis mannequin.

— Oh.

— Vous voyez, c'est pour ça que je ne voulais pas vous le dire.

Hazard répondit par un son évasif.

— Parce que maintenant vous pensez que je suis débile, vous voyez ? Je parle cinq langues. J'en lis trois de plus : le grec, l'hébreu et le latin. J'ai écrit un article qui sortira le mois prochain dans une revue intellectuelle réputée.

En levant les deux mains, Hazard réprima un sourire.

— C'est de l'argent facile. Et un paquet d'argent.

— Je n'ai rien dit.

— Non, mais vous le pensez : c'est juste un autre petit gay qui veut désespérément être sous les feux de la rampe.

— Je crois que je n'ai jamais utilisé l'expression *sous les feux de la rampe* de ma vie.

Nico ne répondit pas et se contenta de mélanger son Daïquiri en fixant la nappe.

— Cela vous va bien, reprit Hazard.

— Quoi ?

— Quand vous dites aux gens que vous êtes mannequin, je parierais que c'est ce qu'ils pensent. Cela vous va bien. Cela semble être quelque chose que vous feriez. C'est tout.

— Ouais, c'est ça. Je le dis à une femme et elle rougit, se pomponne, demande à me coiffer. Je le dis à un hétéro et il veut s'éloigner de moi aussi vite que possible avant que je le rende homo. Je le dis à un gay et il devient une vraie peste, et j'ai de la chance si je m'en sors sans me faire arracher les cheveux.

— C'est avant ou après qu'ils essaient de vous draguer ?

— Les deux, répondit Nico avec un petit sourire.

— Qu'en pense Chendo ?

— Je ne suis pas stupide. Je vois ce que vous venez de faire. Mais je m'en fiche. C'est agréable de vous parler, et vous êtes la personne qui déteste le plus le blabla que j'ai rencontrée de toute ma vie, alors je suis touché par cet effort.

— Merci.

Nico lui offrit un autre sourire.

— Chendo était un peu comme tous les autres gars que j'ai fréquentés. Au début, ils pensent qu'ils ont une chance incroyable. Ils se sont tapé un mannequin, quoi, vous voyez ? Et ce n'est pas rien pour leur ego. Ils ne veulent rien faire ou dire qui pourrait me contrarier, et ça m'énerve plus que tout, alors assez vite, on commence à se disputer. Et puis ils comprennent que je laisse traîner mes vêtements partout, que je ne fais pas la vaisselle, et que je ne suis pas une espèce de démon du sexe qui va leur grimper dessus jusqu'à atteindre une mystérieuse extase surnaturelle. Et c'est la dégringolade pendant quelques semaines, parfois quelques mois, on n'arrête pas de se critiquer jusqu'à ce que tout s'écroule.

En sirotant sa Schlafly, Hazard attendit la suite.

— Ça vous dit quelque chose ?

— Pas vraiment. Je suis seulement sorti avec deux hommes. Cela ne s'est pas très bien fini avec le premier. Et le deuxième est toujours en cours.

— Aucune dispute ?

— Bien sûr qu'on en a eu.

— Vous êtes amoureux ?

Hazard but une autre gorgée de bière.

— Parlez-moi de Chendo.

— Je vous ai dit qu'il me trompait, non ? Je l'ai découvert, on s'est disputés et il est parti.

— Comment vous l'avez découvert ?

— J'ai le mot de passe de son téléphone. Il me l'a donné parce que je voulais certaines de ses musiques, et puis j'ai commencé à regarder dans ses photos. Comme je vous l'ai dit quand nous nous sommes rencontrés, la première fois : il colle sa queue dans à peu près tout ce qui respire. On s'est disputés. Il est parti.

— Mais vous avez dit qu'il n'arrêtait pas de vous envoyer des messages.

En réponse, Nico sortit son téléphone, tapota sur l'écran et le fit glisser vers Hazard.

— Vous en avez vu quelques-uns, lundi, je crois ?

En acquiesçant, Hazard lut en diagonale. Il avait vu les messages que Chendo avait envoyés durant le week-end : des SMS humiliants et cruels qui raillaient Nico en détaillant ses défauts de caractère et sexuels et mettaient un point d'honneur à montrer à quel point lui était heureux avec n'importe qui d'autre. Une boule chaude se serra dans la gorge de Hazard.

Puis il vit les messages qui avaient été envoyés au cours des deux derniers jours. Contrairement aux messages du week-end, ceux-là avaient un ton nettement différent : ils étaient hachés, souvent coupés au milieu d'une phrase. La formulation variait, mais le message global était le même. *Nico, aide-moi. J'ai merdé. Je crois que j'ai vraiment fait une énorme erreur. Je ne peux pas revenir. Mon Dieu, je suis désolé. Efface mon numéro. Tu dois oublier que tu m'as connu.* Le dernier était le plus révélateur. *Si les flics viennent te parler, ne leur dis rien. Je suis désolé.*

— On dirait qu'il est désolé.

— On dirait qu'il est fou de peur. Ça ne ressemble pas à Chendo, on dirait un gars qui essaie de s'extirper d'un très mauvais pas.

— Le dernier, à propos des flics. Il savait que vous aviez signalé le tag ?

— Je n'en ai aucune idée. J'ai quitté la maison lundi et je n'y suis pas retourné. Mais je ne crois pas.

— Alors de quoi parlait-il ?

— Je vous ai dit que j'avais son mot de passe, reprit Nico en se léchant les lèvres. J'ai regardé dans son téléphone. Après avoir commencé à recevoir tous ces messages bizarres. Je voulais juste savoir où il était, s'il allait bien.

— Et ?

Nico reprit son téléphone, tapa quelque chose et le lui rendit.

— Le son est merdique. De manière générale, tout est un peu merdique, mais regardez.

C'était une vidéo. Hazard la lança. Comme Nico l'avait dit, la qualité était mauvaise : le son sifflait à cause des bruits de fond et était à peine audible avec le bourdonnement et le cliquetis des couverts dans le restaurant, et l'image était pixelisée. Elle commençait avec un angle étrange et Hazard réalisa que quelqu'un tenait le téléphone dans une main. Une voix d'homme disait :

— *Tu penses que tu peux me menacer ? Tu penses que tu peux… Hé !*

— C'est Chendo, expliqua Nico.

Ce dernier était pâle sous sa peau bronzée et ses yeux semblaient étrangement vides.

Sur la vidéo, une bagarre avait commencé. Après les premiers mots de Chendo et son cri de surprise, plus personne ne parlait. Il n'y avait que des respirations pénibles, les bruits de deux personnes engagées dans une lutte féroce et silencieuse. La caméra bougea dans tous les sens, puis tout redevint calme. Le téléphone était tombé, réalisa Hazard, et l'appareil s'était planté dans ce qui ressemblait à une pelouse. Quelqu'un poussa un gémissement aigu et le son fut entièrement coupé. Quelques secondes, l'appareil bascula, filma un plan large de la pelouse, de l'obscurité et ce qui aurait pu être un réverbère, puis l'enregistrement fut coupé.

— Un truc de fou, hein ? lança Nico.

— De quand date cette vidéo ?

— Elle a été enregistrée lundi soir.

Hazard passa en revue ce qu'il savait.

— Donc, vendredi soir, vous et Chendo avez une altercation. Il s'en va. Pourquoi ?

— Parce qu'on s'est disputés.

— Non, pourquoi c'est lui qui part et pas vous ? Ça se passe chez lui, non ?

— Il m'a dit qu'il allait retrouver quelqu'un, répondit Nico, les joues empourprées. Quelqu'un qui pourrait prendre soin de lui.

— Cela ressemble aux insultes dans les messages, mais cela semble aussi être la vérité. Il part retrouver un type, reprit Hazard en hésitant. Avait-il déjà pris des décisions risquées à propos de ses partenaires ?

— Vous voulez dire, du côté protection ? Ce genre de trucs ? Mon Dieu, je n'y ai même pas pensé.

— Eh bien, il y a ça, mais je parlais des hommes qu'il choisit.

— Oh. Du genre mauvais garçons ?

— Le genre véritablement dangereux que Chendo aurait pu approcher en des circonstances risquées. Des relais routiers, des rencontres suite à des petites annonces, ce genre de choses.

— Je ne pense pas. Pourquoi ?

— En septembre, Chendo a appelé la police et a dit que quelqu'un essayait de le tuer. Quand les agents sont arrivés, il a décrit un homme chauve avec un tatouage de svastika. Il a dit que cet homme lui avait demandé une fellation et qu'il avait accepté, mais que quand ils étaient allés dans un endroit plus tranquille – une allée sans lumières ni caméras – l'homme l'avait menacé et était parti.

— L'enfoiré. C'était une vraie salope, vous vous rendez compte ?

— Ce n'est pas vraiment le problème.

— Si, c'est justement le problème. Toutes ces nuits où j'étudiais, toutes ces nuits où je rédigeais un article ou que je travaillais sur ma thèse, il était dehors à se taper les bas-fonds de Wahredua.

— Vous pensez que ça a été répété, alors ?

— Bien sûr que ça a été répété, rétorqua Nico.

Assez fort pour attirer l'attention des personnes à la table à côté de lui. Il lui offrit un sourire ennuyé, un signe de la main, et après un moment, ils reprirent leur dîner.

À ce moment, le serveur arriva avec leurs plats, mais Nico ne regarda même pas l'assiette. L'odeur d'ail, de fromage et de viande frite emplit les narines de Hazard et son estomac gargouilla encore, mais il ne prit pas le risque de manger ; pas alors qu'il commençait enfin à obtenir des renseignements de Nico.

— Bien sûr que c'était répété, reprit Nico dès que le serveur fut reparti. Et là où vous essayez d'en venir, même si vous ne l'avez pas encore dit ouvertement, c'est que vous pensez que c'est ce qui s'est passé : Chendo s'est tapé un refoulé et le type a flippé. Ils se sont battus et…

Hazard pouvait combler le reste de l'histoire lui-même, ce n'était pas si peu commun. Des types qui s'étaient considérés comme hétéros toute leur vie, des types qui avaient même véritablement cru – par contorsion mentale – qu'ils l'étaient vraiment, écumaient les bars et les endroits gays, choisissant des coups d'un soir pour des rapports faciles et anonymes. Et parfois, ces rencontres ne se passaient pas bien. Parfois, le type paniquait. Chendo et son coup d'un soir étaient allés dans un parc pour faire ça rapidement, il s'était passé quelque chose – Chendo avait poussé les choses trop loin, leurs ébats avaient été particulièrement bons, particulièrement mauvais, ou un million d'autres choses – et l'hétéro avait pété les plombs et commencé une bagarre.

— Et vous pensez que Chendo a tué ce type, conclut Nico comme s'il achevait le fil des pensées de Hazard.

— On dirait que c'est ce que vous pensez.

— Pas vous ? Vous avez vu la vidéo. Vous… avez entendu ce bruit, à la fin. Et vous venez de me raconter cette histoire à propos de Chendo, au bar. Et si c'était la même chose ? Et s'il s'était fait un suprématiste blanc, un type vraiment refoulé qui avait eu envie de sexe, mais était ensuite devenu violent ? Et si Chendo ne faisait que se défendre ?

— Je pense que nous ne devrions pas sauter à des conclusions hâtives.

Mais Hazard pensait à l'incendie, au mobile home : Lady Mabbe avait vu deux hommes avec une svastika tatouée. Chendo avait parlé d'un chauve avec une svastika tatouée. Et un chauve avec une svastika tatouée était porté disparu.

— Vendredi soir, Chendo s'en va, reprit Nico comme pour refaire la chronologie depuis le début. Il s'amuse pendant le week-end. Il me raconte tout par SMS, tous les mecs avec qui il s'éclate, il est content, il est enfin débarrassé de moi. Et puis… et puis il fait une erreur lundi soir. C'est là que la vidéo est enregistrée, c'est là que les messages changent. Quelque chose de terrible arrive lundi soir et il panique. Il sait qu'il a de gros ennuis. Il sait qu'il doit s'enfuir. Il ne veut pas que je parle aux flics.

Nico se frotta les yeux et ses doigts en ressortirent mouillés.

— C'est le bordel. Pourquoi il est aussi bête ?

— Comme je l'ai dit, ne sautons pas sur des conclusions hâtives. J'aimerais parler de ça à mon coéquipier. Si je pouvais garder votre téléphone quelques jours.

Nico le reprit, navigua quelques secondes dans celui-ci et le lui redonna en montrant l'écran. Hazard fut surpris d'y voir une carte. Une carte qui était recouverte d'une série de points rouges. Et sur laquelle un point se déplaçait lentement.

— Qu'est-ce que c'est que ça ?

— C'est tous les endroits où le téléphone de Chendo est allé depuis lundi, répondit Nico avec un rire mouillé et sans joie. Encore une fois, on se fait avoir par la technologie, hein ?

D'une main, Hazard accepta le téléphone, et de l'autre, il fit défiler la carte. Il la recentra sur Wahredua, où les points rouges avaient commencé, et zooma.

Et voilà, parfaitement clair. C'était même horodaté : *23 h 27, lundi 24 octobre*. Au croisement de Villanova et Brigade. Le croisement où, le 24 octobre, un mobile home abandonné avait été réduit en poussière avec le corps de Charles Armistead encore à l'intérieur.

# CHAPITRE VINGT-HUIT

*Mercredi 26 octobre*
*19 h 45*

Hazard laissa de l'argent sur la table et se précipita hors du *Trattoria Mariangela,* Nico sur les talons. À l'extérieur, la nuit était humide et chaude, rendant sa chemise moite et sa cravate aussi serrée qu'un nœud de corde. Il sentait déjà la sueur tremper sa veste sous ses aisselles.

— Je vais garder ça, lança-t-il en montrant le téléphone. Merci, je vous recontacterai.

Et il rejoignit sa voiture au pas de course.

Mais Nico le suivit.

— Vous savez quelque chose. Quoi ?

— Écoutez, j'apprécie vraiment que vous m'ayez parlé, mais j'ai besoin de…

— Je sais, parler à votre coéquipier. Pas de problème, répondit Nico en passant du côté passager pour tirer sur la poignée de la portière fermée. Je viens avec vous. Ouvrez.

— Non. Je suis désolé, mais non.

— Alors vous ne pouvez pas garder mon téléphone.

— Quoi ?

— C'est mon téléphone. Vous ne pouvez pas l'avoir à moins de me laisser venir avec vous. Je peux vous renseigner sur Chendo. Je sais où il va. Je peux vous aider, lui parler, peut-être le convaincre de revenir.

Hazard hésita. Cela compliquait grandement les choses. Si quelqu'un lui donnait l'appareil, il pouvait utiliser les informations qui s'y trouvaient. S'il n'était en revanche pas donné volontairement, alors il le paierait cher à moins d'entamer une procédure pour avoir un mandat… qu'il pourrait ou non obtenir. Et à ce moment-là, Chendo aurait peut-être abandonné son téléphone ou détruit des preuves importantes ou même blessé quelqu'un.

— C'est une pièce à conviction, expliqua-t-il. Dont j'ai besoin. Je vous demande de me laisser utiliser votre téléphone.

— Bien sûr. Tant que je viens avec vous.

— Je ne pars pas en balade. Vous ne pouvez pas…

— Je vous dis qu'il y a encore plus que ce qu'il vous faut. Je vous laisserai avoir le téléphone. Je vous raconterai le reste. Laissez-moi venir avec vous pour que je puisse vous parler, à vous et votre partenaire.

Hazard grimaça et abaissa d'un grand coup le bouton de verrouillage des portières.

— Vous pouvez venir pour nous parler. Après ça, vous rentrerez chez vous. Et je garde le téléphone.

— Oui, d'accord, si vous voulez.

La silhouette svelte de Nico se glissa à l'intérieur de la voiture et son parfum – musqué, fumé, accélérant le pouls de Hazard – emplit l'air. Avec un sourire filou, le jeune homme ajouta :

— Et pour que vous le sachiez à l'avenir, il y a des moyens plus faciles d'obtenir le numéro de quelqu'un que de lui prendre son téléphone en disant que c'est une pièce à conviction.

Un grognement remontait dans la gorge de Hazard quand il démarra. Il commençait à penser qu'il venait de faire une erreur.

Pendant qu'il traversait la ville, il sortit son propre téléphone et composa le numéro de Somers. Quand celui-ci répondit, le battement sourd de la musique résonna en fond.

*— Hazard ? Ça va ?*

— Tu es toujours au club ?
— *Oui. Qu'est-ce qui se passe ?*
— Ne bouge pas. Il faut qu'on parle.
— *D'accord.*
— Somers.
— *Oui ?*
— J'ai besoin que tu aies les idées claires.
Un rire retentit à l'autre bout de la ligne.
— *Ce n'est pas vraiment la règle, ici.*
Hazard coupa l'appel.
— Où est-ce qu'il est ? demanda Nico.
— Au *Pretty Pretty.*
— Ah.
Hazard jeta un coup d'œil à Nico qui haussa les épaules.
— On ne dirait pas que c'est son genre d'endroit.
— Ça ne l'est pas.
— Donc il y cherche des renseignements.
— J'imagine qu'il se tape la honte.
Hazard mit ainsi un terme à la conversation et continua de rouler. Wahredua n'était pas grand ; en l'espace de dix minutes il se retrouva donc à se garer vers la sortie nord-est de la ville. Les lignes du *Missouri Pacific Railroad* y formaient une ceinture et cinquante ans auparavant, le trafic ferroviaire employait des centaines de personnes dans divers services connexes. Mais avec le transport routier des marchandises et les passagers empruntant les voies aériennes, de moins en moins de trains passaient par Wahredua. Désormais, cette partie de la ville, qui avait un jour fourmillé de demandes de boissons fraîches, de lits douillets, d'un endroit décent pour vidanger et d'un million d'autres choses, était silencieuse, poussiéreuse, et les rails brillaient sous le soleil couchant avec l'éclat d'un vieux tissu cicatriciel.

Il descendit la rue à pied et Nico le suivit sans parler, ce dont il fut reconnaissant. Il serait déjà assez difficile de s'occuper de Somers – et de ses plaisanteries – sans que Nico empire les choses en s'immisçant dans l'enquête.

Il espérait que celui-ci disait la vérité et détenait toujours des renseignements de valeur, mais même si cette partie-là était un mensonge, le laisser le suivre n'était pas cher payer en échange des informations contenues dans le téléphone.

Le *Pretty Pretty* était à l'angle de la rue suivante. De l'extérieur, il était décoré dans un style industriel épuré : béton grêlé de trous et taché de rouille, panneaux en acier inoxydable rivés au-dessus des portes comme un fronton et des lettres en néons roses qui clignotaient et grésillaient en formant le nom du club. Les cordons de guidage en velours qui dessinaient normalement une file d'attente avaient été repoussés d'un côté. On était mercredi soir, pas en week-end, et Hazard s'estima chanceux, car il y aurait moins de monde que d'habitude. Le videur à la porte ressemblait à tous les autres videurs de boîte de nuit qu'il avait connus : un Blanc, la boule à zéro, avec un centre de gravité bas, entre la trentaine et la cinquantaine. Il leur fit signe d'entrer et à en juger le choix de ne pas demander sa carte à Nico, qui aurait facilement pu passer pour quelqu'un de dix-huit ans, Hazard devina que ce n'était pas sa première fois.

À l'intérieur, le club était tout ce qu'il n'était pas à l'extérieur. À la place du pragmatisme froid de la devanture industrielle, l'intérieur avait été décoré avec un abandon généreux et éclectique. Des miroirs de toutes parts provoquaient un mélange flou entre réalité et reflets en donnant l'impression que plus de monde s'y trouvait que dans les faits. D'immenses mosaïques de cristal avaient été incrustées dans les murs, autour des portes, des miroirs et des tables, et luisaient sous les lampes à LED qui les parcouraient de couleurs pastelles. L'endroit était vaste ; mille parfums et déodorants imprégnaient l'air, donnant à la salle une odeur permanente de sueur et autres senteurs que les gens utilisaient pour la masquer. À vingt heures, la musique dance battait son plein et un bon nombre d'hommes et de femmes se déhanchaient. Certains se frottaient fiévreusement, d'autres semblaient s'ennuyer, et d'autres encore nageaient parmi tous ceux-là tels des requins.

L'appât, Hazard le savait, était John-Henry Somerset. Ses yeux le trouvèrent immédiatement, car bien qu'il y ait au moins cinquante personnes dans le club, c'était comme si quelqu'un avait tout éteint à l'exception d'un projecteur braqué sur son partenaire. Il était assis dos au bar, un cocktail à la main. Une foule d'homosexuels se pressait devant lui, l'interpellant, lui criant des questions, riant à ses réponses et, de manière générale, rendant évident que Somers n'aurait pas à rentrer seul chez lui le soir – et plus jamais – s'il le voulait. De son côté, lui semblait s'éclater.

— Oui, c'est clair qu'il se ridiculise, déclara Nico.

Hazard réprima son envie de lui dire de la fermer.

Quand ils traversèrent la pièce, des hommes et des femmes firent signe à Nico et le saluèrent à voix haute. Leurs regards transpercèrent Hazard et il sut que les rumeurs avaient déjà commencé. Cela aurait été une chose de venir seul au *Pretty Pretty* pour récupérer Somers ; il y aurait eu des rumeurs, bien sûr, mais ils étaient partenaires et avaient une raison de se trouver là. Mais se montrer avec Nico – après avoir dîné dans un beau restaurant italien – était la garantie que tout le monde se mettrait à en parler.

— Ils sont nombreux à me féliciter, on dirait, commenta Nico.

— La ferme, rétorqua Hazard qui ne prit pas la peine de se contrôler cette fois.

Nico se contenta de rire.

— Excusez-moi, lança Hazard en arrivant au bord de la foule d'admirateurs de Somers.

Il n'attendit pas qu'on s'écarte et poussa les hommes, provoquant ainsi réactions choquées et fausses exclamations de douleur. Derrière lui, il entendit Nico souffler explications et excuses en appelant la plupart de ces personnes par leurs prénoms pour essayer de lisser quelques plumes outrées.

— Hazard ! s'exclama Somers en levant son verre avec un large sourire. Tu arrives pile à temps. On joue à *j'épouse, je baise, je tue*.

— Et l'agent Somerset s'apprêtait à répondre, compléta une diva aux longs cheveux en faisant la moue, qui lança un regard assassin à Hazard.

— Laissez sa chance à l'agent Hazard, reprit Somers en glissant un bras autour des épaules de celui-ci pour l'attirer vers le tabouret à côté de lui. Il va avoir de bien meilleures réponses.

La diva à la moue fit encore plus la moue – en donnant l'air d'être prête à tuer Hazard si cela lui rapportait une chance avec Somers – mais le reste de la foule se réjouit en riant.

— Très bien, fit la diva, les mains sur les hanches. J'épouse, je baise, je tue… Christian Bale, Chris Hemsworth et…

La diva pinça les lèvres, qui formèrent un sourire mauvais.

— L'agent Somerset.

Somers éclata de rire et serra l'épaule de Hazard en le faisant presque tomber du tabouret.

— Allez, Em ! Alors, qui tu choisis ?

*Em.* Le diminutif vrombit dans l'esprit de Hazard. Sérieusement, est-ce que Somers venait de l'appeler comme ça devant des étrangers… des étrangers qui les fixaient tous deux comme si – pour dire les choses crûment – un fantasme était devenu réalité ? La musique, si forte qu'elle s'était infiltrée à l'intérieur de son crâne, rendait toute réflexion difficile. Serré contre la poitrine de Somers, il pouvait sentir sa sueur et l'odeur musquée de son parfum. Il se libéra et se leva.

— On est ici pour poser des questions, pas pour jouer à des jeux, trancha-t-il.

— Em, c'est bon…, fit Somers avec une exclamation déçue.

— À moins que vous ayez des informations pertinentes concernant les crimes discriminants qui ont eu lieu à Wahredua, veuillez vous écarter et profiter de votre soirée.

Des visages déçus – et artificiellement bronzés – le foudroyèrent du regard.

— Tout de suite, s'il vous plaît, insista Hazard en frappant des mains pour souligner son propos.

Le *clap* sembla produire son petit effet et les hommes, qui échangèrent des regards mêlant frustration et irritation, commencèrent à se disperser. Hazard entendit plusieurs d'entre eux s'exclamer à demi-voix :

— C'est le nouveau flic, ça ? Celui qui est censé être gay ?

— Quel casse-couilles.

— Il a l'air méchant. Peut-être qu'il plairait à Roger.

— Non, merci. Mais je veux bien de l'autre, c'est quand il veut.

— Pourquoi Nico est avec lui ? Tu penses qu'il…

Hazard surveilla la foule, le visage impassible face aux regards hostiles, jusqu'à ce que tous ces hommes se soient dispersés. Nico resta, son expression révélant les efforts qu'il faisait pour cacher son embarras et autre chose, peut-être de la colère. Celle de Somers était neutre, mais il vida le reste de son verre. Tandis qu'il le regardait, Hazard pensa à ce que Mikey lui avait dit : Somers avait été là quand ils avaient torturé Jeff. Somers en avait fait partie. Somers avait su, pendant tout ce temps, et il n'en avait jamais rien dit. Somers savait, bon sang !

— C'est une façon de faire son entrée, déclara ce dernier en reposant son verre bruyamment. Ces types…

— Quoi ? À part t'offrir des verres, te sourire, te dire à quel point tu es beau et intelligent et drôle, qu'est-ce qu'ils ont fait ? Ils t'ont appris quelque chose sur les agressions ? Ils t'ont dit qu'ils avaient vu Fukuma ou Chendo ou quelqu'un des Volunteers ? Je t'écoute, Somers. Qu'est-ce que tu as tiré d'eux à part une autre occasion de jouer les allumeurs ?

— Je ne faisais que parler avec eux. Il n'y avait rien de sérieux, Em…

— Et arrête de m'appeler comme ça.

Somers vacilla. Il se leva lentement et jeta un regard mauvais à Nico.

— Laisse-nous une minute, tu veux bien ?

— Non, fit Hazard.

— Je veux te parler.

— Parlons. Il est là à cause de cette putain d'affaire, alors parlons-en.

— On devrait peut-être discuter ailleurs, intervint Nico.

Il inclina la tête et Hazard remarqua la foule massée qui les observait. Il avait envie de jurer, mais il ravala ses mots et réussit à hocher la tête.

— Le gérant m'a laissé utiliser son bureau pour parler, tout à l'heure. On peut s'en servir, déclara Somers, la voix encore tendue par la colère.

Il les conduisit dans un couloir minuscule et frappa à une porte qui indiquait *gérant*. Bradley Sherrill, qui donnait l'impression de travailler comme coach personnel en parallèle de cette activité, sourit de toutes ses dents et acquiesça à tout ce que Somers lui dit avant de les laisser utiliser le petit bureau. L'air sentait le tabac froid et les murs étaient recouverts de photos encadrées montrant différents événements au *Pretty Pretty*. Hazard fut étonné de voir Somers s'asseoir derrière le bureau. Nico et lui s'assirent alors sur les fauteuils restants.

— Alors ? Qu'est-ce qui se passe ? Pourquoi tu te pointes ici en me faisant la leçon ?

*Parce que tu as aidé à tuer Jeff Langham*, avait-il envie de répondre.

— Dites-lui, demanda-t-il à Nico à la place.

Alors Nico lui expliqua le mystérieux échange de SMS et lui montra la vidéo et la carte qui traçait le téléphone. Quand il eut terminé, Somers regarda une nouvelle fois la vidéo, puis une troisième fois. Il essaya de rendre le téléphone à Nico, mais Hazard s'en empara et le mit dans sa poche.

— Pièce à conviction, rappela-t-il.

— Donc tu penses que Chendo a tué Armistead ? demanda Somers avant de regarder Nico du coin de l'œil. Peut-être qu'on devrait parler de ça seuls.

— Demande-lui tout ce qu'il faut que tu lui demandes, répondit Hazard. Ensuite on parlera.

Somers semblait prêt à protester, mais secoua finalement la tête.

— D'accord. J'ai parlé à certains des gars, ici, et ils m'ont dit qu'ils n'avaient jamais vu Chendo avec un chauve.

— Ils se sont vus à l'extérieur, rappela Hazard. Dans une allée…

— J'ai demandé pour ça. C'est un mensonge.

— Quoi ?

— Les gens savaient qui était Chendo. C'était une personnalité publique, en quelque sorte, n'est-ce pas ?

— Pas juste dans le club, acquiesça Nico. Il a fait un peu de militantisme sur le campus, pour un professeur. Oh, vous la connaissez… Fukuma, vous en avez parlé tout à l'heure. Enfin bref, après ça, il a commencé à agir comme s'il était l'homme le plus important pour les droits des gays depuis Harvey Milk. Beaucoup de personnes n'aimaient pas cette attitude, mais Chendo s'assurait toujours d'une chose : que tout le monde sache qui il était.

— Et voilà, lança Somers en retombant dans son fauteuil. Les gens se souviennent de ce soir-là… Ce n'était pas rien, la police est venue, Chendo a affirmé que quelqu'un avait menacé de le tuer. Les gens se souviennent de ça. Mais personne ne se souvient d'un chauve avec une svastika tatouée. Et personne ne se souvient de Chendo quittant le club en se dirigeant vers une allée, derrière.

— Alors ils l'ont raté. Ou ils ont mauvaise mémoire, c'est un vrai problème avec les témoins…

— Mais ils se souviennent, reprit Somers en parlant par-dessus Hazard, que Chendo Cervantes a eu une grosse dispute avec quelqu'un à l'intérieur du club.

— Quoi ? demanda Nico. Qui ?

— Un type qui portait une casquette de baseball et des lunettes de soleil. Oui, même à l'intérieur. Même de nuit. Ils ont passé toute la soirée ensemble, à l'écart, dans un des box au fond. L'un sur l'autre… Désolé, ajouta-t-il à l'intention de Nico, mais c'est peut-être important.

— Oh que oui, c'est important, répliqua Nico, le visage fermé. Le type avec la casquette de baseball, il a un nom ?

— C'est ce que je voulais vous demander. Avez-vous une idée de qui il pourrait s'agir ?

Nico secoua la tête.

— Vous connaissez quelqu'un avec qui Chendo aurait pu avoir une autre relation ?

Non, à nouveau.

— Les chauves peuvent porter des casquettes de baseball aussi, fit Hazard.

— Je sais. L'important, c'est que personne n'a vu de chauve avec un tatouage de svastika. Une dernière question, monsieur Flores : Fukuma, la personne pour qui travaillait Chendo, selon vos dires. Pouvez-vous m'en dire plus ?

— Quoi ? demanda celui-ci, la colère sur son visage montrant que ses pensées étaient encore ailleurs. Oh. Ça, je ne sais pas. Chendo a suivi un de ses cours, il a commencé à être bénévole. Elle l'a vraiment impressionné. En tout cas, c'est ce qu'il avait l'air de dire, et il est devenu très occupé, il l'aidait toujours avec plein de trucs.

— Une chose en particulier ?

— Je ne sais pas. Des machins politiques. Des marches, des manifestations, des prospectus.

— Il travaillait souvent tard.

— Oui. Et vous n'avez pas besoin d'être délicat. Je sais qu'il couchait à droite à gauche, ces soirs-là.

— Merci, monsieur Flores.

Nico regarda Hazard. Lui ne se réjouissait pas de le laisser partir, car il faisait tampon entre sa colère et Somers, mais il savait que la suite de leur conversation ne le concernait pas.

— Restez dans les parages, on pourrait avoir d'autres questions.

— Et j'ai besoin qu'on me ramène chez moi, ajouta Nico avec un sourire timide.

Puis il s'éclipsa du bureau, laissant seuls les deux enquêteurs.

— Tu l'as amené ici ? demanda Somers.

L'allégresse avait quitté son regard. Il semblait inquiet, plus que tout.

— Tu veux me dire ce qui se passe ?

— Il refusait de laisser son téléphone à moins que je l'amène, et je ne savais pas si on avait le temps ou les éléments nécessaires pour un mandat.

— Désolé pour ce soir. J'ai pris un verre et c'est drôle de parler de tout et de rien avec les gars. J'avais fini mes questions et j'attendais que tu arrives.

— Oublie ça. Qu'est-ce que tu penses de Chendo ?

— Je pense que c'est intéressant.

— Mais tu ne penses pas qu'il soit impliqué.

— Je ne dirais pas ça.

Les mains de Hazard pâlirent, agrippées à la chaise.

— Alors pourquoi tu ne dirais pas ce que tu en penses ?

— Mais qu'est-ce que tu as, ce soir ?

Puisque Hazard ne répondit pas, Somers secoua la tête et reprit :

— Ce que tu as sur Chendo, c'est pas mal. Et ça a l'air super convaincant.

— Son téléphone était au mobile home au moment où l'incendie s'est déclaré.

— C'est ce que je veux dire. Et les messages bizarres, la vidéo avec la lutte, le fait qu'il ait pris la fuite… Tout ça en fait une cible parfaite.

— Mais tu veux savoir qui était l'autre type.

— Exactement, acquiesça Somers, s'animant davantage, le visage illuminé par l'intérêt et l'enthousiasme. Lady Mabbe a vu deux hommes au mobile home, tous les deux chauves, tous les deux avec une svastika tatouée. Tous les deux auraient pu être Armistead. Et il était probablement l'un d'eux.

— Alors qui est l'autre ?

— Je vois ça comme ça, poursuivit Somers en hochant la tête. On a encore plusieurs possibilités : Fukuma a embauché quelqu'un pour tuer Armistead. Ça explique notre deuxième homme, habillé comme un deuxième Volunteer, qui leurre Armistead devant la caravane, le tue et met le feu. Cela soulève une autre question : pourquoi Armistead jouerait le jeu ? Naomi a presque confirmé qu'il aurait su que l'autre était un imposteur.

— On a besoin que Naomi réponde à cette question. Chendo aurait pu être celui qui a tué Armistead. On dirait que c'était un adepte de Fukuma. Il aurait pu se raser la tête et faire un tatouage au henné. Cela n'aurait peut-être pas berné Armistead, mais quelqu'un de loin, oui.

— Oui. Deuxième possibilité : Chendo tue Armistead.

— OK. On sait que Chendo recevait des menaces. On sait qu'il s'est battu, d'après la vidéo. De toute évidence, on dirait que quelqu'un est mort à la fin de cet enregistrement. Dans ce cas, notre deuxième chauve pourrait quand même être Chendo. Peut-être qu'il se déguise pour Armistead et que les choses tournent mal. Mais pourquoi tout cet accélérant, dans le mobile home ? Est-ce que Chendo prévoyait de le tuer ?

— Bonne question, et pas de réponse, acquiesça Somers avant de marquer une pause. Notre troisième possibilité est qu'Armistead est toujours en vie et en fuite, quelque part. Il a tué quelqu'un, il a eu de l'aide d'un Volunteer, a brûlé le corps et s'est enfui.

— Qui ? Chendo ?

— Il a affirmé qu'un chauve avec une svastika le menaçait. Ce n'est pas impossible.

— Alors la personne de la vidéo, celui qu'on n'entend plus à la fin, serait Chendo. Mais les messages ? Et le traçage du téléphone ?

— Quelqu'un essaie de brouiller les pistes ?

— En attirant encore plus l'attention sur Chendo, avec tous ces SMS bizarres ? fit Hazard en secouant la tête. Il balance le téléphone dans une rivière et c'est bon.

— Je dis simplement que c'est une possibilité.

— D'accord. Donc on a plusieurs façons de les réduire. D'abord, on pourrait identifier notre victime. J'ai demandé les empreintes dentaires d'Armistead à Cravens aujourd'hui.

— Pas de chance.

— Quoi ?

— Pas d'empreintes. Aucun des dentistes du coin n'avait Charles Armistead comme patient. Cravens a appelé tout à l'heure pour me le dire.

— C'est pas vrai, tu rigoles.

— J'aimerais bien, soupira Somers. On peut essayer d'appeler les dentistes de Columbia, de Jeff City, et même de Saint Louis et de Kansas City, mais dans le genre aiguille dans une botte de foin…

— OK. Donc nos autres options : trouver Chendo, trouver Armistead ou trouver le troisième homme. L'autre chauve. On a une bonne piste pour Chendo… le téléphone. On n'a rien pour Armistead et rien sur notre troisième homme. Je propose qu'on retrouve Chendo et qu'on voie ce qu'il peut nous dire.

Somers acquiesça.

— J'ai appris autre chose pendant que je me renseignais, ajouta-t-il. À propos de Fukuma.

— Quoi ?

— Deux choses.

— Elle était là lundi, affirma Hazard en sachant déjà ce que Somers allait dire.

— Bingo, acquiesça celui-ci avec un grand sourire. Plusieurs personnes l'ont identifiée ici, lundi soir.

— Le même soir où elle nous a dit être à Manhattan pour sa conférence.

— Le club a des caméras de sécurité à l'extérieur, et elles tournent toute la semaine. On peut demander un mandat et voir si elle apparaît sur un des enregistrements, mais je pense qu'on devrait prendre les devants et la faire venir ce soir.

— C'était quoi le deuxième truc ?

— Tu te souviens de ses témoins oculaires ? Ceux qui ont dit qu'Armistead les avait attaqués, mais qui ne voulaient pas parler à la police, d'après elle ? Devine qui sont ces deux jeunes filles.

La réponse se présenta d'elle-même.

— Tu déconnes.

— Non. Fukuma en personne. Et sa petite amie… ex-petite amie, je devrais dire. Certains des gars ont vu ce qui s'est passé. C'était un samedi soir et il y avait la queue devant le club. Fukuma et sa petite amie attendaient. Armistead est arrivé, saoul, il cherchait les ennuis. Il a décidé de s'en prendre à deux femmes, ce qui indique déjà l'engagement de cet enfoiré pour un traitement équitable.

Somers s'interrompit, les yeux brillants. Il gardait quelque chose pour lui.

— Bon alors, s'impatienta Hazard. Crache le morceau.

— Cette nuit-là, l'attaque ne s'est pas conclue sur deux femmes battues. Elle s'est conclue par Fukuma qui a sorti une arme, poursuivi Armistead sur deux pâtés de maisons en hurlant qu'elle le traquerait et qu'elle le tuerait.

— Je suppose qu'elle n'a pas jugé utile de nous raconter cette partie de l'histoire, ironisa Hazard avec une grimace avant de se lever. Demandons-lui de venir pour voir ce qu'elle a à dire.

# CHAPITRE VINGT-NEUF

*Mercredi 26 octobre*
*21 h 30*

Il était tard et le commissariat était joliment vide : les lumières fluorescentes frissonnaient contre le bois blond et le linoleum usé, les photocopieurs et les fax demeuraient silencieux et la simple odeur de café brûlé rappelait à Hazard à quoi ressemblait le bâtiment durant la journée. À cet égard, c'était différent de Saint Louis ; là-bas, le commissariat était si grand que les locaux n'étaient jamais vides et jamais silencieux. Il y avait quelque chose d'étrange à voir l'ancienne école à cette heure-là. Un peu mal à l'aise, il pensa à l'ange sur la façade ; cet ange qui essayait d'empaler le démon et le démon qui se tordait de rire. Il n'était pas superstitieux, mais à ce moment-là, il se demanda s'il ne s'agissait pas d'un signe.

Depuis cinq minutes, Somers et lui se tenaient à l'extérieur de la salle d'interrogatoire où était assise Fukuma, qui attendait son avocat. Dans ses mains, il tenait le rapport de l'attaque d'Armistead sur les deux femmes. Ils étaient passés à côté jusque-là puisqu'aucune des deux femmes n'était nommée.

— Enfin quoi, vous n'avez posé aucune question, Upchurch et toi ? demanda-t-il en plaquant le dossier contre la poitrine de Somers. Un gamin de CE2 aurait cherché à en savoir plus que ça.

Somers rougit, prit le dossier et le feuilleta.

— Tout le monde refusait de parler. Pas un mot. Upchurch était censé donner suite avec une fille qui avait promis qu'elle avait quelque chose pour nous, mais…

Il lut rapidement le rapport.

— Oui, tu vois. Il l'a appelée et elle a modifié son histoire.

Hazard souffla du nez. Il y avait le travail bâclé, et il y avait le travail non fait. En l'occurrence, cela ressemblait plutôt au dernier. Avant qu'il ait à dire quoi que ce soit, cependant, un homme dégarni avec une frange grise soigneusement peignée fit irruption dans le couloir. Il portait un costume qui paraissait cher et des chaussures qui coûtaient probablement davantage qu'une vache entière. Il s'appelait Pope et après quelques questions, il les accompagna dans la salle d'interrogatoire.

— Fukuma, commença Hazard. Je veux que vous sachiez que notre conversation est enregistrée et je veux m'assurer qu'avec l'aide de votre avocat ici présent, vous comprenez bien vos droits.

Pope se pencha vers Fukuma, mais elle le chassa d'un signe de la main. Elle semblait particulièrement féroce ce soir-là, ses cheveux courts et noirs coiffés en piques, vêtue d'un tee-shirt et d'un jean qui aurait convenu à n'importe quelle bande de motards, c'est-à-dire plein de clous et de chaînes.

— C'est quoi ce délire ? Je vous ai déjà parlé, et maintenant vous me tirez ici en plein milieu de la nuit. C'est du harcèlement. Et du profilage. Je vais avoir vos insignes et après, j'aurai vos culs dans le civil…

— Professeur Fukuma, je devrais vous dire…, essaya vainement d'expliquer Pope.

— Vous nous avez menti, professeur Fukuma, fit Somers en s'avachissant sur une chaise à la table d'interrogatoire.

La pièce était petite, avec un tapis et des murs gris, et son magnétisme naturel sembla s'amplifier dans cet endroit étriqué où il paraissait brûlant de vie et d'énergie. En l'occurrence, d'une vie rageuse et d'énergie.

— Délit d'obstruction à la justice.

— C'est un crime si vous couvrez un crime, ajouta Hazard.

— Professeur Fukuma, essaya encore Pope.

Fukuma l'ignora. Ses griffes s'enfonçaient dans le bois et elle se tassait sur sa chaise, comme prête à bondir en travers de la table et arracher les yeux de Somers.

— Vous êtes tous les mêmes, les flics. Vous êtes tous des brutes, des petits hommes qui agitent des petites bites en essayant désespérément de montrer que vous n'avez pas peur de l'immense vide existentiel du vagin, de relayer le mensonge que vous ne voulez pas vous allonger, écarter les jambes et être domptés comme des chiens.

— Waouh, des images puissantes, marmonna Somers.

— Toute ma vie, j'ai connu des hommes comme vous. Je ne serai pas votre victime. Je ne jouerai pas les martyres. Je ne suis pas…

— On vous voit sur la caméra de sécurité du *Pretty Pretty*. Lundi soir, professeur Fukuma. C'est le même soir où vous nous avez dit être à Manhattan. Le même soir où un homme a été tué et brûlé dans un mobile home abandonné.

Les doigts de Fukuma se serrèrent tellement sur le bord de la table que ses articulations craquèrent.

— À moins que vous n'ayez l'intention d'inculper ma cliente, fit Pope, je pense…

— Vous travaillez pour eux. Pour ces *rednecks* consanguins, lâcha Fukuma à peine capable de desserrer les mâchoires, les mots sortant par blocs. Vous croyez que vous valez mieux qu'eux. Vous croyez que vous valez mieux que nous tous. Mais non, vous êtes juste un autre engrenage dans la machine. Vous êtes un engrenage, et assis à côté de vous, vous avez votre clébard que vous gardez en laisse pour l'envoyer chercher le bâton et se rouler par terre quand vous en avez besoin.

Hazard ne répondit pas. Il sentait le regard de Somers, il s'imaginait pouvoir sentir sa surprise, mais il s'en fichait. Fukuma avait-elle raison ? Il restait là, assis à côté de l'homme qui avait participé à la torture ayant conduit Jeff à se suicider.

Et qu'avait-il fait, lui ? Rien. Toutes ces nuits d'insomnie, toutes ces fois où il s'était trouvé au bord d'un précipice, contemplant sa noirceur, pensant à l'instant où une chance de se rattraper… Et il était là, à ne rien faire du tout. Alors peut-être que Fukuma avait raison. Peut-être que c'était un vendu, peut-être qu'il n'était rien de plus qu'un jouet, que le mal dont la police de Wahredua avait besoin. Sa tête retomba, ses mains se joignirent. Une tension lui nouait les épaules.

— Pouvez-vous nous parler du 15 septembre ? demanda Somers.

Fukuma se figea.

— Je vous propose, professeur Fukuma, que nous mettions tout de suite fin à cette conversation, fit Pope en tendant une main avant d'hésiter, manifestement peu désireux de l'énerver en la touchant, et décidant alors de montrer la porte. Pour l'heure, en tant que conseiller juridique…

— Qu'est-ce que mademoiselle…, reprit Somers en feignant de consulter ses notes. Hogan nous dira à propos du 15 septembre ?

— Cette garce sait qu'elle n'a pas intérêt à l'ouvrir, cracha Fukuma.

— Très bien, je pense que c'est assez, reprit Pope en se levant. Professeur Fukuma, si vous ne suivez pas mon conseil en mettant fin à cette conversation, et messieurs, si vous n'êtes pas prêts à inculper ma cliente…

— Sortez, lâcha Fukuma sans prendre la peine de regarder Pope. Vous sortez. Tout de suite.

— Professeur Fukuma, je…

— Tout de suite.

Pope ne détala pas vraiment, mais pas loin. Hazard observa à nouveau leur suspect. Elle sembla se tasser davantage, comprimant son petit corps sur la chaise. Ce n'était pas un mouvement défensif, comprit le policier. C'était le grand félin qui se préparait à tuer.

— Avant que vous ne disiez quoi que ce soit, je vais vous indiquer que nous avons déjà parlé à plusieurs personnes qui ont été témoins de votre altercation avec Charles Armistead, au *Pretty Pretty*, le soir du 15 septembre. Elles ont reconnu Armistead d'après une photo et nous ont fait part d'une histoire cohérente. Mademoiselle Hogan confirmera ces détails…

C'était un peu exagéré, pensa Hazard, car ils n'avaient pas retrouvé Natalie Hogan, alors quant à savoir si elle corroborerait ces événements…

— Et nous savons également que vous avez menti au sujet de vos déplacements de lundi soir, continua Somers. Si vous voulez que les choses se passent bien, il est temps d'arrêter de nous mentir et de commencer à nous dire la vérité.

Quelque chose dans ce qu'il venait de dire, dans la façon dont il l'avait dit, déclencha une étincelle dans l'esprit de Hazard. Fukuma avait repris la parole et criait désormais, essayant de déchiqueter Somers par les mots, mais son coéquipier l'entendit à peine, trop absorbé par le fil de ses pensées. Oui, Fukuma avait menti à propos de ses déplacements du lundi. Elle avait menti à propos des témoins aussi, et de son lien avec Armistead. Quelle était la suite d'événements ? Le 4 juillet, lors d'une manifestation des Volunteers, Armistead et Fukuma en viennent aux mains. Le 3 septembre, presque deux mois plus tard, Chendo Cervantes se bat avec un homme chauve tatoué d'une svastika. Le 15 septembre, Fukuma pointe une arme sur Armistead et menace de le tuer. Puis plus rien jusqu'au 24 octobre, jour où Fukuma rentre plus tôt de sa conférence et, le même soir, quelqu'un est tué. Peut-être Charles Armistead. Probablement Charles Armistead.

Mais ce n'était pas tout. La frustration montait en lui. Il passait à côté de quelque chose. Une partie de lui écoutait encore l'échange entre Somers et Fukuma, mais il était trop concentré sur ses pensées. Il ratait quelque chose concernant l'alibi. Quelque chose qui lui était resté en tête et le turlupinait depuis.

Qu'avait dit cette femme de la conférence, quand il avait appelé ? Ils avaient été honorés de recevoir le professeur Fukuma. Une éminente érudite, une vraie révolutionnaire, un esprit brillant. Une telle tragédie…

Une telle tragédie… Mais cette femme ne parlait pas de l'attaque au *Pretty Pretty*, elle parlait du cocktail Molotov jeté sur la maison de Fukuma. Le 18 septembre. Trois jours après sa rencontre avec Armistead au *Pretty Pretty*, quelqu'un avait jeté un cocktail Molotov sur sa maison. Cela n'avait fait presque aucun dégât. Elle avait eu de la chance. Et sur plusieurs aspects, car elle avait profité de l'occasion, s'était servi de cette attention pour propulser sa renommée, et c'était pour cette raison que les organisateurs de la conférence l'avaient remarquée et rajoutée au programme…

Hazard dut faire un bruit parce que Somers le regarda du coin de l'œil. Fukuma déblatérait toujours.

— Oui ! Oui, oui, oui, répétait-elle. J'ai pointé un flingue sur cette sale ordure. Oui, je l'ai fait. J'aurais dû tirer à ce moment-là. C'est lui qui a essayé de me tuer. C'est lui qui a essayé de mettre le feu à ma maison. Une arme de trouillard utilisée comme un trouillard. Ça m'aurait tuée dans mon sommeil.

— Non, dit Hazard d'une voix contrôlée, douce et grave.

Il avait découvert qu'à cause de sa taille, les gens s'attendaient à ce qu'il explose, et que quand il déjouait cette attente, le résultat ne s'en trouvait, a priori, que plus efficace. Et cela sembla se prouver encore une fois : la bouche de Fukuma se referma d'un coup et elle le dévisagea.

— Non, répéta-t-il. Charles Armistead n'a pas jeté de cocktail Molotov sur votre maison. C'est vous.

Il vit la véracité de cette information dans ses yeux étonnés, dans la façon dont son regard coupable se détourna, dans ses mains qui se refermèrent soudain sur la table. Somers avait dû le voir également, mais son regard était choqué, à lui aussi. Il vacilla, son attention passant de Hazard à Fukuma.

— C'est encore un mensonge, continua-t-il. Et un très grave.

— Vous n'avez aucune preuve. Il n'y a…

— Vous voyez, vous n'arrêtez pas de parler, l'interrompit-il en tranchant les mots de Fukuma de sa voix grave et calme. C'est pour ça que j'y ai cru. Vous êtes très, très bonne pour ça. Tous ces mots. Et le ton, la colère, la violence. Vous êtes presque plus vraie que nature. Mais au fond, vous n'êtes pas une activiste. Vous vous fichez de la cause. Ce qui vous intéresse, c'est le pouvoir.

Il sentit ses lèvres se scinder en un sourire dur, féroce.

— Vous êtes une politicienne. Et comme tous les politiciens, pour vous, la réalité, ce n'est pas la vérité. Ce ne sont pas les faits. Ce sont les apparences. C'est pour ça que vous avez poursuivi Charles Armistead avec une arme. Pas parce que vous l'auriez tué… vous n'êtes pas assez stupide pour cela. C'était parce que cela allait avec votre image. Vous deviez montrer à tous ceux qui se trouvaient au *Pretty Pretty* que vous étiez ce que vous aviez toujours affirmé. Et puis vous en avez voulu plus. Wahredua souffrait d'une série d'attaques homophobes et d'actes de vandalisme, et cela vous donnait davantage d'amplitude, davantage de pouvoir, davantage de capital politique. Un capital que vous pouviez utiliser pour mettre la pression au maire, aux forces de police, à l'université. Mais ce n'était pas assez. Vous vouliez élever l'affaire à l'échelle de l'État. Alors vous avez fabriqué un cocktail Molotov qui serait défectueux, vous le saviez, et vous l'avez balancé sur votre propre maison au milieu de la nuit. Aucun témoin. Personne pour nier que vous aviez la vie sauve grâce à de la chance. Quand les gens ont entendu parler de l'histoire, vous êtes devenue… Comment vous dites, déjà ? Un sujet de controverse. La conférence sur la castration, qui n'avait pas de place pour vous quand vous vous êtes proposée, a tout à coup trouvé un créneau. Vous alliez devenir une grande figure du radicalisme.

Fukuma était devenue blême. Elle se lécha les lèvres et son visage montra un effort pour regagner son ancienne posture de rage incandescente face à l'injustice du monde.

— Pathétique. C'est tout bonnement pathétique. Une autre tentative de l'ordre patriarcal établi de marginaliser…

— Non, nous avons terminé. Vous avez raison. Nous ne réussirons peut-être pas à prouver que c'est vous qui avez jeté le cocktail Molotov. Mais ce sera très facile de glisser cette idée dans quelques têtes, et croyez-moi, une fois que la presse en aura eu vent, elle creusera comme il faut. Même si tout ce qu'elle pourra faire sera d'énoncer une série d'événements, ce sera suffisant pour faire de vous une imposture, quelqu'un qui cherche à tirer parti d'une série de crimes haineux à ses propres fins. Il n'y a pas diffamation si c'est le lecteur qui tire ses propres conclusions.

Fukuma chancela sur sa chaise. Ses mains étaient encore agrippées à la table, mais elles semblaient désormais retenir leur propriétaire plutôt qu'exprimer une véritable rage.

— Qu'est-ce… qu'est-ce que vous voulez ? demanda-t-elle d'une voix sèche et fluette.

— Chendo Cervantes, lança Somers, retrouvant le contrôle de sa voix douce. Qu'est-ce que vous pouvez nous dire à son sujet ?

— Quoi ?

— Chendo Cervantes. Son prénom est Rosendo, mais il se fait appeler Chendo. Il a travaillé pour vous, un genre d'activiste bénévole.

— Oui, je sais qui c'est.

Fukuma s'interrompit, son regard passant de l'un à l'autre. Hazard pouvait presque voir les rouages tourner dans sa tête pendant qu'elle essayait de trouver ce qu'elle voulait dire.

— Chendo est un jeune homme très passionné.

— C'est-à-dire ? demanda Somers.

— Il bouillonne en voyant les injustices du monde. Et les injustices faites aux membres de la communauté LGBT, à la fois à l'extérieur et à l'intérieur du mouvement.

— À l'intérieur ?

Cette fois, le regard de Fukuma était sans équivoque : elle foudroya Hazard du regard et il sut que c'était ce qu'il verrait si elle s'approchait suffisamment, un jour, pour lui planter une lame dans le corps.

— Ceux, au sein de la communauté, qui provoquent la détestation de soi. Ceux qui font soi-disant semblant d'être hétéros ; qui s'identifient par exemple d'une manière marginalisant les membres de la communauté LGBT et renforcent les stéréotypes de genres.

— Vous parlez de personnes qui ne s'assument pas ?

— Ou ouvertement gays qui jouent les hétéros.

Hazard souffla du nez, mais Somers le regarda, alors il secoua la tête.

— Donc Chendo avait un réel problème avec ces gens-là ? demanda Somers.

— On devrait tous avoir un problème avec ces gens-là, répondit Fukuma avec une grimace qui montra ses dents. Ce sont les pires, quelque part, pires que les hétéros puisqu'ils sapent les efforts qui sont faits pour améliorer les droits des gays.

— Et où se situe Chendo Cervantes dans tout ça ?

— Chendo aimait bien trouver des hommes comme ça. Des grands types costauds. Comme votre partenaire, expliqua Fukuma tandis qu'un éclair traversait son expression, faisant frissonner Hazard. Il aimait bien les exciter, faire monter le désir qu'ils essayaient tant de réprimer, leur montrer qu'il les ferait saliver et le supplier comme des petites chiennes une fois que la porte serait fermée.

Les yeux de Somers révélèrent un raisonnement détaché et il interrogea Hazard du regard. Lui hocha la tête.

— Pouvez-vous nous décrire un des hommes que voyait Chendo ?

Fukuma secoua la tête.

— Je ne les ai jamais vus ensemble. Il ne faisait que me parler d'eux.

Le spasme de quelque chose comme de la peur – ou peut-être une véritable colère, songea Hazard – assombrit son visage quelques secondes, et elle recommença à parler.

— Si je vous dis le reste, j'attends de vous que vous abandonniez l'affaire de l'attaque sur ma maison.

Somers secoua la tête.

— Vous devez vous tromper, professeur Fukuma. Nous ne négocions pas. Vous feriez mieux de continuer et nous dire tout ce que vous savez. Pour votre propre bien, parce que vous êtes une bonne citoyenne.

Avec un bref éclat de rire, Fukuma ouvrit ses mains.

— La gouine prise à la gorge par deux grands bonhommes. D'accord, consentit-elle enfin en fouillant dans ses poches pour sortir un téléphone portable. La semaine dernière, Chendo a commencé à m'envoyer des messages. Il voulait me parler de sa dernière conquête.

Elle tourna l'appareil pour leur montrer. Sur l'écran, une photo montrait une svastika bleue tatouée, a priori sur un bras, mais la photo avait été prise de si près que c'était difficile à dire. L'éclairage de la photo était étrange aussi, et le tatouage paraissait bien plus foncé que tous les autres que Hazard avait vus auparavant. Sous la photo, Chendo écrivait : *Plus ils sont grands, plus ils tombent de haut. Hâte de te raconter les détails pour celui-là… Tu ne me croiras pas. Bisou.*

— Alors Chendo a fait ça plusieurs fois, fit Somers en inclinant la photo pour que Hazard puisse mieux la voir.

— Oh oui. C'était son petit jeu préféré. Et c'était plus qu'un jeu. C'était une guerre politique par le sexe.

— Nom de Dieu, grommela Hazard entre ses dents. Tuez-moi.

Si Fukuma l'entendit, elle ne comprit en tout cas pas ses mots.

— Chendo me parlait de celui-ci depuis des semaines. Son projet phare. Un « hétéro », poursuivit-elle en mimant des guillemets, qui était si accro à lui qu'il allait faire son coming out.

— C'était un Volunteer ? demanda Somers.

— Vous avez vu le tatouage.
— Il vous a donné un nom ?
Fukuma secoua la tête.
— Autre chose à nous signaler ?
— Et ça ? demanda Hazard.
Il apercevait sur l'écran un message partiellement visible. Alors il saisit le téléphone et fit défiler la conversation.
— *Il va lourder sa connasse*, lut-il avant de regarder Fukuma. Le type était marié ?
— Je ne sais pas. Marié, pacsé, vivant dans le péché. Écoutez, c'est tout ce que je peux vous dire. Si vous voulez, je peux vous donner le nom de la fille avec qui j'étais lundi soir, après mon départ du *Pretty Pretty*. Je n'ai rien à voir avec cet incendie ou avec le… avec le meurtre.
Hazard l'ignora. Il fit défiler la conversation jusqu'à arriver aux derniers messages. Son souffle se bloqua dans sa poitrine, vibrant d'énergie en lisant le dernier SMS reçu. Après l'avoir relu, il tourna l'appareil vers Somers, qui grogna. *Tu avais raison*, disait le message, *il n'y a pas de fin paisible pour le pouvoir. Je te rendrai fière, ce soir.* Il avait été envoyé le lundi 24 octobre à vingt-deux heures cinquante-neuf.

# CHAPITRE TRENTE

*Mardi 27 octobre*
*7 h 58*

Somers arriva à la morgue avec une gueule de bois qui lui frappait l'arrière du crâne. Il avait déjà bu un plein gobelet de café et faisait de l'œil à celui qu'il avait amené pour Hazard. Si son partenaire n'arrivait pas très vite, il n'en aurait pas.

L'interrogatoire avec Fukuma s'était conclu sans plus de révélations et la professeure était rentré chez elle l'air vidée et déconfite. C'était difficile pour lui d'avoir de la peine pour elle, car au-delà de l'hostilité, cette femme leur avait menti et avait tordu une horrible situation à son avantage.

Mais, il devait l'admettre, elle leur avait donné des informations qui avaient complètement changé l'affaire. C'était une chose de supposer que Chendo était tombé sur un homme violent et sexuellement inhibé et que cela l'avait conduit à un conflit fatal, en se basant sur les dires de Nico Flores. C'en était tout à fait une autre de savoir qu'il avait pris l'habitude de dénicher des hommes feignant l'hétérosexualité pour les humilier et, à en juger par le dernier message, tuer le dernier au titre de la vengeance ou d'une étrange justice.

Le soleil frappait l'intérieur de l'Impala, faisant monter la température jusqu'à un stade insupportable, même aux premières heures du jour.

Toujours aucun signe de Hazard. Somers ouvrit la porte, inspira une bouffée d'un air au parfum d'asphalte et prit le deuxième café. Quand il atteignit les portes de la morgue, la sueur perlait sur son front et il lui sembla sentir l'alcool bon marché suinter de ses pores.

Après l'interrogatoire, Hazard était rentré chez lui presque sans un mot. Somers devina qu'il était toujours énervé à cause de la façon dont il avait mené son enquête au *Pretty Pretty*. Et cela l'énerva à son tour. De quel droit Hazard se montrait-il si tatillon à propos de tout ? Il avait fait du bon travail au club. Il avait obtenu des informations clés concernant Fukuma ; des informations qui les avaient conduits à Chendo Cervantes et à la possibilité de conclure ce qui était rapidement devenu l'affaire la plus mystérieuse de sa carrière. Mais cela n'avait pas d'importance. À l'instant où Hazard était entré dans le club, il était déjà énervé contre lui. Presque comme s'il avait – été jaloux – cherché l'affrontement. Somers ne pouvait pas vraiment rejeter la faute sur lui concernant sa consommation de la veille, il n'allait pas se mentir, mais l'étrange tension avec son coéquipier en avait très certainement remis une couche. Il prit une profonde inspiration et balaya cette irritation persistant depuis la veille ; aujourd'hui était un autre jour. Un nouveau départ pour tout le monde. Il prit une longue gorgée du second gobelet. Nouveau départ ou pas, Hazard n'était toujours pas là et cela signifiait qu'il n'aurait pas de café.

Après quinze minutes avec pour seule compagnie le couinement d'une tondeuse malmenée, il entra dans la morgue et se dirigea vers le bureau du légiste, au fond. Il martela le code et entra dans le petit monde du docteur Kamp. Peu de choses avaient changé depuis sa dernière visite. Les cellules en acier montraient des marques de doigts sales, les carreaux octogonaux noirs et blancs étaient davantage gris crasse que blanc, la table d'autopsie en émail turquoise repoussée négligemment contre le mur.

La seule différence était que le docteur Kamp était parti… ou bien chez lui, ou bien, et plus vraisemblablement, faire une de ses promenades semi-sobres pour remplumer son stock de gnôle. Somers soupira. Il avait espéré le croiser entre deux tempêtes éthyliques, mais n'aurait a priori pas cette chance.

Il contempla un instant la cellule métallique et se tourna vers le bureau du légiste. S'il y avait le moindre indice dans ces os, ce ne serait pas lui qui le trouverait. Hazard avait déjà prouvé qu'il était un meilleur officier de police scientifique autodidacte que lui, et s'il n'avait rien vu lors de la première visite, c'était qu'il n'y avait probablement rien à voir. Alors à la place, il se laissa tomber dans le fauteuil de Kamp et fouilla les papiers sur le bureau. Beaucoup dataient de longtemps ; *très* longtemps, pensa Somers en écartant prudemment une pile de dossiers datant des années 50. D'autres étaient plus récents, même si cela pouvait inclure certaines choses remontant aux années 80. Le comté de Dore n'avait pas énormément de morts suspectes, et la majeure partie du travail de Kamp concernait les formalités.

Sous la pile de bouteilles chancelantes, il repéra le dossier d'un inconnu. Il le récupéra en ignorant le cliquetis du verre et l'ouvrit sur le bureau. A priori, Kamp avait été sobre assez longtemps pour travailler un peu. Certaines informations basiques avaient été remplies : homme, âge estimé entre vingt-sept et trente-trois ans, et pour l'ethnie, Kamp avait écrit *caucasien* au crayon à papier, sans appuyer, et l'avait souligné une fois. Et c'était, en somme, le résumé du rapport. Puis il remarqua l'écriture de Kamp en bas de la page qui indiquait avec le même crayon peu marqué : *Argent*.

À ce moment-là, la porte s'ouvrit et Hazard entra dans la pièce. Non, *entrer* était un mot trop faible. Hazard *déboula* dans la pièce. La porte rebondit en heurtant le mur. Il ne semblait pas bien aller, réalisa Somers.

En fait, il semblait ne pas avoir dormi. Pour la première fois depuis qu'il était arrivé à Wahredua, ses vêtements étaient froissés, ses cheveux en bataille ; son apparence tout entière donnant l'impression que cet homme avait passé une rude nuit et peut-être une matinée pire encore.

— Upchurch, lâcha-t-il en crachant ce nom tandis qu'il traversait la pièce à grands pas.

Il tendit une main et Somers lui passa le dossier.

— Ben quoi, Upchurch ?

— Il m'a arrêté au commissariat. J'y étais allé de bonne heure pour faire le rapport de Cravens, on a oublié le deuxième d'hier d'ailleurs, elle m'a passé un sacré savon, merci beaucoup. Vers huit heures moins cinq, j'étais prêt à venir ici et Upchurch a débarqué. Il a dit qu'il voulait parler. Il n'y avait pas de non qui tenait. Il m'a cloué à mon bureau en m'expliquant en long, en large et en travers qu'il voulait que je vienne à sa putain de fête de départ.

Hazard lut en diagonale le rapport et le balança sur le bureau.

— Argent. Ça veut dire quoi, ça ?

— Je ne sais pas. Upchurch voulait te parler de quoi ? De l'invitation, c'est tout ?

— Enfin c'est quoi ce délire ? Tu es au courant ?

— Qu'est-ce que tu veux dire ?

— Il a pas arrêté de dire à quel point c'était important d'avoir un flic gay dans la maison, à quel point il espérait que ce serait une bonne expérience, et tout ce que ça représentait pour lui, à titre personnel…, répondit Hazard en secouant la tête. Il en avait même les larmes aux yeux.

— Tu penses qu'Upchurch est gay ? Mais il est marié.

Hazard lui jeta un regard qui lui fit ajouter :

— OK, d'accord, ce n'est pas une preuve ultime. Mais… non, je ne pense vraiment pas. Il est sensible à propos de tout. Sa femme range toujours la maison et balance des trucs dont ils n'ont plus besoin, d'après elle, et la moitié du temps, Upchurch finit en larmes parce que c'était la première boîte à pêche que son grand-oncle lui avait donnée ou un paquet d'autocollants venant d'une super journée au parc d'attractions de Silver Dollar City, ce genre de choses. Sensible. Il est vraiment très sensible. C'est sûrement qu'il est très ému de partir.

— Ça m'a donné l'impression qu'il me draguait, conclut Hazard en se tournant pour se diriger vers les cellules métalliques.

Il ouvrit celle qui contenait les restes de l'inconnu. Le sac noir était toujours là et Hazard l'ouvrit d'un geste précis et lent. Somers le rejoignit paresseusement et s'appuya sur le tiroir des deux mains. Quand le sac fut ouvert, il laissa échapper l'odeur de poils brûlés, de plastique et de métal chaud qui s'accrochait encore aux os. Son estomac se retourna et les battements sur l'arrière de son crâne s'intensifièrent.

— Qu'est-ce qu'il voulait dire par *argent* ? Tu as déjà vu ça avant ?

— Aucune idée.

Hazard retourna brièvement au bureau, prit une paire de gants jetables et passa les ossements au crible. Il examina le bas du sac et passa les doigts dans la poussière et les cendres rassemblées là.

— Là, fit Somers en saisissant l'épaule de Hazard avec une vague d'excitation.

Il pointa du doigt un os long où quelque chose scintillait sous les néons.

— C'est quoi, ça ?

— La clavicule, répondit Hazard avec un regard dédaigneux.

— Non, pas l'os. Ce qu'il y a dessus.

En retournant l'os dans ses mains gantées, Hazard le souleva à la lumière.

— On dirait de l'argent, estima Somers.

Hazard grogna.

— Tu penses que c'est ce dont il parlait ? se demanda Somers. Que c'est l'argent auquel il faisait référence ?

— Je ne sais pas. C'est un buveur invétéré qui est incapable de faire un travail important. Je ne suis pas sûr que quelques lettres gribouillées aient vraiment un sens.

Pourtant, Hazard étudiait attentivement l'os.

— C'est un bijou.

— Probablement un collier, acquiesça Hazard. Il a fondu dans l'incendie… Des maillons de qualité, je suppose, pour que des bouts restent collés à l'os comme ça. Belle prise.

— Pour un buveur invétéré.

Hazard replaça délicatement l'os et referma le sac.

— On est venus pour voir ça, c'est tout ?

— Je pensais que Kamp aurait autre chose pour nous.

— Alors on l'attend ?

Somers réfléchit à la question; une part de lui pensait que ce serait une bonne idée d'attendre Kamp et voir s'il pouvait leur en apprendre davantage en personne. Mais une autre part de lui s'inquiétait, car Hazard verrait cette attente comme un gâchis de leur précieux temps. Après la façon dont il avait réagi au *Pretty Pretty* la veille, il ne voulait pas donner à son partenaire une autre raison de se plaindre.

— Voyons voir ce téléphone. Celui que Nico Flores t'a donné.

Quand Hazard le sortit de sa poche, Somers referma le tiroir métallique, heureux que cela camoufle en bonne partie l'odeur de brûlé. Hazard lui passa le téléphone et il ouvrit l'application de traçage. Une carte apparut, leur montrant un tracé sinueux de points rouges : un tracé indiquant partout où s'était trouvé le téléphone de Chendo au cours des derniers jours.

— On dirait un labyrinthe en ville, déclara Hazard en pointant un doigt épais sur l'écran. Ça se croise, ça va en avant, en arrière, même quand je filtre le tracé par jour.

— Il a été occupé avant de quitter la ville.

— Très occupé.

Hazard sembla hésiter ; ses yeux – ces yeux d'épouvantail à la couleur de l'ambre – s'étaient adoucis et regardaient dans le vague.

— Quoi ?

— Est-ce qu'il essayait de semer Nico ? Est-ce qu'il voulait se débarrasser d'un ex qui le suivait ? Ce que je veux dire, c'est qu'il n'aurait pas pu nous compliquer encore plus la tâche s'il l'avait voulu. Même si on se sépare et qu'on se concentre sur où il est allé en ville, ça pourrait nous prendre des jours pour vérifier tous les endroits.

— Ensuite il quitte Wahredua, lundi soir, et il va au sud, continua Somers, suivant des yeux les points rouges. Vers le lac des Ozarks. Il roule directement jusque là-bas, il y reste quelques heures et il s'en va. Direction le sud-ouest, vers la frontière.

— Et il adore l'Oklahoma, apparemment, ajouta Hazard.

— Je pense qu'on devrait vérifier à cet endroit, fit Somers en montrant le lac du doigt.

— Pourquoi ?

— C'est bizarre. S'il voulait partir, passer la frontière, il aurait dû y aller directement. Mais il ne l'a pas fait. Il a fait un crochet pour s'arrêter dans un coin reculé du comté. On peut difficilement faire plus reculé, d'ailleurs.

— Pour se cacher.

— Mais il change d'avis et se remet à fuir ? Pourquoi ?

— Il s'est rendu compte que ce n'était pas un très bon endroit pour se cacher. Ou alors il a pris peur en voyant un autre campeur. Ou il avait simplement envie de se faire oublier une journée et de remettre de l'ordre dans ses idées. Il y a plein de raisons.

— Non, je marche pas, fit Somers en secouant la tête. Il est allé là-bas pour une raison, seulement pour quelques heures, et il est reparti. Ça ne ressemble pas à un changement de plan, ça ressemble à un arrêt intentionnel. Et quand il a eu fini ce qu'il voulait faire, il est reparti.

— Qu'est-ce qu'il pouvait avoir besoin de faire au milieu de nulle part ?

Somers tendit la main pour la poser sur l'épaule de Hazard. Celui-ci s'écarta doucement sans changer d'expression avant que la main ne le touche.

Avec un soupir lourd, Somers conclut :

— Allons voir ça.

# CHAPITRE TRENTE-ET-UN

*Jeudi 27 octobre*
*10 h 12*

Le trajet pour se rendre au lac prit presque une heure et demie et ce fut l'un des plus pénibles de sa vie. Pour une raison inconnue, Hazard s'était complètement refermé. Il ne lui répondait plus, sauf pour des retours succincts et contrôlés, et le reste du temps il regarda droit devant lui comme s'il surveillait le bout d'un tunnel. Après dix ou douze tentatives infructueuses de faire la conversation, Somers abandonna et se contenta de conduire l'Impala. Peut-être qu'il y avait eu une dispute avec Billy et que c'était pour cela qu'il se comportait de la même façon que lundi, comme s'il était pire qu'un inconnu.

Quelle qu'était la raison, il ne pouvait rien y faire, alors il attendit que l'aspirine fasse effet et essaya de profiter du voyage. À mesure qu'ils s'approchaient du lac, la route devenait plus pentue, faite de côtes et de descentes, exposant un squelette de pierres calcaires là où elle longeait les falaises. Au lieu du damier de champs qui constituait la majeure partie du comté de Dore, des bois denses défilaient de chaque côté de la route. Peupliers et ormes d'Amérique, gainiers du Canada, pins blancs, et cetera. Ils étaient tous verts, d'un vert vif foncé qui contrastait avec les champs de blé d'un or pastel derrière eux.

La piste de Chendo les conduisit sur une route de service qui n'était rien de plus que deux ornières menant à une clairière enherbée. Somers entraîna l'Impala le long du chemin, grimaçant pendant que le véhicule cahotait, ses suspensions essayant vainement de s'adapter aux changements de direction soudains. De la poussière rouge brun s'élevait, recouvrant le pare-brise, et Somers déclencha le produit lave-glace. Il grimaça encore en voyant de grosses gouttelettes rouges retomber sur le capot. C'était une voiture de fonction, mais chaque fois qu'il sentait ses mâchoires s'entrechoquer, cela lui rappelait que son nom était sur les papiers et pas celui de Hazard.

Après presque trente minutes, la route s'arrêta au sommet d'une bute. Les arbres plus clairsemés pointaient vers une clairière qui surplombait une étendue d'eau bleu ardoise, près de deux cents mètres plus bas : le lac des Ozarks. Au milieu de la clairière, trois grandes tentes – Somers aurait dit qu'il s'agissait de tentes huit places, peut-être plus – entouraient les braises d'un feu de camp. Il arrêta la voiture. Quand il ouvrit la porte, l'odeur fraîche de l'été afflua : l'herbe récemment foulée par les pneus, la dallée violette, la poussière rouge qui s'était soulevée sur la route. De la fumée planait encore au-dessus du feu. Le bruit d'un hors-bord s'élevait du lac et plus près, un *plouf* et une salve de cris enthousiastes.

— À croire que ce n'est pas aussi isolé que le montrent les cartes, lança-t-il.

— C'est peut-être pour ça qu'il n'est pas resté, répondit Hazard en balayant la clairière du regard. Hého ! Il y a quelqu'un ?

Sa main vint trouver le .38 dans son étui d'épaules. Somers sortit aussi son arme, un Glock 22, de son étui dans le bas de son dos. Chendo Cervantes avait un complice : le deuxième homme, le faux Volunteer. Était-il encore là ? Était-il là avec des amis ?

Hazard lui fit signe de prendre à gauche et, sans attendre de confirmation, fila à droite. Somers se déplaça aussi silencieusement que possible, mais il avait conscience de l'herbe et de la végétation qui craquait sous ses pieds, de la rosée qui tachait son pantalon et lui refroidissait les jambes, des légers mouvements d'air qui ressemblaient à un sifflement de train à ses oreilles, le faisant craindre de rater un signal sonore crucial.

Son esprit enregistrait par soubresauts les informations dont il disposait. Vingt-quatre hommes. Au maximum, vingt-quatre hommes avaient pu passer la nuit au campement. Au minimum trois, même si ce chiffre semblait bas étant donné la taille des tentes. Le feu fumait encore, quelqu'un avait donc été encore là peu avant. Et l'était peut-être toujours. Alors où étaient les voitures et les camions ? Où étaient passés tous les véhicules ? L'adrénaline se propageait encore en lui, mais il sentit le même calme qu'il avait toujours connu dans ces situations : une sorte de contrepoids à l'agitation émotionnelle qui faisait très légèrement trembler ses mains.

Quand il arriva au coin de la tente de gauche, un vieil homme qui portait un caleçon long – et rien d'autre – sortit des bois, pieds nus. Alors qu'il se grattait le derrière, il se figea en voyant Somers. Puis il sourit. C'était Leonard Bint.

— John-Henry, vieille crapule. Qu'est-ce que tu fais là ?

Somers put enfin souffler et ranger son arme.

— Hazard, tu peux venir.

Celui-ci arriva tranquillement, son .38 baissé, mais toujours visible. Après un coup d'œil à Somers et Leonard, il rangea l'arme et interrogea son coéquipier du regard.

— Qui c'est ? demanda Bint. Et qu'est-ce qu'il se passe ici ? Un homme ne peut donc pas couler un bronze sans qu'on lui témoigne un peu de respect ?

— Agent Hazard, voici Leonard Bint, un invité fréquent de la police de Wahredua pour cause d'ébriété, de déjections et de nudité sur la voie publique, ainsi que braconnage.

— Et ça, c'est mes qualités, ajouta Bint à l'intention de Hazard en ponctuant ce commentaire d'un rire qui exposa deux dents de devant jaunies et cassées.

Leonard Bint avait été le premier homme que Somers avait arrêté et il était difficile à oublier : il faisait à peine un mètre cinquante et avait une touffe de cheveux bouclés argentés. Sa bedaine étirait son caleçon et ses pieds nus étaient recouverts de poils gris épais. La première arrestation avait été pour exhibitionnisme ; il venait de finir de lire l'autobiographie de Benjamin Franklin et avait décrété qu'il suivrait l'exemple du père fondateur concernant les bols d'air frais[2]. Cela s'était terminé par Somers et Bint tombant tous deux dans le Grand Rivere. Swinney les avait repêchés avec une gaffe.

— Leonard, qu'est-ce que tu fais là ? Est-ce qu'il faut que j'appelle un garde-chasse ?

Les yeux de Bint affichèrent l'espace d'un instant un air prédateur. Puis il sourit, se gratta de nouveau le derrière et passa nonchalamment à côté des deux enquêteurs.

— Et maintenant tu m'insultes, John-Henry, lança-t-il par-dessus son épaule. Tu sais que j'ai arrêté de chasser, tout comme j'ai arrêté de boire. Les deux sont péchés. Des péchés puissants, tu sais.

Il sortit une cannette de Pabst Blue Ribbon de la glacière, l'ouvrit d'un coup sec et en prit une longue gorgée.

— Tout comme il a arrêté de boire ? grommela Hazard.

— Je pense que la bière fait partie des boissons sans alcool pour Leonard, lui répondit Somers en chuchotant.

— Puis-je, messieurs, vous offrir quelque rafraîchissement ? proposa Bint en esquissant une révérence avant de commencer à tomber et en se rattrapant pour atterrir la tête la première sur un siège de camping.

— C'est une blague, c'est pas vrai, soupira Hazard sans prendre la peine de parler à voix basse. On s'en va.

— Laisse-moi une minute, fit Somers.

Il aida Bint à se relever et l'installa sur le siège avec une deuxième bière à portée de main.

---

2 Franklin, un des pères fondateurs des États-Unis, était connu pour passer chaque jour une ou deux heures nu.

Puis il prit le deuxième siège et le rapprocha du vieil homme. Bint rota en expirant si fort que les deux premiers boutons de son caleçon se défirent. Le regard fatigué, il contempla les dégâts et gratta un enchevêtrement de poils grisonnants collés par la sueur sur sa poitrine.

— Vous êtes ce nouveau policier, dit-il enfin en fixant Hazard d'un œil critique. Je me souviens de vous. Le fils de Frank et Aileen.

— Moi je ne me souviens pas de vous.

— Oh, non. J'imagine ben que non. J'avais le diable aux fesses à cette époque. Je connaissais bien votre père. C'était un homme bien.

Hazard ne répondit pas.

— Leonard, fit Somers, depuis combien de temps tu es là ?

— Je suis arrivé la nuit derrière. Les gars et moi, on s'est fait griller de bonnes saucisses. Et aujourd'hui, un petit-déj de roi, mais Davey a oublié les œufs. Saucisses, patates, et même des restes du gâteau d'hier. Vous voulez que'que chose ? Il nous reste encore du gâteau, proposa-t-il en se balançant sur son siège pour essayer de se lever.

— Non, non. Ça va, répondit Somers en lui faisant signe de se rasseoir. Hier soir ? Je suppose que tu n'as rien vu qui sortait de l'ordinaire ? Il y avait quelqu'un d'autre ?

Bint secoua la tête et ses longs cheveux gris bouclés voletèrent autour de sa tête.

— Pas un chat. J'étais jamais venu ici avant, mais c'est un bon coin. Ça sort des sentiers battus. Comment vous l'avez trouvé ?

— On avait une carte. Tu n'es jamais venu ? Qu'est-ce qui t'a amené là ?

— Oh, c'était à cause d'un tuyau que Davey avait eu à propos de c'te bête, le…

Bint s'interrompit et ses yeux plissés révélèrent de gros efforts pour réfléchir.

— Ah, laisse tomber, fit Somers. Qui lui a donné ce tuyau ? Je ne cherche pas à attirer des ennuis à qui que ce soit. Tu me connais. J'ai toujours été juste, non ?

— J'aurais jamais pensé dire ça d'un Somerset, mais t'as pas la moitié du balai que ton père a dans le cul, répondit Bint en levant ses yeux fatigués au ciel, hilare. Pas la moitié. Même pas un quart, pour être franc.

— C'est presque la chose la plus gentille qu'on m'ait jamais dite, s'exclama Somers avec un large sourire. Dis-moi, on cherche quelqu'un qui pourrait être dangereux, Leonard, et je veux savoir qui t'a parlé de ce coin. C'est tout. Là, tout de suite, c'est tout ce qui m'inquiète.

Les yeux de Bint montrèrent une bonne dose de scepticisme – ainsi qu'une mauvaise teinte jaunâtre, très probablement à cause de la gnôle, pensa Somers – et il ne répondit pas. Avant que l'un d'eux ne parle, le silence fut rompu par le bruit de pneus sur du gravier et une camionnette à panneaux noirs s'arrêta à côté de l'Impala.

— Et voilà Davey, maintenant, lança Bint. Il est allé chercher des œufs, mais le revoilà. Demande-lui toi-même.

La porte de la camionnette s'ouvrit d'un coup sur un homme potelé aux cheveux jaunes ternes. Ils n'étaient pas blonds ; ceux de Somers, oui, et il savait à quoi cela ressemblait. Ceux de cet homme étaient jaunes, manifestement à cause d'un produit, et le produit venait manifestement d'une étagère où tout était en promotion dans une supérette.

— Davey, t'as les œufs ?

— Ouais. C'est qui ces deux-là ?

— Voilà John-Henry, mon ami, et il est de la police. Et voilà le nouveau policier, celui dont tout le monde parle.

Les yeux de Davey passèrent sur Somers sans grand intérêt, mais s'attardèrent sur Hazard. Somers sentit une pointe d'inquiétude. Il avait entendu certaines choses qui se disaient sur son coéquipier ; des choses qui se disaient même avant son arrivée, et il pouvait deviner ce que des hommes comme Leonard Bint et son ami Davey pensaient d'avoir un agent gay dans la police. Il se força à adopter son plus beau sourire de gars sympa et essaya de ramener la conversation sur quelque chose de plus productif.

— Davey, je me présente, agent Somerset. J'étais en train de dire à Leonard qu'on recherche quelqu'un qui a campé ici, il y a quelques jours. Vous avez vu quelque chose quand vous êtes arrivé, hier soir ?

Davey grogna ce qui pouvait être un non.

— Vous pourriez me dire qui vous a indiqué la route pour venir ici ? Leonard a dit que c'était la première fois qu'il venait.

— La première fois pour lui.

— Pardon ?

— Je dis que c'est la première fois pour lui, répéta Davey en se laissant tomber sur un siège de camping avant de plonger le bras dans la glacière à hauteur de coude. Moi, je suis venu plein de fois. Je viens régulièrement.

— Régulièrement comment ?

— Souvent.

— Souvent comment ?

Davey ignora la question et se concentra sur la pêche à la Pabst.

— Mon collègue vous a posé une question, intervint Hazard.

Il avait dit cela de la même manière qu'il disait à peu près tout quand il se comportait en enquêteur : d'une voix neutre, morte qui faisait se dresser les cheveux sur la nuque de Somers.

— T'as dit quoi ? fit Davey, le regard glissant sur Hazard.

— Il a dit que je vous posais certaines questions, reprit Somers. Et, bien sûr, nous apprécions votre aide, messieurs. Pouvez-vous me dire qui d'autre est là ?

Davey grogna et ouvrit sa bière.

— Davey est aigri, expliqua Leonard en se penchant d'un air conspirateur. C'est à cause qu'il a oublié les œufs. Vous en occupez pas. T'en occupe pas, va, moi je suis un homme que ça n'a jamais dérangé d'aider la police. Je crois beaucoup dans le devoir civique. Dans l'aide d'un camarade humain. C'est ce que fait un bon chrétien. Je disais justement ça à Davey, hier soir. Davey, j'ai dit, aider nos autorités locales, c'est ce que fait un bon chrétien.

— Mmh mmh, acquiesça Somers en essayant de masquer ses inquiétudes concernant la suite des événements.

— Et je pense que tout bon citoyen donnerait un coup de main à un autre bon citoyen de la même manière qu'il l'a fait pour lui. Tu crois pas, toi ?

— Je dirais que ça dépend, Leonard. Un aimable citoyen qui trouve ça utile de se déshabiller, d'escalader les statues du parc Worburn et pisser sur les jeux pour enfants dans la foulée, ce genre d'aimable citoyen pourrait recevoir un avertissement au lieu de faire un autre petit tour dans une prison de comté.

— Je rêve, c'est une blague, lâcha Hazard.

— T'es un homme comme je les aime, déclara Bint en inclinant sa bière en direction de Somers. Vous êtes sûrs que vous voulez pas quelque chose ? Il fait fichtrement chaud, aujourd'hui.

— Non merci, Leonard. Simplement quelques renseignements.

— Bah alors, dis-lui, Davey.

Davey grogna, se tourna sur son siège et fixa Somers à travers un rideau de cheveux jaunes graisseux.

— Davey vient dans le coin environ une fois par semaine, expliqua Bint, impassible face au silence de son ami. Bien régulier. Comme une horloge. Et la première chose que Davey a dite hier soir, c'est que quelqu'un était passé, qu'il avait foutu en l'air un petit coin parfait pour… enfin, tu sais bien, pour faire un peu de camping. Et on a Cliff Treadway ici, et Shawn Coy et Roy Lows. Ces gars-là sont partis faire ce que tu pourrais appeler une promenade dans la nature.

— Une promenade dans la nature avec quelques armes.

— C'est ça, m'sieur. Par mesure de sécurité, v'là tout.

— Comment ça, il était foutu en l'air ? L'endroit.

— Un imbécile est passé à travers les arbres, tout là-bas. Il a presque cassé toutes les branches sur son chemin. Il y a plein de belles pistes là-bas et Davey les connaît toutes, mais ce type-là n'a fait attention à aucune. Il a déboulé là-dedans comme s'il picolait depuis samedi et qu'il devait pisser là, tout de suite, v'là tout.

— Où ça ?

— Par là-bas, répondit Bint, magnanime, en montrant la direction avec sa Pabst. Tu veux que Davey vous montre ?

D'après Somers, Davey semblait plus enclin à filer à tire-d'aile plutôt que les aider de quelque façon que ce soit, alors il secoua la tête.

— Profitez de votre camping. Un bon camping bien tranquille, avec des promenades dans des bois bien tranquilles aussi.

— C'est ben vrai, John-Henry. Tranquilles comme des ailes d'ange.

À la plus grande surprise de Somers, Bint se tourna vers Hazard.

— Emery, bon retour, mon gars. Je parie que votre père serait pas peu fier s'il vous voyait aujourd'hui.

Hazard ignora le commentaire et passa derrière les tentes en direction des arbres et des buissons qu'avait indiqués Bint.

— Susceptible, fit Bint. Susceptible quand il était p'tiot aussi, mais vraiment susceptible maintenant.

— Passe une bonne journée, Leonard. Content d'avoir fait votre connaissance, Davey.

Somers laissa les deux hommes à leurs bières et suivit Hazard vers l'orée. Fidèle aux affirmations de Bint, une portion d'herbe piétinée indiquait l'endroit où quelqu'un s'était battu contre les branches. Plusieurs étaient cassées tandis que l'herbe couchée montrait par où la personne s'était enfoncée dans le bois.

— Mais où est-ce que Chendo pouvait aller ?

— Il faisait nuit, dit Hazard, balayant la clairière de ses yeux d'épouvantail avant de revenir sur l'orée du bois. Après minuit. Il est parti avant l'aube. À moins qu'il ait eu une bonne lampe et pris le temps d'explorer, il n'aurait pas su qu'il y avait des pistes d'animaux ici.

— À moins qu'il ne soit déjà venu avant. Pourquoi il viendrait ici, sinon ?

Hazard secoua la tête et ne répondit pas.

— C'est trop large, lança-t-il en montrant la voie dégagée.

— Tu as raison, acquiesça Somers en plissant les yeux. Il ne marchait pas tout seul. Il traînait quelque chose.

— Ou quelqu'un.

Somers repoussa les branchages, se débattit avec les épines et crapahuta jusqu'à un carré de terre. Il entendit Hazard le suivre, même si cet homme plus grand que lui rencontrait de toute évidence davantage de difficultés et proférait un florilège de jurons. Il était facile de suivre le chemin que Chendo s'était frayé dans le bois. Il descendait en suivant la pente devant la falaise. La terre s'effondrait sous les semelles en cuir de Somers et plus d'une fois, il dut se rattraper.

— Ça a dû être l'enfer de faire ça au milieu de la nuit, lança Somers par-dessus son épaule.

Pas de réponse de la part de Hazard, seulement un juron.

L'odeur de l'été humide était désormais mêlée au parfum frais de la terre et parfois au nuage odorant des feuilles d'automne moisies. Tandis que Somers se plaquait contre la paroi pour continuer de descendre, il sentit pourtant autre chose. La puanteur de la décomposition. Puis le murmure des feuilles fut remplacé par un bourdonnement continu.

Il savait ce qu'ils allaient trouver, il avait déjà senti ces effluves avant, il avait déjà entendu ce terrible bourdonnement. Et au détour du chemin, il le trouva. Le corps était enflé, sous la masse noire grouillante de mouches d'un bleu-gris. La puanteur de la décomposition irradiait. Somers resta là un instant, examinant la scène.

Quand Hazard le rejoignit quelques secondes après, il ne prononça qu'un seul mot :

— Merde.

Oui, pensa Somers. Ils étaient dans une belle merde. Parce que le corps qu'ils avaient devant eux n'avait plus de tête ni de mains et que cela compliquerait considérablement son identification.

# CHAPITRE TRENTE-DEUX

*Jeudi 27 octobre*
*13 h 37*

Hazard étudia la scène qui se trouvait devant lui. Le corps – sans tête et sans mains – était étendu au bout de la traînée de branches cassées, de toute évidence abandonné là par quelqu'un de pressé. Pas tant que cela, rectifia mentalement Hazard, puisqu'il avait pris le temps d'éliminer les moyens les plus simples d'identifier le défunt. Des vagues de mouches bourdonnaient en s'envolant et en revenant se poser pendant que Somers faisait le tour du corps d'un pas raide, puis deux coups de feu rapprochés retentirent. Hazard avait son .38 dans la main avant même de se rendre compte qu'il n'y avait personne en vue.

— Cliff Treadway et les autres braconniers de Bint, dit Somers.

La main glissa de derrière son dos, son arme encore à sa place. Avait-il été trop lent ou avait-il jugé que ce son était inoffensif ?

Hazard ignora ce commentaire. Pendant qu'il remettait son arme dans son étui, il s'accroupit. En écartant les mouches, il se pencha sur le corps pour l'examiner de plus près.

L'odeur lui donnait envie de vomir, mais il repoussa ce réflexe. Homme blanc, taille moyenne, ventripotent. Avant d'être décapité, il devait faire entre un mètre soixante-quinze et un mètre quatre-vingts. Des poils frisés et marron sur le ventre et une touffe dense au niveau de l'entrejambe.

Somers l'imita et s'accroupit en chassant les insectes pour étudier le corps de son côté. Hazard, lui, se surprit à fixer intensément son coéquipier, tentant d'assembler les différentes versions de celui-ci en un tout cohérent : il y avait le Somers qui voulait simplement être l'ami de tout le monde (Leonard Bint inclus), celui qui était un flic étonnamment doué, et il y avait celui qui avait torturé Jeff jusqu'à le pousser au suicide. Comment ces trois Somers pouvaient-ils cohabiter ? Par deux, cela pouvait fonctionner, comme les deux faces d'une pièce, mais tous les trois… Hazard secoua la tête.

Il regretta cette réaction, car Somers leva les yeux avec un air interrogateur.

— Ça va être difficile d'identifier celui-ci, déclara Hazard. Ça fait deux, maintenant.

— Chendo Cervantes s'y est pris de la même façon. Ça fait deux victimes sur lesquelles on ne peut pas mettre de nom.

— On ne sait pas si elle est liée à Chendo, grogna Hazard.

— Regarde ça, fit Somers en se penchant sur le corps.

Quand Hazard vit la svastika bleue sur le cou du cadavre, juste au-dessous de la découpe grossière, il jura.

— Ouaip, acquiesça Somers. Ça correspond à la description de Lady Mabbe. Deux hommes avec des tatouages représentant des svastikas. En voilà un. Mais alors, qu'est-ce que ça veut dire ?

— Rentrons, décida Hazard en secouant la tête.

Tout prit beaucoup de temps après ça : du temps pour que les adjoints du shérif arrivent, du temps pour qu'ils prennent des photos, du temps pour qu'ils emmènent le corps, du temps pour qu'ils interrogent Hazard, Somers, Leonard Bint et sa bande (qui, miraculeusement, réussirent à éviter toute question concernant le braconnage). C'était la première fois que Hazard rencontrait les adjoints qui s'occupaient de la majeure partie des choses dans le comté de Dore, et ils se débrouillèrent à peu près aussi bien qu'il l'avait espéré. Pour être honnête, ils ne pouvaient pas faire grand-chose.

La sergente Neecie Weiss – qui avait probablement plus de quarante ans, transportait son poids avec un boitillement non négligeable et l'observait avec de longues œillades – haussa les épaules quand elle entendit parler de leur enquête et de leurs efforts pour tracer le téléphone de Chendo Cervantes.

— On fera notre possible pour aider, mais vous avez vu le corps. Pas grand-chose à en dire. Et pour le téléphone, on va voir ce qu'on peut faire.

Après ces quelques mots prometteurs, elle conduisit le reste des adjoints du shérif hors du campement libéré, laissant Hazard transpirer sous le soleil estival qui s'attardait et Somers perché sur le capot de l'Impala.

— C'est Chendo qui a fait ça, dit Somers en pointant un doigt vers le bois.

Hazard s'essuya le front et ne répondit rien. Il passa en revue les faits : ils avaient maintenant deux corps. Et, en fonction de la personne à qui on demandait, à la fois Chuckie Armistead et Chendo Cervantes avaient disparu.

— Ou c'était Armistead, dit-il enfin.

— Impossible, réfuta Somers, penché en avant, les coudes sur les genoux. Nico et Fukuma nous ont dit tout ce qu'on avait besoin de savoir : Chendo était un fanatique. Il était obsédé par Fukuma, obsédé par le fait de l'impressionner. On savait à propos de sa confrontation avec Armistead…

— Ça, on n'en est pas sûrs.

— … et il l'a lui-même rencontré. Enfin quoi, Hazard, on a ses messages, il a clairement l'air coupable. Il déraille, ou il craque, ou ce que tu veux, et qui est-ce qu'il va chercher ? Armistead. Tout concorde.

— Alors que fait Armistead avec le deuxième type ? Pourquoi ils sont au mobile home à le remplir de diluant à peinture, ou de l'espèce de truc qu'ils ont utilisé ? Pourquoi Armistead fait confiance à ce gars alors que Naomi nous a presque carrément dit qu'il a dû se rendre compte qu'il n'était pas un Volunteer ? Et comment Chendo peut avoir le dessus sur ces deux-là ?

— Lady Mabbe a entendu un coup de feu, répondit Somers en mimant tirer deux fois avec sa main. *Pan, pan.* Deux tirs, facile, surtout s'il les prend par surprise.

— Alors pourquoi il en brûle un et traîne l'autre jusqu'ici ?

— Je ne sais pas, admit Somers avec une grimace. Peut-être que c'est un pervers.

— Je pense que Nico l'aurait mentionné si Chendo était nécrophile.

— D'accord. C'est toi l'expert, je t'écoute.

— Je ne sais pas.

— Je m'en fous. Je t'écoute.

— Je ne sais pas.

— Tu penses qu'Armistead est vivant.

— Peut-être.

— Tu penses qu'il a tué Chendo Cervantes et brûlé le corps dans le mobile home.

— Peut-être.

— Tu penses qu'il a eu de l'aide, d'un ami, d'un mec qui rêve de faire partie des Volunteers, de quelqu'un qu'il savait pouvoir manipuler et avec qui il a mis le feu. C'était son plan pour se débarrasser du corps de sorte qu'on ne sache pas qui est la victime. Et ensuite ?

— Je ne sais pas. C'est ta théorie.

— Oh, je t'en prie.

— D'accord, lâcha Hazard en essuyant une nouvelle fois la sueur sur son front. Peut-être qu'Armistead retourne se balader, qu'il tombe encore sur Chendo, qu'il prend son pied et que ça le rend dingue. Il tue Chendo. Il panique. Il doit se débarrasser du corps, alors il demande à un ami de l'aider. Tu te souviens, on n'a que la parole de Naomi qui nous dit que le deuxième type n'était pas un Volunteer. De mon point de vue, ça a autant de valeur que l'air qu'elle a utilisé pour le dire. Je pense qu'il est possible qu'Armistead ait appelé un copain des Volunteers, l'ait convaincu de l'aider à se débarrasser du corps de Chendo…

— Le corps de la tantouze qu'il vient de se taper ? Excuse ma vulgarité, mais c'est comme ça que les Volunteers le verrait. C'est impossible qu'ils aient aidé Armistead.

— Personne ne connaissait le secret d'Armistead, à part Chendo, et il est mort. Il a juste à faire croire à ses amis que ce type était l'étape suivante de ce qu'il faisait : le vandalisme, les attaques, et il en vient au meurtre. Ils seraient probablement fiers de ce qu'il a fait.

— Alors pourquoi Armistead se retourne contre son pote ? demanda Somers, les yeux plissés. Pourquoi le tirer ici, lui couper la tête et les mains ? Pourquoi envoyer de faux messages à Nico ? Pourquoi garder le téléphone de Chendo alors qu'il essaie de s'échapper ? Pourquoi s'enfuir tout court d'ailleurs ? S'il n'avait pas disparu, personne n'aurait jamais su que c'était lui.

— Parce qu'il a un secret. Pas seulement celui d'avoir tué Chendo, mais tout le reste. Et il s'inquiète que ça puisse se savoir, que tout le monde découvre que Chuckie Armistead suce des queues. Pour un Volunteer, c'est pire qu'être un assassin. Il se sert du téléphone de Nico comme paravent, une façon de continuer à nous faire croire que Chendo est encore en vie.

— C'est fou. Tu le sais, ça ? Non, laisse-moi te dire une chose. Tu es focalisé sur les Volunteers. Je sais que tu les détestes. Moi aussi, je les déteste. C'est une bande de trouillards qui ressassent leur haine et je ne dirai pas que je suis désolé si Chendo Cervantes en a tué deux. Mais tu laisses tes émotions obscurcir ton jugement.

— Va te faire foutre.

Somers s'étira les épaules, soupira et descendit du capot avant d'ouvrir l'Impala et d'y monter. Hazard rumina sa colère encore une minute, puis le suivit. Le chemin du retour à Wahredua fut long et silencieux.

— D'accord, ma théorie a des trous, avoua enfin Somers. Mais tu dois bien admettre que la tienne aussi.

Hazard l'ignora.

L'autre silence qui suivit fut brisé par le téléphone de Somers. Il répondit à l'appel, parla doucement quelques minutes puis raccrocha. Avec un cri brusque, il balança son téléphone sur le tableau de bord.

C'était une assez belle ouverture pour que Hazard demande :

— Quoi ?

— Ils viennent de retrouver le téléphone de Chendo.

— Quoi ? Où ?

— Planqué dans un grumier qui se dirigeait vers l'ouest, sur la 44. Le conducteur n'a aucune idée de qui est Chendo Cervantes. Jamais entendu parler de lui. Il ne sait pas comment le téléphone est arrivé là, ni quand. Nom de Dieu !

— Quel que soit celui qui a fait ça, Armistead ou Chendo, il est parti, maugréa Hazard en luttant pour desserrer les mâchoires. On vient de perdre notre meilleure chance de le retrouver.

# CHAPITRE TRENTE-TROIS

*Jeudi 27 octobre*
*20 h 15*

Au lieu de rouler vers le commissariat, Somers suivit Market Street et trouva une place au nord du *Saint Taffy*. C'était un mardi, il était tard, et il avait besoin d'un verre. Et puis, c'était aussi la fête de départ d'Upchurch. Mais la raison la plus importante, la plus pressante, c'était que John-Henry Somerset avait besoin d'un verre, et ce, depuis environ cinq heures. Ce n'était pas une pensée consciente, plutôt… Quoi ? Semi-consciente ? Une pensée qui rôdait, tapie dans son esprit, à moitié formée et exprimant ce dont il avait besoin : de l'alcool. Assez pour lui faire oublier à peu près tout des trente dernières années.

Ce soir pourtant, ce n'était pas la même dose que d'habitude, celle qu'il lui fallait pour s'endormir et oublier Cora, Evie et la façon connue de tous dont sa vie avait dérapé. Ce soir, c'était pour l'affaire : aucun suspect, aucune piste, rien d'autre que deux cadavres qu'ils ne pouvaient identifier. Et s'il devait être honnête avec lui-même – ce dont il n'avait aucune envie – c'était pour Hazard. Parce que, il ne savait comment, tout avait mal tourné avec Hazard, et il n'arrivait pas à comprendre pourquoi.

Il descendit de l'Impala. Il avait soif. Plus que ça.

Sa gorge était sèche et le bout de ses doigts tremblait ; juste un peu, parce qu'il n'était plus très loin désormais, même tout près. Son coéquipier, ses larges épaules voûtées, le suivit en direction du *Saint Taffy*.

Quand Somers le regarda par-dessus son épaule, ses sourcils bruns se rapprochèrent comme des nuages orageux.

— Quoi ? J'ai promis que je viendrais à cette fête de merde alors me regarde pas comme ça, bordel.

— OK, pas de problème.

Toujours aussi charmant, ce bon vieux Hazard.

À l'intérieur, rien n'avait changé et Somers soupira de soulagement, en réalité. Le miroir fumé derrière le bar – c'est là que se posa son regard – et le verre déformé l'attirèrent vers le reflet ondulé de bouteilles bleues, grises et vertes. Ses sens captèrent les éléments du reste du bar : l'odeur de la sangria – une spécialité du mardi – ainsi que le ronronnement et les basses sourdes qui faisaient vibrer les enceintes. Un air pop, un air à la mode, un air que les adultes de moins de vingt ans appréciaient probablement, mais d'abord, était-on un véritable adulte quand on était si jeune ?

Somers ne savait pas trop s'il était alcoolique. Hazard disait qu'il l'était. Cora disait qu'il l'était. Upchurch disait qu'il l'était. Mais lui n'était pas sûr. On naissait alcoolique. Il y avait quelque chose en nous, quelque chose dans les branchements qui faisait que l'alcool était comme l'air ou l'eau, une nécessité. Lui, en revanche, avait besoin d'alcool comme quelqu'un qui se noie a besoin d'un gilet de sauvetage. C'était bigrement agréable à avoir quand on était dans l'eau, mais une fois qu'on avait atteint la terre ferme, on pouvait s'en débarrasser. Et il allait atteindre la terre ferme. Il traverserait cette saleté d'océan à la nage s'il le fallait, mais d'une manière ou d'une autre, il atteindrait la terre ferme.

Ce soir, cependant, il avait besoin d'un gilet de sauvetage. Tony était derrière le bar. Ils n'étaient pas allés à l'école ensemble – Tony avait emménagé à Wahredua pour la fac, avait laissé tomber et était resté en se lançant dans le monde de la restauration – mais ils avaient presque le même âge, et à part sa femme, Tony était probablement celui qui lui avait pris le plus d'argent, qui avait écouté le plus de ses complaintes et l'avait foutu à la porte plus souvent que quiconque.

Il n'avait même plus besoin de lui dire quoi que ce soit. Il n'en avait pas envie, de toute façon, alors il lui fit simplement un signe de la tête et Tony prit la bouteille de Jose Cuervo , un verre à tequila et commença à faire ce qu'il faisait de mieux : saouler Somers.

Après le troisième verre – ou était-ce le cinquième ? – Somers sentit quelques-uns des nœuds se délier en lui. Il se sentait libéré, presque détendu. Il s'appuya sur le comptoir, balaya la pièce du regard et respira le parfum de sangria en sentant également la forte odeur de tequila qui restait sur ses lèvres.

Il était là, au fond de la pièce, après la table de billard. Bon sang, c'était comme un signal GPS palpitant à l'arrière de sa tête, comme s'il pouvait trouver Emery Hazard n'importe où dans l'univers les yeux fermés. Ce dernier avait enlevé sa veste et sa cravate était desserrée autour de son col déboutonné. Un carré de poils sombres et raides dépassait de sa chemise. À sa grande surprise, il riait. Il parlait à Upchurch, leurs têtes assez proches. Il ne semblait pas détendu, pas vraiment – Somers avait du mal à imaginer ce Hazard-là un jour détendu – mais en tout cas moins stressé que d'habitude.

Tout le monde était là, réalisa-t-il. Il avait été trop énervé, trop dans l'urgence pour le remarquer plus tôt, mais il le voyait désormais : Cravens, avec un gilet gris et un jean taille haute qui lui donnait encore plus que d'habitude l'air de s'apprêter à sortir un plateau de biscuits du four, Swinney avec ses cheveux un peu roux qui lui tombaient dans les yeux, et Lender caché derrière ses épaisses lunettes en plastique, riant à ce que venait de dire sa partenaire. De nombreux collègues, d'habitude en uniforme, étaient aussi là, ainsi que quelques civils.

De nombreuses personnes étaient venues dire au revoir à Renard Upchurch.

Mais pas Eldora, songea Somers. La femme d'Upchurch n'était nulle part. Bien sûr, après tout, c'était un pot de départ entre collègues. Peut-être qu'elle avait simplement pensé qu'il serait mieux de laisser son mari faire ses adieux à sa manière. Peut-être qu'elle n'avait pas voulu venir au *Saint Taffy*. Peut-être qu'un bar de flics, particulièrement bruyant qui plus est, n'était pas vraiment son genre d'endroit.

Quelque chose picota pourtant Somers et ses yeux revinrent sur Hazard. Il n'était pas penché vers Upchurch, se rendit-il compte. Upchurch était penché vers lui. Et Hazard riait toujours, la tête en arrière, ses longs cheveux bruns brillants reflétant l'éclat des lampes basses. Qu'est-ce qu'il y avait de si drôle ? Et pourquoi Upchurch était assis aussi près de son coéquipier ?

*Ce n'est pas de la jalousie.* Ce fut la première pensée distincte qui résonna dans l'esprit de Somers. Cela n'avait rien à voir avec de la jalousie. C'était de la curiosité, voilà tout. Somers était simplement curieux. Hazard avait-il eu raison ? Upchurch était-il gay et refoulé ? Ou bi ? Upchurch et sa femme étaient-ils échangistes ? Il pouffa de rire à cette pensée. Eldora Upchurch était autant une échangiste que Mère Teresa.

*Mais alors c'est quoi, ça ?* se demanda-t-il quand Upchurch serra l'épaule de Hazard. Et il s'agissait désormais de jalousie, un sombre enchevêtrement d'épines niché au creux de ses poumons qui lui donnait l'impression de ne pas pouvoir respirer sans sentir ces picotements. Et il n'aurait pas pu admettre que c'en était – il s'y refusait – même s'il avait essayé de comprendre ce dont il s'agissait. Était-il vexé qu'Upchurch n'ait rien tenté avec lui ? Ou que Hazard ne l'ait pas fait ?

Une voix lointaine au fond de son esprit lui disait de ralentir, de réfléchir. *Tu as merdé une fois, avec Kaylee, et tu essaies d'arranger les choses avec ta femme. Tu te souviens d'elle, ducon ?*

*Ta femme, qui est à la maison avec ta petite fille. T'as marché en plein dedans avec Kaylee, et maintenant tu regardes Hazard comme si c'était de la viande fraîche et que t'avais pas bouffé depuis un siècle, alors fais gaffe. T'as vraiment intérêt à faire gaffe.*

Mais il ne fit pas attention à cette petite voix. Au lieu de ça, il était à deux endroits à la fois : au *Saint Taffy*, humant le parfum de raisin fermenté et d'épices, les semelles de ses chaussures collant sur un sol qui avait reçu de la bière renversée, et en même temps, il était revenu dans le vestiaire. Le vestiaire du lycée de Wahredua, en deuxième année.

Ce jour-là, il était resté jusque tard. Il avait encore peur à cause de ce qui était arrivé – à Jeff Langham – avec Mikey et Hugo, et il essayait de se convaincre qu'il n'avait pas peur en restant tard après l'entraînement de basket pour courir jusqu'à en vomir. Ce jour-là n'avait pas été différent; il avait couru, couru, couru jusqu'à dégobiller devant les portes et répandre ses entrailles dans l'herbe. Puis il était allé dans le vestiaire. Il s'était douché, une longue douche en essayant d'échapper à la seule chose impossible à fuir : lui-même.

Il se tourna sur son tabouret pendant que ce souvenir remontait en lui, la poitrine lourde, comme s'il portait ce tablier de plomb qu'utilisent les dentistes. Il sentait ses yeux dilatés, les lampes qui pendaient du plafond étaient entourées de halos, de taches d'un gris orangé qui ne disparaissaient pas malgré le nombre de fois où il clignait des yeux. Il ne voulait pas retourner dans ce souvenir, il ne voulait pas retourner dans le vestiaire, mais il y était déjà et ne pouvait s'échapper.

Il faisait chaud dans le vestiaire. L'eau de la douche était chaude. Il était en sueur en ressortant et la condensation se déposait sur le carrelage des murs. Il était sorti de sa cabine, silencieusement, pieds nus, et s'était arrêté, car Emery Hazard était là, ne portant rien d'autre qu'un caleçon en flanelle et de grandes chaussettes crasseuses devenues grises après trop de lavages.

À l'époque, Hazard était maigrichon. Somers pouvait compter ses côtes. Mais il y avait les signes précurseurs de ses pectoraux, des muscles sur ses bras… des signes annonçant qu'il ressemblerait à ce que Somers voyait, quinze ans plus tard. Ses cheveux formaient une tignasse brune indisciplinée, contrairement à la coupe longue avec une raie nette qu'il avait aujourd'hui, mais ses yeux étaient les mêmes : des yeux froids et impitoyables, d'épouvantail, de la couleur de la paille à la fin de l'été.

Somers ne s'était jamais autorisé à réfléchir sur ce qu'il avait pensé à cet instant-là : Emery Hazard était beau. Les joues creuses avec des cernes foncés sous les yeux, il était amoché, mais beau. Ses bras fins s'étaient enroulés sur sa poitrine, il avait basculé sur les talons, comme prêt à s'enfuir; même si cela impliquait de détaler sans rien d'autre qu'un caleçon.

Mais il ne s'était pas enfui. Il était resté là pendant que Somers avait avancé. Aucun d'eux n'avait dit un mot. Aucun d'eux n'avait besoin de prononcer un mot; et Somers le pensait encore, quinze ans après. Il y avait peut-être eu quelque chose dans l'air, des phéromones, des hormones, ou appelez cela comme vous voulez. Ou peut-être que c'était simplement le destin, que leurs vies avaient été liées d'une manière inconnue, et que ce moment avait été inévitable, qu'ils s'étaient précipités vers cet instant comme deux trains sur le même rail. Quand il était sobre, Somers se disait que tout avait été parfaitement normal : le résultat d'une pulsion sexuelle d'adolescent facilement excitable et de curiosité. Mais là, nageant dans le Jose Cuervo, il sut. Il sut que cela avait été le destin, et il savait que c'était le destin, ce soir.

Il avait touché Emery. Il avait simplement effleuré la poitrine d'Emery du bout des doigts et regardé la chair de poule recouvrir la peau de celui-ci, comme si ses doigts avaient été de l'électricité. Il n'avait jamais ressenti une telle chaleur qu'à ce moment-là.

Il n'avait jamais ressenti plus de désir. Cela lui avait tourné la tête. Alors il s'était penché. Le baiser n'avait été qu'une caresse de leurs lèvres. Dans un autre contexte, on aurait pu le qualifier de chaste. Mais en cet instant, cela avait été aussi chaste qu'un incendie.

Le claquement des boules de billard qui s'entrechoquèrent tira Somers de ce souvenir. Il prit une inspiration comme s'il venait de remonter des profondeurs marines. L'espace d'un instant, il essaya vainement de retrouver où il était. Dans le *Saint Taffy*, tout semblait sombre, distant, et pas à sa place. Puis il se souvint. Il se comportait comme un imbécile. Il aurait dû être en train de parler à Cravens, à Swinney ou à Lender. Il aurait dû être en train de féliciter Upchurch et lui présenter ses meilleurs vœux. Et au lieu de ça, John-Henry Somerset se bourrait au bar, seul, se languissant du gamin gay qu'il avait torturé au lycée.

Comme s'il avait senti ses pensées, Hazard leva la tête. Il regarda de l'autre côté de la pièce, droit sur Somers, et… et il sourit. C'était l'Emery Hazard à l'ancienne : un sourire contenu, le sourire d'une personne refermée sur elle-même pour essayer de se protéger. Mais il était là, ce sourire. Et Somers sentit son cœur fondre, une gouttelette après l'autre, en voyant toute la souffrance que pouvait contenir ce sourire. Pour une raison qu'il ne réussit pas à s'expliquer, il pencha la tête vers le bar et invita Hazard à le rejoindre.

Celui-ci dit quelque chose à Upchurch et ce dernier foudroya Somers du regard. Lui ignora son ancien coéquipier et s'enfila un autre verre. Quand Hazard traversa la pièce, ce fut d'un pas lent et confiant, sans se pavaner, mais presque. Il se pencha au bar, assez près pour que Somers sente la Guinness dans son haleine quand il lança :

— Salut.

Ce mot, ce seul petit mot prononcé avec sa voix grave et gutturale, mit tout en branle : à partir de cet instant, tout se passa comme Somers savait que cela se passerait, car il savait que c'était censé arriver, parce que le destin était désormais aux commandes.

Il reconnut ce ton dans la voix de Hazard. Il savait le reconnaître quand quelqu'un essayait de le draguer. Il savait à quel point il était beau et il savait la façon dont les gens réagissaient à cela. Et voilà que cela arrivait avec Hazard, de la même manière que c'était arrivé avec les femmes – et les hommes – depuis qu'il était entré au lycée.

Là, ignorant cette toute petite voix dans sa tête qui le mettait en garde, il laissa les choses se faire parce qu'il en avait envie. Il en avait eu envie quinze ans plus tôt, mais il avait été lâche, et maintenant, c'était quinze ans trop tard. Alors il plaisanta. Il rit. Il pivota sur son tabouret, de sorte que ses jambes entourent celles de Hazard. Il but d'autres verres, se calquant sur le rythme auquel celui-ci buvait. Le rire devint plus facile, la conversation plus fluide, leurs genoux se frottaient et se serraient. Il ne savait plus où étaient ses collègues, où était le bar et tout le reste quand Hazard se pencha pour lui chuchoter :

— Allons dans un coin plus tranquille.

Et c'est ce qu'ils firent. Il savait qu'il avait trop bu. Il avait l'impression de se reposer sur Hazard pendant qu'ils marchaient, le bras de celui-ci autour de sa taille. Quand ils atteignirent le Crofter's Mark et prirent l'ascenseur jusqu'à son appartement, il chancela et tomba sur Hazard. Les deux bras de celui-ci vinrent autour de lui et il enfouit son visage dans son cou, sentant la sueur, l'odeur persistante de savon sur son corps et l'amidon de sa chemise. Sa barbe naissante frottait contre son visage. Il recula d'un pas. Les miroirs de l'ascenseur lui renvoyèrent une douzaine de reflets d'eux ; de lui, qui fixait ces yeux d'épouvantail devant lesquels une épaisse mèche brune était tombée.

Il fut le premier à bouger. Ses lèvres trouvèrent celles de Hazard et, à nouveau, la barbe frotta ses joues. Cela lui rappela, tout à fait basiquement, les baisers qu'il avait échangés avec Ricky Wade, son colocataire, à la fac. Mais Ricky Wade, bien que très mignon, ne jouait absolument pas dans la même ligue que Hazard. Les grandes mains de celui-ci se serrèrent autour de lui, le tirant plus près. Et leur baiser continua. Somers sentit ses genoux céder et Hazard le rattrapa.

Mais sous la passion, assez forte pour que Somers craigne quelque part dans un coin de sa tête que sa peau ne prenne feu, il y avait quelque chose de dur dans ce baiser, une agression, une férocité de la part de Hazard. Quand tous les deux, encore entremêlés, titubèrent hors de l'ascenseur, la main de Hazard se leva et attrapa ses cheveux. Il tirait fort, presque trop, mais la douleur provoqua une vague d'endorphine en Somers, dont la respiration accéléra. Ils tombèrent sur la porte de chez lui qui s'ouvrit, et Somers réalisa qu'on l'emmenait à l'autre bout de son appartement, à moitié porté, à moitié poussé en direction de la chambre.

— Ralentis, dit-il.

Il était conscient que sa respiration n'était plus qu'un sifflement, conscient des petits bruits qu'il faisait pendant que Hazard tirait sur ses cheveux blonds courts, conscient de son désir croissant de faire ce que son partenaire voudrait, de lui donner tout ce qu'il ordonnerait.

— T'es tellement sexy… Attends, ralentis. Juste une seconde.

Mais Hazard ne ralentit pas. Ses longs doigts trouvèrent prise sur sa chemise et tirèrent. La chemise se déchira. Les boutons rebondirent sur la fenêtre. Ce soir-là, pour la première fois, Hazard sembla ébahi en étudiant Somers, qui sentait pointer une angoisse.

— C'est… Je ne sais pas. J'ai commencé, c'est tout…

Somers lutta pour ne pas bouger ses mains, pour ne pas essayer de couvrir ses tatouages. Il ne le pouvait pas, bien sûr, pas avec ses mains ; pas même s'il le voulait. Il y avait de l'encre depuis ses omoplates jusqu'à sa taille et elle formait des manchettes sur ses deux bras. Cela impliquait de toujours porter des chemises à manches longues pour le travail, même les jours les plus chauds, parce qu'un policier de petite ville ne pouvait pas avoir de tatouages comme ceux-là.

Hazard n'avait toujours rien dit. La lumière de la rue révéla la couleur sur son visage.

Puis, sans un mot, il commença à passer ses mains sur la poitrine de Somers, à le caresser, le provoquer, et lentement l'allonger sur le dos jusqu'à ce qu'ils se retrouvent l'un sur l'autre sur le matelas. Hazard se mit à califourchon sur lui, accrochant ses mains aux siennes. Les baisers étaient devenus, eux, plus insistants, plus intenses. Somers avait la tête qui tournait, et cela n'avait rien à voir avec le Jose Cuervo. Avec le tournis, luttant pour respirer, il essaya de s'écarter, mais Hazard le suivit.

— Oh, je t'en prie, gémit-il en se soulevant contre Hazard.

Cela avait été ainsi avec Ricky aussi, ce désir, mais il avait eu le contrôle alors, il avait été capable de le cacher. Désormais il savait d'instinct que ce qui arriverait ensuite dépendrait de Hazard, et cela attisa en lui un feu qu'il n'avait jamais ressenti.

— Oh, bordel, je t'en prie.

Il souleva plus fort ses hanches, s'écrasant contre cet homme plus grand que lui, sentant ses muscles solides.

— C'est ça, murmura Hazard en rompant leur baiser pour approcher sa bouche de l'oreille de Somers. Supplie-moi.

— Oh bordel. Je t'en prie, je t'en supplie. Je t'en prie.

Il souleva à nouveau son bassin, ayant désespérément envie de ce contact avec Hazard, perdu dans cette ivresse, dans ce flot d'hormones, et étrangement reconnaissant de ce manque d'inhibitions, de ce sentiment d'abandon complet.

— Je t'en prie, je t'en prie, je t'en prie.

Il savait qu'il divaguait, qu'il était incohérent, mais cela n'avait pas d'importance.

Sauf que, l'instant d'après, cela sembla avoir de l'importance, parce que Hazard, la bouche encore contre son oreille, lui saisit la mâchoire dans une main de fer.

— C'est ça, supplie-moi. Supplie-moi comme tu as forcé Jeff à le faire.

Ces mots le frappèrent comme un seau d'eau froide. Il essaya de se relever sous Hazard, une partie de lui voulant désespérément voir les yeux de son partenaire, d'essayer de comprendre ce qui était en train de se passer. Mais celui-ci tenait encore un de ses poignets dans un étau et, de son autre main, sa mâchoire.

— Vas-y, gronda Hazard d'une voix dure et dénuée de cette passion passée. Supplie-moi. Je veux t'entendre dire toutes ces choses humiliantes que tu l'as forcé à dire. Je veux que tu me dises tout ce que tu lui as fait, que je l'entende de ta putain de bouche. Et une fois que tu l'auras fait, si tu es un gentil garçon, je te donnerai ce que tu veux.

— Lâche-moi.

Il essaya de pousser son partenaire, de bouger cette masse, mais c'était peine perdue. Hazard était bien plus grand et tout en muscle.

— Dégage. Lâche-moi.

— Je t'ai dit…

Mais avant qu'il puisse finir, Somers le frappa sur l'oreille avec sa main libre. Le coup fit basculer Hazard sur le côté et il enchaîna avec un autre coup à la tête. Avec un rugissement, l'autre écarta son bras.

Mais Somers avait réussi à s'échapper. Il rampa en arrière jusqu'à heurter le coin de la pièce. Hazard se leva en se massant la tête. Dans la semi-obscurité, avec pour seule lumière le halo ambré des lampadaires à travers la fenêtre, Hazard n'était rien de plus qu'une énorme ombre avec deux yeux dorés brillants.

— Dégage de là, lança Somers.

L'espace d'un instant, Hazard ne fit rien. Puis :

— Je pensais que je m'étais trompé sur toi. Je pensais que ce qui s'était passé…

Il déglutit et Somers eut l'impression déconcertante que son partenaire était sur le point de pleurer. La pénombre cachait son visage. Pourtant, quand il reprit la parole, sa voix contenait une colère ancienne.

— Je pensais que je me trompais.

Alors, après un autre long silence, il partit.

Somers tremblait et sa main droite le faisait souffrir après les coups qu'il avait assénés. Il avait mal à la tête et ses lèvres lui semblaient gonflées, tuméfiées par la force des baisers de Hazard. Longtemps après que la porte s'était fermée derrière lui, il se traîna jusqu'au matelas et s'allongea sous l'ambre qui filtrait par les fenêtres. Il pensa à ce jour-là, dans le vestiaire, toutes ces années avant. Et il commença à pleurer.

# CHAPITRE TRENTE-QUATRE

*Vendredi 28 octobre*
*5 h 27*

L'appel sur son téléphone ne réveilla pas Somers parce qu'il ne s'était pas vraiment endormi. Il était resté allongé sur le matelas, les yeux grands ouverts devant les lumières vives de la rue, dérivant au gré de souvenirs douloureux. De temps en temps, il commençait à sombrer, mais les palpitations de son cœur le réveillaient avec une nouvelle vague de panique… la panique que Hazard soit encore là ou, étrangement, qu'il ait quitté Wahredua. Quand son téléphone vibra, il le serra dans sa main, luttant contre une nouvelle vague de peur, sans trop savoir s'il craignait que l'appel provienne de Hazard ou pas, justement. Au lieu du nom de son coéquipier, l'écran qui clignotait afficha *Naomi Malsho.*

L'espace d'un instant, il hésita à la laisser tomber sur sa messagerie. Puis, à contrecœur, il passa son doigt sur l'écran et décrocha. Sa respiration était étrange. Ce fut la première chose qu'il remarqua.

— *John-Henry. John-Henry, tu es là ?*

— Ça va pas ? Qu'est-ce qui se passe ?

Puis elle se mit à pleurer. Il essaya de la calmer, mais Naomi avait basculé dans une série de sanglots agités et elle semblait incapable de l'entendre ; ou si elle l'entendait, elle ne pouvait pas répondre. Il décida alors de crier :

— J'arrive tout de suite.

Pendant qu'il fouillait dans les vêtements au sol, sa main rencontra un des boutons qui s'étaient détachés de sa chemise un peu plus tôt dans la nuit. Hazard, son haleine de Guinness, ses baisers tuméfiant ses lèvres… Il repoussa ce souvenir, trouva une chemise relativement propre et l'enfila.

Penser à Hazard lui rappela pourtant que Naomi était impliquée dans l'affaire, et que si quelque chose lui était arrivé, son coéquipier devait être de la partie. Cette pensée charria un mélange de peur et d'excitation et il se détesta de ressentir les deux. Il se promit qu'il parlerait d'abord à Cravens et qu'il la convaincrait de le mettre en équipe avec Swinney ou Lender. Mais pour le moment, il devait au moins l'informer de ce qui se passait.

— Naomi, je dois appeler Hazard. On arrive tout de suite.

Elle pleurait encore quand il mit fin à l'appel.

Il composa le numéro de téléphone en roulant vers le *Bridal Veil Motor Court*. Hazard ne répondit ni au premier ni au deuxième appel, mais au troisième, oui.

— *Quoi ?*

*Quoi.* C'était comme ça qu'Emery Hazard répondait au téléphone après ce qui s'était passé plus tôt. Somers eut envie de l'attraper à travers le téléphone et lui arracher le cou. Mais il réussit à expliquer :

— Il y a un problème avec Naomi. On y va. Sois en bas dans cinq minutes.

Puis il raccrocha sans attendre de réponse.

Quand il arriva au bâtiment de style Art Déco, le soleil commençait à se lever et teintait les blocs de verre du routier de la couleur du beurre. Hazard attendait en bas des escaliers. Comme toujours, il était impeccable ; il aurait pu avoir eu une heure pour se préparer, au lieu de cinq minutes. Quand il monta sur le siège passager, il regarda droit devant lui, comme si Somers n'existait pas.

Il s'en fichait. Il fit la route jusqu'à la maison de Naomi en un peu moins de quinze minutes, roulant à toute vitesse dans les virages des routes de campagne et sur le chemin de gravier.

Le bâtiment moderne n'était rien de plus qu'un ensemble d'ombres géométriques se détachant de l'horizon : des cubes et des triangles noirs, comme si quelqu'un avait découpé des bouts du monde.

— La porte est fracturée, dit Hazard quand ils approchèrent de la demeure. Quelqu'un est entré de force.

Somers acquiesça. Il saisit le Glock à sa ceinture pendant que Hazard sortait son .38 de son étui d'épaules. Il sentit le flamboiement de sa colère se dissiper. Il n'était pas calme – il avait des câbles électriques sous la peau – mais il avait de nouveau les idées claires.

Ils fouillèrent la maison avec la précision d'une montre suisse, vérifiant pièce après pièce jusqu'à ce que Somers entende des pleurs. Puis il la sentit : une odeur grasse de brûlé. L'odeur d'une maison en feu. Et mêlée à cela, celle d'autre chose, une odeur chimique. *L'accélérant*, devina-t-il. Quelqu'un avait essayé de brûler la maison de Naomi.

Ce quelqu'un, Somers était prêt à le parier, était leur assassin.

À l'angle du mur, il vit un long couloir. Au bout de ce couloir, une porte partiellement ouverte qui laissait passer un rayon de lumière jaune. Il fit un pas en avant, mais Hazard posa une main sur son bras et secoua la tête.

— Naomi, appela Somers.

Les sanglots s'interrompirent et Naomi répondit d'une voix tremblante.

— Qui est là ?

— C'est moi, John-Henry.

Un long silence suivit, puis :

— Prouve-le.

— Comment tu veux que je prouve ça ?

Naomi recommença à sangloter et reprit d'une voix plus douce :

— D'accord. Tu peux venir.

Somers suivit le son de sa voix et quand il poussa la porte, la soudaine clarté de la pièce le fit cligner des yeux.

Quand ils firent la mise au point, ils regardaient le canon d'un fusil de chasse. Derrière le fusil, Naomi, les yeux rouges, ses cheveux foncés frisottés, comme si elle avait mis les doigts dans une prise électrique.

— Lâchez votre arme, mademoiselle Malsho, lança Hazard derrière Somers.

— C'est bon Naomi, confirma Somers. On est là.

— Lâchez-la. Tout de suite.

Naomi cligna des yeux, l'air surprise par cette requête, puis baissa les mains machinalement, comme si elle n'était plus vraiment consciente de ce qu'elle faisait. Somers soupira de soulagement et écarta le fusil. Ensuite, ignorant le regard furieux de Hazard, il l'aida à traverser la pièce pour gagner une chaise qui semblait confortable.

La chambre était dans un état désastreux, remarqua Somers. Dans toute sa splendeur, elle était probablement comme le reste de la maison : froide, ressemblant à un musée, et moderne d'une façon qui lui donnait l'impression de la souiller à chaque pas qu'il y faisait. Les meubles étaient d'un bois foncé, de chrome et de cuir blanc. Le lit ressemblait à ce qu'on aurait pu mettre dans une navette de la NASA si jamais elle venait un jour à en manquer. De l'autre côté de la pièce, une immense baie vitrée donnait sur le soleil levant au-dessus des champs de maïs couchés.

Mais la pièce n'était pas dans ce qu'on pouvait appeler *toute sa splendeur*. La baie vitrée avait éclaté, et des bris de verre renvoyaient les lueurs rouges et jaunes du soleil, si bien que le tapis blanc ressemblait à une mer de flammes. Le lit spatial était retourné, exposant un bois de lit plutôt usé. Quelqu'un – et Somers était prêt à parier que ce n'était pas Naomi – avait éventré deux des fauteuils en cuir et des poignées de rembourrage débordaient à travers les entailles, recouvrant le sol.

— Qu'est-ce qui s'est passé ici ? demanda Somers.

— Elle a été attaquée, répondit Hazard.

Il traversa la pièce en quelques pas précis et rapides, s'arrêtant pour examiner les fauteuils et la baie vitrée.

— Il n'y a pas longtemps.

Somers lança un regard interrogateur à Naomi.

— Oui, répondit-elle avant de hoqueter.

Ses mains se portèrent à ses yeux et tamponnèrent ses paupières rouges et gonflées.

— Oui, il est venu, il y a cinq minutes.

— Il ? Qui ? demanda Hazard.

— Je ne sais pas, répondit Naomi en clignant des yeux. Enfin, j'ai vu que c'était un homme, mais je ne sais pas. Le feu…

— Quel feu ?

Avec un frisson, Naomi retira ses mains de ses yeux.

— Le feu. Il voulait me faire brûler.

Elle se leva et l'espace d'un instant, Somers pensa qu'elle allait peut-être tomber. Quand il alla pour l'aider, pourtant, elle lui fit signe de s'écarter. Derrière Naomi, Hazard eut un geste furieux pour lui indiquer de reculer.

Somers l'ignora.

— Par là, dit Naomi.

Elle les conduisit au bout du couloir puis dans la cuisine. Le long comptoir de granite était noirci de suie et de cendres. Le feu avait léché deux des murs et des brûlures superficielles apparaissaient sur les équipements en inox. L'odeur de tissu brûlé était plus forte ici et Somers trouva sa source : les rideaux pendant au-dessus d'une fenêtre cassée.

Du bout du pied, il remua une bouteille de verre éclatée au sol. Près de là se trouvaient les restes de ce qu'il estima avoir un jour été un chiffon.

— Tu vois ça ?

Hazard s'accroupit, grogna et conclut :

— Molotov.

— Comme Fukuma.

Ce que Somers ne dit pas, cependant, et qu'il espérait que son coéquipier pensait aussi, c'était que celui de Fukuma avait été un faux.

Cela avait été sa propre œuvre pour gagner de l'attention. Celui-ci était-il identique ? Ou… Somers sentit un frisson. Ou le meurtrier avait-il cru que l'attaque de Fukuma était réelle ? Essayait-il de faire porter le chapeau à ce professeur radical ?

— De quoi vous parlez ? C'est déjà arrivé ? Il a déjà fait ça à quelqu'un d'autre ?

— C'est qui ce *il* ? demanda Somers. Tu n'arrêtes pas de dire *il*. Qui ça ?

— Je ne sais pas. Celui qui a fait ça. Celui qui m'a attaquée.

Somers essaya d'échanger un regard avec Hazard, mais son partenaire refusait de le regarder.

— Tu l'as vu, continua-t-il. Où ça ? Ici ?

Naomi parlait d'une voix faible, mais elle gagna en force à mesure qu'elle continua.

— Non. Non, il était dans ma chambre. J'ai entendu la fenêtre se casser. Je suis venue ici voir ce qui se passait. J'avais une arme, mais quand j'ai vu le feu, j'ai attrapé l'extincteur.

— Vous n'avez pas pris le téléphone ? demanda Hazard en se relevant de toute sa hauteur. Vous n'avez pas appelé le 911 ?

— J'aurais pu me faire tuer. J'aurais pu mourir dans l'incendie si je ne m'étais pas réveillée, répondit-elle avant de s'interrompre.

Une main peignait mécaniquement ses cheveux retombant sur ses épaules et l'autre s'attardait juste au-dessus de sa poitrine, tripotant le tee-shirt trop petit qu'elle portait. La Naomi terrifiée qu'ils avaient trouvée dans la chambre disparaissait déjà derrière le masque manipulateur qu'elle arborait d'habitude.

— Fukuma. C'est ce professeur à l'université, c'est ça ? Celle qui est folle. Quelqu'un lui a fait ça ?

— Pourquoi vous ne raconteriez pas ce qui s'est passé après que vous avez éteint le feu ?

Naomi haussa les épaules.

— J'ai entendu la fenêtre de ma chambre se casser, mais j'étais trop occupée avec l'incendie. Quand j'ai eu la situation sous contrôle, j'ai couru dans ma chambre. Il était là. Il m'a tiré dessus, deux fois, je crois, mais c'est un peu flou. Il venait vers moi, et je ne sais pas comment, j'ai pris le fusil et j'ai réussi à tirer.

— Vous l'avez touché ?

— Je ne sais pas. Il s'est enfui. Je m'en fichais de savoir si je l'avais touché ou non, je voulais juste qu'il s'en aille.

— Retournons voir la chambre, décida Somers.

Il trouva deux trous de balle dans le mur de la chambre en placoplâtre. Ils étaient à moins d'un centimètre de l'encadrement de la porte, Naomi s'en était sortie de justesse. Il n'y avait aucune marque du coup que Naomi avait tiré, mais Hazard trouva une unique cartouche derrière la porte. Tout ce qu'elle avait dit se vérifiait, d'après ce que constatait Somers.

— Tu n'as pas répondu à la question de l'agent Hazard, tout à l'heure. Pourquoi tu n'as pas appelé le 911 ?

— Et pourquoi c'est lui que vous avez appelé ? ajouta Hazard.

— C'est une question d'éthique, répondit Naomi en se crispant.

— La police n'est pas éthique ? demanda Somers.

— La police, c'est l'ennemi. Ce sont les outils militarisés de l'oppression utilisés par un État fasciste, ils renforcent des lois injustes.

— On dirait que quelqu'un s'est pris une amende pour excès de vitesse, lança Somers entre ses dents.

— Ce ne serait pas malin pour la tête des Volunteers d'Ozark d'aller chercher la police, devina Hazard en croisant ses gros bras sur sa poitrine avant d'observer Naomi. Vous auriez l'air faible.

— Je serais complice d'une oligarchie corrompue…

— Oui, oui, on a compris, intervint Somers. Donc tu m'as appelé parce que… quoi ? On est de vieux amis ?

— Tu es venu, répondit Naomi avec une pointe de mépris dans la voix. Non ?

— On va devoir faire un rapport pour ça, soupira Somers. Et on verra si on peut trouver la personne qui t'a attaquée.

— Ce professeur dont vous avez parlé. Fukuma. Elle est trans, c'est ça ? Ou très costaud ? Et vous avez dit qu'elle s'était servie d'un Molotov…

— Ce n'est pas ce que j'ai dit, répliqua Somers.

— Je pense que c'était elle, poursuivit Naomi en plissant les yeux.

— C'était *elle*, cet homme dont vous parlez depuis tout à l'heure ? lança Hazard en secouant la tête. On s'en va, Somers.

Naomi les suivit à la porte et quand ils s'éloignèrent de la maison, elle devint une tache noire de plus se mêlant aux ombres de la maison. Somers repensa à la façon dont elle avait parlé, la façon dont elle s'était tenue, dont elle l'avait regardé. Il savait reconnaître un mensonge quand il en voyait un. Il savait surtout comment les femmes mentaient chez les Malsho, il était marié à l'une d'elles après tout. Et Naomi Malsho mentait de A à Z.

Le trajet jusqu'au *Bridal Veil Motor Court* fut long et silencieux. Quand Somers gara la voiture, Hazard sortit aussitôt et claqua la portière. Somers le suivit.

Hazard fit volte-face. Un rictus déforma son visage.

— Si tu crois qu'on va parler d'hier soir…

Somers le frappa à la bouche. Hazard recula de quelques pas. Du sang perlait de sa lèvre fendue. Il avait les yeux grands ouverts, choqué.

— C'est pour hier soir, fit Somers en secouant la main, savourant la douleur. On s'arrête là, OK ? Aujourd'hui, je vais parler à Cravens. On s'arrête là.

Hazard ne répondit pas. Il ne leva pas la main pour arrêter le sang qui coulait sur son menton et dégoulinait sur sa chemise à carreaux.

Somers tourna les talons, furieux au point d'en être malade, mais il se retourna à nouveau vers Hazard. Les mots jaillirent avant qu'il ne puisse les arrêter.

— Tu sais quoi ? J'étais pas là. Jeff, ce que Mikey et Hugo lui ont fait. J'étais pas là. Je suis parti. Et je sais que je suis un lâche parce que je l'ai dit à personne, mais la vérité, c'est que je savais pas à quel point ça allait mal tourner. Si j'avais su, j'aurais fait quelque chose ou dit quelque chose.

— Mikey Grames a dit que tu étais là.

Hazard parlait comme un homme mort. Une grosse goutte de sang vacillait sur son menton.

— Mikey Grames ? Nom de Dieu, alors c'est ça ? Mikey Grames est un connard. C'est un camé. Il s'est à moitié cramé le cigare avec la meth, et la moitié qui lui reste suffit à peine pour l'empêcher de se chier dessus chaque fois qu'il lâche une caisse. Si tu voulais tellement savoir ce qui est arrivé à Jeff, pourquoi tu m'as pas demandé ? Pourquoi tu m'as pas dit ce qui se passait ?

— Il m'a dit que tu étais là. Je sais que tu étais là. Je sais ce que tu as fait.

— C'est pas vrai…, souffla Somers.

Sa colère sembla s'évaporer et à la place, il ressentit un étonnement étourdissant, comme s'il n'était plus certain de se tenir sur un sol dur.

— Je ne me suis jamais rendu compte à quel point tu étais triste, de tout ce que tu te traînais. Pas étonnant que Billy en ait marre de toi.

C'était un coup bas. Non, pire que cela, c'était une véritable saloperie à dire, et il le sut avant même de prononcer les mots. Mais il ne pouvait nier la satisfaction qu'il ressentit quand ils firent mouche et que Hazard vacilla comme s'il avait été frappé.

Il remonta dans l'Impala et roula vers le commissariat. Il allait parler à Cravens. Il allait lui dire ce qui s'était passé. Il allait demander un nouveau coéquipier. Et surtout, il allait admettre qu'il s'était trompé sur Emery Hazard.

# CHAPITRE TRENTE-CINQ

*Vendredi 28 octobre*
*7 h 37*

Hazard se doucha. L'eau coula temporairement rose le temps qu'il rince le sang de son menton. Quand il sortit, il se sécha avec une des serviettes du *Bridal Veil Motor Court*, et c'était un petit peu comme se sécher avec du papier de verre. La serviette autour de la taille, il examina sa lèvre enflée dans le miroir et regretta cruellement de ne pas avoir compris Somers.

La veille, tout avait semblé si simple. Il avait discuté avec Upchurch, appréciant un peu distraitement les tentatives de drague légèrement gauches de son aîné. Malgré ce que disait Somers, il était évident qu'Upchurch était gay, ou au moins bi, et qu'il ne verrait aucun inconvénient à inspecter son corps en profondeur. Mais alors qu'il écoutait Upchurch le complimenter, alors qu'il riait aux mauvaises blagues et répondait aux questions ennuyeuses, sa véritable attention n'avait pas quitté Somers.

Celui-ci avait comme d'habitude refusé de correspondre à ses attentes. Au lieu de prendre la place d'honneur à la fête de départ d'Upchurch, il s'était éclipsé vers le bar pour enchaîner les coups, et d'après ce que voyait Hazard, une rangée de verres était alignée sur le comptoir.

Et rien de plus. Il restait là, sans vraiment faire la moue, sans vraiment bouder, mais faisant la démonstration d'une imitation sacrément ressemblante. Swinney avait voulu savoir ce qui n'allait pas, Lender avait proposé d'aller lui demander, Cravens, avec un hochement de tête sinistre, avait insisté pour que tout le monde le laisse seul.

Mais Hazard l'avait surveillé et cela ne l'avait pas dérangé, car même quand Somers faisait grise mine, il gardait tout de même un visage qui lui provoquait une démangeaison dans la poitrine. Puis il avait remarqué que Somers le regardait, et l'idée l'avait frappé. C'était simple. Si facile. Il savait, à la façon dont son coéquipier le regardait, que cet homme blond voulait quelque chose. Et il accepterait de le lui donner… jusqu'à un certain point. Et, quand il l'aurait amené exactement là où il le voudrait, il lui mettrait la pression. Somers céderait alors. Il avouerait ce qu'il avait fait à Jeff et lui pourrait… Quoi ? Encore ce jour-là, après tout ce qui s'était passé, il n'avait pas trop su. Aurait-il tué John-Henry ? Lui aurait-il fait du mal ?

Au final, cela n'avait pas eu d'importance puisque rien ne s'était passé comme il l'avait prévu. Au lieu de céder et d'avouer, Somers avait contre-attaqué. Il lui avait échappé. Hazard aurait pu insister, il aurait pu pousser les choses jusqu'au point de rupture, mais la vue du visage de Somers l'avait arrêté. Il y avait tant de confusion dans ce visage. Tellement de douleur. Rien à voir avec ce qu'il s'était attendu à voir, et cela l'avait pris au dépourvu, comme s'il était descendu du bus, mais que le monde avait continué à défiler à un bon quatre-vingt-dix kilomètres-heure.

Et bon sang, pourquoi Somers ne pouvait-il pas faire ce qu'il était censé faire, rien qu'une fois ? Pourquoi ne pouvait-il pas avouer ? Pourquoi ne pouvait-il pas admettre sa faute ? Pourquoi, au lieu de cela, avait-il fallu qu'il sonne Hazard avec un direct du droit et nie tout ? Pourquoi fallait-il qu'il ait raison – et c'était le plus douloureux – à propos de Mikey Grames ?

Parce qu'il avait raison, du moins en partie : Mikey Grames était un camé et une belle merde, et donc indigne de confiance. Mais Hazard avait ignoré ce fait évident. Il avait aussi ignoré le fait que Mikey Grames avait toujours été doué pour le manipuler, qu'il avait toujours été doué pour blesser Somers, alors pourquoi n'aurait-il plus su comment faire aujourd'hui ? Cette vérité était presque pire que la honte et la douleur provoquées par la façon dont il avait traité Somers.

En massant sa lèvre enflée une dernière fois, grimaçant à cause de la douleur à l'endroit de la chair déchirée, il s'habilla pour la journée; pour ce qui était de toute évidence sa dernière journée en tant que partenaire de Jean-Henry Somerset, et très probablement pour sa dernière journée à la police de Wahredua. En costume-cravate, il quitta le motel et conduisit jusqu'au commissariat.

La journée était belle et déjà chaude, mais le vent charriait en grande partie de l'humidité, avec pour résultat de créer un four plus qu'un marécage. Un demi-rayon de soleil se reflétait sur un éclat de verre, sur le parking, et l'odeur de goudron chaud persistait malgré les efforts du vent pour la chasser. Hazard resta assis dans la voiture, pas tout à fait prêt à en sortir, et commença à fixer le bâtiment qui avait un jour été une école catholique. Par-dessus la porte, le pauvre ange ressemblait à un bibelot tombé du camion d'une chaîne de mobilier d'intérieur. Le démon, qui regardait la lance brisée de l'ange, semblait toujours écroulé de rire. Cela résumait assez bien la réalité, pensa-t-il : même si pour quelqu'un qui ne croyait pas à Dieu ni au Diable, il fallait bien admettre que celui-ci semblait bien plus s'amuser tandis que le bien finissait brisé, broyé, prêt à partir aux oubliettes.

Il ne pouvait pas entrer. Pas encore. Pas alors que Somers était déjà là, pas avec Cravens prête à lui passer un nouveau savon, pas en sentant cette honte, quelque part, d'avoir fichu en l'air sa seconde chance de devenir un bon enquêteur…

Et pour la deuxième fois, c'était entièrement de son propre chef. Il ne pouvait pas entrer, alors à la place, il se surprit à sortir son téléphone pour composer le numéro de Billy.

Tandis que le téléphone sonnait, il savait la façon dont cela se passerait : il s'excuserait, et après quelques suppliques, Billy s'adoucirait et s'excuserait aussi. Pourquoi se disputaient-ils ? Il ne s'en souvenait même plus, quelque chose de trivial, sans conséquence dans le tableau global. Il roulerait jusqu'à Saint Louis ce soir, il passerait la nuit là-bas, il verrait la pièce de Billy, il se rattraperait…

On décrocha. Il ouvrit la bouche, prêt à s'excuser. De l'autre côté de la ligne, un rire lointain l'arrêta. C'était le rire de Billy, qui parlait en s'esclaffant, comme si c'était la meilleure blague de tous les temps.

— *Non, Tom, je ne veux pas qu'il le découvre comme ça…*

Puis une voix différente, grave, avec un ton enjoué annonça :

— *Tom Gerard, assistant personnel de l'incroyable Billy Rolker, comment puis-je vous aider ?*

Hazard avait la tête qui tournait. Elle s'était détachée, elle avait été tranchée et flottait quelque part au-dessus de son corps pour qu'il ne sente plus sa respiration, ses mains, la façon dont ses chaussettes avaient tourné et ne lui allaient plus comme il fallait. Tout ce qu'il pouvait faire avec la tête flottant ainsi en l'air, c'était fixer l'horloge et réfléchir : il n'était même pas encore huit heures. Même pas huit heures du matin, et Tom était là. Et la pensée suivante arriva, brutale, froide et limpide : il avait passé la nuit là. Il avait probablement passé chaque nuit là depuis son départ.

— *Em, tu es là ?* demanda Tom.

— Il faut que je parle à Billy.

— *Écoute, Em.*

La même voix condescendante, empreinte de bourgeoisie : les bonnes manières, la bonne éducation, et une bonne dose de patience avec Emery Hazard, le gentil attardé.

— *Billy ne veut pas te parler, d'accord ?*

— Il faut que je parle à Billy.

— *Eh bien il ne veut pas. Mais moi oui. Écoute, Em, tu devais bien le voir venir, non ? On l'a tous vu venir. La mutation a été une bonne chose. Vous pouvez aller chacun de votre côté, personne ne souffre, pas vrai ? Allez, faisons ça comme des adultes.*

La tête de Hazard décolla. Elle traversa la stratosphère. Elle traversa tout ce qui existait et se retrouva dans le néant. Il ne s'était pas senti comme cela depuis le dernier soir où Alec l'avait frappé à travers tout l'appartement, le soir où lui avait enfin décidé que cela suffisait, qu'il était temps de partir.

— Il faut que je parle…

— *Mais enfin, tu es stupide ou quoi ? Il ne veut pas te parler, Em.*

Au loin, Hazard entendait la voix de Billy :

— *Tom, doucement, laisse-moi…*

— *Il veut que ça s'arrête,* continua Tom. *Non, Billy, tu n'as plus besoin d'avoir affaire à lui. C'est fini tes intimidations, Em. Tu lui as assez fait peur. Tu veux en parler à quelqu'un, tu peux me parler. Une rupture propre, Em ? C'est ce qu'il y a de mieux pour tout le monde. Écoute, prends quelques jours, réfléchis-y, pense à ce que tu faisais subir à Billy, la façon dont tu le traitais, à ce qu'il y a de mieux à faire, vraiment ce qu'il reste de mieux à faire, et calme-toi. Je bloque ton numéro sur le téléphone de Billy, d'accord ? Si tu as besoin de quelque chose, tu peux m'appeler. Tu as mon numéro, hein ?*

On aurait dit un gag, mais un gag qui se produisait à trois mille kilomètres sous sa ligne d'horizon, quelque part où il pouvait comprendre la plaisanterie sans la trouver amusante.

— J'ai fait peur à Billy ? Je le traitais mal ?

Il avait la gorge sèche. Les mots s'effritaient quand il les prononçait, ils tombaient en miettes.

— Qui était en tort quand il te sautait dès qu'il avait cinq minutes de libres… ?

Fin de l'appel.

Il jura et enfonça le bouton pour rappeler au même numéro, mais tomba directement sur messagerie.

Un message cinglant lui vint aux lèvres. Il était prêt à dire à Billy ce qu'il pensait de lui. Il était prêt à lui dire ce qu'il pensait d'eux. Puis le *bip* du répondeur retentit et il ouvrit la bouche… Et tout à coup, il se sentit basculer, retomber sur terre. Il appuya sur le bouton pour raccrocher et laissa tomber sa tête sur le volant.

La douleur arrivait. Elle ne succédait au choc que de quelques millisecondes et il savait qu'elle arrivait, il savait qu'elle le mettrait dans tous ses états. Mais il avait encore ces quelques millisecondes, ce temps où il n'avait pas mal, où il était simplement fatigué, vraiment très fatigué. Assez de temps pour composer un autre numéro et dire à la personne qui décrocha :

— Il faut que je te voie.

# CHAPITRE TRENTE-SIX

*Vendredi 28 octobre*
*8 h 45*

Le crayon dans la main de Somers se brisa. Il le jeta avec les autres ; s'il continuait ainsi, il ne resterait plus un seul crayon dans le commissariat. Les yeux fixés sur l'écran de son bureau, il attendit, attendit, attendit, et l'heure changea. *8 h 46*. Où pouvait bien être Hazard ?

Pour ce qu'il lui parut être la millionième fois, il regarda le bureau de Cravens. Malgré ce qu'il avait dit à Hazard un peu plus tôt, il n'était pas directement allé voir leur chef. Il était rentré chez lui à la place, avait pris une douche et réussi à trouver une chemise qui avait seulement un gros pli et un pantalon qui pouvait sembler propre à moyenne distance. Et pendant qu'il se douchait, s'habillait et regardait par la fenêtre, il n'avait pas vu la savonnette, la cravate rayée ou le serpent de brique de Market Street. Il avait vu le visage d'Emery Hazard, à la toute fin de leur dernière conversation, après sa dernière réplique concernant Billy : le visage d'un homme qu'on avait enfin blessé et qui était, pour être honnête, légèrement soulagé, comme si la mort pouvait être plus facile que cinq minutes de plus de cette vie.

Alors, traitez John-Henry Somerset de plus gros naze de l'humanité, mais il n'avait pas parlé à Cravens. Il avait d'abord voulu parler à Hazard.

Il avait tout prévu : il se rendrait au commissariat en étant certain de l'y trouver (il était toujours là avant lui), il insisterait pour qu'ils discutent, il l'emmènerait au *Caribou Coffee*, ils trouveraient un endroit à l'écart et ils discuteraient. Ils déballeraient tout. Pas seulement le problème que Hazard avait ruminé – nom d'un chien, il avait vraiment cru Mikey Grames ? – mais aussi tout ce qui concernait cette affaire. Ils régleraient ça et Somers savait qu'une fois qu'ils auraient parlé, une fois qu'ils auraient vraiment tout sorti, les choses iraient mieux.

Il se demandait depuis combien de temps Hazard souffrait de la disparition de Jeff. Il ne le savait pas, mais il devinait que ce n'était pas récent. Il se rappelait, maintenant qu'il y pensait plus attentivement, la façon dont celui-ci avait disparu après la mort de Jeff. Pendant plusieurs semaines. Il avait supposé qu'il faisait simplement profil bas, craignant de connaître la même chose. À cet égard il ne s'était pas trompé, car Mikey et Hugo n'avaient attendu qu'une seule chose : s'en prendre à lui. Désormais, cependant, il n'était plus si sûr de cette explication. Hazard n'était pas un lâche, il ne se serait pas simplement caché pour se protéger. Et quand il était revenu en cours, quand ils s'étaient rencontrés dans le vestiaire, il n'avait pas agi comme un garçon qui craignait pour sa sécurité. Non, Somers comprit qu'Emery Hazard avait disparu après la mort de Jeff parce qu'il le pleurait. Et il devina qu'il l'avait pleuré chaque jour depuis. Qu'avait dit Lady Mabbe ? Que Hazard essayait de chevaucher le Malin, mais qu'on ne le peut pas. *Un démon vous chevauche toujours*. Là encore, comme pour tant d'autres choses, Lady Mabbe avait eu raison : un démon chevauchait Emery Hazard depuis plus de quinze ans.

Avec un soupir, Somers s'avachit sur son fauteuil. Son plan, son plan de génie, ne valait finalement rien puisque Hazard n'était toujours pas là et qu'il était désormais neuf heures moins cinq. Une pointe d'inquiétude se fraya un chemin dans son esprit.

Pourquoi n'était-il pas là ? Avait-il fait quelque chose de stupide ? Pas un suicide, mais avait-il appelé Cravens pour démissionner ? Dans ce cas, pourquoi n'avait-elle rien dit ? Était-il retourné à Saint Louis pour être avec Billy ? Avait-il bu jusqu'à s'assommer ? Cela ressemblait davantage à son propre style, mais c'était néanmoins une possibilité.

Il prit un crayon sur le bureau de Hazard. Encore cinq minutes. Il lui donnait encore cinq minutes.

Le crayon ne résista qu'à trois.

Assez attendu. Il n'allait pas rester assis là comme un imbécile. Il n'allait pas devenir fou. Il allait faire quelque chose. Il allait faire son travail de policier et voir s'il ne pouvait pas aborder l'affaire sous un autre angle. Il prit le dossier qui était sur son ordinateur, ouvrit celui des homicides sur son bureau et commença à consulter le premier, puis l'autre. Il avait le sentiment de rater quelque chose ; quelque chose qui était juste devant lui.

— Tu as une sale gueule.

Il leva les yeux alors que Swinney s'asseyait au bord de son bureau. Elle tenait un café fumant et paraissait fatiguée. À la lumière du matin, les rides autour de ses yeux étaient plus marquées. Elle perdait un combat – tout le monde le perdait – mais elle le perdait *vraiment*.

— Merci.

— Qu'est-ce qu'il fait ?

— Je ne sais pas.

— Il y a quelque chose qui va pas ?

— Non.

— Parce qu'à t'entendre, on dirait qu'il y a quelque chose qui va pas.

— Non, Swinney, non. Tout va bien. Je peux récupérer mon bureau, s'il te plaît ? J'essaie de travailler.

— C'est le meurtre de l'incendie ?

Somers ne répondit pas.

— Vous en êtes où ?

— Nulle part. Un suspect a quitté la ville, on a retrouvé un complice mort, et comme par hasard démembré pour qu'on ne puisse pas l'identifier. On n'a absolument rien, voilà où on en est.

— Un autre mort ? Bah dis donc, c'est vraiment l'enfer.

— Les gars du shérif s'en sont occupés, mais ils vont nous le refiler. Dès qu'ils nous ont vus là-bas, Hazard et moi, ils ont commencé à remuer la queue. Ils ont hâte de s'en débarrasser.

— Alors, pourquoi il tue son complice ?

— Parce que c'est un psychopathe. Parce qu'il brouille les pistes. Parce que l'autre type a lâché une caisse en voiture. Comment veux-tu que je le sache ?

— Eh ben, t'es vraiment en pétard aujourd'hui. Tu veux un café ?

— J'attends Hazard.

— Tu pourrais l'attendre longtemps.

— Au revoir, Swinney.

Elle lui montra ses dents et prit exagérément son temps pour descendre du bureau et traverser l'espace de travail. Somers se reconcentra sur le dossier des homicides. Il passait à côté de quelque chose, et il n'en avait sûrement pas été loin quand Swinney l'avait interrompu. Il se retrouvait désormais au point de départ.

L'agression de Naomi, la veille. Cela aurait dû lui apprendre quelque chose. Cela lui avait bien révélé quelques trucs : que quelqu'un voulait la mort de Naomi… Non. Il entendait presque Hazard le reprendre. Ce n'était pas nécessairement ce que cela révélait. Quelqu'un avait attaqué la maison de Naomi. Balancé un cocktail Molotov par la fenêtre de la cuisine. Cela avait déclenché un incendie, mais si c'était le tueur, il aurait fait bien davantage pour s'assurer que Naomi ne survive pas, cette nuit-là.

Il réprima une vague de frustration. D'accord, donc qu'est-ce que l'attaque lui révélait ? Quelles étaient les possibilités ? Quelqu'un voulait faire peur à Naomi, c'était clairement une possibilité, mais si on voulait lui faire peur, pourquoi entrer dans la maison ? Quelqu'un voulait la tuer… Cela semblait moins vraisemblable étant donné les deux tirs manqués et le Molotov.

Un vrai tueur n'aurait pas attendu que Naomi éteigne l'incendie. Un vrai tueur aurait réduit la maison en cendres et tiré sur Naomi si elle avait essayé de s'échapper ou il aurait pris le temps de l'abattre d'une balle pour finir le travail. Non, c'était important que le Molotov fasse office de distraction. Et c'était important que l'homme entre à l'intérieur, dans la chambre de Naomi, et éventre les meubles.

*OK*, pensa Somers, sentant une vague d'excitation. Il se redressa dans son fauteuil, les doigts sur le dossier des homicides. *OK. C'*était déjà quelque chose. Quelqu'un avait voulu pénétrer dans la maison de Naomi pendant qu'elle était distraite. Quelqu'un avait voulu trouver ce qu'elle avait caché. Qui ? La réponse la plus vraisemblable était le meurtrier. Pourquoi ? Parce qu'elle détenait quelque chose. Quelque chose qui représentait une menace. Pourtant, elle ne lui en parlerait jamais. Ni d'ailleurs à aucun membre de la police. C'était donc à lui de découvrir ce qu'elle avait… ou ce qu'elle savait.

Ce qu'il y avait d'étrange cependant, c'était qu'à sa connaissance personne n'avait menacé Lady Mabbe. Il était à peu près certain que si quelqu'un avait approché la vieille femme, elle aurait fait un grabuge tel qu'on l'aurait entendue de l'autre côté de la frontière. Lady Mabbe avait pourtant insisté sur le fait que deux hommes l'avaient vue. Elle avait même affirmé que deux hommes lui avaient tiré dessus. Si le tueur cherchait à régler les petits détails, pourquoi ne s'en était-il pas pris à Lady Mabbe ?

Et il le retrouvait là, pensa-t-il, ce sentiment agaçant de passer à côté de quelque chose. Quoi ? Quelque chose à voir avec Lady Mabbe ? Il n'avait discuté avec elle qu'une seule fois, et depuis, il n'avait pas eu de ses nouvelles. C'était bon signe ; si Lady Mabbe se montrait, c'était qu'elle voulait quelque chose, et en général c'était de l'argent.

Mais le sentiment persistait. Était-ce quelque chose qu'elle avait dit ? Elle lui avait raconté qu'elle faisait le trottoir et qu'elle voyait le mobile home. Elle lui avait parlé des deux hommes qui avaient fait rouler un baril dans la caravane, qui l'avaient vue, qui l'avaient pointée du doigt. Elle avait couru. Le coup de feu.

Somers grogna, ses doigts serrés sur le rebord de son bureau. Il pouvait presque mettre le doigt dessus. Quoi d'autre ? À la fin, elle avait dessiné une svastika dans la poussière. Elle avait dit que les hommes portaient ce signe sur leur…

Attendez. Attendez une minute. Ils portaient le signe du Malin, voilà ce que Lady Mabbe avait dit. Et un des hommes l'avait sur le bras. L'autre l'avait sur le cou. C'était ce que Lady Mabbe avait dit. Il fouilla dans le dossier des homicides jusqu'à trouver la page qu'il cherchait. C'était vers la fin, une des photos les plus récentes qu'il avait rassemblées. La qualité n'était pas géniale, mais les détails importants se voyaient : c'était la photo d'un bras avec une svastika très foncée. C'était la photo provenant du téléphone de Lynn Fukuma, la photo que Chendo Cervantes lui avait envoyée, la preuve de sa conquête sexuelle chez les Volunteers d'Ozark.

Mais – Somers frissonna comme s'il venait de mordre une prise de cent-vingt volts – mais le corps, celui qu'ils avaient trouvé au campement, il avait une svastika tatouée sur le cou.

Il revint en arrière dans les pages du dossier des homicides, vers le début, une des premières images qu'ils avaient collectées. À l'origine, c'était une petite photo désormais agrandie et peu nette, la photo du permis de Chuckie Armistead. Elle montrait un homme chauve, en léger surpoids, avec un visage dur. Seulement visible sur le côté de son cou, on pouvait apercevoir ce qui aurait pu, peut-être, être un tatouage bleu.

Ce n'était pas une certitude. Pas encore, pas à cent pour cent. Mais le cœur de Somers accéléra. Il tenait quelque chose. Il ne pouvait pas le prouver sans photo de meilleure qualité, mais son instinct lui disait qu'il avait raison : le corps qu'ils avaient trouvé dans les bois, la tête et les mains tranchés, était celui de Chuckie Armistead.

Il restait donc deux questions importantes : qui était le cadavre dans le mobile home ?

Et qui était cet autre homme que Lady Mabbe avait vu, celui qui avait une svastika sur le bras, celui qui était sur la photo que Chendo Cervantes avait envoyée à Fukuma ? Somers ne le savait pas, mais il savait par où il voulait commencer : le flic qui connaissait les Volunteers mieux que quiconque.

À la troisième sonnerie, Upchurch décrocha.

— *Somers ?*

— J'ai besoin d'un service.

— *J'en ai peut-être besoin d'un, moi aussi. On discutait bien avec ton coéquipier, hier soir, avant qu'il se lève et qu'il m'échappe. Il me parlait d'un restaurant qu'il aime bien à Jeff City*, raconta froidement Upchurch avant d'hésiter, une tension croissante dans la voix. *À tout Hazard, haha, tu pourrais pas me donner son numéro pour que je lui demande ?*

— C'est pas vrai, Upchurch, je vous paierai le dîner et une chambre d'hôtel si c'est ce que tu veux, mais j'ai besoin de toi, là.

Upchurch riait, mais d'un rire forcé et nerveux.

— *Arrête, tu peux pas plaisanter comme ça. Je suis un homme marié…*

— Oh, nom de Dieu, écoute-moi. J'ai trouvé un nom. C'est énorme. Mais il faut que je te parle avant de le dire à Hazard.

— *Tu as un nom ?*

— Oui. Tu es où ? Tu peux venir au commissariat ?

— *Mince, Somers, je reviens de la nouvelle maison à Jeff City, j'ai déposé Eldora. Tu peux me retrouver à la maison ? J'ai encore quelques cartons à récupérer et je m'en vais pour de bon.*

— Oui, d'accord. Quinze minutes ?

— *Je ne sais pas, je suis au moins à vingt…*

— Appuie sur le champignon et sois là dans un quart d'heure. Je pars tout de suite.

# CHAPITRE TRENTE-SEPT

*Vendredi 28 octobre*
*9 h 17*

Nico ouvrit la porte en débardeur de coton blanc et short de sport. C'était choquant, quelque part, de le revoir, comme si Hazard n'avait pas été préparé à la beauté de ce jeune homme. Et cette impression le laissa penser qu'il avait fait une erreur.

— Je n'aurais pas dû venir…

Appuyé à l'encadrement de la porte, les épaisses mèches ondulant sur son front, Nico sourit simplement, lui attrapa la veste et le tira dans l'appartement. Il eut tout juste le temps d'apercevoir quelques signes typiques d'un appartement d'étudiant – les assiettes dans l'évier, les chaussures éparpillées dans la pièce, une panière à linge sale penchant dangereusement sur l'accoudoir du canapé – avant que Nico le pousse contre le mur.

— Est-ce que c'est un plan cul avant de commencer sa journée ? demanda Nico, un sourire aux lèvres. Je croyais que cela se faisait pendant la pause déjeuner en général. Ou pendant l'après-midi.

— Ce n'est pas… non…

Quelque chose dans l'expression de Hazard dut retenir l'attention de Nico, car il fronça les sourcils.

— Qu'est-ce qui se passe ?

— Je ne sais pas. La matinée a été bizarre.

Le pouce de Nico effleura la lèvre fendue de Hazard, qui écarta la tête.

— Qui t'a frappé ?

— Écoute, c'était une erreur. Je ne sais pas ce qui m'est passé par la tête.

Le froncement de sourcils créa des rides autour de ses yeux et Hazard eut le sentiment que peu d'hommes lui avaient un jour dit qu'ils faisaient une erreur. Mais au lieu de s'énerver, Nico proposa :

— Tu as envie de parler ?

Oui. C'était plus qu'une envie. C'était plus qu'un besoin, c'était une *nécessité*, cela bouillonnait en lui et s'apprêtait à déborder et jaillir par-delà Mars. Il avait passé tellement de temps à ne pas parler, à ne rien dire à personne. Une partie étonnamment calme de son esprit, tout au fond, lui suggéra de parler à Somers, mais c'était fou. Il avait brûlé ce pont et balancé les restes au fond de l'abysse. Somers ne voudrait plus jamais avoir affaire à lui.

— Que dirais-tu d'un thé ? proposa Nico, n'ayant toujours aucune réponse.

Il lui donna un petit coup, juste de quoi le lancer dans la bonne direction, et Hazard tituba jusqu'à une chaise de la cuisine. L'appartement devait être un deux pièces, car une porte menait à la chambre, et le reste de l'espace, incluant la cuisine et le salon, formait une longue pièce. Dans la cuisine, le métal cliqueta, l'eau coula, et Nico se laissa tomber sur une chaise à côté de Hazard.

— Deux minutes, lança-t-il. Alors, c'est quelque chose que j'ai fait ? Du genre j'y suis allé trop fort et tu penses que tu as besoin de me laisser tomber en douceur ? Ou tu as parlé à ton petit ami et il veut venir me botter les fesses ?

— Non.

Les mots semblaient poussiéreux, prêts à s'effriter. Hazard s'éclaircit la gorge.

— Euh, non. Ce n'est pas vraiment à propos de toi. Enfin, je veux te voir parce que… je ne sais pas. Je passe une journée de merde, si jamais ça a un quelconque sens.

Nico fredonna son acquiescement, semblant sur le point de dire quelque chose. Puis il dut changer d'avis parce qu'il s'assit sans un mot et attendit en regardant Hazard.

— Je ne veux pas vraiment en parler.

Nico haussa les épaules et croisa les mains sur la table. Même en faisant cela, il réussit à s'étendre et prendre deux fois plus de place que nécessaire avec ses coudes et ses épaules.

— Billy a rompu avec moi.

Les mots avaient jailli derrière la digue qu'il avait essayé de dresser.

— Il se fait notre voisin depuis… Oh… un an ? Deux ? Je ne sais pas. Et Somers m'en veut. Et il devrait m'en vouloir, il a raison. C'est moi qui ai tort. Et c'est… c'est juste que tout est allé de travers, tu vois ? Écoute, ce ne sont pas tes problèmes, et je ne devrais pas t'embêter avec ça. Je vais y aller.

Sur le plan de travail, la bouilloire sifflait. Nico posa une main sur l'épaule de Hazard en se levant. C'était tout, simplement sa main sur son épaule, mais c'était suffisant pour amarrer Hazard. Quand Nico revint, il portait deux tasses.

— C'est simplement de la camomille.

Hazard enroula ses mains autour de la céramique. La chaleur se diffusa dans ses doigts, palpitant dans ses articulations. C'était assez chaud pour y faire cuire un œuf, mais d'une certaine manière, avec l'air conditionné de la pièce, c'était agréable de tenir quelque chose d'aussi chaud entre ses mains.

En s'installant à côté de lui, Nico souffla sur son thé et le regarda à travers la fumée.

— Tu veux pleurer ? C'est pas mal la camomille pour pleurer.

— Je ne pleure pas.

— Tu veux casser un truc ? J'ai encore un paquet de machins qui étaient à Chendo. Tu me rendrais service.

Un sourire s'étira sur les lèvres de Hazard.

— Pourquoi je suis resté avec lui ? Je le savais et je suis resté. Et puis un jour, j'appelle, prêt à m'excuser, et c'est fini. Comme ça. Une meilleure opportunité est passée par là et il en a eu marre de moi. Et je me fiche de Billy, en plus. Tom pourra s'occuper de toutes ses conneries maintenant, très bien, parfait. Je me sens simplement minable d'être resté. Tu ne vas rien me dire ?

Nico haussa les épaules. Les muscles de ses épaules et de ses bras, rendus visibles par son débardeur, ondulèrent.

— Non, aucune chance.

— Juste le thé, hein ?

— Écoute, j'ai traversé assez de ruptures pour savoir quand me taire.

— Super.

— Normalement, c'est le moment où je te propose une partie de jambes en l'air pour compenser, mais…

— Ce n'est pas prévu parce que je suis flic ?

Le petit rire s'adoucit pour se muer en expression prudente et affectée.

— Ce n'est pas prévu parce que tu es le seul gay décent que j'aie jamais rencontré, et que j'aimerais t'inviter à un rendez-vous. Un vrai, ajouta Nico en s'étirant et d'autres muscles cuivrés ondoyèrent sur sa poitrine. Quand tu ne penseras plus à ton ex-petit ami, je veux dire.

Hazard acquiesça et glissa la tasse de thé de l'autre côté de la table.

— C'est un oui ? demanda Nico en lui donnant un petit coup sur le bras.

Malgré la douleur et la frustration, un sourire sincère étira la commissure des lèvres de Hazard.

— Tu dois me demander, d'abord.

— Bah merde alors, s'exclama Nico, la mâchoire pendante. Mesdames et messieurs, la brute épaisse des flics est en fait un allumeur.

— D'accord.

— Un allumeur de première.

— Je devrais y aller.

— Attends, attends. J'allais t'appeler, de toute façon. J'ai quelque chose à te montrer.

— Euh, Nico…

— À propos de l'affaire. À propos de Chendo.

— Oh.

— Tu as dit que ton partenaire t'en voulait. C'est à cause de l'affaire ? Il s'est passé quelque chose ?

— Oui, il s'est passé quelque chose. C'est une histoire à perdre la tête. Littéralement, en l'occurrence. Si Chendo est toujours quelque part, on l'a perdu. Son téléphone a révélé une piste, et personne ne l'a vu. Pourquoi ? Il t'a recontacté ?

Nico secoua la tête. Il joua avec son sachet de thé un moment, refusant de croiser son regard, et ses joues prirent une couleur rosée.

— J'étais en train… Enfin, je regardais des photos de lui.

— Celles de ce week-end ? Celles que son téléphone avait téléchargées ?

Le rose sur ses joues devint rouge.

— Non. Plus anciennes. Elles dataient de quelques mois. Le téléphone les télécharge toutes automatiquement, et j'avais le mot de passe, alors j'ai simplement…

Hazard garda le silence ; ce n'était certainement pas lui qui allait le dire.

Nico lui épargna de toute façon cette peine en ajoutant avec un long soupir.

— Je suis encore accroché à lui, OK ? Comme toi. Pas besoin d'être si suffisant.

*Suffisant ?*

— Les photos ? demanda Hazard. Tu as vu quelque chose ?

— En quelque sorte.

— Qu'est-ce que tu veux dire ?

— J'ai vu quelque chose qui n'était pas là. Ne me regarde pas comme ça, je vais t'expliquer. Quand j'ai retrouvé les photos de septembre, j'en ai trouvé tout un tas datant du mois de mars.

— La manifestation des Volunteers d'Ozark ?

— Oui, Chendo y était. Et quand ça a dérapé et qu'ils ont commencé à se battre, il était au beau milieu de tout ça. J'ai dû l'abandonner. Trouble à l'ordre public, agression, c'était un cauchemar. Mais c'était le truc de Chendo, il aimait se battre et il aimait sentir qu'il était un héros, ou un martyr, ou un truc de fou dans ce genre-là.

— Et qu'est-ce que tu as vu ?

— Ben, après mon départ, il a posté un tas de photos en ligne. Facebook, Instagram, quelques-unes sur Twitter. Une preuve de sa crédibilité en tant que combattant des rues et militant, je suppose. Mais il y en a une qu'il n'avait pas postée.

— Elle manquait dans les mises en ligne ?

Hazard secoua la tête et fit tourner le téléphone dans ses mains. La chaleur s'estompait et ses articulations enflées le faisaient de nouveau souffrir.

— Allez, Nico. Une photo qui date de plusieurs mois, une sur plusieurs centaines ? Tu es sûr que tu ne confonds pas avec autre chose ?

— Oh, je suis sûr. Tu vois, Chendo et moi, on a eu une grosse dispute à propos de cette photo. C'était un peu le début de la fin, tu sais, donc je ne risque pas de l'oublier. Et elle n'était pas là, complètement disparue.

— Alors Chendo l'a effacée après votre dispute.

— Il l'a retirée de Facebook et Instagram. Je lui ai dit que s'il ne le faisait pas, c'était fini entre nous. Et il a peut-être effacé l'original, il a dit qu'il l'avait fait ; moi, j'ai des doutes. Mais aller dans les archives automatiques pour effacer la copie de sauvegarde ? Impossible. Je ne savais même pas que ses photos étaient sauvegardées, et je m'en fichais. Pour moi, ce n'était pas la question de la photo. Le problème, c'était ce qu'il avait posté avec.

— Quoi ?

— J'avais pris une capture d'écran et l'avais envoyée à mon frère. J'étais en colère, je voulais quelqu'un qui me laisserait déblatérer sur Chendo, expliqua Nico avant de fouiller dans son téléphone en faisant défiler les messages. Laisse-moi une seconde, tu vas voir.

— Qu'est-ce qui t'a mis tellement en colère ? Si ce n'était pas la photo en elle-même, je veux dire.

— Le commentaire de Chendo sous la photo, c'était « *Regardez ce canon. Si tout se passe comme prévu, vous avez devant les yeux notre Mari numéro 1* ».

— Waouh.

— Oui, c'était un vrai tombeur. Donc évidemment que je me souviens de cette photo. Et quand j'ai réalisé qu'elle n'était pas dans le dossier de sauvegarde, j'ai commencé à me demander pourquoi. Aucune chance que Chendo ait fait marche arrière et l'ait effacée parce que j'étais en colère, il voulait juste que je la ferme, il se fichait de ce que je ressentais. Lui ne culpabilisait clairement pas à cause de ce commentaire. Mais après, je me suis demandé : Et si ça n'avait pas été une blague ? Et si c'était le type – ou un de ceux – avec qui il m'avait trompé ? Alors j'ai retrouvé la capture d'écran et je l'ai regardée. C'est… euh… tu ne vas pas t'énerver, hein ?

— Comment ça ?

— Bah, je peux te faire confiance ?

Un peu étonné, Hazard se rendit compte que Nico était véritablement inquiet.

— Qu'est-ce qu'il y a ?

— Ben, quand j'ai regardé la photo, je me suis rendu compte que je connaissais un des gars. Clairement quelqu'un qui avait tapé dans l'œil de Chendo. Et quelqu'un qui aurait pu, je ne sais pas comment dire ça, aller voir ailleurs en secret. Tu vois ce que je veux dire ?

— Laisse-moi voir la photo, fit Hazard, la poitrine serrée.

— Je ne dis pas qu'il a fait quoi que ce soit. Je n'accuse personne de rien. Tu comprends, hein ? Je voulais juste te montrer. J'ai juste pensé que tu voudrais voir.

Sans un mot, Hazard tendit la main.

Après quelques secondes de plus à hésiter, Nico lui mit le téléphone dans la paume. La photo affichée à l'écran avait été prise depuis le siège arrière d'une voiture ; une voiture de patrouille, devina Hazard, où Chendo Cervantes avait été retenu pendant l'affrontement lors de la manifestation des Volunteers.

Par la fenêtre de la voiture, la photo avait capturé l'après-bagarre : une rangée d'hommes et de femmes menottés, et derrière eux, ce qui ressemblait à la police de Wahredua presque au complet. Quasiment en son centre, des cheveux blonds reflétaient le soleil, et souriant pendant qu'il discutait avec son ancien partenaire : John-Henry Somerset.

# CHAPITRE TRENTE-HUIT

*Vendredi 28 octobre*
*9 h 44*

Somers frappa à la porte d'Upchurch pour la troisième fois. La chaleur avait vraiment augmenté, et de la sueur imprégnait ses cheveux et sa chemise. Quinze minutes, vingt minutes, vingt-cinq minutes. La voiture d'Upchurch était là, mais personne ne répondait. Il recula d'un pas, observant la maison. Le soleil se reflétait sur les fenêtres, transformant le verre en lueurs blanches et empêchant complètement de voir ce qui pouvait se passer à l'intérieur. Et qu'est-ce qu'il faisait chaud…

Upchurch avait-il dit qu'ils prenaient la voiture de sa femme ? Somers n'arrivait pas à s'en souvenir. Il tourna la poignée avec virulence, espérant que la porte s'ouvre, qu'il puisse au moins entrer à l'intérieur, en supposant que la climatisation fonctionne encore, mais elle était fermée.

En soupirant, il fit le tour de la maison. Cela valait le coup d'essayer la porte de derrière. Il avait la vague impression qu'Upchurch aimait laisser la porte de derrière ouverte, c'était une porte vitrée coulissante qui donnait sur le patio équipé d'un barbecue et d'une piscine hors-sol. Il s'essuya le front. Si la température de la journée continuait à grimper, il oublierait Armistead, Chendo et l'affaire de meurtres, se déshabillerait et irait nager.

Mais la porte vitrée était elle aussi fermée et à travers, il pouvait voir que la maison avait été vidée. Rien sur les comptoirs, rien dans la pièce d'à côté. Quoi qu'Upchurch vienne chercher, il n'arrivait pas à voir ce qu'ils n'avaient pas pris lors de leur premier trajet.

Peut-être que c'était dans le garage. Et, s'il avait de la chance, peut-être qu'il serait ouvert. Il se rendit de l'autre côté de la maison où une porte y menait. Il essaya la poignée. Verrouillée.

Eh bien, ce devait être ce genre de journée.

Puis il remarqua que la porte était légèrement désaxée et quand il se pencha, il vit que le pêne reposait sur le bord de la gâche. Ce n'était pas fermé, réalisa-t-il ; pas vraiment. Ou plus exactement, c'était fermé, mais le verrou n'était pas rentré. Avec un large sourire, il poussa la porte d'un coup d'épaule et entra dans le garage.

Il avait été vidé lui aussi : plus de voiture, plus d'étagères, et même plus le réfrigérateur d'extérieur que Somers avait un peu espéré trouver, renfermant quelques boissons fraîches. De la terre rouge recouvrait le sol et avait été grossièrement rassemblée en un tas, avec de la litière pour chat. L'air sentait comme la poussière d'argile, l'herbe coupée moisie et quelque chose d'autre. Une odeur plus forte, presque chimique. Somers savait qu'il l'avait déjà sentie.

Son esprit commença à s'agiter et il fit le tour du garage à grandes enjambées. Il prit de lentes inspirations profondes. Il n'était pas sûr de ce qu'il sentait – il n'était même pas sûr que cela soit important – mais quelque chose au fond de lui reconnaissait cette odeur et savait, quelque part, que c'était crucial. Il s'arrêta près de la litière et de la terre qui avait été balayées au centre du garage et s'accroupit.

Ce n'était que de la litière. De piètre qualité, simplement de l'argile en somme, le genre que les gens répandaient au sol pour absorber l'huile de moteur. Et la terre n'était que de la terre.

Mais cela lui disait quelque chose et son esprit tournait à plein régime. Il passa un doigt dans la poussière rouge. Il l'avait déjà vue, mais pas à Wahredua. La ville et la majeure partie de ses environs avaient un sol riche et noir. Un sol idéal pour les cultures. Mais il avait déjà vu cela quelque part. Où ?

Après encore quelques secondes à essayer de s'en souvenir, il ramassa quelques grains de litière. Mais étonnamment, celle-ci était sèche et poudreuse, sans aucune trace de graisse. Et elle était encore gris pâle. Il passa une main dans le tas. En réalité, il n'y avait aucun signe indiquant qu'elle avait été utilisée pour absorber de l'huile. Et ce n'était pas dénué de sens, réalisa-t-il. Upchurch était un mordu de véhicules. Il n'aurait jamais laissé une de ses voitures perdre de l'huile, il n'aurait pas laissé une fuite qui aurait demandé de la litière pour l'absorber. Surtout pas sur la Mustang…

Et il se souvint où il avait vu cette terre rouge : sur les pneus de la Mustang, justement. Et c'était étrange, maintenant qu'il y pensait, car Upchurch n'avait pas cessé de faire des allers-retours à Jeff City. Et même s'il avait conduit sur des chemins de terre, il n'en aurait jamais ramené de cette couleur, pas comme la poussière qui avait recouvert l'Impala quand ils…

Quand ils avaient trouvé le campement. Il frissonna et se força à respirer profondément. Oui, la terre était exactement pareille que celle qu'ils avaient vue au campement. Le même campement où ils avaient trouvé le corps mutilé de Charles Armistead.

Il eut envie de s'essuyer les mains, de se lever et laisser tout cela derrière lui. Une vilaine petite voix lui murmura qu'il le pouvait encore. Il pouvait partir. Il pouvait fermer les yeux, se dire qu'il cherchait trop loin, qu'il s'imaginait des choses, comme il avait fait – avec Jeff Langham – lors de son premier jour de travail, quand Lender l'avait convaincu qu'il était couvert de cocaïne. Peut-être que ce n'était que cela.

Peut-être que ce n'était qu'une blague, une plaisanterie idiote et qu'il n'était pas obligé de mordre à l'hameçon, qu'il pouvait simplement s'en aller et fermer les yeux.

Mais non. Il prit une poignée de litière, l'approcha de son nez, et inhala. Il reconnaissait désormais l'odeur. C'était une odeur familière, forte, qui faisait tourner la tête. Du white-spirit. Plus communément appelé du diluant à peinture.

Le cliquetis de la porte lui parvint trop tard. Il fit volte-face, portant la main sur son Glock, et s'immobilisa.

Upchurch pointait une arme sur lui, les mains stables, sa peau parsemée de taches de rousseur ridée par un mélange de déception et de frustration. Le crâne sous ses cheveux clairsemés luisait de sueur. Il soupira en secouant la tête.

— Allons, John-Henry, ne faisons rien de stupide.

# CHAPITRE TRENTE-NEUF

*Vendredi 28 octobre*
*9 h 47*

Somers ne répondait pas au téléphone. Avec un grognement frustré, Hazard raccrocha et composa le numéro du bureau. Quelque chose n'allait pas. C'était simplement un pressentiment, et il détestait les pressentiments, mais il ne pouvait nier celui-là : il y avait vraiment quelque chose qui clochait.

— Qu'est-ce qu'il y a ? demanda Nico pour la centième fois au moins, tortillant ses mains fines et gracieuses en faisant les cent pas. Tu penses que c'est lui ? Que c'est lui, le type ?

Hazard l'ignora. Dix sonneries. Douze. Quatorze. Un autre grognement montait dans sa gorge et il s'apprêtait à enfoncer le bouton pour raccrocher quand une voix de femme décrocha.

— *Police de Wahredua.*

— Swinney ?

— *C'est qui ?*

— Hazard. Où est Somers ?

— *Tu es où ? Il t'attend depuis huit heures. On dirait qu'il a des punaises sous les fesses, et au rythme où il va, on aura de la chance s'il nous laisse un seul crayon intact.*

Hazard n'avait aucune idée de ce que cela signifiait, alors il ignora cette partie.

— Il est là ? J'ai besoin de lui parler.

— *Non, il est parti, je ne sais pas, il y a peut-être vingt ou trente minutes. Tu es où ? Tu as besoin d'un remorquage ?*

— Quoi ? Non. Il est allé où ?

— *On ne tient pas vraiment de journal des déplacements. Pourquoi tu ne l'appelles pas ? Je dois…*

— Swinney, il ne répond pas, et je dois lui parler.

— *Mais qu'est-ce qui se passe ? Il a des ennuis ?*

Hazard hésita. S'il parlait maintenant, il pourrait ternir à jamais la réputation de Somers… même s'il avait finalement tort. Mais pire que cela : la possibilité que s'il parlait à Swinney et que le département lâchait Somers, lui n'aurait jamais l'occasion de se confronter à son partenaire. Il avait besoin de cette occasion. Après tout ce qui s'était passé, il avait besoin de regarder John-Henry dans les yeux et une part sombre en lui réalisa qu'il avait besoin de décider s'il appuierait sur la détente.

— Non, aucun problème, mais je fais une pause. Peut-être une grosse.

— *Ah ouais ?*

Elle voulait de toute évidence connaître la dernière info.

— Tu as une idée d'où il est ?

Un silence agacé répondit, puis :

— *Il parlait à Upchurch.*

Un frisson de peur se coinça à l'intérieur de la poitrine de Hazard.

— Je dois y aller.

— *Y'a pas de quoi, enfoi…*

Il mit fin à l'appel.

— Tu as encore une des photos de Chendo ? Des photos de lui, je veux dire, pas celles qu'il a prises.

— Je… Oui. J'en ai encore, répondit Nico en reprenant son téléphone avant de balayer l'écran d'un doigt et lui présenter. Ça va, ça ?

Hazard regarda la photo, pinça l'écran pour zoomer et secoua la tête. Il pensait qu'il pourrait le voir.

— D'autres ?

— Qu'est-ce que tu cherches ?

— Tu en as d'autres ?

— Oui, bien sûr. Voilà. Il te suffit de les faire défiler.

Il passa son pouce sur l'écran, passant en revue une série de photos, et vers la dixième, il sut qu'il avait raison. Il était là sur chaque photo.

Les doigts serrés sur le téléphone, il se fraya un chemin en direction de la porte.

— Attends, s'exclama Nico en le suivant. C'est lui, c'est ça ? Oh mon Dieu, c'est lui. Je viens avec toi.

— Non.

— Oh que si. C'est mon téléphone, et c'est moi qui…

Hazard fit volte-face. Comme il était grand et costaud, la plupart des gens supposaient qu'il était lent, et cela jouait en sa faveur. Il attrapa le débardeur de Nico et tira suffisamment le jeune homme pour qu'ils se retrouvent nez à nez.

— Écoute-moi attentivement. Je prends ton téléphone. Tu restes ici. Et s'il le faut, je t'attache sur une chaise avec du chatterton pour que tu restes là. Tu es très courageux et très malin, mais si tu veux qu'on se batte, tu perdras. Tu m'as compris ?

Nico déglutit et il lui fallut un moment pour répondre.

— Ouais. Ouais, OK, j'ai compris, balbutia-t-il avant de s'éclaircir la gorge et d'ajouter d'une voix plus forte : J'aime bien les hommes qui prennent les choses en main, mais réservons les petits plaisirs pour le deuxième rendez-vous.

Il dut lire la confusion sur le visage de Hazard parce qu'il sourit d'un air suffisant.

— Tu sais, le petit jeu du *Attache-moi* ?

Hazard secoua la tête, relâcha soigneusement son vêtement et se précipita à sa voiture.

C'était logique. En tout cas, une partie l'était. Sur chacune des photos montrant clairement Chendo, il avait vu le collier en argent autour de son cou. Et au bureau du légiste, il avait remarqué l'argent fondu sur la clavicule de la victime de l'incendie. Le feu avait peut-être été assez chaud pour consumer la chair, mais pas assez pour consumer l'argent. Et maintenant, il savait que l'homme qui avait brûlé dans l'incendie était Chendo Cervantes ; en tout cas, il en était à peu près sûr. Il faudrait qu'ils demandent un dossier dentaire, mais il en était certain, il le sentait : ils avaient trouvé leur victime.

Cela voulait dire que le tueur avait pris le téléphone de Chendo et s'en était servi pour convaincre Nico que celui-ci était encore en vie. Il avait peut-être même utilisé le téléphone pour faire croire que Chendo était le tueur : les messages étranges à Nico et Fukuma, les insinuations de culpabilité, peut-être même la vidéo de la bagarre. Cette vidéo ne montrait pas que ce que Hazard et Nico avaient supposé, à savoir un combat à l'issue duquel Chendo tuait quelqu'un, mais l'inverse : cela montrait Chendo Cervantes se faisant tuer. *Nom de Dieu*, pensa-t-il en frappant le volant. Il était tombé dans le panneau.

Les klaxons beuglaient pendant qu'il serpentait au milieu de la circulation, pied au plancher, pour dépasser la voiture qui était devant lui. Quelques secondes plus tard, il était de retour sur sa voie et traversait Wahredua. Son esprit allait encore plus vite que son véhicule. Il commençait à soupçonner que Chuckie Armistead était le corps trouvé au campement. Il n'avait aucun moyen de le prouver, pas encore, mais c'était logique puisqu'Armistead apportait la combinaison parfaite entre suspect et victime. Un homme apparaissant sur peu de photos, aucun dossier dentaire, une réputation faite de crimes de haine et un désir passionné d'éviter toute preuve de son existence sur les registres… Un homme qu'il était facile de faire passer pour un meurtrier. Et un homme qui pouvait facilement servir de victime s'il fallait défigurer quelqu'un.

La vraie question cependant, celle que son esprit retournait encore et encore et dont la réponse commençait à s'approcher avant de repartir immédiatement, concernait l'identité du tueur. Était-ce Somers ? Sa respiration forma un nœud et ses articulations craquèrent en blanchissant autour du volant. C'était logique, d'une certaine manière. Il avait une espèce de complexe à cause duquel il ne s'assumait pas, car il était de toute évidence bi ; du moins à en juger par la façon dont il avait réagi à ses baisers. Et il avait également un passé d'actes haineux. Involontairement, son esprit revint aux escaliers du lycée, au choc quand la main de Somers s'était aplatie sur sa poitrine, à l'excitation quand, l'espace d'un instant, il avait senti ces doigts sur lui, au souvenir de ce qui s'était passé entre eux dans le vestiaire, avant qu'il réalise que quelque chose n'allait pas, que quelque chose clochait carrément, et qu'il sente la force de Somers le pousser du palier et l'envoyer tournebouler dans les marches.

*Oui*, pensa-t-il alors que le nœud de sa respiration se serrait encore et encore, oui, il était très possible que Somers soit le tueur. Et il y avait autre chose aussi. Il lui avait dit que Lady Mabbe avait vu deux hommes, un avec un tatouage sur le cou et l'autre sur le bras. Ils avaient trouvé le tatoué dans le cou. John-Henry, avec ses manchettes tatouées, pouvait-il être l'autre homme ? Cela semblait possible. Après tout, Lady Mabbe s'était tenue de l'autre côté de la rue. Il aurait été facile de supposer que les tatouages sur les bras de Somers étaient des signes des Volunteers d'Ozark.

Il laissait derrière lui Market Street et ce qui ressemblait au centre urbain de Wahredua. Il était encore en excès de vitesse, roulant presque à quatre-vingts dans des rues résidentielles bordées d'arbres et aux routes ombragées alors qu'il aurait dû être à cinquante maximum. Mais il avait maintenant des fourmis dans les doigts et pensait au passé et au présent, à ce que cela ferait de pointer son arme sur Somers, au fait qu'il lui fallait trouver cet homme, et tout de suite.

Quand il tourna à l'angle de la rue d'Upchurch, il vit l'Impala garée. Le doute s'insinua soudain dans son esprit. Certaines choses n'avaient pas de sens. Certaines choses ne désignaient pas Somers comme étant le tueur. Au fond de lui, très profondément, là où il ne pouvait l'ignorer, il n'était pas sûr de lui. Somers avait-il été là quand ils avaient violenté Jeff ou pas ? Avait-il tué Chendo Cervantes et Chuckie Armistead ou pas ?

Il se gara derrière l'Impala. Ce vent arctique familier soufflait à nouveau en lui, emportant avec lui doute et certitude, espoir et peur, ne laissant après lui que contrôle et détermination. En sortant le .38 de son étui, Hazard sortit de la voiture et commença à se diriger vers l'arrière de la maison.

# CHAPITRE QUARANTE

*Vendredi 28 octobre*
*10 h 1*

Upchurch avait son arme braquée sur Somers. La sueur brillait sous ses cheveux épars et traçait des auréoles sous ses bras. Mais la nervosité – en admettant qu'il était nerveux – ne se voyait pas dans ses mains. Elles ne tremblaient pas d'un poil, une chance pour Somers.

— Non, déclara Upchurch quand Somers essaya de prendre son Glock. Lève les mains tout doucement. Je sais où tu ranges ton arme, John-Henry. On a été partenaires pendant quelques années et il me semble que tu n'es pas du genre à aimer le changement.

— C'est toi qui as fait ça.

— Fait quoi ? J'ai dit doucement, John-Henry. Les bras bien hauts. Voilà, bon garçon.

— Va te faire foutre.

— Allons, on ne va pas finir comme ça, poursuivit Upchurch en se déplaçant de côté, l'arme toujours braquée sur Somers. Mets-toi à terre.

— Tu me tires dessus et tout le monde saura que c'était toi. Ils savent tous que je venais ici.

— Swinney et Lender ? s'exclama Upchurch en soufflant du nez. Ils n'arriveraient pas à choper la mort, même à poil au Pôle Nord.

— Hazard le sait, et il est bien meilleur que nous tous.

— John-Henry, je t'en prie, ne commets pas l'erreur de croire que je suis idiot. La meilleure chose qui pourrait arriver à Hazard, ce serait que tu disparaisses. Maintenant, à terre.

Somers secoua la tête et commença à se diriger vers la porte qu'Upchurch avait abandonnée.

— Non. Une seule goutte de sang et ça se verra comme le nez au milieu de la figure. Tu ne veux pas de ça, pas avec ton nouveau petit boulot peinard.

— C'est vrai, admit Upchurch en se penchant derrière les escaliers menant à la maison pour y prendre un pied de biche d'une trentaine de centimètres. Maintenant, ça ne peut se passer que d'une seule façon. La porte est fermée et je te rattraperai avant que tu puisses la forcer. Ensuite je te briserai les jambes, les bras, et peut-être que je me lâcherai même et te casserai les côtes. Je peux rester très longtemps à te faire du mal avant qu'une seule goutte de sang n'apparaisse. Je peux faire ça très longtemps, John-Henry, et ce n'est pas ce que je veux. Pas à un ami.

— Un ami ? J'y crois pas, tu es taré.

— Écoute, je vais me débrouiller pour que tu ne souffres pas du tout. J'ai des cachets dans la voiture. Tu en prends quelques-uns, tu t'endormiras, et je te laisserai dans ta voiture dans un endroit que tu aimes bien. Près des falaises, peut-être. C'est mieux que ce que la plupart des gens ont.

— La plupart des gens ne se font pas assassiner par leur coéquipier. Pourquoi tu as fait ça ? Armistead, je comprends. Il t'a aidé, tu lui as probablement dit que tu avais fait une erreur, que tu avais besoin de lui, que tu lui serais redevable. Il a probablement eu la trique rien qu'à l'idée de se mettre un flic d'État dans la poche, alors il a accepté. Et dès qu'il t'a aidé à porter le diluant dans le mobile home, tu l'as abattu, traîné dans la campagne et fait de ton mieux pour t'assurer que personne ne sache jamais qui c'était.

— À terre, John-Henry.

— Tu as probablement espéré que personne ne trouverait jamais le corps – le meilleur pour toi, c'était qu'on n'avait même aucune idée de l'identité de la première victime – mais tu avais un plan de secours. Le téléphone de Chendo. Tu t'en es servi pour donner l'impression qu'il avait tué Armistead. Le deuxième corps, c'était simplement censé être l'autre Volunteer, celui que Lady Mabbe avait vu. Tu t'es dit qu'on penserait que les deux Volunteers étaient morts et que Chendo Cervantes était parti, envolé, volatilisé.

— Allonge-toi à terre.

— Tu as utilisé du henné sur ton bras ? Je parie que si je regarde de très près, je peux encore voir le dessin. Et je parie qu'il y a une perruque chauve, quelque part, dans un sac poubelle. Tu as tout fait comme il fallait. Tu t'es débrouillé pour qu'il y ait deux Volunteers chauves au mobile home, et Armistead a suivi le plan parce que… quoi ? Il a dû prendre quelques photos de toi ? Il a dû vouloir une sorte de preuve pour pouvoir te faire chanter.

— Allonge-toi à terre. Tout de suite.

— Mais ce que je ne comprends pas, ce qui m'échappe, c'est le gamin. Est-ce qu'il t'a sucé et après tu as paniqué ? Tu n'agis pas vraiment comme un macho, mais c'est toujours les plus discrets qui vous étonnent. C'était ça ? Tu ne pouvais pas supporter d'aimer avoir ta zigounette dans la bouche d'un mec ?

— Ce fils de pute voulait que je quitte Eldora ! s'écria Upchurch en brandissant le pistolet de rage. Il pensait qu'on était amoureux. Il pensait qu'on était dans un conte de fées. C'est cette espèce de petit enculé qui s'est amusé à me faire cette svastika sur le bras. Ça l'excitait, ça lui faisait faire des trucs que t'oserais même pas imaginer, tout ça pour faire semblant de se faire prendre par un Volunteer. Et quand je lui ai dit d'y aller doucement, il m'a menacé. Il a dit qu'il avait des photos. Il a dit qu'il allait tout balancer à Eldora, lui montrer ce que je voulais vraiment, et qu'ensuite, je serais forcé de le prendre parce que ce serait tout ce qu'il me resterait, et je…

Quoi qu'il s'était apprêté à dire, ces mots se perdirent à jamais quand la porte derrière lui, celle qui menait à la maison, s'ouvrit à la volée. Upchurch commença à se retourner et à lever son arme, mais Hazard était là, pointant déjà son .38 sur lui. Somers profita de cette distraction temporaire et dégaina le Glock dans son dos.

— Tout doux, lança Hazard. Aucun geste brusque pour tous les deux.

Le soulagement s'afficha sur le visage d'Upchurch.

— Agent Hazard, Dieu merci, souffla-t-il en se tournant lentement et prudemment pour faire face à Somers. Votre partenaire est devenu complètement fou. Il essaie de me faire passer pour le meurtrier et il m'aurait tué si je n'avais pas porté mon arme.

— N'importe quoi, protesta Somers. Upchurch, pas un geste. Ne t'avise même pas de cligner des yeux. Hazard, prends-lui son arme.

Hazard ferma lentement les yeux et quand il les rouvrit, ils étaient emplis de rage. Somers sentit sa bouche s'assécher et il oublia ce qu'il allait dire.

— Agent Hazard, il est fou, continuait Upchurch. Vous ne pouvez pas le laisser…

— Lâche ton arme, ordonna Hazard en parlant par-dessus Upchurch.

— Quoi ? souffla Somers. Tu te fous de moi. Prends-lui son arme, nom de Dieu.

— Lâche ton arme tout de suite, Somers. Je ne le répéterai pas, reprit Hazard en décalant son .38 avec une remarquable précision en direction de Somers. Fais-le.

Il reconnaissait la mort quand il la voyait, et en cet instant, il la voyait sur le visage d'Emery Hazard.

— D'accord. Mais prends aussi celle d'Upchurch. On ira au commissariat et on réglera ça.

Hazard hocha la tête. Il tendit une main à Upchurch et avec un soupir, celui-ci s'exécuta en lui faisant claquer son arme dans la paume. Somers soupira de soulagement.

— À ton tour, maintenant, déclara Hazard.

— Tu dois être le pire coéquipier de toute l'histoire du crime. Ou de toute l'histoire du monde. Je ne sais pas laquelle remonte le plus loin. Voilà, fit Somers en posant son Glock au sol. Content ?

— Envoie-le-moi.

— C'est bon, tu…

— Tout de suite, Somers.

— Seigneur Dieu…

D'un coup de pied, il envoya le Glock qui glissa vers le mur. Puis il leva les mains.

— Tu vas me passer les menottes ?

— Je pense que ce ne serait pas bête.

Hazard mit l'arme d'Upchurch dans sa ceinture et, braquant toujours son .38 sur Somers, il avança vers son coéquipier. Le stress suintait de la colonne vertébrale de ce dernier comme de l'eau glacée. C'était une situation surnaturelle. Elle ne pouvait pas être vraie. Pendant que Hazard traversait la pièce, il essaya de réfléchir clairement. Quand ils arriveraient au commissariat, ils expliqueraient tout à Cravens. Mais… mais peut-être qu'il avait oublié quelque chose. Peut-être qu'Upchurch avait été plus malin qu'il ne s'en était rendu compte. Sinon pourquoi Hazard croirait-il qu'il était le tueur ?

Quand celui-ci ne se trouva plus qu'à un pas de lui, assez près pour qu'il sente la chaleur que dégageait ce corps massif, l'odeur d'amidon de sa chemise et la brillantine dans ses cheveux, Hazard lui attrapa le poignet. À peine commença-t-il à retourner Somers contre le mur qu'Upchurch s'éclaircit la gorge.

— C'est parfait, vous pouvez vous arrêter là, les garçons. Pas un geste.

Par-dessus l'épaule de Hazard, Somers vit ce qu'il avait raté un peu plus tôt. Un large sourire aux lèvres, Upchurch tenait un petit pistolet, qu'il avait tenu caché, comprit-il. Dans un étui de cheville, très probablement.

— Il a un flingue, dit-il à Hazard. Un autre.

— J'avais compris.

Hazard était aussi immobile qu'une statue, mais à travers sa prise sur le poignet de Somers, celui-ci pouvait sentir les tremblements invisibles parcourant ce corps massif. La peur, l'adrénaline, sûrement les deux.

— J'aurais préféré que tu me fasses confiance. Je n'avais pas vraiment prévu de mourir aujourd'hui.

— Ta gueule.

— Si cela peut te consoler, vous ne mourrez pas ici, lança Upchurch. Vous allez tous les deux monter dans la voiture. Agent Hazard, j'ai bien peur de ne pas pouvoir vous faire confiance pour vous comporter correctement, vous allez donc devoir monter dans le coffre. Agent Somerset, je pense que je peux vous convaincre d'être… pacifique.

Somers entendit à peine Upchurch. Il savait qu'il avait une arme. Il savait que sa vie allait s'arrêter là. Mais son regard se porta sur Hazard, et il réalisa, un peu étonné, que celui-ci le regardait, un feu pâle dansant dans ses yeux d'épouvantail. Ces yeux réclamaient son attention. Puis, étonnamment, ces yeux se baissèrent vers l'arme que Hazard avait à la ceinture.

— Agent Hazard, lança Upchurch. C'est maintenant votre tour de lâcher votre arme. Veuillez le faire avant que les choses dégénèrent.

— Comme au lycée, soupira Hazard.

Quand il laissa tomber son arme, pendant cette fraction de seconde où l'attention d'Upchurch fut tournée sur cet amas de métal qui tombait, il posa la main de Somers sur sa poitrine. Très exactement sur son cœur, réalisa celui-ci qui sentit un muscle tendu, sculpté et le battement furieux de cet organe.

Les mots résonnèrent à ses oreilles : *Comme au lycée. Comme au lycée. Comme…*

*Oh.*

Il le poussa, comme il l'avait poussé dans les escaliers, toutes ces années plus tôt. Sa main libre plongea pour saisir le pistolet calé dans la ceinture de Hazard.

Celui-ci percuta le sol en rentrant l'épaule pour enchaîner sur une roulade et se retrouver sur ses deux pieds. Somers appuya sur la détente. Rien ne se produisit. Une vague de panique glaciale déferla en lui. Il y avait la sécurité.

Hazard ne le regardait pas, mais Somers sentit sa surprise. Ils avaient perdu leur avantage temporaire. Upchurch hésita, baissant son arme sur Hazard l'espace d'un instant. Somers appuya sur la sécurité, mais il savait qu'il tirerait trop tard. Upchurch remontait déjà son arme vers lui. Il l'abattrait, puis il tuerait Hazard. Deux tirs, voilà tout ce qu'il lui fallait.

Puis Hazard rugit et le chargea. Upchurch tressaillit. Son arme s'écarta, une réaction instinctive face à l'imposante menace véloce. Un coup de feu explosa dans le garage et Hazard chancela.

La sécurité de l'arme de Somers coulissa. Son index se crispa. Le pistolet rua dans sa main et un second coup de feu retentit.

La tête d'Upchurch bascula en arrière. Du sang, de l'os et du cerveau éclaboussèrent la porte de la maison et le mur du garage. Après une seconde, ses jambes flageolèrent et parurent se dérober sous lui, puis il tomba en travers des escaliers, l'arrière de son crâne basculant en direction de Somers.

La nausée enserra la poitrine de celui-ci, mais il ravala de force sa bile. Contre le mur du fond, Hazard s'affaissa, à peine capable de rester debout. Il serra une main large sur son épaule, mais une tache sombre se répandait déjà sur sa poitrine.

— Nom de Dieu, souffla Somers en se précipitant sur son coéquipier.

Il le rattrapa et l'aida à s'asseoir.

— Tiens bon, ça va aller.

Il chercha le téléphone dans sa poche et composa le 911.

— Fusillade impliquant officier, s'écria-t-il quand on décrocha.

Puis il débita l'adresse d'Upchurch, laissa tomber le téléphone à côté de lui et retira sa veste. En mettant en boule le tissu, il appuya sur la poitrine de Hazard.

— Hé, garde les yeux ouverts.

Hazard battit des paupières et Somers remarqua pour la première fois ses longs cils noirs. Ces yeux – de la couleur du maïs à la fin de l'été, de la couleur du miel, de la couleur des yeux d'un chat – clignèrent d'un air ensommeillé, mais quand Hazard parla, ce fut d'une voix dure et pleine de dédain.

— Qu'est-ce qui va pas chez toi ? T'as jamais tenu une arme de ta vie ?

— Pourquoi t'as mis la sécurité ? rétorqua Somers en luttant contre une vague de panique.

Il mit tout son poids sur la blessure pour augmenter la pression. Il y avait beaucoup de sang ; vraiment beaucoup de sang.

— Mais pourquoi tu m'as pas fait confiance et arrêté Upchurch ?

— J'étais pas sûr, répondit Hazard, et ses yeux d'or fondu clignèrent une nouvelle fois. Il fallait que j'attende de voir ce qu'il faisait. Et puis, pourquoi je foutrais un flingue chargé dans mon pantalon sans mettre la sécurité ?

Au loin, Somers entendit les sirènes et sentit un éclat de rire – ou peut-être un sanglot – fuser dans sa poitrine.

— Tu es taré. Tu le sais, ça ?

Les yeux de Hazard se rouvrirent sur cet or aussi chaud que le soleil et il leva une main. D'un pouce ensanglanté, il traça la pommette de Somers.

— Mon Dieu, comme tu es beau. Ça fait vingt ans que je veux te le dire, souffla-t-il avant de prendre une inspiration, tousser et frissonner de douleur. Je suis désolé pour ce que j'ai dit. Pour ce que j'ai fait.

Un autre sanglot fit de nouveau tressaillir Somers.

— Tu crois que tu vas t'en tirer si facilement, avec des excuses et un compliment ? Hors de question. Tu rêves.

Le son des sirènes devenait plus fort, elles hurlaient désormais ; elles hurlaient si fort qu'elles couvraient presque les cris dans la tête de Somers.

— Il faut qu'on parle d'un paquet de trucs, toi et moi. Des jours et des semaines et des années de discussion, et c'est qu'un début. Tu as un paquet de trucs à faire avant que j'en aie fini avec toi. Ouvre les yeux, je te dis. Ouvre les yeux !

Les doigts ensanglantés de Hazard se serrèrent sur sa mâchoire, comme la veille, mais cette fois avec douceur, les yeux d'épouvantail enfouis sous des paupières à demi-closes.

— Tellement beau, réussit-il seulement à dire avant que sa main retombe à côté de lui et qu'il ajoute avec un sourire en biais : Et tellement bête, parfois. Je vais bien, Somers. Je ne vais nulle part.

Puis les secouristes furent là, repoussant Somers sur le côté, découpant la chemise de Hazard, faisant se succéder les outils propres à leur profession et se mettant au travail. Swinney était là aussi, et Lender, et Cravens. Il cligna des yeux, essayant d'enregistrer tout ce qui se passait, sans comprendre un seul mot de ce qu'ils disaient, pas même sa chef. Enfin, ils le laissèrent seul avec Swinney qui se contenta de ne rien dire avant que les secouristes mettent Hazard sur le brancard et l'emmènent vers l'ambulance.

Elle sortit une lingette humide de son sac à main et prit Somers par le coude.

— Je vais t'emmener. Tu as du sang sur le visage.

En repoussant la lingette qui lui était offerte, il leva les doigts et toucha l'empreinte de ceux de son coéquipier, avec l'idée folle qu'il ne se laverait pas ; plus jamais, tant que Hazard n'irait pas mieux. Et il essaya de respirer.

— Je sais.

# CHAPITRE QUARANTE-ET-UN

*Lundi 31 octobre*
*14 h 34*

Après la troisième tentative de Hazard de s'échapper de l'hôpital, Cravens lui avait posé un ultimatum.

— Je peux surveiller moi-même l'évolution de la blessure n'importe quand, une fois dehors, avait-il protesté en ignorant la douleur et l'air frustré du personnel de l'hôpital.

La balle s'était fichée dans son épaule en arrachant un bon morceau de chair, ratant l'os et l'artère. Le pire, songeait-il, c'était le bleu… On aurait dit qu'il avait été piétiné par une mule, ou peut-être par tout un troupeau. Mais il pouvait tenir sur ses jambes. Donc d'après lui, il était temps de regagner le *Bridal Veil Motor Court*. Et plus important, de retourner au travail.

— Je vais bien.

— Si vous voulez un emploi, avait répliqué Cravens, vous resterez ici jusqu'à ce que les médecins vous fassent sortir. C'est bien clair ?

Parfaitement clair. Elle n'avait pas semblé satisfaite pour autant. Elle avait insisté pour que quelqu'un reste avec lui. D'abord, elle avait proposé que des agents de patrouille se relaient. Il avait alors fait une contre-proposition qui lui avait paru équitable : personne. Cravens lui avait rappelé qu'il en allait de son emploi et lui avait conseillé de se creuser un peu plus la cervelle.

Après trois coups de téléphone, il avait décidé qu'il ne verrait pas d'inconvénient à ce que Nico Flores vienne le voir de temps en temps.

— S'il ne fait rien et si cela ne le dérange pas. À part ça, je ne veux personne qui fourre son nez dans mes affaires.

Cravens avait dû penser que c'était ce qu'elle obtiendrait de mieux et Nico était venu le samedi après-midi. Il n'était reparti que pour se doucher, changer de vêtements et prendre une autre pile de DVDs.

— Qu'est-ce que tu veux ? avait-il demandé. Des sitcoms ? Des drames ?

— Je ne sais pas.

— C'était quoi, le dernier truc que tu as regardé ? Et qui t'a plu.

— Un documentaire sur l'industrie de la colle au dix-neuvième siècle.

— Je vais voir ce que la bibliothèque a, avait soupiré Nico.

Il s'était avéré que la bibliothèque de Wahredua possédait beaucoup de documentaires. Et il s'avéra que Nico fit de nombreuses siestes pendant ceux-là. Il avait l'air particulièrement mignon – et péniblement jeune – avec son long corps étendu sur deux chaises d'hôpital, les yeux fermés. Et Hazard bouillonnait intérieurement. Jusqu'alors, Nico avait été strictement amical : il riait beaucoup, s'installait près du lit d'hôpital et ses grands yeux sombres le dévoraient, mais il n'avait rien tenté. Que ferait-il quand Nico voudrait plus que cela ? Et ce n'était pas la seule question qui jouait sur ses nerfs, heure après heure, comme du papier de verre à petit grain.

Où était passé Somers ?

Il repoussa la question inlassablement, mais elle revenait sans cesse. Même au milieu des reportages les plus intéressants : l'histoire des boutons au Canada, par exemple, avec les trois heures de commentaires en bonus. En plein milieu, quand ils visitaient une usine de boutons datant de la Première Guerre mondiale, au sud de Winnipeg, cette maudite question avait refait surface. Où était Somers ?

Le dimanche, elle l'avait tellement agacé qu'il s'était mis à chercher la dispute avec Nico. Le lundi en début d'après-midi, Nico avait déplacé les chaises dans le couloir et y faisait une sieste.

Ce fut pendant une de ces siestes, alors que Hazard terminait la version intégrale d'un film sur les traitements postérieurs de livres d'heures du douzième siècle – il avait beau s'accrocher, mais rien à faire, le documentaire ne retenait pas son attention – qu'une silhouette se dessina sur le linoleum.

Naomi Malsho se tenait dans l'encadrement de la porte. Hazard ne savait pas trop si elle avait programmé son entrée en fonction de cela – cela ne l'aurait pas étonné de sa part – mais le soleil tombait sur elle avec le bon angle, accentuant l'ossature délicate de ses poignets, ses chevilles et son visage. Elle portait ce jour-là une jupe à chevrons et un chemisier blanc aux boutons de perle. Elle avait relevé ses cheveux pour former un chignon sombre, dévoilant les lignes de son cou et de ses épaules. Pour Hazard, le message était clair : aujourd'hui, elle entendait parler affaires. Et cela ne signifiait pas pour autant qu'elle n'était pas ravissante.

— Je suis désolée, je n'ai pas pu venir plus tôt, dit-elle.

— C'est ça, oui.

Ses lèvres se pincèrent, puis, avec un effort évident, se radoucirent.

— Un ami ? demanda-t-elle en inclinant la tête vers le couloir où Nico dormait.

— Oui.

— Un peu jeune. Même pour vous et vos… prédilections.

— Naomi, si je voulais me disputer avec vous ou si j'avais envie d'entendre les conneries homophobes que vous êtes prête à déballer, cette conversation serait d'ores et déjà un délice. Mais ce n'est pas le cas, répliqua-t-il avant de l'examiner. Qu'est-ce que vous avez manigancé ? Laissez-moi deviner. Vous êtes allée au *Bridal Veil Motor Court*. Vous avez fouillé dans mes affaires.

Vous avez peut-être même payé quelqu'un pour fouiller dans mon bureau, au commissariat. Vous avez essayé de trouver quelque chose pour me faire chanter. Vous avez essayé de trouver si je savais vraiment quelque chose. Alors, comment je m'en sors, jusque-là ?

Naomi s'assit à côté du lit, paraissant parfaitement à l'aise dans une chaise en plastique moulé, comme si c'était un fauteuil chic fait d'acier et de cuir. Elle joignit les mains et les posa sur ses cuisses.

— Vous êtes le fils du capitaine. C'est… malheureux.

Malgré lui, il sentit une vieille douleur poindre.

— Il était jeune et bête. Il a été blessé dans son orgueil et il a voulu m'enseigner une leçon. Fin de l'histoire. Vous ne pouvez pas me faire chanter avec quelque chose que tout le monde sait.

— Tout le monde ne le sait pas.

Il lui fallut un moment pour comprendre.

— Somers ? Dites-lui. Je m'en fiche.

— Nous verrons, acquiesça Naomi en déplaçant son point d'équilibre comme si elle s'apprêtait à se lever.

Malgré lui, il se mit à rire.

— C'est vraiment de la glace qui coule dans vos veines, hein ? Vous n'allez même pas poser de question. Je vous appelle, je vous dis que je suis au courant pour vous et Upchurch, et vous agissez toujours comme si c'était vous qui déteniez les rênes. D'accord.

— Vous ne savez rien sur moi et Upchurch, car il n'y a rien à savoir. Il m'est arrivé d'aider Upchurch, oui. Il vous a envoyé chez moi. Cette information provoquerait quelques dégâts si elle se savait, mais ce ne serait pas la fin de ma carrière, ni de mon statut au sein des Volunteers. Tout ce que vous pensiez savoir en dehors de cela…

— Upchurch gardait des rapports.

Ces mots firent perdre ses couleurs à Naomi.

Hazard continua, priant pour que la peur lui fasse croire aux mensonges qu'il allait prononcer :

— Nous les avons trouvés, Somers et moi. C'est la raison pour laquelle Upchurch est venu chez vous, pour vous les reprendre. Et ils sont très intéressants. Beaucoup vous concernent. Il y a même une conversation où vous discutez de Chuckie Armistead.

Il s'interrompit, mais Naomi – encore livide, ses poings serrés d'un rose grisâtre – ne dit rien.

— Je me posais quelques questions. Upchurch a tué Chendo Cervantes. Il nous l'a dit, il nous a raconté que Chendo lui mettait la pression, qu'il comptait le faire chanter et qu'ils s'étaient disputés. Je ne sais pas si le meurtre était intentionnel ou non. Vraisemblablement pas, mais je suppose que nous ne le saurons jamais. Et puis… Et puis il a eu un problème. Un homo mort. Suffisant pour le mettre en prison, et ce n'est pas le meilleur endroit pour un flic ; surtout un flic gay. Mais il était résistant, il avait de la ressource, et il était malin, alors il est venu avec un plan. Il allait détruire le corps, le rendre difficilement identifiable… Et cerise sur le gâteau, il rendrait la chose deux fois plus compliquée en nous mettant sur une fausse piste en nous faisant croire à la mort d'un autre homme. Ça, c'était vraiment un éclair de génie, parce que Chuckie Armistead n'avait pas de dossier dentaire, donc on ne pouvait rien confirmer ou infirmer.

Encore ce silence du côté de Naomi. Elle respirait par le nez. Ses yeux plissés formaient de fines fentes.

— Mais pour nous mettre sur la piste de Chuckie Armistead, il avait besoin de deux choses : Armistead devait disparaître et quelqu'un devait le voir entrer dans le mobile home. Je me suis demandé pourquoi Armistead avait coopéré avec quelqu'un qui se faisait passer pour un Volunteer. Vous vous en souvenez, on vous a posé la question. Vous vous rappelez ?

— Oui.

— Et au début, la réponse semblait évidente : Armistead était un des contacts d'Upchurch, et quand celui-là lui a demandé de l'aide, il a vu l'occasion de le faire chanter.

Il allait enfin se mettre un flic dans la poche. Mais ça ne collait pas tout à fait. Il ne semblait pas très malin. Ça ne lui ressemblait pas vraiment. Toutes les autres choses qu'il a faites, les actes de vandalisme, les attaques, les crimes de haine, tout était fait dans la hâte, mal organisé. Ça, d'un autre côté, ça nécessitait quelqu'un qui voyait plus loin. Quelqu'un comme le nouveau leader des Volunteers. Quelqu'un comme Naomi Malsho. Ce n'est pas Armistead qu'Upchurch a appelé pour demander de l'aide. C'est vous. Qu'est-ce que vous avez dit à Armistead ? Vous lui avez expliqué que c'était une juste cause ? Ou est-ce que vous lui avez donné un avant-goût, qu'il soit tout excité par cette occasion d'avoir un flic à sa botte ?

Naomi bondit de sa chaise et se dirigea vers la porte, mais elle s'arrêta quand Hazard reprit la parole.

— Vous et Upchurch avez conclu que cette solution vous profiterait à tous les deux. Upchurch aurait une victime, Armistead, qu'on ne pourrait pas identifier, pas même grâce aux empreintes dentaires. Les gens penseraient que Chendo Cervantes avait commis les meurtres et que ses deux victimes étaient des membres du mouvement. Et vous, vous aviez ce que vous cherchiez : un martyr. Chuckie Armistead, tué par un fanatique homosexuel. Ça aurait été d'une importance capitale pour votre carrière politique. Et Upchurch s'en serait tiré avec son meurtre. C'est pour ça que vous avez accepté d'être sa source. C'est pour ça que vous nous avez dirigés vers Armistead, pour que vous puissiez enfin montrer votre martyr au grand public. Et, en guise de bonus, vous aviez Upchurch dans votre poche. C'est pour ça qu'il a balancé un Molotov chez vous, c'est pour ça qu'il est entré : il cherchait ce que vous utilisiez pour le faire chanter.

— C'est insensé. Je n'écouterai pas un mot de plus.

La sueur perlait le long de son dos. Le plus dur venait maintenant. C'était maintenant qu'il tentait le bluff.

— Je ne le dirai à personne, Naomi. Je pourrais. Je pourrais révéler les cassettes. J'obtiendrais peut-être une condamnation. Ou pas. C'est plus difficile maintenant qu'Upchurch est mort. Mais je pourrais aussi vous détruire. Les Volunteers d'Ozark se ficheraient peut-être que vous soyez un indic, vous pourriez tourner cela à votre avantage, les convaincre que vous veilliez sur eux. Mais ce sera bien plus difficile de les convaincre de quoi que ce soit s'ils pensent que vous avez tué un des leurs.

Naomi fixait la porte, les épaules presque relevées jusqu'aux oreilles, les doigts pliés et resserrés.

— Qu'est-ce que vous voulez ?

— Somers m'a raconté, vous savez. À propos de lui et cette fille avec qui il a couché. Kaylee, c'était ça, son nom ? Et il y avait quelque chose d'étrange. Au début, j'ai trouvé ça bizarre, et je lui ai même posé la question, mais il ne s'en est pas rendu compte quand je lui ai demandé. Il était trop absorbé par son sentiment de culpabilité. Voyez-vous, cela me semblait impossible que sa femme découvre leur aventure si rapidement.

Aucune réaction de Naomi.

— Vous avez organisé un coup monté contre lui. Vous saviez qu'il allait boire et vous avez trouvé une fille qui réussirait à le mettre dans son lit. Kaylee est revenue vers vous, a fait son rapport une fois le travail fini et vous avez appelé Cora. Je parie que Kaylee vous a même donné une preuve que vous pouviez montrer à votre chère sœur. C'était votre plan depuis le début, que quelqu'un séduise…

Le rire de Naomi fut glacial et court.

— Séduire ? s'exclama-t-elle pour le foudroyer du regard. Vous l'avez vu ? Il a toujours le pantalon à moitié sur ses chevilles. Tout ce que cette fille a eu à faire a été de se pencher.

— Vous allez le dire à Cora.

Les couleurs affluaient désormais sur le visage de Naomi : un rouge foncé marbrait ses joues.

— Sale fils de pute.

— Vous allez lui dire que vous avez tout manigancé. Vous pouvez tourner ça comme vous voulez, lui dire que vous essayiez simplement de tester la loyauté de Somers, ou tout ce qui vous vient à l'esprit, mais assurez-vous qu'elle comprenne bien que ce n'était pas la faute de Somers.

— C'était sa faute, rétorqua Naomi d'une voix sifflante. C'est lui qui a fourré sa queue dans cette putain. Ce n'est la faute de personne d'autre.

— Vous allez le dire à Cora. Et vous allez si bien le faire qu'elle va s'adoucir. Elle n'est pas obligée de le reprendre. Mais elle va lui parler. Elle va le laisser voir sa fille. Vous vous en assurerez, Naomi, parce que sinon, eh bien, c'est moi qui commencerai à parler.

Désormais, elle tremblait et les taches rouges sous son bronzage s'étaient étendues à sa gorge et sa poitrine.

— Vous ne savez pas à qui vous avez affaire. Vous ne savez pas dans quel enfer vous mettez les pieds.

— Sortez de ma chambre, espèce de garce, conclut Hazard d'une voix froide et monocorde.

Naomi partit et après quelques minutes tendues, dans son lit, à attendre qu'elle revienne, il souffla. Il tremblait, étonné par l'épuisement qui s'abattait sur lui. En dernière pensée, quand il sombra dans le sommeil, il espéra ne pas avoir une fois de plus tout gâché.

# CHAPITRE QUARANTE-DEUX

*Mardi 1er novembre*
*10 h 48*

Hazard commençait à penser qu'il avait commis une erreur.

— C'est super, répétait Nico.

Le jeune homme était assis en tailleur sur son lit, les genoux détendus contre sa poitrine, son short glissant pour révéler des cuisses étonnamment musclées. Il contemplait son téléphone en parlant.

— C'est avec Drew Barrymore et Adam Sandler, ils ne se supportent pas au début, et puis à la fin, ils s'aiment, et c'est vraiment, vraiment mignon.

Hazard avait des difficultés à boutonner sa chemise, son épaule lui faisait un mal de chien et il ne pouvait pas y arriver avec une seule main. Pourtant, hors de question de demander à Nico de l'aider. Celui-ci avait déjà essayé de lui lacer ses chaussures et il l'avait rembarré. Nico semblait adopter une conduite plus sage, car cette fois, il ne lui avait pas proposé son aide.

Au lieu de ça, et c'était même pire, il essayait de le convaincre d'aller voir un film.

— Tu ne prépares pas un doctorat ? lança Hazard.

— Si.

— En théologie.

— Oui.

— Tu ne serais pas un peu trop intelligent pour les comédies romantiques ?

Nico cligna des yeux. Mon Dieu, ces yeux… Hazard songea qu'il pourrait y plonger et ne jamais toucher le fond.

— Euh, je ne suis pas sûr de savoir si je devrais me vexer ou non.

— Je n'essaie pas d'être vexant…

— Je sais, reprit Nico en riant, chassant les mots d'un geste de la main. Je ne sais pas. J'aime bien ces films. Je sais qu'ils sont bêtes. Mais je les aime bien quand même. Et j'aimerais bien en voir un avec toi.

Hazard grogna.

— Alors ? insista Nico.

Ne se faisant pas confiance quant à sa réponse, Hazard grogna une nouvelle fois.

— On peut aller dîner… Il y a un super food truck de grillades à la coréenne qui est installé dans la Cour sud, ce soir. Et après, on ira voir le film. Et si je ne t'emmène pas au *Pretty Pretty*, je pourrais bien me faire tuer étant donné qu'ils meurent tous d'envie de te voir…

— Quoi ?

— Le *Pretty Pretty*. Le club, celui…

— Je connais le *Pretty Pretty*.

— Tous les homos du comté essaieront de t'offrir un verre, poursuivit Nico pendant qu'un sourire en coin se dessinait sur ses lèvres. Et, surtout, ils essaieront de te mettre dans leur lit.

— Mon Dieu…

— Non, je ne crois pas qu'il sera là. Mais je pourrais probablement t'emmener le voir, si tu me laisses une chance.

Hazard émit un son qui, même à ses oreilles, ressemblait dangereusement à un gémissement.

— Je plaisante, s'exclama Nico qui éclata à nouveau de rire. Enfin, en partie. Tu devras repousser les gays étant donné que tu es une sorte de célébrité locale maintenant, mais pour être honnête, tu aurais probablement dû les repousser de toute façon.

— Je n'irai pas au *Pretty Pretty*.

Nico haussa les épaules.

— Hors de question.

— On verra.

— Nico, écoute-moi bien attentivement, je n'irai… Somers ?

Somers se tenait sur le pas de la porte. Comme d'habitude, on aurait dit qu'il venait de tomber de son lit : ses cheveux blonds et courts en pétard, son tee-shirt froissé, son short en nylon atteignant à peine ses genoux. Il semblait également – inhabituellement – timide. Aucun sourire. Aucune lueur dans ses yeux. Presque – apeuré – inquiet.

— Qu'est-ce qui se passe ? demanda Hazard en entendant sa propre voix et en regrettant qu'elle soit si… nasillarde. Tout va bien ?

— C'est à toi que je devrais demander.

— Je vais y aller, dit Nico d'une voix dure et égale en sautant du lit.

— Tu n'es pas obligé de…, commença Hazard.

— Je vais attendre dans la voiture.

L'épaule de Nico poussa celle de Somers en passant.

Ce dernier, en se frottant le bras, regarda le jeune homme partir.

— Désolé, je ne sais pas ce qui lui a pris, s'excusa Hazard.

L'espace d'un instant, Somers sembla réfléchir à sa déclaration. Puis un sourire adoucit son visage.

— Tu ne sais pas, hein ?

Hazard haussa les épaules et grimaça à cause de l'éclair de douleur.

Sans cesser de sourire – un sourire doux, prudent – Somers traversa la pièce. Et sans croiser le regard de Hazard, il commença à boutonner sa chemise.

— Tu sais qu'il t'aime bien, n'est-ce pas ?

Hazard entendit ces mots de loin, son attention immédiate fixée sur la sensation des mains de Somers qui fermaient les boutons, effleurant sa poitrine et provoquant une série de décharges.

— Hein ? Oh. Oui, je ne sais pas.

— Il a passé quatre jours avec toi à l'hôpital. Il est fou de toi.

— Il me connaît à peine.

Somers ferma le dernier bouton et ses yeux croisèrent ceux de Hazard.

— Il est jaloux.

— De… toi ?

Un sourire ironique tordit les lèvres de Somers.

— C'est difficile à croire, Hazard, mais certaines personnes auraient tendance à me prendre pour un bon parti. Pas tout le monde, ce n'est pas ce que je dis, mais quelques personnes très spéciales. Nico, lui, pense que je suis une menace.

Hazard voulait répondre ce qui était évident : que Somers n'était pas une menace, qu'il était hétéro, qu'il avait une femme et un enfant. Mais les mots restèrent coincés dans sa gorge. Pendant vingt ans, à peu de choses près, il avait été attiré par John-Henry Somerset. Il n'essaierait plus de le nier, désormais.

— On a parlé, Lender, Swinney, Cravens et moi. À propos d'Upchurch. On a regardé cette photo que Nico t'a montrée, celle qui a été prise depuis l'arrière de la voiture de patrouille. On est à peu près sûrs que c'est lui qui a interpellé Chendo à la manifestation. Et on est à peu près sûrs que c'est comme ça qu'ils se sont rencontrés. Tu peux t'imaginer ce que ça faisait, d'être assis dans cette saleté de réunion, sans rien savoir de mon propre partenaire.

— Tu m'as dit que vous aviez été séparés pendant la manifestation. Tu n'aurais pas pu le savoir.

— C'est ce que Cravens et les autres ont dit, mais j'aurais quand même dû. J'aurais dû le comprendre.

— Tu l'as compris.

— Mais trop tard. Enfin bref, Upchurch a dû réussir à faire libérer Chendo sans procéder à l'arrestation et c'est pour ça qu'il n'est jamais apparu dans nos papiers. Et on est presque sûrs que Chendo Cervantes est mort quelques jours avant l'incendie.

— À cause des messages. J'y ai pensé, moi aussi. Ces messages vraiment violents envoyés à Nico, vendredi, ils venaient d'Upchurch. Et puis, lundi, il a changé de ton. Il a voulu repousser la date et nous faire penser que le meurtre avait eu lieu plus tard qu'en réalité. Il a allumé le feu cette nuit-là et on a pensé que c'était le même soir que le meurtre.

— Il avait tout prévu, acquiesça Somers. Mais tu m'as dit que tu n'étais pas sûr à propos d'Upchurch. Qu'est-ce que tu voulais dire ?

— Je ne sais pas ce que je pensais. Nico m'a montré une photo où il y avait toi et Upchurch. Il était persuadé qu'un de vous avait une relation avec Chendo. Quand j'ai vu Upchurch avec une arme braquée sur toi, je me suis dit que tu n'étais pas le tueur… mais j'ai hésité.

— Tu t'es dit que je l'étais peut-être ?

— Je ne sais pas. Je n'avais pas les idées claires.

Somers produisit un petit bruit.

— Et pour les escaliers ?

— Hein ?

— Les escaliers. Le lycée. Tu as parlé des escaliers quand tu as voulu que je te pousse. Pourquoi ?

— C'était une façon de te le dire sans qu'Upchurch comprenne. Tu t'es souvenu, non ? Tu as compris ce que je voulais dire.

Somers ne répondit pas, il resta là, à attendre.

— Je… je crois que j'ai réalisé ce que c'était, avoua enfin Hazard. Quand tu m'as poussé.

— C'était moi qui montrais que j'étais un crétin d'ado intolérant.

— Non, c'est faux. Mikey m'a dit qu'ils avaient prévu de me faire ce qu'ils avaient fait à Jeff. Il m'a dit qu'il avait tout prévu.

Somers baissa les yeux.

Hazard se força à continuer.

— Il m'a aussi dit qu'il l'aurait fait, si tu ne m'avais pas poussé dans les escaliers et que tu ne l'avais pas convaincu que c'était assez.

— *Assez*, répéta Somers d'une voix amère chargée de dégoût. Oui, c'était assez. Assez pour prouver que j'étais un lâche. Ce qui est arrivé entre nous, quand on était dans le vestiaire, j'aurais dû faire quelque chose, bon sang. Je n'aurais pas dû te pousser dans les escaliers et… et…

— Ce n'est pas grave.

— Bien sûr que si, ça l'est.

— Tu n'aurais pas pu arrêter Mikey, sinon.

— J'aurais pu l'arrêter d'un million de façons. J'aurais pu lui dire la vérité.

Plusieurs minutes passèrent sans qu'aucun d'eux ne parle. Hazard s'éclaircit la gorge et réussit à articuler :

— Où tu étais passé ? Tu avais autre chose à faire ?

— Non. Je n'étais pas sûr que tu voudrais me voir.

— Je t'ai appelé.

— Oui, mais…

Quelque chose traversa le visage de Somers, un éclair de honte – de peur ? –, ou ce qui aurait pu s'en rapprocher. Ou de déception.

— Écoute, reprit Hazard, je sais que j'ai déconné, j'ai vraiment tout foutu en l'air entre nous, mais je veux que tu saches…

— De quoi tu parles ? demanda Somers en clignant des yeux.

— Chez toi. Ne me dis pas que tu as oublié. Je ne suis pas idiot. Et encore après, quand je me suis fait tirer dessus. La seule chose que je peux dire, c'est que je n'avais pas les idées claires.

Il y eut à nouveau cet éclair sur le visage de Somers.

— Alors tu ne pensais pas ce que tu as dit ?

Il fallut à Hazard toute la volonté du monde pour répondre ce qui suivit.

— Si, je le pensais. Et je comprends si tu me détestes pour te l'avoir dit, si tu veux un nouveau coéquipier, ou si tu dois me signaler pour harcèlement sexuel, ou si tu veux que je sois viré de la maison, mais j'avais besoin de te le dire. Je voulais te le dire, souffla-t-il avant de déglutir et de réussir à ajouter ces derniers mots : Je voulais te le dire depuis vingt ans.

L'espace d'un instant, plus rien ne se lut sur le visage de Somers. Puis il sourit. C'était un véritable sourire à la John-Henry, gentil, doux et chaleureux. Ce sourire disait que le monde était un bel endroit, où il était facile de vivre, et que les choses avaient tendance à fonctionner comme il fallait.

— Tu penses que je suis en colère ?

— Bien sûr que tu es en colère.

La couleur sur le visage de Somers s'accentua ; cela lui donnait un air étonnamment beau, ce rouge qui colorait ses joues bronzées. Cela lui donnait un air étrangement innocent.

— Comment pourrais-je être en colère contre quelqu'un qui me dit ça ? Comment pourrais-je être en colère contre *toi*, qui me dis ça ?

Il s'interrompit, rougissant encore davantage en le dévisageant.

— Tu n'en as pas la moindre idée, hein ? Toutes les fois où je me suis amusé avec des garçons, à la fac, toutes les fois où je me suis bourré la gueule pour trouver le courage de le faire, toutes ces fois, ce n'était pas pour eux, Hazard. C'était pour…

Somers s'interrompit quand son téléphone se mit à sonner.

— Attends, je vais juste renvoyer l'appel sur ma messagerie, je…

Mais il s'interrompit de nouveau en voyant l'écran de son téléphone.

— C'est Cora.

— Quoi ?

— C'est Cora. Je ne… Qu'est-ce que je…

La jalousie gronda en Hazard, mais il réussit à articuler :

— Réponds.

Somers hésita. Puis son doigt glissa sur l'écran.

— Cora ? Waouh, je ne… non, c'est bon, c'est vraiment un bon moment pour parler… Attends, juste une seconde.

Il baissa le téléphone. Ses yeux étaient pleins d'une émotion que Hazard ne réussit pas à lire.

De l'excitation, de l'espoir, et… quelque chose qui ressemblait à de la douleur, assez étrangement.

— Je dois…

Hazard se força à faire redescendre la boule dans sa gorge et à dire :

— Va parler à ta femme, grand bêta.

—» Ry ?

C'était la première fois qu'il entendait Somers utiliser ce surnom. C'était la première fois que quiconque utilisait ce surnom, et il se surprit à l'aimer.

— Quoi ? répondit-il.

— C'est quoi cette expression ? Qu'est-ce que tu as fait ?

— Rien. Parle à ta femme.

— Oui. Euh,» Ry ?

— Quoi ?

L'espace d'un instant, les possibilités furent infinies. Somers aurait pu dire n'importe quoi, un million de choses différentes, et Hazard s'accrocha à un filet d'espoir que cela soit une des choses qu'il avait envie d'entendre.

Somers sembla le comprendre. Le dilemme sur son visage sembla s'intensifier, il hésita, et il répondit finalement simplement :

— Merci.

Puis, sans attendre de réponse, il remit le téléphone à son oreille.

— Désolé, désolé, je sortais juste d'une réunion. Oui. Oui.

Sa voix déclinait à mesure qu'il s'éloignait dans le couloir.

— Oui, j'aimerais vraiment parler. J'aimerais vraiment beaucoup.

*Et tant mieux pour lui*, pensa Hazard. *C'est bien, c'est vraiment bien.* Somers méritait le retour de sa femme et de sa fille dans sa vie. Il se leva et fouilla dans son sac de voyage. Somers méritait quelqu'un qui l'aimait, quelqu'un qui prendrait soin de lui, quelqu'un qui s'intégrerait à la perfection dans sa vie, sans histoires, sans problèmes, sans culpabilisation. Donc c'était bien. C'était super.

Mais si c'était si super, Hazard ne comprenait pas pourquoi sa respiration le démangeait. Et il ne savait pas pourquoi il ne pouvait pas fermer son sac, pourquoi la fermeture à glissière refusait de s'aligner, pourquoi il n'arrivait pas à voir la maudite tirette, alors il tira encore et encore, avec fureur, jusqu'à ce que, avec un long bruit de déchirure, une partie de fermeture lui reste dans la main. C'était ce qu'il voulait, après tout, n'est-ce pas ? C'était ce qu'il avait provoqué quand il s'était opposé à Naomi. Il voulait que John-Henry soit heureux, et la seule façon pour qu'il le soit, c'était de retrouver sa famille. Donc cela voulait dire que c'était génial. Cela voulait dire que Hazard devait être heureux. Et il était heureux. Très heureux. Tellement heureux qu'en sortant de la chambre, il jeta la fermeture assez fort pour briser une foutue fenêtre.

# CHAPITRE QUARANTE-TROIS

*Mardi 1er novembre*
*23 h 30*

Le film de Drew Barrymore et Adam Sandler venait de se terminer. Hazard s'était endormi pendant le dernier tiers : la douleur dans son épaule avait empiré quand ses muscles avaient refroidi, alors il avait avalé un antidouleur sans eau et tout était devenu noir. Maintenant qu'il sortait en titubant un peu, il fut étonné de découvrir qu'il frissonnait.

Au-dessus de lui, le ciel était parfaitement dégagé et les étoiles formaient une voûte dense que les lumières de Wahredua ne pouvaient noyer. Quelques nuages passaient au-dessus de la rivière et un vent frais avait recommencé à souffler, charriant l'odeur de feuilles mortes de l'automne. Cette odeur ainsi que le froid lui donnèrent la chair de poule. Tout à coup, l'été avait disparu. Il avait duré si longtemps et était resté jusque si tard cette année-là qu'il en avait oublié l'automne. Sa respiration n'était pas gelée, pas tout à fait, mais le froid le fit de nouveau frissonner.

Cela ne le dérangea pas quand Nico passa un bras autour de lui.

— Tu veux rentrer ? proposa celui-ci. Pas de fantaisie, promis. En plus, tu as l'air épuisé.

— C'est probablement mieux. Désolé, c'était nul comme rendez-vous.

Nico gloussa en l'aidant à monter dans la voiture.
— Alors c'était un rendez-vous ?
— C'étaient peut-être les antidouleurs qui parlaient.
Riant de plus belle, Nico démarra la voiture et roula dans la nuit. Hazard regarda la ville défiler en repensant à son enfance. Il pensa à Mikey Grames, le couteau gravant sa poitrine et la cicatrice brillante qui s'estomperait, mais ne s'effacerait jamais. Il pensa à Somers et au jour où ils avaient été si proches dans le vestiaire, et il pensa à sa chute dans les escaliers. Il pensa à Jeff, qui était mort torturé et humilié, et dont le décès avait ouvert un grand trou béant à l'intérieur de lui. Ce trou avait cicatrisé sur les bords, et avec les années, il avait appris à vivre avec, mais pendant toutes ces années, il n'avait jamais disparu.
Tout à coup, il n'était plus vraiment prêt à retourner au *Bridal Veil Motor Court.*
— Ça t'embête si on fait un tour en voiture ?
— Non. La rivière est belle à cette époque de l'année…
— Je veux dire en haut de la falaise, si ça te va.
Il lui indiqua quelle direction prendre et Nico conduisit la voiture en dehors de Wahredua, puis sur une petite route gravillonnée. Cela faisait seize ans qu'il n'avait pas vu cette route. Le gravier avait un éclat fantomatique sous la lumière de la lune, comme s'il était éclairé de l'intérieur, et de hautes herbes avaient poussé le long du chemin. Elles chuintèrent contre les fenêtres quand Nico fit rouler la voiture sur le gravier.
— Tu es sûr de toi ? Je ne pense pas que ce soit le bon…
— Ça l'est.
Un kilomètre et demi plus loin, ils dépassèrent l'ancienne ferme des Bouche, qui n'était désormais rien de plus qu'une maison en ruine et un silo ouvert sur le ciel, comme s'il essayait d'avaler les étoiles. Ils passèrent à côté en suivant la route jusqu'en haut de la falaise, où un vieux peuplier d'Amérique s'agrippait grâce à des racines sinueuses. Dessous, le Grand Rivere suivait furieusement son cours.

L'eau, une plaque sombre tachetée par la lueur de la lune, murmurait, et quand Hazard baissa la fenêtre, le son emplit la voiture. Il aspira la poussière crayeuse du gravier, le froid de l'automne et l'éclat des étoiles.

C'était ici que Jeff avait mis une arme dans sa bouche et s'était ôté la vie, emportant ainsi, sans le vouloir, une partie de celle de Hazard. Il l'avait prise et toutes ces années, Hazard avait détesté Mikey Grames, Hugo Perry et John-Henry Somerset. Ce ne fut qu'à cet instant, la lumière de la lune si forte dans ses yeux qu'il inclina la tête en arrière, habituant sa vision à l'obscurité, qu'il réalisa que pendant toutes ces années, il avait – un peu, seulement un petit peu, que Dieu lui accorde cette vérité – détesté Jeff aussi. Il l'avait détesté pour lui avoir fait tant de mal. Il l'avait détesté pour l'avoir laissé seul.

— C'était comment ?

Les mots de Nico, prononcés dans un murmure, ressemblèrent à un écho dangereux au milieu des pensées de Hazard. Il se tourna sur le siège en cherchant quoi dire avant de se rendre compte que Nico contemplait Wahredua, la ville qui s'étendait sous eux comme des paillettes saupoudrées sur un filet de colle.

— De grandir ici ?

Nico acquiesça.

— Difficile. Et toi ? Ça n'a pas dû être simple…

— Je ne comprends pas, c'est tout.

Les mots étaient sortis de la bouche de Nico en explosant, ses mains serrées pour former deux poings.

— J'ai demandé. Je ne suis pas stupide. Ce que les gens t'ont fait… Ce que *lui* t'a fait… Enfin merde, comment tu peux le regarder dans les yeux ? Comment tu peux être son coéquipier ?

Les paupières de Hazard se refermèrent. Pendant un moment, un long moment, il se souvint de ce jour dans le vestiaire, des volutes de vapeur sur la peau dorée de Somers, et de la chaleur de ses lèvres gercées. Et il pensa à la haine qu'il avait portée toutes ces années, soigneusement rangée et conservée à l'abri, prête à servir dès qu'il en aurait besoin.

— Les choses ont changé, répondit-il en ouvrant les yeux, et il fut surpris de voir des larmes sur le visage de Nico. Il a changé. J'ai changé.

Nico secoua la tête, renifla et passa la paume de sa main sur sa joue.

— Tu ne regrettes pas qu'il ne soit pas mort ? Tu ne regrettes pas qu'ils ne soient pas tous morts ? Mais tu es là, tu es… gentil ; enfin aussi gentil que d'habitude. Ne me regarde pas comme ça, tu vois ce que je veux dire.

Il y aurait peut-être eu une façon pour Hazard d'essayer d'expliquer. Il aurait pu parler du jour où il avait roulé jusqu'à la maison de Naomi avec Somers et où, pour une certaine raison qu'il n'avait pas comprise, il avait partagé ses problèmes concernant Billy. Il aurait pu parler de la patience de Somers, de son caractère facile et de sa détermination à se rattraper, malgré tous les efforts de Hazard pour l'ignorer. Il aurait pu parler des ultimes minutes passées dans le garage d'Upchurch, quand il avait regardé dans les yeux de son partenaire et avait su, sans avoir besoin d'un seul mot, qu'il pouvait confier sa vie à John-Henry Somerset. Il aurait pu parler de ce qu'il avait ressenti en voyant la joie et la douleur sur le visage de Somers quand Cora l'avait appelé.

Mais cela n'aurait été qu'effleurer la crête de quelque chose qui était souterrain, une sorte de plaque tectonique qui dérivait en lui, une chose que même lui ne comprenait pas. Alors à la place, il passa un doigt sur la joie mouillée de Nico et le tira vers lui pour l'embrasser.

Il n'avait pas énormément d'expérience, mais il lui sembla que c'était un très bon baiser, du genre à vous faire décoller, direction la lune, et qui provoqua un tremblement le long de son bras et dans sa poitrine, un tremblement qu'il fut incapable d'arrêter. D'une voix qui lui fit penser qu'il avait bu du vernis, il réussit à articuler :

— Je suis très gentil.

Nico, lui, semblait un peu s'être pris un mur.

— Hein ?

— Je suis très gentil. Tu as dit ça d'un ton qui laissait penser que ce n'était pas le cas, mais je suis très gentil.

— Quoi ? Oh. Oui. Laisse-moi juste…

Et Nico attrapa une poignée de ses longs cheveux bruns et le tira vers lui pour un autre baiser, plus brutal. Cette fois, le tremblement continua sa route et finit par arriver quelque part dans ses orteils.

— Alors, reprit Nico en s'écartant, sa respiration irrégulière hachurant les syllabes. Qu'est-ce que tu disais ?

— On s'en fout, répondit Hazard et luttant pour débarrasser Nico de son tee-shirt, sa main glissant dessous pour caresser les jeunes muscles fermes.

Nico s'arc-bouta sous sa main tout en se tortillant pour enlever ses vêtements.

— Ton épaule, dit-il en haletant. Fais attention…

Hazard répondit en tirant si fort sur sa chemise que les boutons sautèrent dans une longue série de *pop*.

Quand Nico escalada les sièges pour s'asseoir à califourchon sur lui, frottant une joue douce contre sa barbe de trois jours, il lui susurra :

— Hors de question que je t'appelle agent Hazard, même si tu en as très envie.

Les mains de celui-ci glissèrent sur la taille de Nico et ses doigts se resserrèrent. Il fut récompensé par un autre gémissement. En mordillant son oreille, d'une voix si basse qu'elle se mêla au gravier sous eux, il proposa :

— Et si tu m'appelais Emery ?

# CHAPITRE QUARANTE-QUATRE

*Mercredi 2 novembre*
*3 h 33*

Bien, bien plus tard, Nico arrêta la voiture devant le *Bridal Veil Motor Court* et Hazard le guida à l'étage en lui tenant la main. Le vent avait rendu l'air glacé et il frissonna en cherchant ses clés.

— Quelqu'un t'a laissé quelque chose, dit Nico en décoinçant une enveloppe de l'encadrement de la porte. Il y a ton nom dessus.

En poussant la porte, Hazard le suivit dans la chambre. Le chauffage s'anima avec un bruit sourd et l'odeur de pétrole commença à se répandre dans l'air, se mêlant à celles de sueur et de sexe qui collaient à Hazard. Il prit l'enveloppe à Nico. Celui-ci s'étendit sur le lit, son tee-shirt relevé révélant les muscles entrelacés de son ventre. Cela suffit pour un instant à lui faire oublier l'enveloppe.

— Alors ? demanda Nico, les yeux brillants pendant qu'il tirait sur l'ourlet de son tee-shirt, ses doigts gracieux jouant sur sa peau bronzée.

— T'es vraiment un allumeur.

— Ouvre-la.

Hazard déchira l'enveloppe parce qu'il sauterait à nouveau sur Nico dans une minute. Il fut surpris de voir une clé tomber dans sa paume. Et il sortit un petit carton.

*Ça devient ridicule*, disait l'écriture de Somers. *C'est fini, tu ne restes pas dans ce motel minable. Amène tes affaires demain, colocataire. P.S. : J'espère que tu passes une soirée très relaxante* – le mot était souligné trois fois – *avec ton nouveau joujou.*

*Colocataire ?* Hazard soupesa la petite clé dans sa main. Si ça, ce n'était pas la pire idée de l'univers, alors il ne voyait pas ce qui aurait pu l'être. Mais…

Mais le truc, c'est qu'il savait déjà qu'il allait accepter.

— Qu'est-ce que ça dit ? demanda Nico.

Il avait enlevé son tee-shirt et ses bras fermes étaient pliés derrière sa tête pendant qu'il le contemplait.

Celui-ci jeta la clé et le mot sur le bureau, enleva ses chaussures et laissa glisser son pantalon en traînant des pieds vers le lit.

— Comme je le disais tout à l'heure : on s'en fout.

Imprimé en France
FRHW011211190122
29680FR00004B/92

9 791038 116955